感谢您：

关注阅读《潮汐三部曲》系列小说

作者： （丞卫）

汉水悠悠 江河激荡 海源涌动

图书在版编目（CIP）数据

汉水悠悠 / 丞卫著 . —广州：广东人民出版社 , 2020.10

ISBN 978–7–218–14479–5

I. ①汉… Ⅱ. ①丞… Ⅲ. ①日长篇小说 – 中国 – 当代 Ⅳ. ① I247.5

中国版本图书馆 CIP 数据核字（2020）第 177912 号

HANSHUI YOUYOU

汉水悠悠

丞卫 著

出 版 人：肖风华

责任编辑：郑　薇

责任技编：吴彦斌

出版发行：广东人民出版社

地　　址：广州市海珠区新港西路 204 号 2 号楼（邮政编码：510300）

电　　话：（020）85716809（总编室）

传　　真：（020）85716872

网　　址：http://www.gdpph.com

印　　刷：佛山家联印刷有限公司

开　　本：889 毫米 ×1194 毫米 1/32

印　　张：14　字　数：350 千

版　　次：2020 年 10 月第 1 版

印　　次：2020 年 10 月第 1 次印刷

定　　价：59.00 元

作者简介

丞卫，法学博士，一级律师。曾为央企干部、政府公务员、上市公司高管、律师事务所合伙人、政协委员、人大代表、高校兼职教授、研究机构特约研究员等。先后出版有关经济、法律、社会方面的个人专著六部（其中一部被海外购买版权）《法学评论》、《河北法学》、《民主与法制》、《特区经济》等刊物上发表论文数十篇，也发表过少量诗歌、散文和词曲作品。本书是作者"潮汐三部曲"的第一部，第二部《江河激荡》即将出版。

前 言

汉水悠悠，悠悠汉水，发于远古，流淌至今；千古英雄，星空闪耀，万代苍生，两岸生息，真可谓"荡荡天门万古开，几人归去几人来"。我从四岁开始便在汉江之畔昼行夜眠，整整生活了十四年，在这部《汉水悠悠》的写作过程中，脑海里总是出现唐代诗人杜牧在《汉江》一诗中描绘的画面："溶溶漾漾白鸥飞，绿净春深好染衣。南去北来人自老，夕阳长送钓船归。"这首诗既给人以自然意境，也给人以人生意境，而这些意境既与本书故事所产生的环境相契合，也与本书写作要表达的心境相一致。

我虽然出版过六部法律与社会、经济与社会方面的个人专著，发表过数十篇专业论文，也偶然有上不了台面的诗歌散文和好奇尝试的歌曲作品发表，但很久以来，心中始终挥之不去的一个念头就是要写长篇小说，而且还是三部曲系列工程的庞大构想。我决定第一部小说一定要以汉江为主要背景，还常常为自己构思的故事情节感动莫名或沾沾自喜。然而由于俗事的繁杂，俗念的干扰，一直耽于幻想，未能付诸行动。2020年春节前后，突发百年不遇的疫情，无情地、彻底地、强制地改变了所有人的生活习惯和思维方式，宅家成为唯一选择，禁足当为不二法门。此情此景此时此地，本人居然莫名其妙地顿生久逢甘露的舒畅感、突遇大赦的轻松感——哈！终于可以不受任何干扰，完全静下心来动手写小说了！经年构思乃厚积薄发，一朝启动则思如泉涌，以左手"二指禅"之神功拼音输入、伏案码字，终于在政府决定降低疫情等级，可以有限度地开工开业之际，顺利完成了这部《汉水悠悠》的初稿，真正做到了生产生活两不误，写作工作全兼顾。

好，现在说回小说本身。

关于人物

小说当然是来源于生活但高于生活的艺术创作和再创作，然而却绝不能脱离生活和偏离生活。写作过程中，小说中每一个人物形象的原型都栩栩如生地出现在我脑海，很多故事情节、场景细节几近历历在目。但必须要说明，为小说主线和写作逻辑之需要，有些是把众多原型人物所发生的故事集中在某一个创作人物身上，有些则将某一位原型人物身上发生的事分解到众多创作人物身上，同时还会进行必要的时间、地点、背景、情节及其关联人物的改变和虚构。也许会有某一位或者某一地区的读者熟知或者听说过这些事情，但在本书中肯定是物是人非，似是而非，不存在任何对号入座的问题。

作者本人与郑守礼、龙德安、刘易昌这三位小说中主要的"桃园三结义"之"铁三角"原型人物之间的关系非同一般，所以，对他们三人之间交往的历史相当熟悉，而他们对话的风格、拽文的高度、关注的话题，闭目即在耳畔回响，浑若身临其境。令作者最为惊讶和赞叹的是他们三人或者两人只要在一起，总是时不时会冒出与聊天主题相合的古诗词，与立场观点相关的文言文，而且在谈笑之间信手拈来，于辩论之中挥洒自如，在这方面最突出者当然是小说的主人公郑力仁。虽然三个人各自对生活的具体态度不尽相同，但总体政治观、社会观一致，因此终身友好交往，联系从未中断。

小说的主人公郑力仁这个人物原型本身的性格就非常鲜明，比如他对待任何人哪怕是亲人的生死都表现得豁达而开放，总以是否"死得其所"来看待，从不表现出一般人常有的那种悲痛；

比如他总自诩为"真正的唯物主义者",对拜菩萨讲鬼神者无论是谁,总是嗤之以鼻、冷眼蔑视或予面斥,但在他终身相濡以沫的老伴去世后,谁也不知发生了什么或者他看见了什么,他竟然破天荒地在深圳弘法寺伏下壮实孤傲的身躯纳头祈拜,令惊讶旁观的儿子泪流满面;比如他大学所学专业是中文,特长是中国文学史和古典文学,《古文观止》可点题背诵,但却终身沉溺于马列主义研究和写作,而他的理论研究能力和人际交往能力则完全体现为"两张皮";再比如……他终生最为敬服的"偶像"是曾经隐居汉水之畔古隆中的诸葛亮,用现在的话讲,是如假包换的"铁粉"。我在写到郑力仁时,耳畔总会萦绕明代诗人边贡的诗句:"汉江明月照归人,万里秋风一叶身。休把客衣轻浣濯,此中犹有帝京尘。"

关于人生

这部书是以郑力仁的人生追求、人生经历、人生境遇、人生轨迹为主线,为读者讲述了一个很想不普通但却最终依然是个普通人物的人生故事。每位读者可能会从自身不同的想法、不同的立场、不同的观点、不同的结论来感悟小说中的人生,体验现实中的人生。但无论如何认知,我们任何人自降生人间,都必然要从一个自然的人更多地成为社会的人,必然要选择自己的人生道路,必定想实现自己的人生价值,因而要树立自己的人生理想,设定自己的人生目标。

我在想,有朋友在读完这部书之后,可能会掩卷疑惑:从最终经历的生活窘况来看,从对其子女的影响结果来看,主人公郑力仁好像没有什么人生规划,似乎也没有什么生活追求,总以无谓无为的态度随波逐流、随遇而安。我觉得这种疑惑和现实中很多人总是用褒义词"表扬"郑力仁原型人物"很乐观"的本质含义是一样的。的确，我们也可以看得出，虽然在特殊的历史时期和变幻的社会时局中，郑力仁遇到了来自社会、单位、家庭等方面的压力和影响，尤其处于人生的十字路口时，如何适应、如何决断、如何抉择、如何把握是对他人生观的考验，事实上他也有多次的机会和机遇，但他都因为自己内心坚守的某种理论和概念而婉拒和放弃了。这本身没有什么对错，然而有些稍纵即逝的机遇把握和方向判定，并不应当随着自己的性子率性而为，因为这决定着家庭的未来和子女的前途，也是每个人的人生中最大的社会责任。对此，我相信读者会有同感。

本书的编辑老师有的说这是一部新中国第一代大学生的奋斗史，也有的说这引发的是下一代人的奋斗史。其实每一代人都在奋斗，只是在于你的奋斗之路是怎样走的。在"潮汐三部曲"之二《江河激荡》中将有这么个情节：龙德安在郑晓悟即将大学分配时专程到学校向他提出忠告：一定要引以为鉴，千万不要学你爸爸再走出这样的人生。这是原型人物当时的实景原话。而郑力仁令子女们至今不解的是，他后来也总是表露出希望孩子都生活在自己身边的愿望，只是不像他母亲那样强制要求而已。但他的四个儿子和一个女儿最后都义无返顾地奔赴到改革开放的前沿城市。郑力仁直到晚年都最终没有与四个儿子一起生活，而是返回汉江边，终老汉江边，并与老伴合葬在烈士陵园南坡的公墓。从这里，可以俯瞰缓缓流动的美丽汉江。

关于人性

学者们也好，普通人也罢，都喜欢讨论和争论到底是"人之初，性本善"还是"人之初，性本恶"，人性到底是先天的、遗传的，还是后天的、受教的。作者个人认为这是个伪命题，因为人性的善与恶或者介乎于善与恶，或者此认为善彼认为恶等，都不是抽象思维的、意念性的、概念化的，而是具象反映的、结果性的、行为化的，人们常说言为心声，行源心动，即使你主观认定或者理论分析某人具有大恶之人性，但若没有可见可感可描述的表现及结果，则可能是人畜无害的，既不会对他人造成后果，不会给社会造成影响，也不会给自己带来恶果，即不可能有所谓人们常说的恶有恶报之"报应"。

小说中的洪大宝与"孟大善人"之间，可能虽无恩怨，但自身却有人性之恶，也可能一直对"孟大善人"抱有成见而潜藏着恶，但没有付诸恶行之前他还是民兵队长、土改中坚，只是终有恶行并有恶报；洪二宝也许是人性本恶且要不断释放其恶，无论是被公安机关除名，还是担任学校"贫宣队"代表、回到生产队当队长，总是想方设法不断制造恶行，造成恶果，终有恶报（人物原型在当地职务稍高，其现实恶行比小说更加恶劣嚣张）；洪翠香本应称郑力仁为老师，也很崇拜这位成为新中国第一代大学生的老师，但当她觉得这位老师"没什么了不起"，甚至还不如她时，便把欺负、辱骂老师家人当成她终身的业余爱好，直到郑力仁全家回城搬离孟营。可能这三个人物并非一家人，也可能并非是同族同姓人，小说在这里是为写作需要而集中。

北京的黄锦标、汉宜的朱建民、贾文善等人的所作所为，作者很难对他们用"善"或"恶"来作评判。当你的人生中撞上了这样的人或者自己找上门去遇到了这样的人，则只能说是你必经的人生历练，是你入世的人性考验。对此，我们还可以聊到在小说之外，郑力仁从北京"落魄"返回汉宜之后，曾在北京服役期间受惠于郑力仁的个别人后来也加入到对他及其家人的冷漠和打压之中。少女时期曾对郑力仁崇拜无比并有着特殊关系的孟瑶就是因"瞧不起"他而断然拒绝其大女儿成为郑力仁优秀的大儿子郑晓忱的女朋友；"铁三角"关系中一直过得比较平稳而滋润的刘易昌，坚决不允许其女儿与郑力仁的二儿子谈恋爱，尽管他知道自

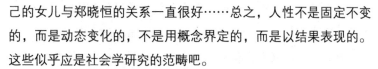

己的女儿与郑晓恒的关系一直很好……总之，人性不是固定不变的，而是动态变化的，不是用概念界定的，而是以结果表现的。这些似乎应是社会学研究的范畴吧。

　　精彩的世界必有精彩的故事，多变的人生必有多变的经历，可惜作者力所不逮，力不从心，能力和水平所限，只能勉为其难地写成现在呈现在大家面前的样子，觉得很对不起亲爱的读者们！但是无论如何，我在此必须衷心感谢广东人民出版社副总编辑钟菱老师对这部作品青目有加，诚意感谢责任编辑郑薇老师、刘奎老师及设计、推广《汉水悠悠》的各位老师付出的辛勤劳动！特别感谢深圳市社会科学院副院长王为理博士对这部小说的硬核推荐！

丞卫

目录

楔 子

凌晨五点多钟。

天气阴冷，空中飘着细细的雪花。四周死一般的寂静。

汉口租界各式异国风情的建筑在黎明之前黑暗蒙蒙的天际隐隐约约勾勒出形状各异的几何形剪影。

平时庄严耸立的江汉关大楼此时倒像是被废弃的褪了色的布景一般，无依无靠、孤独寂寞地在寒风中面江而立。在其东侧的汉口码头警察所，弧形木框架的大门上方悬挂着一盏发着昏黄灯光的电灯泡，像是怕冷一般在料峭的江风中摇晃颤抖。大门外边的岗亭里，一个值班的黑衣警察无精打采地挂着枪，袖着手，缩着脖，嘴里叼着的烟卷忽明忽暗，把暗寂夜空衬托得阴森而诡异。空旷的马路上不时听到寒风"呜呜"吹过的声音，路面时而卷起一阵阵的旋毛风，细小的雪花随风旋动，像无骨的幽灵在追魂戏魄。附近空无一人，周遭了无生气。

突然，不远处的江汉路上闪出几个黑影。一、二、三、四、五……猫着腰的黑影迅速向江汉关方向移动，很快聚集在江汉关大楼大理石垒砌的厚重高大的楼基下。

"力仁，我们小组的五个人全部都到齐了，大家需要怎么分工、怎么配合？你就尽管布置任务吧。"其中一位理着平头，围着围巾，戴着深度眼镜的高个子青年哈着手轻声说道。

这位名叫"力仁"的青年姓郑，年龄约十八岁，一身黑色学生装打扮的中学生模样，中等身材，理着分头，稍长略方的脸形，剑眉下闪着一双坚毅有神的眼睛，此刻正背墙而立。

郑力仁对说话的龙德安点点头，压低嗓音说道："同学们，现在的形势太鼓舞人心了，解放军势如破竹，'三大战役'取得了全面性的胜利，长江以北的大部分地区都已经解放了。你们应该都已经读到了我们的秘密小报，前些天毛主席发布《将革命进行到底》的新年贺词，我们英勇的解放军已经到了和国民党反动派最后决战的时候了。我们得到的情报是，驻守武汉的国民党军队想一面封锁消息，一面开拔到城外布防，他们要做最后的垂死挣扎。所以，我们必须要在敌人的伤口上撒盐，让更多的人知道即将胜利的消息，鼓起人民的志气，坚定必胜的决心，扰乱敌人的后方，瓦解敌人的士气，狠狠打击国民党反动派的嚣张气焰。根据学联的指示，今天凌晨展开统一行动，我们汉口中学学生会的其他几个小组都已经分别在汉口、汉阳的其他好几个地方开始行动了，对岸的兄弟学校省立武昌中学也同时在司门口码头、阅马场、大东门等地方开展活动。"

"太好了！"其他几位互相之间握握手臂，低声欢呼。

郑力仁接着说："我们小组分配的任务地段就在这汉口租界和码头一带。再过一会儿，从下游开来的早班船就要停靠码头，龙德安、刘易昌和我到码头上向到岸的旅客散发传单、小报，赵树、赵林你们两兄弟的任务就是在这附近的租界大楼和警察所的院墙上贴标语，每一处都要张贴毛主席的新年贺词。大家有没有信心完成任务？"

四位同学再次低声而坚定地回答："有！"

细心的龙德安问道："完事之后我们在哪儿集合？"

郑力仁说："请大家任务完成后必须分开走，然后赶去汉正街的刘家面馆碰头集合，要装着是去面馆过早吃面的样子，先到的先吃先等。但我要再次强调，大家一定要注意隐蔽，动作要快，保证安全，如果遇到什么麻烦事，不要硬来，赶紧撤离。"

个子瘦小的刘易昌赶紧问道："先到的人是要一直在刘家面馆里等吗？如果一直呆在那儿，不像是正常吃早餐的，容易引起别人的怀疑。我看最好确定个最后集合的时间比较好。"

郑力仁答道："提醒得对，是不能久等。你们看这样行不行？就定在七点半，如果到时还不能集合聚齐，不管在哪个位置，我们都要各自赶紧赶回学校去上课，不能引起学校老师和其他同学们的怀疑。"接着又问长相并不完全相似的双胞胎兄弟赵树和赵林："你们兄弟俩没问题吧？贴标语的浆糊都带好了吧？一定要警醒些，不能麻痹大意，必须分工观察，互相掩护，避免撞上早班巡逻的黑狗子。"

赵树、赵林异口同声地回答："放心吧。"

说完，赵树即刻就行动起来，开始在江汉关大楼的楼基座上贴起了标语。赵林先猫着腰跑到巷口，朝码头警察所的方向看了看，又对郑力仁、龙德安、刘易昌挥手示意，三人避过东侧的警察所，轻手轻脚地绕到江汉关大楼西侧巷口，迅速向马路对面的长江大堤跑去。

东方的天空慢慢泛出鱼肚白，天色渐渐放亮，雪花停止了飘舞，依然是阴天，长江大堤斜坡上还能看到分布的残雪。码头的简易木栅栏大门已经打开，郑力仁和龙德安、刘易昌闪进栅栏门，先蹲低隐蔽在通往码头趸船的青石台阶两侧的灌木丛后边。透过灌木丛，可以看到大堤坡下的长途客运码头上零散站着几位等待接船的人，三个值班检查的警察已经到岗，码头工人都已经在做轮船靠岸前的各项准备工作。右手约三百米处的轮渡码头已经有人在等候去往江对岸武昌的早班船。

刘易昌的眼光越过宽阔的江面，眺望着对岸朦胧难辨的武昌城，担心地小声问道："江面这么宽，水流这么急，水深浪又大，真是名副其实的长江天险哦！我在想，解放军解放了汉口之后，要渡江打过长江去，光是攻打武昌都已经很难了，这么大的一条长江，怎么打过去呢？"

龙德安也看着江面默默地点点头。

"刘禹锡有一句诗，'千寻铁锁沉江底，一片降幡出石头'，说的就是所谓的长江天险，既然当时能够被农民起义的太平军攻克，现在的人民解放军更是挟胜利之威的正义之师，面对节节败退的蒋家王朝，难道还不是攻无不克、战无不胜吗？一条小小的长江挽救不了腐败无能的国民党反动政府。解放军挥师南下，指日可待。"郑力仁信心十足地回应。

"呜……呜……"随着轮船的汽笛声，从下游南京、九江开来的客轮徐徐停靠汉口码头。

伴着船上客人的奔跑欢叫，接船亲人的笑语寒暄，值日警察维持秩序的警告呵斥，码头工人和船上水手的高声对话，以及锚链和船体碰撞、摩擦等各种嘈杂声响，旅客们肩扛手提着各色行李，蜂拥下船，排队接受例行检查后，拾级而上，往码头出口走去。

看到时机合适，郑力仁做了一个手势，三个人从灌木丛后面站起身来，分头拉开距离，假装若无其事地迎着人群走去，微笑着快速地向旅客们手中、衣袋里、行李上塞去五颜六色的油印传单、小报。人群中先是一阵愕然，随后是些许的骚动，也有人好奇地接过去，边走边翻看。一位江浙一带商人模样的男人惊愕地护着家人和行李箱，厉声对着刘易昌呵斥："干什么？干什么啦？你们干什么的啦？"码头上值班检查的带班警察抬头发现出口台阶上有异常情况，犹豫观察片刻，便掏出身上的警笛急促地吹了起来，随之，好像是约好了似的，租界方向也响起了一阵阵刺耳的警笛声。

带班警察留下小个子警察继续查验旅客，领着另一个大个子警察迅速往江堤上跑来。郑力仁、龙德安、刘易昌三人分散站在不同的位置，见此情形，几乎同时将剩余的油印传单、小报奋力向人群中撒去，一边高呼"打倒国民党反动派！""打过长江去！""解放全中国！"一边迅疾向码头出口跑去。跑出栅栏门，三人便分头跑向不同的街巷。

带班警察和大个子警察气喘吁吁地跑上台阶，追赶到栅栏门外，一脸茫然地看着街道上来来往往、渐渐多起来的行人、人力车、自行车和慌乱逃散的旅客，不知所措。马路对面警察所增援的三名警察赶到，匆匆交换着情况，此时租界方向又响起短促而凄厉的警笛声，他们便转身又向租界方向跑去。

带班警察转身看着满地散落的传单、小报，一边对慌乱而上的旅客大喊"不准捡！不准看"，一边气急败坏地往码头趸船走下去。大个子警察则跟在后面好奇地捡了几张传单、小报看了看，追上来问："喂，我说，是不是共军很快要打过来了？听说已经打到了孝感花园呢，离汉口这里已经很近了，国军队伍现在全部都拉到城外布防去了，你觉得顶得住吗？"然后又自问自答地嘟囔道："我自己觉得很难顶得住噢，看来真的是要变天喽。"

带班警察转身一把打掉他手里花花绿绿的纸张，斥责道："都什么时候了？也不怕惹麻烦，还看！还问！这是你关心的事情吗？"

"哎，我说伙计，你说刚才跑掉的那几个，是共军的探子还是地下党？"大个子警察不甘心地继续问。

"党你个头啊，党！看不出那都是几个学生娃吗？他们懂个屁！就晓得瞎凑热闹惹麻烦。他们还真以为天就那么容易变？"

大个子警察不服气地争辩道："学生娃怎么啦？美国兵在汉口景明大楼强奸中国妇女，我们做了什么？倒是学生娃们和老百姓

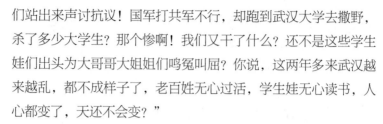

们站出来声讨抗议！国军打共军不行，却跑到武汉大学去撒野，杀了多少大学生？那个惨啊！我们又干了什么？还不是这些学生娃们出头为大哥哥大姐姐们鸣冤叫屈？你说，这两年多来武汉越来越乱，都不成样子了，老百姓无心过活，学生娃无心读书，人心都变了，天还不会变？"

带班警察好像在听，好像又没听，站在码头的台阶上，茫然地看着奔流东去的浩浩江水发着呆。

刘易昌第一个跑进刘家面馆。

刘家面馆在汉正街的街口上，距六渡桥和民众乐园都不远，以经营正宗的武汉热干面出名，同时还卖面窝、豆皮、油条、豆浆、桂花糯米酒等汉口人最喜爱的过早食品，加之靠近汉口闹市区，生意颇为兴隆。此时，面馆里差不多已经坐满了前来吃早餐的人，店门口还有些人排队等着端面，看上去多为职员和普通小市民打扮。

既是面馆老板又是掌勺大厨的刘掌柜正满面堆笑，手法娴熟地为客人打面、配料，抬眼看到刘易昌急匆匆地跑了进来，愣了一下，笑眯眯地招呼道："易昌？今天学校不上课吗？这个时候跑来过早？莫慌莫慌，有你吃的，有你吃的。"

正忙着炸油条面窝的老板娘也热情地用武汉话招呼："哟，易昌来过早哒！快里头坐，想吃么斯跟虎伢说哈！"

"伯伯、婶婶，我约了力仁、德安他们来过早，商量期末考试的事。你们先忙哈，我到里面坐着等他们。"刘易昌一边故意大声说着，一边在最里面靠角落的桌子边坐下来，略显紧张地观察着面馆里的客人，并不时朝店外张望。

刘易昌和郑力仁、龙德安三人都是一年多前从下面的汉宜县立初级中学考到省城湖北省立汉口高级中学的同学，虽不同班，但同住一个宿舍。他们在初中时本来就是要好的朋友，加之汉宜县中这一届就考上来他们三人，相互之间的关系就更好了。三人的年龄顺序也像他们的个头一样，龙德安稍长，郑力仁居中，刘易昌个子小，年龄也稍小一点，被同学们戏称为"桃园三结义"。但刘易昌灵活而有心机，到汉口后第一次慕名去刘家面馆过早，就和刘老板扯上了亲戚关系，并按刘家宗族辈分认刘老板为伯，拜老板娘为婶，与面馆的伙计虎伢也相处融洽，一来二往，深得刘老板夫妇欢心，来吃早餐基本都不收他的钱。郑力仁和龙德安总是笑他胡扯也能扯上亲戚，吃饭还省钱。

伙计虎伢端碗开水过来，递给他打了个招呼，把桌面擦了擦，又忙着煎豆皮去了。刘易昌刚低头喝水，听得店门口排队取餐的人里一阵高声打招呼问候的声音——两个匆匆忙忙走过来排在队尾的人向排在前面的熟人通报新闻："哎，各位，听说警察在租界抓到两个贴标语的学生，说是省立高中的，还是双胞胎兄弟呢。"

前面有人应道："是啊，我也听说了，学生们在码头上、晴川阁，还有汉阳其他地方也闹出动静了。警察开进省立高中，又去抓人了。"

店外排队的人和店里吃面的人全都惊讶又关心地扭过头去，留意倾听着这几位像是政府职员的人所谈论的消息。

刘易昌不听则已，听到此处，跳起来就往店外跑去。刘老板夫妇几乎异口同声地喊："哎哎！易昌，你为么样又跑了哟？不过早了？"刘易昌头也不回："我还有事儿，不吃了。"刘老板手里拿着面兜，若有所思地看着疾速跑远的刘易昌。

刘易昌刚冲出汉正街口不远，就看到郑力仁、龙德安二人正一前一后，急匆匆地往面馆方向走来。二人同时望见刘易昌神色慌张地迎面跑来，立刻警觉地停下脚步，随之靠路边贴墙站住。刘易昌喘着粗气跑到他们面前打着手势，三人机警地闪进路旁的小巷。

刘易昌脸色煞白，上气不接下气地说："完……完了，完了，完了！赵树、赵……赵林两兄弟被……被……被警察抓起来了！听说好……好多警察到……到……到我们学校去抓人了，是不是……是不是去……去抓我们的啊？"

郑力仁和龙德安听到这个突如其来的消息，瞬间也是脸色一变，彼此张着嘴对视片刻，又一起再看看刘易昌。龙德安问："是真的吗？你怎么知道的？"

"我在我伯伯的面馆里亲耳听到几个像是区公所的人说的，有鼻子有眼，很肯定。"刘易昌急迫地回应道。

龙德安看着郑力仁说："很有可能。刚才我们从码头往外跑的时候，租界里好几个方向的警笛都吹得很急，可能就是在抓赵树、赵林他们兄弟俩。力仁，你说怎么办？"

郑力仁一直紧锁眉头，听着他们二人对话，思考着对策。看龙德安问他意见，稍稍沉吟了一下，说："这样吧，先不要自乱阵脚，我们还是得先回到学校摸清情况，我去找学生会的同学商量商量再说。不过，快到学校的时候，我们三人得错开时间，分别从不同的方向进学校。一定要想好一大早离开学校的理由，绝对不能承认去租界和码头的事。易昌已经去过刘家面馆了，可以有刘老板证明是去过早，我和德安要赶紧想好自己的理由。赶紧走吧。"

三人夹杂在人群中，警惕而快速地往学校方向走去。不一会儿，已经可以遥遥看到学校大门上方的"湖北省立汉口高级中学"几个大字，郑力仁打了个手势，三人便不约而同地放慢脚步，正准备商量各自分开的方向和进校门的时间，突然看到学校训导主任兼郑力仁所在的高二（1）班国语教师的严修齐先生正疾步朝这个方向走来，而且似乎还在悄悄地向他们打着"不要动"的手势，三人立刻停下脚步，贴紧路边墙角不动，等着严先生的到来。

严修齐三十多岁，湖北黄冈人，是武汉大学文学院首届毕业的高材生，曾短暂受教于闻一多先生，且颇得闻先生的赏识，也始终视黄冈浠水老乡闻一多先生为自己崇拜的偶像，所以，他平时爱穿长衫，戴圆框眼镜，言谈举止、发型打扮都与闻一多先生颇多形似。

严先生快步走到他们跟前，迅速转头看了一眼学校方向，随即用眼神示意三人跟他走进一个破败狭窄的巷子里，急促地说："你们绝对不能回学校了，来了一帮警察，通知学校说赵树、赵林几个同学被抓了，并且还在和校长交涉，指名道姓地要抓几个学生，其中包括你们三个，现在很多警察都在学生宿舍和学校的各个角落搜查，学校大门也已经被警察把住了。"

郑力仁问："他们为什么要抓我们？我们也没干什么事儿呀？就是出去过了个早，商量期末考试的事呢。而且严先生，您是怎么知道我们这个时候赶回学校来的？"

严修齐说："力仁，其他都不要说了，我不能告诉你们我的身份，但我一直在关注你们几位同学，而且还知道其他一些同学去了晴川阁、大智路火车站和琴台一带。警察一进学校，我就知道你们出事了，赶紧假装出来买烟，等着拦住你们。赶快走，离开汉口回老家去，你们的老家已经完全解放了。"

龙德安申辩道："严先生，我们知道老家已经解放了，也知道解放军很快就要解放汉口了，所以我们才要留下来为解放武汉做些事情，我们不怕！我们要和国民党反动派做最后的斗争！"

严先生不容置疑地说："这不是怕不怕的问题，解放区更需要你们做贡献，那里需要做的事情很多，而且你们现在在学校已经待不下去了，整个汉口都很危险！警察肯定会搜捕你们，你们绝对不可以冲动干傻事，不能做无谓的牺牲！赶紧走，必须走！既不能搭汽车也不要坐火车，可以先想办法离开汉口城区，再搭便车走。注意，你们最好是徒步走小道，穿小巷，躲开大路，想办法先走出蒋管区，这样虽然辛苦，但能安全地避开国民党的通缉检查。你们三个一定要放机灵些，相互照应，应该不会有什么问题。"

郑力仁焦急地问:"那赵树、赵林他们怎么办?"

严先生往下压压手:"放心,我们会想办法营救的,所以不能再让你们有任何危险了。"

"那我们期末考试也考不成了?在学校里的书本、行李什么的都不要了么?"刘易昌有点儿焦急。

"现在第一要务是安全离开,保全自己,你说的这些都不能考虑了,学校是万万不能回的,书籍、行李也取不成了。这样,我这里有点钱,给你们带在路上做应急盘缠。"严先生边说边从长衫的口袋里掏出一把纸币和几块银元,坚定地塞到郑力仁手里。

郑力仁顺从地接过,并向严先生鞠躬致意,龙德安、刘易昌也赶紧向严修齐鞠了一躬。

严修齐拍了拍郑力仁的肩膀,用鼓励的眼光看了看三位同学,转身气定神闲地走到巷口,停下来掸掸长袍,顺势迅速地向两边扫了一眼,然后轻轻朝后摆摆手,做了个可以走的手势后,径自向学校方向信步而去。

郑力仁、龙德安、刘易昌三人也装出淡定的样子走出巷口,混进街上的人群中,往相反的方向走去……

第一章 到解放区

"噢！我们回来咯！终于到家咯！"郑力仁第一个冲上鹿门山顶的望江亭，兴奋地跳了起来，然后叉着腰站在亭子里，面朝西方，迎着斜阳，贪婪地看着山下残雪覆盖的田地，远处缓缓流淌的汉江，对岸连绵起伏的群山，有感而发，高声朗诵：

> 楚塞三湘接，
>
> 荆门九派通。
>
> 江流天地外，
>
> 山色有无中。
>
> 郡邑浮前浦，
>
> 波澜动远空。
>
> 襄阳好风日，
>
> 留醉与山翁。

刘易昌和龙德安也先后爬上山顶。龙德安笑眯眯地说："呵呵，四天三夜的长途跋涉也影响不了力仁激情满怀，诗兴大发呀！"

刘易昌上了山顶，扩胸伸腰，甚是惬意："的确是不累。从汉口往咱们汉宜走，那是越走越兴奋，越走越轻松哦。解放区的天确确实实是明朗的天啊。"忽然他像发现了什么新大陆，盯着亭子里的地面看了看，惊讶道："哇！力仁脚后面有一泡牛屎，好在没有踩到。我分析这头牛肯定是屁股在亭子里，头朝外，边看风景边拉屎，还边吟诗呢。"

郑力仁经他提醒，扭转头往下一看："哎呀！真的只差一点点就踩上一脚啊。嘿，你们说这头牛是会享受哈，还真是在边欣赏风景边拉屎呢，你分析得有道理。"抬眼一看刘易昌一脸的坏笑，醒过神来："哈！你这个家伙是在变着法子骂我的吧？"

三兄弟嘻嘻哈哈了一阵，就在亭子外面松树林旁的草地上斜躺下来，沐浴着过晌的冬日暖阳，享受地眯着眼睛欣赏周围的景色。

从鹿门山顶往西北襄阳城方向遥望，汉江由西往东优美地划了个大弧再折返，由东往西又划个大弧之后，斜向东南，经江汉平原向汉口流去，注入长江，在襄阳、汉宜之间的这一段形成了一个巨大的反"S"形流淌路径。反"S"的上弧环拥着襄阳古城，下弧护抱着汉宜县城，在阳光的照射下，汉江水面波光粼粼，流光溢彩，像是为襄阳和汉宜两座城市戴上了一条璀璨耀眼的钻石项链。这，就是美丽纯净的汉江，千百年来无私地福荫泽被着两岸的百姓，灌溉滋润着两岸的田野。

郑力仁听着风声、鸟鸣，感慨道："汉江真乃天赐珍宝，荆襄确属神佑福地啊！难怪两千多年来除了司马徽、诸葛亮、孟浩然、米芾这些历史名人在这里隐居之外，王维、李白、杜甫、皮日休等诸多文人墨客、诗词大家也都在襄阳、汉水之间留下了足迹，遗下了墨宝。"他用手向左后方一指，向两位介绍道："这座山叫霸王山，据说山上还有古代战壕的遗迹，说是楚霸王当年抗击刘邦留下的，所以后来老百姓就把这座山叫做霸王山。当地还流传着一种说法，说楚霸王在这里没能打过刘邦，溃败渡过汉江，被刘邦一直追赶到乌江边，感到无颜见江东父老，无奈别姬自刎。"说着，再指向斜对岸稍远处的一座类方形的山说："那座山叫印山，传说是楚霸王渡过汉江溃逃时丢失的玉玺，变成了这座山，所以老百姓称它为印山。"

"我在想啊，你说像西楚霸王项羽这样的豪门大户出身，势力和影响本来远胜过混混破落户的刘邦，为什么反而是刘邦得了天下呢？如果是项羽得了天下会怎么样？"龙德安眼镜后面的双眼微眯着遥望印山，像是在问郑力仁，又像是在自言自语。

郑力仁沉吟了一下说："项羽这个人的缺点是心胸狭隘，容不得人，优柔寡断，又无远见，火烧阿房宫，弑杀楚怀王，大搞割据分封，复辟秦朝之前的旧制。这是个逆潮流而动的人，所以呀，最后有垓下之围、四面楚歌的结果就不难理解了。如果是项羽得了天下，就很难说是不是会有大汉一统天下了，后来的中国也许会是另外的样子，也就可能没有现在我们所称的'汉人'喽。但从另一方面来说，项羽有一种人格魅力和英雄情结，所以李清照有一首小诗'生当作人杰，死亦为鬼雄。至今思项羽，不肯过江东'，还是有一定深意的。"

"没想到这位宋代的弱女子诗人居然有很强的英雄情结啊！不过，即使咱们不讲'成败论英雄'，但总的来讲，刘邦为了实现自己的雄心壮志，能放下身段，可容人，会识人、善用人，而且能忍、心狠、果断、有谋略，最后打败项羽就不足为怪了。当然，这也少不了忠心耿耿的张良、樊哙这些人的辅佐。你们再看哈，鸿门宴上项庄舞剑，好像已经是胜券在握，项羽的季父项伯居然偏帮着刘邦逃过这一劫，这应该算是天助刘邦吧！"刘易昌评论道。

"历史中看似的偶然，其实都有它的必然性，更有它的规律性，就像《三国演义》的开篇语所说：'天下大势，合久必分，分久必合。’史称‘强汉’的东汉之后，汉室天下又分崩离析了。曹操虽有野心和能力统一天下，但制衡太多，声名太累。而被称‘天下奇才’的诸葛亮躬耕襄阳，运筹帷幄，所谓‘羽扇纶巾，樯橹灰飞烟灭’，也只能谋划出三国鼎立，互相抗衡的局势。即使隋唐以后中国表面上好像保持的是天下一统，但襄阳、荆州这一带，始终逃不过各方力量打来杀去、争来抢去的宿命。但现在看来，有个不可否认的事实，那就是这次共产党统一中国的大势，看来是谁也挡不住的了。”郑力仁评价道。

“襄阳自古就是兵家必争之地。历朝历代的争夺、外敌内乱的抢占不说，就这些年，前有土匪祸害，后有日本人烧杀，再有国共内战，襄阳一直都是战乱之地，没有消停过。前几年，新四军第五师中原突围到我们这里休整，我那时还在读初中，第一次领略到了共产党军队的风采，也是从那时起，我打心眼里喜欢上了共产党。蒋介石打内战之后，刘邓大军开辟了江汉解放区，建立了汉宜县爱国民主政府，这一带群众基础很好。”龙德安指着远处的襄阳城方向，接着说，“而并不很远的襄阳城则是国民党特务头子康泽第十五绥靖区的老巢，汉江这条项链紧紧环绕着的上下两个环也是各为一方啊！不过这次，整个襄阳地区可算是真正彻底解放了！”

刘易昌也动情地说：“是啊，其实我们在汉宜县立初中读书的时候就应该算是参加革命了，我那时还真是佩服力仁胆子够大，串联起一些同学，经常把民主政府的政策布告和共产党的宣传文件，偷偷带给襄阳城里的进步学生。那抓住可是要杀头的啊！”

郑力仁站起身舒展一下身体，说：“哈哈！干革命嘛，怕什么？走，我们下去到孟浩然隐居的地方看看去。”

传说中的孟浩然隐居处在鹿门山东麓，这里有一座规模不大的庙宇，叫做“鹿门寺”，坐西北向东南，面朝霸王山和狮子山之间的山口。此时的鹿门寺并没有几进几殿的规制，只一座正面大殿端坐着佛菩萨，两侧南北偏殿供奉着诸神仙，从形制上看，属于佛道合一的场所，也算是迎合了周围百姓不同的敬香需求。寺庙前院的青石台阶下面有一处奇景：一块巨大的石头突兀前伸，一年四季无论旱涝，都从巨石内持续不间断地往下均匀滴水，形成层层水珠线，恰如暴雨不断，又似微型瀑布，内里形成了一个小小的水帘洞。香客、游人往往啧啧称奇、流连忘返。未知何时，有人给取了个形象的名字——"暴雨池"。"暴雨池"旁边有一眼古井，探头仍可见水中的倒影，据称是孟浩然当年隐居时所用之井，至今可饮，水质甘洌。

郑力仁三人看完古井，绕过古松，走到"暴雨池"下，净手洗目，掬水而饮，然后定定地站在石刻书法"暴雨池"的巨石前，既像是在欣赏这幅不知何人所书所刻的书法作品，又像是在感念先贤孟浩然千年前于此卧石观天，吟诗抒怀的隐居场景。

俄而，郑力仁低低吟道：

山寺钟鸣昼已昏，
渔梁渡头争渡喧。
人随沙岸向江村，
余亦乘舟归鹿门。
鹿门月照开烟树，
忽到庞公栖隐处。
岩扉松径长寂寥，
唯有幽人自来去。

"阿弥陀佛！善哉善哉！小施主真是有才啊，对孟夫子的诗句信手拈来。这首《夜归鹿门歌》此时此景很合时宜呀。"三人回头一看，只见一位老者身着非佛非道、打着补丁的蓝色旧粗布棉袍，正走出旁边的草庐柴门，对他们合十微笑，便连忙鞠躬回礼。

郑力仁笑答："老师父您好！我是山下不远的孟家大营的人。"又指指龙德安和刘易昌，"他俩是县城里的，都是当地人，所以对孟夫子的诗章、生平都很熟悉，而且也很崇拜。"

老师父微笑着指指山下："呵呵，据说孟夫子的直系遗脉就是在山后的孟岗村，和孟家大营也有很深的家族渊源哦。"随后问道："你们都是学生吧？怎么今天有闲情逸致来到小寺游玩观景啊？"

刘易昌抢答道："我们都在省城读书，听说这儿已经是解放区了，特地赶回来参加我们解放区的建设，路过附近，他就拉着我们上山来专程拜谒孟夫子的隐居地，他是旧地重游，"又指着龙德安说，"我和他是第一次来，真是个好地方啊。"接着又问："老师父，这座山为什么叫'鹿门山'？是因为有鹿么？"

"呵呵，这座山原来是叫苏岭山，传说襄阳人习郁随汉光武帝刘秀驾幸领地时，都梦见了苏岭山神，又因习郁护驾有功，被汉光武帝封为襄阳侯，于是啊，习郁就在这个苏岭山上建了这座神庙，并在前面山口的神道两旁立了两头石鹿，这苏岭山从此以后就被当地的老百姓改叫'鹿门山'了，所建的神庙因此也就叫'鹿门寺'。不过这庙已经几经毁损，难得恢复原样喽。"老师父娓娓道来。

刘易昌惊讶道："鹿门寺居然可追溯到汉代啊！那可真称得上是千年古刹呀。力仁，你身上有零钱吗？给我一点儿，我要上去敬香。"

三人随着老者步上台阶。龙德安走进大殿静静观看，刘易昌在殿外将零钱先塞进破旧的"功德箱"里，再取过三支香在香油灯上引燃，举香祈愿后插进香炉，纳头而拜。

郑力仁站在旁边看着刘易昌的举动，说："易昌你还真是迷信啊。"

老者也已合掌拜毕，平静地说："迷信也好，不迷信也罢，信则有，不信则不一定没有。总之，做人做事都是心诚则灵啊。阿弥陀佛！"

龙德安此时正好迈出大殿，闻此笑道："力仁，听明白没有？师父所言就是宗教的哲学，其实也是大众的哲学，不仅仅是信仰哦。"

郑力仁看着老者，似乎在思考和品味着老人家话中的哲理。

老者提醒道："各位小施主，天已经不早了，从这里走出山口还有一段路，而且听说山谷里经常会有野猪伤人，你们还是赶紧往回赶吧，路上要多加小心。阿弥陀佛！"

三人鞠躬合十拜别老者，下山而去。

鹿门山与狮子山夹峙处的古神道树遮林掩，人迹罕至，临近傍晚更显天暗幽深，三人步履匆匆地赶到山口的林家湾时，橘黄色的夕阳已经挂在了远处汉江对岸的铁帽子山顶。

林家湾是一个不大的村落，三十多户林姓人家散布在林家大山的山坡上或河湾旁。林家大山的山脚下蜿蜒流淌着一条被当地人称为"小河"的河流，依地形、流势、走向，刚好把山区岗坡和河滩平原分割开来。林家湾是依河湾取名，林家大山是因村得名。郑力仁的二姑家就在林家大山一面阳坡之上，是个独立的柴院。

郑力仁领着龙德安和刘易昌走到距二姑家不远的地方，便望见房上已经升起的袅袅炊烟，便加快了脚步向前走去。突然，大家都感到好像有什么地方不大对劲，只见院子柴门上方挂着黑布和白色的纸花，院里的房门上好像也挂着黑布和白花。三人疑惑地对视一下。刚走近柴门，随着院里大黄狗的狂吠，屋里走出一位十五六岁的少年，一身山里娃打扮，但腰间扎着白布条，边走边呵斥大黄狗，打开柴门打量着来人，犹豫片刻，忽然惊喜地望着郑力仁叫起来："大表哥！你怎么来啦？"然后扭头喊："妈，大表哥来了，还有稀客！"

　　屋里即刻迎出一位三十多岁的妇女和一个十岁左右的女孩，腰间都系着白布。郑力仁赶紧叫："二姑！宝珍！"

　　二姑红肿着双眼，张开双手边迎上来边哭喊着："力仁啊，我的好侄儿，你可来看你姑父了！你苦命的姑父……呜……呜……你二姑我好命苦哇……"宝珍在旁边也跟着哭。

　　郑力仁拉着二姑的手，转头问少年："山娃，到底是怎么啦？二姑父呢？"山娃红着眼，低着头，手扯腰间的白布不语。

　　二姑忽然想到还有其他客人在，赶紧止住哭，用衣袖擦擦眼泪说："哎呦，哎呦，孩子们，对不住哇，对不住。快进屋里去。"

　　拉着郑力仁的手进得屋来，二姑先吩咐宝珍继续去烧火做饭，让山娃多加两样办丧事的剩菜回锅，再切点为过年腌制的山猪肉，用腌腊菜和干辣椒炒个新鲜菜招待客人。然后坐下来问郑力仁："你不是在汉口读书吗？怎么跑回来了？这都放寒假了吗？我还以为你晓得了二姑父过世的事，专门赶回来的呢。"

　　郑力仁答道："我们这里是解放区了，汉口现在还是蒋管区，乱得很，完全没法读书，国民党到处抓学生，而且马上就要打大仗了，我和我的两个同学结伴一起逃了出来，白天要么搭便车，要么步行，晚上住老乡家，走了四天三夜才到这儿。"一打量堂屋墙上的姑父画像和挂着的白幛，问："我二姑父到底是怎么啦？"

　　从二姑口中得知，二姑父虽然表面上是这山里的猎人，但在日本人占领襄阳地区时就参加了当地的游击队，抗战胜利后又在汉宜游击区配合解放军的行动，并担任津口区小队的游击队长。这次攻占襄阳城的战斗打得很惨烈，城墙高大厚重，护城河与北边的汉江连通，又宽又深，解放军不断从东门、南门强攻都无法得手，最后还是攻击西门的部队用计得手，攻城突击队把城墙炸开了一个豁口，冲进城去。二姑父就是在这次战斗配合中带领游击队，负了重伤，虽经解放军尽力抢救，但没熬过几天，还是撒下娘儿几个离开了人世。

"办丧事的时候，你爹妈和你大姑他们都来了，解放军的领导、县大队和区小队的领导，还有他游击队的兄弟们也都来了。今天是你二姑父的'头七'，按老规矩的说法，过世的人今天会回家里来看看的，我就等着能再看到你二姑父哇。"二姑抹着泪，怀念地说。

刘易昌闻言，感到些许惊惧地往房顶屋角瞄了瞄。

郑力仁豪气地竖起大拇指赞叹道："我二姑父了不起！是革命者，是英雄，牺牲得值，是我们的榜样！"说完站起来，走到二姑父的画像前恭恭敬敬地三鞠躬。龙德安、刘易昌也走过去鞠躬致哀。

晚饭后，三人简单洗漱，挤在一张空出来的松木架子床铺上。几天路途的劳累和兴奋之后，他们很快就进入了梦乡，沉沉睡去。

突然，似睡非睡的刘易昌似乎被什么异常的响动惊醒，他猛然睁开眼睛，屏住呼吸扫视着发出动静的方向。透过房屋檩架，他隐隐约约看到一处忽明忽暗的模糊光亮和屋顶上飘飘忽忽的黑影。他越看越觉得不对，越看越害怕，便赶紧去推身边的郑力仁。郑力仁翻了个身，嘟哝一声又睡了。刘易昌继续边推边轻声叫："力仁，力仁，醒醒……快醒醒。"郑力仁勉强睁开眼睛，迷迷糊糊看出是刘易昌，正要张嘴询问，被刘易昌一把用手捂住，颤抖地说："有……有鬼……"

郑力仁一听，两眼突然放光，一把推开刘易昌的手，腾地坐起来："有鬼？在哪？"刘易昌指指有光亮闪灭和黑影晃动的地方，似乎还有呜呜嘤嘤、咿咿嗯嗯的声音，在山村冬天的暗夜中显得异常怪异。郑力仁一边慢慢地披上棉衣，一边凝神听了听，随后果断地下床穿鞋，一言不发就往有响动的地方走去。刘易昌紧张地想要阻拦他，一把没扯住，便又转身去推熟睡着的龙德安。

郑力仁掀开破布门帘，朝着刘易昌所指的位置大步走过去察看，原来是二姑趁午夜前在院门口给二姑父烧完头七纸"引路"之后，回到堂屋盘坐在二姑父画像前昏暗的油灯下，咿咿嘤嘤地哭诉着什么。她听到有脚步声，定睛一看是侄子，便止住哭轻声说："哎呀力仁，你怎么没睡呀？是不是吵着你睡觉了？"

郑力仁愣了愣说："没有，没事儿。"只见刘易昌一脸惊惶地扯着还没套好棉衣的龙德安冲过来，一看此景即呆立在那里。

二姑见状突然醒过神来："啊呀呀，孩子们，是不是吓着你们了？"

郑力仁走过去扶起二姑，看着刘易昌扯着龙德安的神情，忍不住哈哈大笑，说："我这个同学说是二姑父回来了，在闹鬼。吓得他呀，哈哈哈哈……我说易昌啊，你就是太迷信了，自己吓自己，哪像个唯物主义的革命者哟？"

听到动静的山娃、宝珍兄妹俩也拥到堂屋，瞪着眼睛莫名其妙地看着大家。二姑听说是这么个情况，也难为情地破涕为笑了。

第二章 回乡

第二天一大早，吃过简单的早饭，郑力仁同龙德安、刘易昌便辞别二姑、山娃和宝珍，下山往孟家大营走去。

水面结有薄冰的小河上架着由松木搭成的简易小桥，跨过小河就进入了平原地带。这里属于汉宜小平原，土质松软，地力肥沃，雨量适中，四季分明，特别适宜种植小麦、棉花、芝麻、花生、红薯之类的农作物。眼下正是冬闲时节，地里的冬麦覆盖着少许积雪，田野里几乎见不到劳作的人们，倒是路上随时可以碰到欢天喜地赶集买年货、走亲戚串门的大人和小孩，或肩挑或手提或车推的都是些准备送到孟家大营集市上卖掉的农副土产、山货野味，赶早集已经返回的人也置办了满筐足篮的年货节礼、年画春联，远处偶尔会传来狗吠牛哞和猪被宰杀时的惨叫声。三个人感受着这战后和平喜庆的气氛，觉得无比畅快，不停地东张西望，耳听眼观，谈天说地，评古论今。

龙德安和刘易昌从郑力仁的介绍中得知，孟家大营原本是叫"孟家洲"。一千多年前，孟氏祖先的一部分到鹿门山附近的山冈上扎根，一部分就留在这个汉江冲击沙洲造就的河滩平原上畔江而居，繁衍生息，春种秋收，楫舟捕鱼，经年累月，慢慢形成了汉江上的一个客货渡口、繁华集镇，渐渐也有一些其他姓氏的人家零星迁居融入，当时的外迁户中刘姓户数稍多。太平天国农民起义军造反的十多年间，起义军在孟家洲安营扎寨达七年之久。开始的两三年属大营建制规模，在大营所处营寨的汉江上下游各十里处有上将军营和下将军营拱卫，上将军营在孟家洲上游与津口镇之间，下将军营在孟家洲的下游处与江津镇之间，和汉宜县城隔江相望。因起义军的这个大营驻扎在孟家洲，就叫"孟家大营"，一直这么叫了下来。太平天国的将领当时看上了这里上衔汉中、襄阳，下接荆州、汉口这个得天独厚的地理优势，扎营筑寨，设卫立所，欲长期管控。他们北面倚汉江天然屏障修筑堤防，并设水上码头关卡，其他三面则就地取土，夯筑城寨土墙，设有东门楼、南门楼、西门楼三个陆上关卡。取土挖就的壕沟便引入汉江水，形成被当地人称为"寨河"的护城河，活脱脱一个襄阳城的缩小版。太平天国后期，起义军不断减少驻扎规模，直到最后孟家大营和上下将军营的起义军全部开拔撤离，留下了不少跟随起义军过来但已落户务农的家属、亲眷，以及不能再随军作战的老弱病残，尤以洪、萧、刘三姓居多。

郑力仁继续介绍道："现在的孟家大营已达千户人家，形成了规模比较大的集镇，除了原本的孟家之外，太平军撤离时留下的洪、萧、刘算是大姓，其他均为杂姓、孤姓，集镇里的人都习惯自称是'营子里的'。听说我父亲是在很小的时候随家人从汉江上游一带逃荒流落到襄阳城的，日本鬼子攻占襄阳时又顺江逃难到了孟家大营。我们这个'郑'姓在孟家大营一直都是个孤姓。"

刘易昌听了孟家大营这个叫法的来历，忽然醒悟道："哦，对了！好像听我爷爷讲过，说他的爷爷当年就在孟家大营，到我太爷爷这一辈就搬到了县城，但我们好像再也没来过孟家大营了。听你这么一说，那些刘姓人家还保不定是我们的同宗同族呢。"

郑力仁看着刘易昌："嗬？没听你说过你们家和孟家大营还有渊源哩？那保不定你们还可能是当年响应洪秀全起义的本地首领刘子槐、刘朝义的后代呢。看来你得回去问问你爷爷，查查家谱。"

"这么说来，孟家大营不但是古代名士故地，还是个有革命传统的地方呢！其实从这里过汉江离襄阳城也不是很远，当年太平天国官兵和当地响应起义的红巾军倒是很快就把樊城和周围地区给占领了，但后来与清军数度激战，三次攻打襄阳城都没法攻下。这次解放军却是一举攻破襄阳城，还活捉了国民党特务头子康泽，这一大片地区总算是太平了，共产党真是了不起啊！"龙德安感叹道。

郑力仁也感慨地说："是啊，这里自古的说法就是'铁打的襄阳，纸糊的樊城'。襄阳城真是墙高壕深，山环水抱，易守难攻，再加上太平天国时期的清朝已经把湖北省的省会搬到了襄阳，作为当时省会的守军，清兵绝对是至死都要守住襄阳城的。这一回呀，蒋介石也把宝押在了襄阳，任命他的亲信康泽为十五绥靖区中将司令官坐镇襄阳，结果呢？呵呵！用孙中山先生的话说，叫做'世界潮流浩浩荡荡，顺之则昌，逆之则亡'，也可以说是'得道多助，失道寡助'啊。"

说话间，三人走过一处被当地人称为"庙台子"的古庙台地。古庙建筑七零八落，败落荒凉，已经多年无人问津，但庙台子上那棵数人难以围抱的白果树像一位千岁老人，安然地注视着来来往往的芸芸众生，坦然经受着寒来暑往的风风雨雨。再往前路过一个大水塘，便可以望见孟家大营土寨墙上的南门楼了。

南门楼外石桥下围绕营子一圈的"护城河"即是被营子里的人称之为的"寨河"，清水流淌，结有薄冰，有几个小孩在用石块砸冰玩儿，寨河小石桥上站着几个手拿零食的小孩，边吃边给砸冰的小孩吆喝鼓劲。

穿过略显破败的南门楼，好热闹！真称得上是人头攒动，熙熙攘攘，摩肩接踵。南北走向的明清风格的街道两旁，店铺的店主们把门板全部都卸下来，敞开做生意，家家店旗彩幡高挂，货架琳琅满目。路边摊上割肉的、卖菜的、贩鸡蛋的、炸油条的、烙锅盔的、蒸馒头的、切发糕的、下面条的，应有尽有，叫卖声、吆喝声此起彼伏，招呼声、还价声忽高忽低。小孩子们有的手里拿着吃的，有的举着新买的竹木玩具，开开心心，蹦蹦跳跳。沿途认识郑力仁的大人都笑容满面地打招呼："嗬，大秀才从省城回来过年啦？"

有几个和他们三位年纪相仿的女孩怀抱戏服、手提腰鼓、举着铃鼓、兴高采烈、满脸喜庆地迎面走过来，见到郑力仁都害羞地低头抬眼偷望着他笑笑，算是打了招呼。刘易昌也跟着笑笑点点头，然后问道："力仁，她们都认识你呀？"

郑力仁回答："都是一个营子里长大的，从小就认识。"突然发现街边一位十七八岁正在给人剃头刮脸的小伙子很面熟，定睛一看，立刻走过去喊一声："咦？这不是随昌吗？嘿嘿！看样子你这是出师了呀？那现在应该叫你'刘师傅'啦？"

刘随昌抬眼一看，惊奇地叫道："是力仁啊，你回来了？"

郑力仁回答道："是啊，和同学一起回来的。"然后向龙德安、刘易昌介绍说："这是我的发小刘随昌。"又指指刘易昌对随昌说："我的这位同学也姓刘，叫刘易昌，你们可能还是本家呢。"刘易昌笑着向刘随昌抬抬手，算是打个招呼。

刘随昌看看刘易昌，不好意思地红着脸说："我这个剃头匠可不敢攀这门本家，我又不像你们那样会读书，只能干这下九流的差事。"

龙德安笑着对刘随昌说："说剃头理发下九流，那是旧社会踩低劳动人民的胡说八道，现在解放了，劳动光荣，人人平等。而且你这不仅仅是在靠剃头手艺吃饭，还是在为人民服务哩！你看看他们还有我们，都离不开你的服务，对不对？"

刘随昌和旁边带他的师傅都停下手里的活，用感激的笑容回报。

快到前面的十字街口时，人群也稍拥挤了些，显得更加喧闹。原来，有一班解放军战士和十几位青年民兵正在四个街口搭松木架子，插上松枝，挂上红布，在上面贴上"将革命进行到底！""打倒国民党反动派！""打倒蒋介石！"等标语口号。周围站着一些大人、小孩，边凑热闹边帮忙指点，有些赶集路过的人也会停留一会儿，好奇围观。

紧靠十字街口西南侧的"孟家台子"上有一片大屋场，这是孟家大营集市上最显眼的建筑，人称"孟家大屋"。踏上约十级青石台阶后，迎面即是四间面宽、进深较大的店铺，专营布匹、服装、鞋袜、纸张、日用百货之类。百货店铺的右侧则是有三间面宽但同样进深的杂货商店，专卖油盐酱醋、煤油火柴、农具绳索、土产日杂之类。紧靠百货店铺的左侧便是孟家大屋的正屋，大门两侧立着一对青石雕刻的龙凤呈祥鼓形门墩，一进大门，绕过照壁是宽大的堂屋客厅，左右两旁有书房、佛堂、宴客厅；第二进中间是天井，楼下有八个房间，是孟家寝卧、梳妆和家人活动之处，上面是阁楼；第三进是厨房、家人用餐的饭厅、管家和佣人的住处及小库房。孟家大屋的后院比较大，除了一座用于店铺存放各类货物的仓库外，还有几间杂物房。

孟家大屋的主人孟尚义此时正站在孟家台子上，笑容可掬地和一位解放军干部模样的人一边观看街口搭建松木架，一边商量在大年初一用孟家台子做舞台举办"军民迎春联欢会"的事。台子下的街道上不时有路过的人打招呼："程连长好！""解放军好！""孟大善人早！""孟先生好！"……程连长和孟尚义都笑眯眯地一一作答。

郑力仁领着龙德安、刘易昌绕过熙熙攘攘的赶集人群，路过孟家台子下面时，已经看到了孟尚义，正准备打招呼问好，倒是孟先生一眼看到他，先朗声叫道："哎哟哟哟，这不是力仁嘛，从省城回来过年啦？现在已经放寒假了吗？"

郑力仁笑眯眯地抬头望着孟先生："孟伯伯好！汉口马上要打仗了，乱得很，学校也上不成课了，一听说我们这里解放了，我和我的两位同学什么都没拿，就赶紧跑回解放区来参加革命了。"

看到程连长疑惑的神态和询问的眼神，孟尚义赶紧介绍道："噢，这位可是我们孟家大营的大秀才啊，叫郑力仁，在省城读高中，他父亲就是县城济世中药铺给樊营长带去的首长瞧过病的郑守礼先生。"又向郑力仁他们介绍："这位是解放军的程连长。"

"程连长好！"三人连忙鞠躬致意。

程连长立刻快步走下台阶，分别和他们三人握手，热情地说："郑同学好！同学们好！哎呀，欢迎欢迎欢迎啊！你们回来得正是时候呀，革命太需要你们了，解放区太需要你们这些人才了！你们这一回来，我们的革命队伍又壮大了！"

三人都激动地看着程连长，好像在等待着分配战斗任务。

孟尚义走过来说："我和程连长还有事情要商量。力仁，今天是我们这儿的大集日，过晌午才散集，你母亲应该还在前面摆摊，你和这两位同学过去找找，先回家休息休息，过几天得空到家里来，孟瑶这两天还在念叨，说你快放寒假回来了呢。"

郑力仁、龙德安、刘易昌三人鞠躬辞别程连长和孟尚义，向前面走去。过了十字街口的北街，郑力仁就看到母亲在孟家祠堂门口，守在一个临时用木架支起的小杂货摊前，妹妹淑婉在旁边和几个五六岁上下的小朋友踢毽子玩耍，一位中年妇女似乎在大声地数落着什么人。母亲规劝道："我这个做嫂子的虽然年纪比你要小一些，但我还是要说说你，你这个脾气也够差的了，你哥就说你肝火太旺，怪不得你的眼睛不好哩。两口子都这么多年了，人家又那么老实，你有啥事要天天吵个不停的呢？"

旁边有摆摊卖菜卖豆腐的妇女先看到郑力仁他们，提醒似地叫了声："郑先生娘子，你家秀才儿子回来啦！"

郑力仁走近母亲，恭恭敬敬地喊："妈！我回来了。"又朝向那位中年妇女叫道："大姑！"淑婉看到哥哥，立刻撇下小朋友高兴地跑了过来。

母亲一看儿子突然回来了，还有同学在一起，便手忙脚乱地收拾小货摊，并赶紧让大姑先回家，说有空带儿子去看她和大姑父，然后领着儿子跟同学往家里走去。一路上，郑力仁向母亲介绍认识了龙德安和刘易昌两位同学，并简单说了说提前回来的大概经过。

三个人分别拎着杂货箱和木支架，跟着郑母穿过相对冷清的西街，走进孟家大屋后院的大门，靠院西南角就是郑力仁一家向孟尚义租住的两间杂物房。孟尚义本意是想要免费给郑家借住，但为顾及郑守礼的面子，只好每月象征性地收点"租金"，却经常通过女儿孟瑶不显山不露水地接济、帮衬。郑守礼也常常利用每月从县城回家的时间，免费给孟家老小诊脉看病开药方，有时也和孟尚义在一起谈论书法、临摹帖子。两家关系相当好，相处了差不多十年，几乎没有房东和租客之间的感觉。

一到家，母亲就从旁边搭建的鸡窝里摸出几个鸡蛋，走进灶间开始忙着和面擀面条。郑力仁让两位同学在堂屋的小桌旁先坐，自己也进去厨房，边和母亲说话，边烧了开水提出来招待客人。

三人正一边喝水一边聊着一路回乡的见闻感想，谈着解放区的精神风貌，议着各人未来的计划打算，忽听外面传来欢快的声音："婶儿，听说力仁哥回来了是吗？"话音未落，就闪进一位十五六岁的姑娘，身着棉袍，体态高挑，细眉大眼，面庞白净，笑起来脸上有两个甜甜的酒窝，处处给人以青春洋溢、活力四射的感觉。她风风火火满脸带笑地闯进门来，见到龙德安和刘易昌，稍微愣了愣，又冲着郑力仁笑道："力仁哥，听我爹说你和同学从汉口提前跑回来要参加革命是吗？太好了！我们可以在一起干革命了。"

郑力仁、龙德安、刘易昌三人不约而同地站起来，欣喜地笑迎这位突然出现的姑娘。妹妹淑婉也开心地迎上去拉住她的手亲热着。

郑力仁说："嗨呀，是孟瑶啊。你怎么也从襄阳城跑回来了，不上课了？应该初中毕业了吧？"

"哎哟，力仁哥，你太不关心小女子了，襄阳城打仗炮火连天的，能上课吗？知道解放军要攻城了，学校赶紧提前疏散老师跟学生，我也是提前跑回来参加了革命，我的革命经历可是比你们要早得多哟！"孟瑶瞧着他们三人，得意地仰仰头。

郑力仁这才笑着向龙德安、刘易昌介绍道："这位是孟瑶，襄阳女子中学大名鼎鼎的才女，也是刚才我们见到过的孟尚义先生的千金大小姐。"随之又向孟瑶介绍了他的同学。孟瑶恭恭敬敬地鞠躬道："德安哥好！易昌哥好！"

郑力仁问道："你跑回来参加革命？你能干些啥革命工作？"

"哼！力仁哥我跟你说，我干得可多啦！打襄阳城的时候，我们一帮小姐妹跟着张正凤大姐的妇救会护理解放军的伤员，洗伤口、打绷带、换药、喂饭，给伤员唱歌、跳舞，什么脏话累活都干，还到河边码头一筐一筐地洗床单、洗绷带。解放军同志说我特能干，是合格的护士呢！还说我应该去学医，当军医。听说解放军可能会在我们这儿招兵，我还真想去应征当女军医呢。噢，对了，我们这些天正忙着排练节目，准备和解放军、民兵一起搞春节大联欢哩。我正盼着你能回来帮我们呢，给我们指导指导，把他们都比下去！"孟瑶口不停歇，手舞足蹈地说着。

刘易昌一直目不转睛地盯着开朗活泼的孟瑶，这时插话道：

"哈，你说的这些可都是我们郑力仁同学的强项，他可是琴棋书画行行精通，编剧、演戏、唱歌、拉二胡样样都行啊。力仁说你是女才子，那他可是我们的大才子哩。"

孟瑶接话道："我当然晓得力仁哥很厉害啦。所以，力仁哥你一定要加入我们的节目，做我们的导演，亮出我们的本事。还有啊，我还想趁现在农闲办个识字班，教营子里不识字的年轻人识字学文化。"

龙德安也很感兴趣地说："我看可以，力仁不仅可以做大导演，还可以再发挥他另一个强项——当老师，帮着把识字班给办起来，组织大家学文化，这些可的确是些实实在在的革命工作呀。"

孟瑶听了龙德安的建议，高兴得跳起来："哈！德安哥的提议太好了！我还真不知道怎么组织大家办识字班呐。这样的话，我们计划的两件革命工作都可以完成了。"随之装腔搞怪地拉着戏腔向郑力仁弯腰施礼："哎呀呀呀！如此拜托力仁哥了，小女子这厢有礼啦！"

郑力仁看着孟瑶，忽然间深深地感到震动：解放区真是培养人的地方啊。一个年龄比他还小，原来只知道撒娇疯玩、养尊处优的富家小姑娘，半年不见，居然变化这么大，不但投身到战争之中，干了这么多又脏又累又危险的事情，还那么快乐和自豪；不但没觉得苦，还那么有激情、有想法，又想当兵进部队，又想到要办识字班为民众做好事。一时间他也顿觉热血沸腾，激情满怀："好的！没问题。不过，我今天下午要和德安、易昌一起先到县城去看看我爹，然后再去襄阳城转一转，最多两三天时间就赶回来，立刻加入你们的节目排练，再尽快想办法把识字班给办起来。革命不分先后，我要后来居上。"说完也配合着摆出戏剧武生的威武架势。

孟瑶听他这么一说，感激地说："太好了！力仁哥。不过我还想麻烦你到襄阳城后，也顺便去看看我二哥、二嫂还有侄儿。

仗打成那样，也不知道他们怎么样了，到现在也没有消息，我和爹好担心哦。我们现在还一时离不开孟家大营去找他们。"看到郑力仁点头答应后，便转头兴奋地冲着灶间喊道，"婶儿您听到了么？力仁哥要给我们春节联欢会的节目当导演呐，还要领导我们一起办识字班呢。哇！今年过年好开心哪！"

母亲端着辣椒韭菜炒鸡蛋和凉拌大头菜丝，从灶间走出来摆在小桌上，笑呵呵地应声："你那么大的声音我还能听不见？只要你们都能快快乐乐地过年，那就是好年噢。瑶瑶，坐下来吃碗面吧？"

孟瑶调皮地说："我才不和力仁哥抢饭吃哩，我要省下来给力仁哥他们多吃点。力仁哥，记得你说的话可要算话哈，德安哥、易昌哥在这儿可都是证人哦。"

郑力仁不满地瞪了孟瑶一眼："革命工作，义不容辞。君子一言，驷马难追。"

孟瑶一看目的已经达到，开心地跟大家摇摇手："走喽，回家吃饭去喽。"话音未落，便一阵风似地跑走了。

"真是个疯丫头。"郑母边摆碗筷边摇着头笑道。

第三章 巨变与希望

　　吃过中饭，郑力仁和龙德安、刘易昌离开孟家大屋，顺着孟家大营西街走出被炮火毁损了西门楼的西寨门，一条大路直通江边渡口码头，乘坐摇橹木船穿过一片冲积沙滩过江，翻过一座低矮山包之后，就到达汉宜县城。三人约好次日碰头去襄阳城的时间和地点，龙德安和刘易昌各自回家，郑力仁便去周家巷的济世中药铺找父亲。

　　济世中药铺是药铺老板周世泽的祖产，为临街三间两层楼的门面。楼下三间是把门板卸下之后的敞开式店铺，门面上方挂着"济世中药铺"的横匾，两边圆木门柱上刻着楹联，上联是"唯愿天下人无病"，下联是"宁可架上药积尘"。

　　走进药铺，迎面便是品种齐全的中草药百屉柜和取药收款的柜台，左右两边厢房用红木屏风隔开，分别摆放着木制台椅用于号脉看病、接诊开方。楼上为中草药、中成药库房，还有一间作为卧室，由郑力仁的父亲郑守礼居住。药铺后面的小院子还有一处煎药制剂的操作间，由周世泽乡下老家的侄子周利怀负责管理。周世泽和老伴就住在药铺后院的老宅子里，他们唯一的儿子早在

1939年就和一帮热血青年跑去老河口第五战区司令长官部，说是追随台儿庄抗战大捷的指挥官李宗仁将军，参军抗日保家乡。十年过去了，至今没有音讯。

郑力仁迈进药铺，只见周世泽老先生在左厢房，正微闭双眼给唯一的一位病人号脉，周利怀则忙着为店铺中间烧开水取暖的炉子添换煤球，父亲穿着蓝布长棉袍，戴着绒帽站在柜台后面打算盘记账。郑力仁走近柜台轻轻地叫道："爹。"

郑守礼手握毛笔从账本上抬起头来，看到儿子，脸上立刻堆起温和而慈祥的笑容："哦？力仁回来啦？稍微等会儿，等我把这笔账记下来。"片刻，郑守礼从柜台里面走出来，取下蓝色袖套，领儿子坐到右厢房的诊台旁。周利怀用搪瓷杯端来一杯开水，郑力仁礼貌地双手接过致谢，便向父亲轻声地汇报了在学校的情况、现在汉口的局势、提前回来的原因和一路上的经过。父亲一直笑容满面地听着儿子说，基本不插话。

郑力仁报告完自己的情况，突然问道："爹，襄阳城现在都已经解放了，解放军很快就要打过长江去解放全中国，国民党肯定是彻底完蛋了，我二爹到现在还是没有消息吗？"

郑守礼听儿子这么一问，愣了片刻，叹了口气："唉，早年蔡廷锴的部队到襄阳来招学生兵，你二爹正在襄阳城里读中学，高高的个子，长得好，书读得也好，经不住部队当官的到学校鼓动，就闹着要去当兵，拦都拦不住。他的最后一封信是从福建寄来的，说他们的部队在福州打了胜仗，成立了中华共和国人民革命政府，还寄了一张穿军装的相片，很精神。后来日本人打襄阳，我们逃难到孟家大营后，就再也没有得到你二爹的任何消息了，都十几年了，至今生死不明啊。"说完，轻轻摇摇头，心头涌起了对弟弟的无比思念。

周世泽老先生给病人望闻问切完毕，开了药方拿过来，交给郑守礼进柜台去抓药，便坐下来和郑力仁聊天，问省城的情况。

听说是今天上午才到家，下午就赶来县城看望父亲，便称赞道：

"力仁啊，你是个有才有德的孝子啊！难怪你爹谈起你来就眉开眼笑的。不过说老实话呀，郑先生这些年在我这个小铺子里可是帮了我的大忙喽，又是站柜台抓药，又是进货记账、算账盘点，晚上住在药铺楼上其实是给我值班守夜呀。而且，你知道吧，你爹现在号脉看病的本事不比我差哦。前些时给一位解放军首长看病开的方子，首长服用之后很满意，说效果很好、很见效。这不，今天上午又来药铺专门找你爹又开了几副药。所以呀，现在有很多人过来我这个药铺，是指名要请郑先生看病哩。"说完，满意地看着在柜台里忙碌着的郑守礼，呵呵笑着。

郑力仁礼貌恭敬地回应道："周老先生，这都是承蒙您老的关照，我爹可是一直感念您老的好处呢，说这些年在您老这儿既能干活挣钱养家，又能学到看家本事，而且白吃在您家里，白住在药铺里，这样的好东家天下难找哇。我这个做儿子的也对您心存感激呢。"

郑守礼把抓齐配好的药交给病人，交代了煎服的注意事项，走过来对周老先生说："您是我的老板也是我的师父，师娘对待我也很好，真正要说感激的那只能是我们哩。俗话说艺多不压身，更何况这些事情都是我应该做的。说心里话，师父您对我是有恩之人，我和力仁不仅是经常提起，更是终身感戴啊！"

周老先生赶紧摆手："呵呵，言重咯，言重咯！"随之关心道，"我看今天后晌来瞧病的不多，估计也不会有什么事儿了，铺子有我盯着就行了。力仁半年没到县城来，你带他到街上逛逛，买些过年的东西，晚上再下个馆子犒劳犒劳我们的大秀才，哈哈。"

郑守礼依言收拾好账本、笔墨，整理好柜台、桌椅。父子俩拜别周老先生出得门来，一路上走走看看，开心地聊着天，感受着解放后人们迎接春节的精神状态，体会着新社会商家售卖年货的街市面貌，只觉得一片欣欣向荣，是新天地的开创，是新希望的开启。父子二人说说笑笑地来到西街的牌楼巷热闹的年货市场，购买了糕点、糖果、茶叶、瓜子等各种年货，又给家里每人都添置过年的新衣服、鞋袜、手套、帽子、围巾等物品。郑力仁是第一次穿上父亲送的一双皮鞋，异常爱惜，一直穿到大学毕业。

第二天早饭后，郑力仁依约赶到县城牌楼巷口与龙德安、刘易昌碰面，沿着西山脚下逶迤蜿蜒的汉江堤岸往北，直奔凤凰山下的习家池。顺着一处小山坳的石板路拐进去，只见箕形山坡下一片苍松翠柏，林木繁茂，盈盈一池碧水显得异常澄澈宁静。池水周围是一丛丛毛竹，滴青流翠，伸向池中的六角亭斗拱高耸，造型雅致，池的西南侧有"溅珠"和"半规"二池相连，别具意趣。背靠山坡的习家宗祠略显破旧，大门锁闭，似有很久没人来打理了。三人各处游遍，便走进六角亭依栏歇息，静观水中的鱼儿自由自在地嬉戏。

"子非鱼，焉知鱼之乐？"刘易昌忽然冒出一句。

"在这个处处灵石佳木荟萃，风光景致迷人的地方，当然是人也乐，鱼也乐，花草树木也快乐啦。"龙德安接口道。

郑力仁说："是这个道理。习家池又称为'高阳池'，就是那位在鹿门山建神庙的襄阳侯习郁凿池引流、聚石筑屋而建的私家园林，后来渐渐成为一处宴游名园，游览胜地，因而也就有了孟浩然'当昔襄阳雄盛时，山公常醉习家池'的诗句。"

龙德安望着郑力仁说："据说这习家池的历史比苏州最早的私家园林'顾辟疆园'还要早三百多年，被明朝的园林学专著《园冶》奉为中国'私家园林鼻祖'，的确值得游览啊。"

郑力仁点头称是："的确如此，不然就不会有李白、杜甫、白居易、孟浩然和其他各个朝代的诗词大家来习家池游园赋诗，这就是它的历史意义和价值。我个人觉得，宋代诗人李廌的诗中对习家池的写史、写景最能表达出你说的这个评价：'言登岘椒亭，南望高阳池。习君汉彻侯，种鱼千石陂。川光涵翠阜，倒影媚清漪。伊昔典午世，山公已游嬉。子孙安在哉，独乐宁可期。萧萧宰上木，长风荡余悲。'"

刘易昌感叹道："习家池这个地方还真是个荫庇后代的风水宝地。习郁的后裔、东晋历史学家习凿齿就曾辞官归隐于此，所谓'临池读书，登亭著史'，写下了五十四卷《汉晋春秋》这一千古名作呢。"郑力仁、龙德安均颔首称是。

郑力仁觉得逛得差不多了，就和龙德安、刘易昌商量说："若效仿古人的做派，游览习家池之后还须登临岘山顶，瞻仰岘首亭，临江观江帆，咏诗留芳名，然后再去拜谒羊公碑，追忆古人功德。但今天我建议最好还是看看解放军攻城现场。"

龙德安和刘易昌一致同意。

三人顺着羊祜山下的蜿蜒小路往西门桥走去，只见被誉为"亚洲最宽"的襄阳护城河碧绿清澈，水波荡漾，倒映着岸边的松柏、杨柳和蓝天白云下的古城墙垛，既无硝烟四起也无枪炮声响，四周甚是平静安宁。走过弹痕累累的西门桥，即可看到城门南侧"固若金汤"白色大标语中的"金"字已经被炸没了，只剩下一个炸垮了的豁口，坍塌下来的墙砖土石还没来得及清理整修，攻城解放军冲上城头踩踏过的痕迹依稀可见。三位青年学生怀着崇敬的心情默默地仰视着犹如巨型雕塑造型的城墙缺口，然后小心翼翼地踏着留有英雄们足迹的碎石瓦砾走上废墟，不约而同地去抚摸被炸得参差不齐的墙体，好像是要体会炸药轰城的烈度，又像是要感受烈士鲜血的温度，更仿佛是在聆听战士们潮水般冲锋陷阵的呐喊和枪林弹雨的呼啸。

"土崩瓦解！"龙德安突然冒出一句。

刘易昌紧接一句："分崩离析！"

"改弦更张的转折，革故鼎新的希望。"郑力仁眼中充满了无限的向往，仿佛已经看到一个崭新的中国如冉冉升起的灿烂朝阳，出现在世界的东方。

三人由垮塌的城墙缺口斜坡攀上城墙顶，往东俯瞰经历过战争洗礼后虽有毁损但秩序井然的市容街景，向西眺望曾驻扎过攻城部队千军万马的虎头山、真武山、万山和檀溪村，此时都显得异常安宁。三人边走边看边议，一路向北，不知不觉间就到了城墙西北角的"夫人城"，此处相传是镇守襄阳的东晋中郎将朱序之母韩夫人为协助抗击前秦苻坚的军队，带领妇女们一夜之间修筑起来的城中城，至今仍然巍峨耸立在西护城河与汉江的交汇处。站在"夫人城"头，从城墙垛口看出去，汉水碧绿，浩浩东流，古渡樊城，隔江相望，白云如絮，蓝天如洗，令人顿生岁月悠悠，历史沧桑之感。

"这里有一首民谣，唱的是'围了三年六个月，猪子吃米人吃糠'的疑兵之计，使得围城大军最后知难而退，无功而返，是不是唱的就是韩夫人修筑这'夫人城'的功绩呢？"刘易昌问道。

"这首民谣本身唱的是宋代金人入侵中原时围困襄阳城的故事，当时城里已无粮草，不得已，有人设计把最后的一点稻米喂猪后将猪'误跌出'城外，金人把猪剖开一看：啊？城里居然还有米粮喂猪？这么多年白围了，打道回府吧。确属疑兵之计的典范。而'韩氏女筑夫人城'的时间更早，是东晋的事，这一重要史实在《晋书》《两晋秘史》和《资治通鉴》等典籍中都有记载。"郑力仁侃侃而谈。

龙德安感慨道："襄阳城建城两千多年，典籍故事不少，仁人志士辈出，名胜古迹也多不胜数，除了我们这些天已经到过的鹿门山、习家池和这夫人城之外，还有没到的岘山、绿影壁、古隆中、仲宣楼、米公祠、水星台、广德寺多宝佛塔等很多地方呢，还有诸葛亮的老师司马徽隐居之地——南漳的水镜庄。喏，就在不远处城中心的昭明台，也是值得我们去瞻仰的去处。"

"老百姓一般不叫昭明台，一直都是叫它'钟鼓楼'。它是为纪念南朝梁武帝的长子昭明太子萧统而建，可惜毁于日本人攻占襄阳的时候，现在是楼损台存，无人问津。"郑力仁说道，"前两年我和县中的其他同学偷偷进城给襄阳中学的进步学生传递解放区的文件时，多数都是躲在台基上面的断墙杂草里接头传递。"

刘易昌说："昭明太子萧统就是出生在襄阳，既是个才子，也是个孝子，深得民心，留有《昭明文选》传世，可惜没来得及即位就意外丧生了，真是令人唏嘘呀。"

说话间，三人沿北城墙已经走到了俗称"小北门"的临汉门城楼处，但见城门之上建有两层楼阁，临江耸立，雕梁画栋，飞檐挑拱，虽然年久失修，但仍魅力无穷。城楼下厚重的城墙中由条石拱砌的城门洞北临汉江，南接北街，颇显幽深，很容易使人产生穿越历史时空的感觉。

郑力仁和龙德安、刘易昌一边欣赏，一边商量着大家一起去不远处的荣民医院拜访孟瑶的二哥孟琨，一则因为郑力仁自小得到孟琨哥的关照，理应前往拜访，二则也是要完成孟瑶的嘱托。

从临汉门到昭明台的这一段就是襄阳城北街，它与东、西、南三条大街宽大喧闹的景象不同，青石板铺就的街道干净而清爽，宁静而古朴，基本完整地保留着明清和民国初年的建筑风格。两边临街的民居和商铺无论是一层或是二层，皆为青瓦覆盖的木质结构，每家的门面都是采用一幅一幅松木门板上下嵌合、左右咬合的组装方式，人们每天清早卸门板开张，入夜上门板打烊，照相馆、理发店、图书乐器、文房四宝、古玩字画、金银玉器是这条街的商业特色。荣民医院就在北街东面离昭明台不远的地方，原是一座天主教堂，日本人占领襄阳后强行赶走传教士，将此改建为日本军人医院。抗战胜利后为国民党军队接管，依旧作为医院，既为其官兵治病疗伤，也对老百姓开放看病。孟琨于汉口医科学校毕业后正好赶上抗战胜利，就直接进入了荣民医院工作，并娶了城里一位商人的女儿为妻，有了一个可爱的儿子。

郑力仁、龙德安、刘易昌三人通过荣民医院门房老大爷的介绍指路，绕到已作为门诊楼的教堂主楼后面，穿过砖墙砌成的圆拱门，进入一处幽静雅致的小庭院，在一排平房中找到了院长室。

郑力仁轻轻敲了敲关闭着的房门，没有回应。片刻，门被打开，走出两位身着军装但没戴领章、帽徽的人，神色严肃地扫了他们一眼，昂然走远。三人诧异地目送他们走远，才试探着敲了敲门，没人应，便轻轻推开门进去，却见孟琨坐在办公桌后面发呆，似乎听到有人进来，迟疑地转眼一看，惊讶地愣了愣，随之从桌子后面站起来并挤出笑脸："力仁？是力仁啊？你……你们怎么到这儿来啦？"

房间里的气氛和孟琨的神态搞得三位年轻人有些不知所措。郑力仁看着自己崇敬的孟琨哥英俊温润的脸庞显得憔悴了很多，高大挺拔的身材好像也挺不直了，平日炯炯有神的双眼变得浑浊无神，突然没有了起初进来时急切的渴望和亲情的冲动，一时也结结巴巴起来："孟……孟琨哥，我和我……我的同学来……来襄阳城，孟瑶说……孟瑶说仗打完了，一直没有你们的消息，孟伯伯也……也很担心，一定……一定让我们来看看你怎么样了。所以……所以……"

孟琨意识到自己在力仁和他同学面前失态，便极力调整自己的情绪和表情："哈哈，怎么见到孟琨哥也紧张起来啦？你从来没到过我们医院，突然出现在我办公室，吓了我一跳。哈哈哈！来来来，都赶快坐，赶快坐，我给你们泡杯茶。"边说边稍显忙乱地往杯子里放了茶叶，一提开水瓶，"哦？没水了，我去打开水哈，你们坐，你们先坐着，我很快就回来。"

三人表情复杂地目送孟琨走出办公室去打开水，刘易昌有点儿紧张地悄悄说："力仁，是不是他不高兴我们来找他？我们走吧？"

郑力仁也显得没有把握，轻声回答道："孟琨哥不是这样的人，他人很好的，一直把我当弟弟看，每次见到我可亲热了。但今天是怎么啦？的确是有点反常，是不是遇到什么麻烦事了？"

龙德安也催促道："我也觉得他情绪不高，表情很勉强，即使不是不欢迎我们，但人家如果有啥心烦的事，我们在这儿呆着好像也不太合适，要不我们还是走吧？"

"如果孟琨哥真遇到什么麻烦事的话，我更应该留下来问清楚，不然，我们怎么回去跟孟伯伯他们交代？孟瑶岂不是白拜托我们了吗？"郑力仁突然意识到留下来的重要性。

听到孟琨打水回来的脚步声，三个人立即闭口不语，规规矩矩地端坐着一动不动。

喝着花茶，东一句西一句地聊聊汉口，聊聊学校，聊聊三个人的学习，孟琨坚持要带他们三人去医院食堂吃饭。饭后，孟琨请龙德安和刘易昌在他办公室喝茶看报纸，把力仁单独叫去他的值班宿舍。

从孟琨口中得知，荣民医院的前任院长在国民党内部有靠山、知内情，早就在为自己做打算、找后路，解放军攻打襄阳城的前几个月就忽然不知去向。院方随即突然宣布孟琨接替院长之职，并依前例授予少校军衔。医院的同事们因孟琨平时待人温和，人缘颇佳，都拥护赞成，孟琨觉得反正都是在医院看病、值班，也没有特别当一回事，依旧上班、回家。破城之时，医院里的国民党军人员几乎都以医护人员的身份撤离了，孟琨根本没想到自己还是"国军少校"，加上岳父母和自己的家就在襄阳城，就留在医院没动，还积极参与医治解放军伤员。但前不久，军管会公安保卫处突然通知孟琨停职，隔三岔五地不断要求他报告担任国民党少校院长的经过和其他相关问题，今天更是要他详细汇报在国民党部队担任团长的大哥孟琪与他联系的情况，并索取有关信件，搞得医院的很多同事都不敢和他接近，碰面绕道走，连开水都没人打了。

"唉，你嫂子也从护士长位置上辞了职，带着你侄儿回了娘家，既不见我，也不允许我去见他们娘儿俩。力仁，嗯……这些情况你知道就行了，千万不要跟我爹和妹妹提起，你回去就告诉他们说我们都很好，仗刚打完，医院的事情太多，工作太忙了，估计春节都难得回去团年了。等我忙完了这一段就回去看他们。"说到这儿，孟琨情绪更加低落，完全没有了郑力仁过去印象中的洒脱神采。

郑力仁感到非常震惊，紧张地张着嘴听着，也不知道怎样接话。

第四章 军民联欢

郑力仁回到孟家大营是第三天的下午。

和龙德安、刘易昌从襄阳回到汉宜县城分手之后，再到济世中药铺把父亲买的年货先带回家，一路上郑力仁都在兴高采烈地想着回去后立刻就去找孟瑶兑现诺言，开展工作，一是把春节军民联欢会搞得热热闹闹，再就是把大众识字班红红火火地办起来。

从孟家大屋的大院后门进去，还没到家门口，就听到屋里传来孟瑶欢快的声音，郑力仁的内心不由自主地涌出一阵欣喜和激动。

"婶儿，您发个话，我给您当媳妇儿您要不要嘛？"孟瑶的这句既像撒娇又是认真的话，一下子把郑力仁定在了门外。

"我说你呀！你这丫头可真是啥话都敢张嘴就来，旁人听到了还不笑话死你呀？没有媒人介绍，自己姑娘家家的随口乱说，让你爹妈晓得了那还得了？"只听郑母笑着说道。

"哎呀，婶儿！现在解放了，我们这里是解放区，不兴'父母之命，媒妁之言'封建这一套，提倡的是男女平等，自由恋爱。您看我和力仁哥是不是很般配嘛？我们俩从小是在一起长大的，两家大人又知根知底，而且我从小就喜欢他，现在力仁哥也回来和我

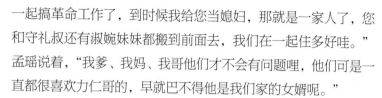

一起搞革命工作了，到时候我给您当媳妇，那就是一家人了，您和守礼叔还有淑婉妹妹都搬到前面去，我们在一起住多好哇。"孟瑶说着，"我爹、我妈、我哥他们才不会有问题哩，他们可是一直都很喜欢力仁哥的，早就巴不得他是我们家的女婿呢。"

郑母赶紧打断孟瑶的话："瑶瑶啊，有些话可不能随便乱说，我们家你又不是不晓得，哪里高攀得起你们哟。你看哈，我们……"

郑力仁此时心绪凌乱，不知所措，像被雷击一般神情恍惚地站在门外。他从小就把孟瑶当妹妹看待，一直都护着她，从不欺负她，更不惹她生气，平时就喜欢和她待在一起习字、看书、玩耍，很少和营子里的孩子们一起疯跑打闹。虽然这两年一个在襄阳城读书，一个在省城上学，比较少见面，但只要一听到她爽朗的笑声，一看到她甜美的笑容，一想到她的纯洁、善良、热情和美貌，心中就会莫名其妙地感到幸福、温暖与甜蜜，有时候还真会幻想着此生能够和孟瑶结为连理、厮守终身，觉得这美好的幻想就是自己梦寐以求的渴望。

当他听到母亲情绪低落地和孟瑶絮叨着，便不由自主地咳了一声，然后假装匆匆忙忙刚到家的样子迈进家门。

"哎呀，力仁哥你还真是按时回来啦！"孟瑶从郑母身边的凳子上一下跳起来，冲过来拉着郑力仁的胳膊亲热地摇晃着，热切地望着他，"德安哥和易昌哥都回自己家啦？见到我二哥、二嫂他们没有？我侄儿是不是很乖？我正等着你回来，有好多事儿要商量哩。"

郑力仁感受到了孟瑶对自己的依赖和信任，也感到她的亲昵和情感，不由得一股暖流涌上心头，脸颊潮红。当他看到母亲不太乐意的神色，便假装不经意地扭扭身体，挣脱孟瑶的拉扯摇晃，并顺势拉着她的手让她坐回凳子上。他先放下背回来的年货，向母亲汇报了父亲在县城的情况，然后让母亲去忙自己的事，接下来按孟琨交代的意思，告诉孟瑶她二哥二嫂家的情况很好，很忙，春节可能没法回来过年，又讲了他们三人襄阳之行的见闻和感想。随后便细细讨论了春节联欢节目的编排和排练细节，以及大众识字班的初步设想，约好第二天上午开始节目排练的时间，由孟瑶安排人去分头通知大家。

第二天一早，天空飘起了雪花。早饭后，孟瑶喊上郑力仁一起走去节目排练现场。排练场地就在有些破败的南门楼上，此前漏风的窗户、板缝都已经用旧纸张、旧报纸裱糊起来，又在场地中间升起炉子烧木炭取暖，演员们上来之后把寨墙的楼道一拦，在这里排练既不对老百姓造成影响，也可以防止小孩子们跑上来看热闹捣乱，非常理想。这都是孟瑶的点子，炉子、木炭也是孟瑶让人从家里搬来的。

当他们俩走进排练场时，参加演出排练的青年男女都已经到了，欢声笑语，激情洋溢，绝大部分都和郑力仁相互认识或者知道郑力仁，当然，也包括那天在街上碰到的抱戏服的几个女娃。所以，大家一看到郑力仁进来都齐声欢呼，有的鼓掌，有的走过来拉手、拍肩膀，亲热寒暄。

郑力仁得知人到齐了，就让孟瑶请大家按原来的安排进行排练，他在旁边先观摩观摩。排练进行中，一位约十七八岁的女孩走过来，羞怯怯地递给郑力仁一杯开水，郑力仁客气地接过冒着腾腾热气的搪瓷杯，抬眼一打量，只见这位姑娘白白的皮肤，大大的眼睛，高高的个子，端正的脸庞，两腮隐隐可见的酒窝似乎也和孟瑶有几分相像，便问道："你是谁呀？怎么还没开始排练呢？你演的是什么节目？"

女孩的脸羞得更红了，说："我什么都不会，不是来排练节目的，我自己没什么事，就过来帮忙在这儿生炉子、烧开水，帮大家看东西。"

孟瑶这时走过来介绍道："这是我远房的堂姐，叫玉儿，住在北街，我堂婶儿没有让她去学校读书识字，所以你不认识她。玉儿姐老实肯干，跟我们在妇救会护理伤员的时候表现可好呢，现在是跟着我过来帮忙的。"然后对着玉儿介绍道："这是住在我们家院里的力仁哥。"

玉儿明亮的眼睛看着郑力仁，红着脸说："我早都知道他了。"

大约观摩了一个时辰的排练，郑力仁建议大伙先休息休息，他和孟瑶碰头议了议，然后召集大家聚拢开个会，提出一些建议：第一，乐队的唢呐、笙、二胡、板胡、大弦、三弦和铜器、梆子之间配合太乱，每个节目都是所有的乐器一起敲打，演奏太过闹哄哄，搞得演员也乱，由郑力仁为每个节目做出一个简谱，按谱分层次配合，梆子负责指挥节奏。第二，孟瑶主演的街头独幕剧《放下你的鞭子》是重头戏，但表演显得粗糙，细节还欠火候，感情不够投入，还不能打动人，由郑力仁按照省立高中的排演要求给予具体的导演改进。第三，表演唱《夫妻识字》、《歌唱二小放牛郎》、秧歌舞、湖北大鼓等每个节目指定由主角负责牵头，保证节目按计划、按导演要求先分组排练，再集中排练和彩排。第四，根据孟瑶提议和大家的强烈要求，节目增加一个郑力仁的二胡独奏《在那遥远的地方》。第五，除了乐队各人的乐器自行保管并随时随地练曲之外，所有的服装、道具由玉儿统一负责保管、整理，不需要由每个演员每天抱来拿去的，在演出那天由玉儿按节目顺序把服装道具准备好。

"还剩下不到十来天的时间，就是大年初一的演出了，大家一定要克服困难，每天必到，全身心地投入到排练之中，把我们孟家大营的精气神在节目里表现出来，一定要把我们解放区的第一次军民大联欢这一炮打响！大家有没有信心？"郑力仁最后鼓动道。

"有！"青年男女热情高涨，振臂响应，大家都用信赖的目光望着郑力仁，个个脸上都充满了欢快自信的笑容。孟瑶看着力仁哥指挥若定、布置得当、深得拥戴的场面，双眼充满了爱慕与柔情，不由得有一股想冲上去抱住他的冲动。

大年初一是一个难得的艳阳高照的春节。一家人欢欢喜喜地穿上过年的新衣服，早饭按习俗吃过饺子，郑守礼便带着家人出后院大门，从西街绕到前门，去给既是房东、更是朋友的孟尚义家拜年。一路上，只见街头巷尾到处是人们在除夕夜燃放烟花爆竹散落的五颜六色的纸屑，家家户户门上都已经贴上喜气洋洋的对联和吉祥如意的门神，路上不时遇上三三两两串门拜年的人相互拱手打着招呼，还有大人会塞给郑力仁、郑淑婉过年的红包、糖果意思意思。

走上孟家台子，百货店和杂货店已经休市关门，但门前的台子上已经有人正在忙着布置联欢会的会场，看到郑守礼一家，都热情地拜年打招呼，并笑对郑力仁说："等会儿要看你们的好戏咧。"

孟家大屋的大门敞开着，两旁贴着孟尚义先生自己手书的对联，上联是"贺新年爆竹声声辞旧岁"，下联是"庆解放春风阵阵催新桃"，横批是"万象更新"。

郑守礼立定欣赏，赞叹道："好有功力的书法！好工整的对联！"

听到动静，孟先生在孟岗村的远房堂弟兼管家和账房先生的孟尚贵迎了出来，满脸堆笑地把客人请进客厅后，即进内屋去通报。

孟家大宅的客厅摆设均为明清风格的红木家具，中堂是一幅梅花傲雪的中国画，画的左右挂着黑檀木雕刻魏碑体描金的藏头楹联"尚品有道孝为先，义气重德善居首"，上首悬挂一横匾"孟子传家"，据说撰书者是现在依然家住樊城的北宋大书画家米芾的后人。

片刻，孟尚义和太太梅氏款款而出，热情招呼，孟先生是长袍配马褂，气度非凡，梅氏则旗袍搭披肩，知性优雅。郑家人赶紧上前拱手拜年，孟氏夫妇笑容可掬地拱手回礼，随后梅氏亲切和蔼地发给力仁和淑婉兄妹每人一个压岁钱红包，便拉着郑母在身旁坐下说话。孟尚贵和妻子分别用茶盘托出热茶、糖果、瓜子和点心，放在各人身边的茶几上。郑力仁正在疑惑着为什么孟瑶没有出现，伴着一声欢叫"拜年咯"，身穿红色呢子大衣、头戴白色绒线帽、脖子上围一条红白相间的格子围巾、脚蹬一双只有城里人才穿的皮棉鞋的孟瑶如精灵般地出现了。她先是恭恭敬敬地给郑伯伯、郑婶鞠躬拜年，又嘻嘻哈哈地给力仁哥拜年，然后就和淑婉妹妹挤坐在一张椅子上。郑母也笑眯眯地赶紧过来递给孟瑶一个压岁钱红包。

大家正品茶嗑瓜子，你一言我一语地聊着，孟尚贵进来通报，说樊营长、程连长一行过来拜年。话音未落，只见樊营长大步流星地走进来，拱手笑道："孟先生春节好哇！我专门去区里拉上新来的严副区长，一起过来你们家拜年啦！"转眼一看，"嗨哟！郑先生也在呀，正说要去您家拜年，而且还专门有事要去拜访您呢。那就一起先拜个年，哈哈哈！"说完，分别与孟尚义、郑守礼热情握手。

樊营长后面依次跟着进来的是津口区副区长严治平和程连长、农会主席萧启良，个个都满脸喜庆地上前握手拜年。最后走进来的是民兵队长洪大宝，他背着一支步枪，毫无表情地站在一旁，东看看西望望，不和任何人打招呼。

梅姨一看有公家客人上门，赶紧招呼孟瑶一起带着郑母、淑婉进内屋，孟尚义让孟尚贵的妻子重新换上热茶，请大家落座。

樊营长向大家介绍新来的津口区副区长严治平，郑力仁呆呆地看着这位三十岁左右、操外地口音、留着分头、戴着圆框眼镜的年轻的副区长，忽然有种似曾相识的感觉。

樊营长发现站在郑守礼身旁的郑力仁一副发呆的模样，便笑眯眯地问："这位可是郑先生的公子呀？"看猛然回过神来的郑力仁笑着回应点头，便继续说："我可是久闻你这才子的大名啊，国家栋梁，后生可畏呀！听说你一回来就把营子里的青年演出队搞得风生水起，等会儿我们可都要欣赏你导演的节目哩。"

郑力仁害羞道："都是我们青年人凑个热闹，随意模仿发挥，水平有限，还要请您多多指教呢。"

樊营长点点头，随后对大家说："等会儿春节联欢会结束后，我会有重要的事情宣布，需要得到在座各位的支持才能办好，才能完成任务。这也是我为什么会专程把严副区长请到这儿来，又叫上了启良主席和大宝队长的原因。这个事儿孟先生、郑先生更要鼎力支持才是呀。"大家齐声应和保证。一直背枪站立着的洪大宝朗声答道："保证完成任务，请樊营长下命令。"

郑力仁因为要准备十点钟开始的联欢会节目，便先行告退，叫上孟瑶前往南门楼排练场和演员们提前集合做准备。

上午十点，孟家大营军民春节联欢会在张灯结彩、锣鼓喧天中准时开始。程连长提前带领驻扎孟家大营的解放军战士队列整齐地进入会场，民兵们也在队长洪大宝的指挥下和部队并列而坐，老百姓们举着彩旗花球，将会场挤得满满当当，半大孩子们或是爬在台子边，或是攀在树杈上，整个会场一片激情昂然、热情高涨。

随着光彩照人的孟瑶主持报幕，解放军战士的格斗表演、侦查小品、笛子独奏、小合唱，民兵大队的快板书、三句半、湖北大鼓，孟瑶组织的青少年演出队的街头剧、表演唱、秧歌舞、二胡独奏等，都在郑力仁总体指挥协调下，有序进行，精彩呈现，观众们的掌声、欢呼声一浪接着一浪，气氛异常热烈。最后，军民大合唱《解放区的天是明朗的天》的歌声，将春节联欢活动推向了高潮。

"下面有请解放军樊营长做重要讲话，大家欢迎！"在孟瑶的报幕引导下和观众们的欢呼声中，樊营长迈着军人的步伐走到台前，向台下的观众敬了一个标准的军礼。

"解放军指战员同志们、民兵同志们、老乡们，今天是大年初一，是襄阳地区彻底解放以来的第一个春节，是我们老百姓真正自由自在过上的第一个自己的春节，是一个革命化的春节。我代表驻襄阳地区的师首长和驻汉宜县的团首长，向大家致以新年的问候、春节的祝福，给大家拜年啦！"台下又是一片欢呼鼓掌。

"但是，现在并不是中国所有的老百姓都像我们孟家大营一样，能过上幸福快乐的春节。我们还没有取得全国的完全胜利，中国还有大片的土地没有解放出来，还有很多像我们一样的老百姓依然在蒋管区受苦受难，我们的兄弟姐妹们还在遭受国民党反动派的压迫和欺辱，我们的革命任务还远远没有完成。毛主席在前不久发表了新年献词《将革命进行到底》，号召全党、全军、全国人民坚决彻底地消灭一切反动势力，推翻国民党的反动统治，建立人民民主专政的共和国，绝不能使革命半途而废，绝不能让中国的半壁江山留在敌人手里。因此，毛主席指示，1949年中国人民解放军将向长江以南进军，将要获得比1948年更加伟大的胜利！"

在一阵持续的欢呼声中，樊营长环视会场，双手下压示意安静，提高嗓音："打过长江去，解放全中国，是我们解放军的历史使命，也是我们解放区人民的历史使命！最后彻底摧垮国民党反动统治的时机已经摆在了我们的面前，现在考验我们革命斗志和革命意志的时机，也已经摆在了我们在场的青年人面前！向全国进军，部队需要大量的勇敢战士，部队还需要各方面的专业人才。我们人民解放军是革命的大熔炉，是成长的大学校，衷心希望广大优秀青年加入革命队伍，热烈欢迎我们孟家大营的年轻人踊跃报名参军，为新中国的建立做出贡献，实现自己的革命理想！"

台下的民兵和青年们个个摩拳擦掌，群情激昂。

严治平副区长随之上台，代表地方政府进一步做了动员讲话和工作部署。演出结束后，退到台下的孟瑶一直紧挨着郑力仁站在一起，此时也激动得脸颊通红，兴奋地扯着郑力仁的胳膊说："力仁哥，我早就想当军医了，我们一起报名参军去部队干革命吧。"

有了在襄阳城传递秘密文件、在省城散发革命传单、参加学联行动、逃脱敌人追捕等冒险的经历，郑力仁听到樊营长充满激情和期待的演讲，早已是心潮澎湃，热血沸腾，尤其听到孟瑶说想和他一起加入解放军，更坚定了他的决心，便拉着孟瑶的手，热切地盯着她明亮的双眼，回应道："太好了瑶瑶，我也很想去部队锻炼，散会后我们和家里大人商量商量，一起去报名吧。"

"嗯。"孟瑶坚定地点点头。

和孟瑶处理完演出结束的后续事情，并和大家兴高采烈地议论了一阵报名参军的话题后，郑力仁步履欢快地往家里走去。一进门，只见樊营长和程连长也在自己家里坐着，堂屋小桌上还放着一套新军装，只听父亲在说："我都是四十出头的人了，还能去当兵么？部队都是要打仗的，我这样年纪的人能去做什么呢？"

樊营长哈哈一乐："郑先生，您可是特殊的专业人才啊，正是我们部队最需要的人，这跟年龄是没有关系的。也正是因为部队要行军打仗，我们的指战员会有病痛伤亡，才恰恰需要您这样医术高超、经验丰富的医务专才呢。我们要打过长江去，向南方进军，部队对那里的气候、水土都可能不适应，为避免非战斗性减员影响士气，特别需要在中医中药保健方面有专长的名医。所以呀，我们首长特别点名说非您莫属，特别指示我来请您加入我们革命军队呢。"

正在灶间烧开水的郑母似乎有意无意地把水瓢碰得"咣当"一声，郑守礼立刻表情为难地往灶间望去。樊营长似乎意识到什么，站起来说："这件事事前没有征求您的意见，突然提出，有些冒昧。但我们部队首长的态度很诚恳，家里如果有什么困难尽管提出来，部队和地方政府一定会尽力给予解决的。我们这几天一直都在咱们孟家大营搞征兵工作，有什么问题可以随时和我联系。"说完和程连长一起敬个军礼，又同郑力仁挥了挥手，大踏步离去。

郑力仁惊喜地走过去，抚摸着小桌子上那套新军装，问父亲："爹，樊营长他们要请您参军去当军医呀？哎呀，太好了！瑶瑶也想报名参军当军医呢，我回来就是想要和您跟妈商量，报名参军去部队，您如果也当了军医的话，我们家可就是革命军人家庭啦。"

"革，革，革，你们这是革你妈我的命！"郑力仁吃了一惊，回头一看，只见母亲拿着水瓢怒气冲冲地站在厨房门口："守礼，我跟你说啊，你们郑家独门独户流落到襄阳，又逃难到孟家大营的时候，那可真是两眼一抹黑，要啥没啥。你是多大岁数才娶到我的？多大岁数才有你这个儿子的？那年你弟弟复礼闹着去当兵，到现在是生不见人死不见尸，你忘了？你晚上一想起你再也见不到的兄弟就哭湿枕头，你忘了？就你？不晓得自己一大把年纪了，也去当兵？到时候咋死的你都不晓得哟！"

她气得喘口气，又用水瓢指着儿子："还有你力仁，你个不懂事的傻儿子，你们郑家到你爹这辈本来有两男两女，但最后男丁只剩下了你爹一个。你是郑家的老大，又是个独儿子，你也要去当兵送死？你们这是要绝郑家的后哇！我娘家在孟家大营得罪了人，搬到了很远的地方，娘家我是回不去了，你们都当兵走吧，我在这儿活着也没啥意思了，你们爷儿俩现在就把我弄死算了，大家都清净！"边说边流出泪来，淑婉害怕地扶着母亲，也跟着哭。

郑守礼嗫着牙花子说："你看你，你看你，又这样，我不是还没有答应他们吗？这么大的事，我怎么可能不跟你商量就自己决定嘛。"

"这事是能商量的吗？门儿都没有！"郑母说完扭头走进灶间。

真是哪壶不开提哪壶，此时只见孟瑶一阵风似地跑进来："力仁哥，你和我婶还有守礼叔商量得怎么样了？我们这两天赶快去报名吧，晚了名额都没有啦。"她完全不顾郑力仁给她打眼色，忽然看到小桌子上的新军装，"哇！军装都拿来了？力仁哥你真不够朋友，说好一起去报名参军的，你自己倒先去办好了！"

"谁说力仁要去报名参军？哪个同意的？"郑母突然又出现在厨房门口，"瑶瑶，你个姑娘家家的也疯着要去当兵，那里都是男人，人家军队上会要你吗？你爹妈也不管管你。"

"我爹跟我妈都支持我当兵到部队去。"孟瑶自豪地回答。

"好，好，好，那是你们家的事，我管不着。不过，我们家的事还麻烦你莫掺和，我们还有自己的事儿，绝不会让力仁去当兵的，也不会让他离开家半步。你到部队去走你的阳关道，我们走我们的独木桥，不要动不动就拉上我们家力仁，请你以后也不要再来找力仁了，莫弄得我们过个年都不安生。"郑母有些气急败坏地说道。

孟瑶完全没想到会听到郑母如此毫无情面的话，一下脸涨得通红，羞愧地望了望呆若木鸡的郑力仁一眼，扭头便跑了出去。郑力仁想追出去和孟瑶解释解释，但被郑母严厉的目光制止了。

第五章 参军

郑守礼父子俩最终因郑母的坚决阻止，都没能去部队当兵。

经郑力仁的不断解释道歉，心性开朗的孟瑶也理解了郑母，啥也没放在心里，依旧要力仁哥陪她去办参军报名的手续，也照常去力仁哥家里聊天，约力仁哥到寨河边或者汉江边散步。在等待部队政审确定的这段时间，还继续和力仁哥一起商量着办识字班的细节。

过年开心的时间总是过得飞快，说话间就到了正月十五。过了元宵节就算过完年了，各人都是要上工的上工，下地的下地，开张的开张，出远门的出远门。听说元宵节前后，部队首长就要来孟家大营宣布已经政审确定的当兵名单，当场发放军装，随部队开拔，孟瑶和其他已经报名参军的年轻人都怀着激动而焦急的心情期待着。

日上三竿，郑力仁也不起床吃早饭。多少天来就已经是这个样子了，父母和妹妹也都习以为常，不再喊他起床。随着正月十五这一天的到来，风传孟瑶出发日的临近，郑力仁心情更加迷茫，情绪更加烦躁，什么也不愿想，却什么都在想，什么都不想干，也不知道干什么，所以很晚还赖在床上，瞪着双眼盯着屋顶发呆，感觉一切皆无情趣。

突然间，听到屋外传来龙德安和刘易昌高声喊着"拜年"的声音，还有父母和妹妹淑婉热情的应答声，郑力仁这才精神一振，大声喊道："等等，我起来啦！"便赶紧手忙脚乱地穿衣起床，出来和两位好兄弟高兴地拥抱在一起，互相推搡，之后站在外面院子里灿烂的阳光下，你一言我一语地聊开了。郑守礼进屋拿出两个红包，分别发给龙德安和刘易昌，两人开心地致谢，鞠躬接过。

郑力仁帮着母亲把小桌和椅子搬出来放在院子里，摆上瓜子、花生、水果糖还有油炸馓子，泡上热茶。妹妹淑婉说要到大姑家找表兄妹们去玩，不回来吃午饭，就走了。春日暖阳，三位年轻人都不坐下来喝茶，只是各人抓一把瓜子儿，站在一处边嗑边聊。

"力仁，我们今天特意赶过来要告诉你的都是好消息。我已经被批准参军，专门去做随军宣传报道，明天就和各区还有孟家大营参军入伍的青年们一起在县城集中出发，到时我可就是战地记者啦，这可一直是我的梦想啊。"龙德安兴奋之情溢于言表。

刘易昌也难掩内心的激动："我也正式参加革命工作了，在县政府的文教科筹备组负责搞文化通讯和教育统计，节后就去上班。德安这一走，我再一上班，估计我们以后见面的机会就很少了，所以我和德安约着，无论如何今天都要赶过来和你见一面。你的情况怎么样？"

郑力仁听到这些好消息，在替他们高兴、为他们祝贺的同时，内心也感慨万千。他把春节军民联欢会成功举办的喜悦分享给好友，又低声将自己和父亲都不能参军入伍，自己这些天彷徨烦乱的心情大概做了个倾诉，然后说道："孟瑶已经报名参军，应该会被批准，说是这两天就会有通知决定，估计是和德安同一批出发。看来只有我是哪儿都去不了了，只能留下来把孟瑶委托的事情完成，想着过了年后把识字班尽快办起来，到时候说不定还是会和易昌有联系呢。"

龙德安惋惜地说："力仁啊，有些事情你还真不能靠感性去做，还真需要理性和决断。就我们国家目前的情况来看，关在家里，窝在这个地方不是个办法，根本发挥不了你的作用，既不符合你参加革命的初衷，也谈不上能做出多大贡献。办识字班是好事，但从长久而论，依你个人的条件，那属于高射炮打蚊子——大材小用。"

刘易昌也说："是呀，我和德安在路上还在说，以你在我们同学中的水平和影响，应该会从你这里听到比我们俩还要振奋人心的消息呢。不过你是个讲'孝'字第一的人，家庭问题不处理好，是最扯人后腿的问题，既不可能轻装前进，也不可能义无反顾啊。"

正说着，就看到孟瑶从她家后门出来到后院找郑力仁。她一看到三位正在后院高谈阔论，高兴万分地小跑过来："呀！德安哥和易昌哥也来啦？这真是太巧啦！我爹我妈要我过来请力仁哥他们一家到我们家去吃汤圆过元宵节呢，你们来得太好了，大家正好一起去过节，这样才是真正的团圆节哩。"三人都觉得这真是巧上加巧，能凑在一起过元宵节的确是个好主意，便相视一笑，异口同声地回答："好啊。"孟瑶兴高采烈地跑进屋去邀请郑守礼夫妇。

龙德安和刘易昌是第一次进孟家大屋，顾不上坐下喝茶，新奇而兴奋地东张西望、指指点点，欣赏着满屋的古董字画和摆设，孟瑶不停地给他们做讲解、说来历、细介绍，引得龙德安仔细端详，惹得刘易昌啧啧称奇。不一会儿，孟尚贵的妻子就把过节的席面摆上来了。除了灌肠、缠蹄、豆腐干、卤牛肉四个例盘凉菜之外，就是鸡鸭鱼肉和粉蒸菜系列共九大碗热菜，都是当地菜肴的做法，摆了满满一大桌。席位由坐主位的孟尚义夫妇安排郑守礼夫妇坐在宾位，郑力仁和孟瑶、龙德安和刘易昌分两边坐定后，孟尚贵的妻子给孟尚义、郑守礼倒上烧酒，其他人都是喝当地称为黄酒的家酿米酒。

孟尚义和梅姨今天的精神状态都特别好。孟尚义首先红光满面地站起来举杯："各位，今天是元宵节，也叫上元节，更是团圆节，我呢要用几个'巧'来为大家祝酒，第一巧的是，力仁的同学、又是瑶瑶的朋友恰逢今日来到寒舍，真是蓬荜生辉啊！第二巧的是我们刚好围圆八仙桌，圆圆满满，吉祥如意呀！第三更巧的是今天收到老大孟琪的来信，说他毅然决然率领全团起义，正在接受整编，琪儿现在也是解放军的一员了！哎呀，喜庆呀！守礼兄，你说是不是该浮上三大白呀？"

"尚义兄，真是好消息呀！好久都没有琪儿的消息了，今得喜讯，新年大利，喜庆满门，理当祝贺！来，咱们干杯！"郑守礼喜声道贺。大家一起站立，共同举杯，齐声祝福。

"谢谢！谢谢大家！虽然我们家今年的这个年过得有些冷清，孟琪回不来，孟琨一家子呢也没能回家，但毕竟你们到我家来过年，说心里话，我真是感激不尽啊！而且在这个团圆节里也得到了大儿子圆满的好消息，真要感恩上天眷顾呀。'人有悲欢离合，月有阴晴圆缺，此事古难全'，啥事儿都不能求全，但愿琨儿再也不会忙到不能回家过年了，过两天应该可以带上我的孙子回来看爷爷奶奶了吧。"孟尚义放下酒杯轻轻地叹了口气，两眼似乎有些湿润。

郑力仁猛然意识到，孟老先生其实完全清楚孟琨哥为什么不能回家来过年，这也是孟老先生明明知道自己年前去过襄阳，却绝口不提也不问的原因，而孟琨哥要求他向瑶瑶和家人转达的"实情"，其实蒙骗不了孟老先生。

郑力仁正在想着如何接话安慰安慰老人家，只听孟瑶快乐地说："我不是和您说过吗，二哥告诉力仁哥说过年后忙完事情，他们一家人就会回来看望二老的。"

"呵呵，是呀是呀，不说这些了。来来来，薄酒一杯，便餐一席，招待不周，不成敬意呀，请大家再干一杯。"孟尚义说着便仰头一饮而尽，举着筷子招呼大家，"都莫客气，尽管吃哈。总之，儿子们的事就轮不到我操心了，倒是瑶瑶这丫头自己的事也该圆满喽，是不是呀瑶瑶？你有什么想法？"孟尚义一脸慈爱地望着自己的爱女，同时又满意地看着郑力仁。龙德安、刘易昌似乎听出了弦外之音，边夹菜边乐呵呵地看着对座的郑力仁和孟瑶。

郑力仁心里荡漾起一股幸福的暖流，但他假装没听懂，只顾低头吃东西，而孟瑶则满脸绯红地嚷嚷道："爹您说啥呢？我哪有什么要圆满的事？我的想法就是入伍参军当军医，别的啥想法都没有。"边说边在桌子下面偷偷拉着郑力仁的左手抚摸着。

"哈哈，你看你看，我说什么啦？我什么都没有说呀？我和你妈这么支持你参军入伍，当然说的就是你当解放军的事啦，你以为我说的是啥事是你该圆满的？说给我们听听。"说完还逗趣地把坐在身边太太的胳膊碰碰，然后和梅姨一起盯着女儿乐。

孟瑶假装生气地扭着身子说："我不理你们了，莫影响我吃好吃的。"边说边和郑力仁靠得更近了。郑力仁和孟瑶的手偷偷拉在一起，心房咚咚狂跳，龙德安和刘易昌也低着头乐。

郑母勉强笑着应和："是的，瑶瑶都快要是队伍里的人了，那是要当医官的人，只有这才是真正头等圆满的大事哩。"

随着木炭烧旺的牛杂炖锅摆上桌，一碗一碗热气腾腾的汤圆端上来，元宵节团圆饭在大家的欢声笑语中结束。

丰盛愉快的元宵家宴后，龙德安和刘易昌要赶回县城去，郑力仁和孟瑶一起送他俩到了西寨门。德安和易昌说江边码头上的风太大太冷，坚持劝说两位留步。孟瑶转身拉着郑力仁，顺着滑湿的寨墙梯坎走上破败的西门楼里，朝正向码头方向走去的龙德安、刘易昌摇手大喊："德安哥、易昌哥，再见！"

龙德安和刘易昌听到喊声，回头看见在寨门楼上的二人，也招招手，然后嘻嘻哈哈向江边走去。田野寂静，残雪斑驳，只有二人前行的背影，像一幅画。

两人默默地目送龙德安、刘易昌慢慢走远，默默地眺望右前方碧绿的汉江水缓缓流淌。少顷，孟瑶扭过身猛然抱住了郑力仁，滚烫的脸颊紧紧贴在郑力仁的颈项。郑力仁先是一愣，随后也本能地搂住了孟瑶那柔软苗条、玲珑可人的腰肢，两颗年轻的心激情跳动，两双青春的唇温润相吻……郑力仁紧紧抱住瘫软在怀中的孟瑶，恍惚间只觉得灵魂在升华，身体在升腾。随后在不知不觉之中，两人都好像不约而同地进入到了另一个未知的美妙绝伦的世界，那是一种从没体验过的无与伦比的感受，似乎经历了洪荒世纪新生命的诞生，似乎在原始丛林中探索着不为人知的秘密，似乎在连绵山峰中挖掘着无穷无尽的宝藏。刹那间，郑力仁幻想到自己的身体在突然迸发的美妙中飞升在半空，俯瞰着山峦起伏、小河淌水的美景。

是夜，鹅毛大雪无声无息地飘了一夜。

天亮了，雪也停了，整个世界银装素裹，千里冰封。家家户户的大人小孩都在自家门前或者街道上嘻嘻哈哈地堆雪人、打雪仗、滑雪玩儿，还有人把过年没有放完的烟花爆竹拿出来燃放，庆贺过年圆满，全年如意。随着民兵队长洪大宝沿街而来的敲锣声和吆喝声，营子里的男女老少很快从四面八方聚集到孟家台子前面的十字街小广场和四边的街道上。郑力仁陪着父母、妹妹还有孟尚义夫妇和孟瑶一起，也站在人群中等待参军入伍通知的消息。驻守在孟家大营的解放军在程连长的带领下早已全副武装，打好背包，整齐地排列在小广场中央。片刻，农会主席萧启良陪同程连长走上孟家台子，民兵队长洪大宝背着步枪，神气活现地站在台上盯着台下的人群。

萧启良首先讲话："父老乡亲们！等会儿解放军的程连长就会宣布重大喜讯，我们孟家大营会有一批优秀的青年人成为光荣的人民解放军战士，响应毛主席的号召，打过长江去，解放全中国！这也是我们孟家大营所有乡亲们的光荣。洪大宝队长、张正凤主任已经组织安排好红绸红花、锣鼓家什、喇叭响器，还有高跷队，欢送他们参军。下面，请程连长讲话。"接着带领大家振臂呼口号，"向解放军学习！向解放军致敬！中国人民解放军万岁！"

程连长跨前一步，立正敬礼："战友们，老乡们！这场大雪下得好哇！俗话说'瑞雪兆丰年'，我相信，今年我们孟家大营一定是个丰收年！而就在今天，我们部队首先就获得了大丰收！孟家大营拥护共产党，拥护解放军，支援前线，踊跃报名参军的众多革命青年，经政审合格、批准入伍的名单已经下来，部队首长授权我今天在这里向大家宣布，请念到名字的青年立即到台前列队，领取军装。在我们交代完注意事项后，会给你们两个小时回家准备和与亲人告别的时间，然后要准时赶回这里集合，随我们连的战士一起出发去县城集中，到那里后，我们将与大部队汇合，向前线开拔。"

随着一阵欢呼声和口号声，程连长大声宣布了入伍参军的名单，有农会主席萧启良的儿子萧义功、民兵队长洪大宝的大弟弟洪二宝、妇救会主任张正凤的大弟弟张正虎、会计保管员刘金旺的二弟刘金福，还有刘随昌等近二十位男青年。最后，程连长高声宣布了孟家大营唯一申请报名并被批准入伍的女青年——孟瑶。

立刻，孟、郑两家站的地方成了众人瞩目的焦点，孟尚义自豪地挺着腰板，笑眯眯地迎着大家羡慕的目光，孟瑶拉住郑力仁的手，惊喜地跳起来尖叫一声，然后抱了抱爹，亲了亲妈，便跑向台前列队。梅姨不舍的眼光始终没有离开女儿的身影。

散会后，郑力仁与父母、妹妹一起回到家中，等着十字街的锣鼓声起，再随同大伙一起去参加欢送活动。

　　郑力仁坐在堂屋里，感觉心里空落落的，神游天外，既听不到妹妹快乐的评论声，也听不到父母的交谈声。正在呆坐发愣的当口，身着军装、扎着腰带的孟瑶突然无声地冲了进来，顾不上和郑父郑母打招呼，也顾不上理会郑淑婉羡慕地拉扯她的新军装，直挺挺地站在郑力仁的面前，紧紧盯着他。郑力仁吃惊地站起来，似乎打量着一个突然出现的陌生人，让他更为惊讶的是，如此朴素简单的黄布军装也掩盖不了孟瑶那玲珑有致的身躯，反而更凸显了生命的活力和青春的张力。

　　郑母见此情形，过去悄悄拉开淑婉，并给丈夫使个眼色，一起走进里间。孟瑶胸脯急促地起伏着，猛地上前一步紧紧抱住呆立的郑力仁，亲亲他的脸，在他耳边急促而轻声地说："力仁哥，记住，我是你的人了，等着我。"说完，又像来时一样，无声地冲了出去。郑力仁浑身像抽空了一样，瘫坐回凳子上。

　　欢快的锣鼓声、激昂的口号声再次在十字街响起，孟家大营的男女老少重又聚集在孟家台子下面。十几位新入伍的男青年们身穿新军装，腰扎军皮带，胸戴大红花，个个喜气洋洋，精神饱满，骄傲地左顾右盼，不停地和发小、同学、邻居或者要好的女孩打招呼。他们的父母有的喜笑颜开，有的流着眼泪，有的不停叮嘱。孟瑶此刻似乎突然意识到这次不是一般的离开，不是开学的挥手，不是旅游的送行，不是短暂的告别，所以紧紧依偎着母亲，不停地和父母讲话，又不时地和郑力仁深情对望。

　　鞭炮声响起，锣声鼓点更急，高跷队扭得更欢，农会主席萧启良和妇救会主任张正凤分头再次领呼口号，民兵队长洪大宝带领民兵们持枪站立街道两旁，程连长发出各班、排列队的口令，所有新兵即刻归队，准备出发。

　　孟瑶恋恋不舍地和郑家、和朋友们、和父老乡亲们挥手告别，和亲爱的父亲母亲拥抱作别。但她怎么也想不到，这一挥手，二十多年后她才得以回到面目全非的孟家大营，再回来看到的只是被青砖封死的孟家大门。而这个拥抱更是和至爱双亲最后的诀别，再回来的那一天，痛哭拥抱到的只是父母坟堆上那长满荒草的黄土……

第六章 办识字班

年也过完了，节也过罢了，人也都走了，父亲已经回县城开工了，驻守的解放军战士们全都开拔了，十几位青春活跃的同龄发小们也参军入伍了，喧闹欢腾的孟家大营突然安静下来了。

在郑力仁心中，这突如其来的安静带来的是无力排解的惆怅和无法消除的失落，最难忍的是心上人孟瑶的远走，使得自己好像是被抛弃在沙漠中的孤独行者，举目四顾，了无生趣。已经好几天了，郑力仁都无法从空虚寂寞的阴影中走出来，只觉得无事可做，无处可去，百无聊赖，前途渺茫，翻着书本无一字入眼，母亲问话无一句入耳，天气晴好时就到汉江边茫然地走走，木然地坐坐，怅然地想想，痴痴望着悠悠流淌的汉水发呆，发完呆就会无意识地从江边沿着破败无状的寨墙走到西门楼良久伫立，好像要找寻二人残留的气息，好像要重温激情燃烧的美梦。隔着东倒西歪的西门楼的橡梁框架向县城方向望去，那是孟瑶从军离开家乡的路。每当这时，郑力仁与其说是在幻想，倒不如说是在渴望穿着军装的孟瑶会突然出现在这条路上，依旧欢快地跑来张开双臂紧紧抱住自己，或者是在龙德安和刘易昌的陪伴下，从县城方向欢蹦乱跳地回到孟家大营来……

转眼之间正月就过去了，在母亲的唠叨声中，郑力仁慢慢开始恢复理性，慢慢开始挣脱迷茫，慢慢觉得这样消沉下去不是个办法，只有打起精神来尽快兑现对孟瑶的承诺，才是对孟瑶的真情思念，才对得起孟瑶对自己的爱和依赖。想到这里，郑力仁打起精神，找了个时间去向农会主席萧启良报告开办速成识字班的想法，寻求支持。

萧启良听后哪有不赞成的道理，立刻叫来妇救会主任张正凤、会计保管员刘金旺、民兵队长洪大宝一起商量："力仁这位大才子说要给咱们营子里不识字的青年男女办个识字班，想法很好，也很及时，区政府正好也有这个要求。本来呢，区里通知我过两天到津口去开会，就是传达政府开展扫盲运动的指示精神。孟大善人的千金参军之前就有过这个想法，而孟先生也向我提出来过，说把他家在天主堂里办的私塾腾出来让给识字班，我考虑人家的私塾本来也是善事，还是要开办的，而上私塾的孩子们也不能受影响嘛，所以，我的意见就是，把解放军走后空出来的临时营房收拾个场子，暂时先做教课的课堂，你们看可不可以？"

大家都点头表示同意。

萧启良又安排道："大宝，你去动员不识字的青年民兵积极报名。正凤，妇女同志是重点，你负责发动妇女提高觉悟学文化。"

张正凤兴奋得双手一拍："那当然哪！这可是个大好事啊，我一定把她们一个个都动员起来学认字儿。你晓得我们营子里好多妇女甚至年轻的女娃们都不识字，参加解放军救护的时候伤员的名字不认识，药名不认识，连号码都不认识，太丢人咯。还有哇，不识字以后找婆家都不好找哩。你放心，我马上去动员她们报名。"

洪大宝回应道："我们民兵小队里的民兵同志们都没有问题，我命令他们参加识字班，保证完成任务。但我就是想问一句，这个识字班也不区分好人坏人，都可以让他们参加吗？"

萧启良笑道："大宝啊，教人识字学文化哪还要区分好人坏人呢？我们营子里的情况大家也都很清楚，人呢，坏也坏不到哪里去，如果是些地痞二流子，你叫他来他还不一定来呢。再说了，如果真是你说的什么坏人，他能来报名参加识字班，还能读下去，说明他不是真坏人，或者说原先是个坏人也想学好，这不正好能达到我们办识字班既教识字又教育人的目的了吗？而且通过识字学习把人给教育好，那可比仅仅认几个字的作用要大多了咧。不过大宝提的这个问题正好也提醒我，可以在区里的会议上谈谈我们的看法，说不定还算是我们的先进经验呢。"

郑力仁听得萧主席的一番话，肃然起敬。没想到一个老共产党员，一个农村的基层干部，一个没有太多文化的农协主席居然能说出这么有哲理有见地的话，能有这么睿智和远见的思考。

刘金旺和张正凤点头称道："的确是这么个道理，不能搞区分。"

洪大宝一个立正："是。"

萧启良又对会计保管员吩咐道："金旺，你负责准备点儿钱，力仁这儿需要置办书本文具啥的，不要打折扣，要办就要办好。我估计这个班一开，人数不会太少，我们是不是再商量找一两个识字又能教认字的人，一起配合力仁教课，你们看怎么样？"

刘金旺慢悠悠地接话道："办这个班一个人办不起来，肯定要有帮手。而且过些日子就要春耕大忙了，识字班要办的话就要尽快开班，这段时间可以给大家白天教课，春耕忙起来之后就只能用晚上的时间教课了，我看干脆就叫夜校吧。这两天我就和力仁商量核算出一笔钱去买文具用品，除了要置办黑板、粉笔、课本、铅笔、习字本之外，还得买几盏马灯。还有呢，课桌板凳怎么办？"

"金旺想得很周到，开班越快越好。我看那些个课桌板凳就直接用解放军吃饭的条桌和长凳，又好用又方便。我的想法呢既不要叫识字班，也不要叫夜校，干脆直接把名称往大里叫，就叫'文化速成学校'，你们看怎么样？说不定咱们营子里那几位老先生办的几家私塾将来办不成了，政府直接就办学校了呢，这样也好提前打个基础。"萧启良说到这儿，看大家都很赞同的样子，振奋地站起来伸个懒腰，"如果大家没有其他什么意见，就这么定吧，过两天去开会，我们孟家大营就有向区里汇报的工作内容和计划了。"

郑力仁在旁边听着也是情绪高昂，信心百倍。

紧接着，几个人经过商量和比较，确定刘金旺的大弟弟刘金财、张正凤的哥哥张正龙，还有一位叫孟玉兰的女孩子，三个人配合郑力仁，把文化速成学校尽快办起来。除了刘金财是汉宜县中的初中毕业，张正龙和孟玉兰都是在津口镇读的小学，算是高小毕业。

第二天，刘金旺就带上郑力仁和张正龙去了一趟汉宜县城，买了两块黑板，还有粉笔、铅笔、纸张、毛笔、墨汁，最后还在旧书摊上买到一本解放前初小一年级的识字课本，算是把一些能考虑到的开班用品置办得差不多了。

这一天，郑力仁近一段时间以来罕有地起了个大早，匆匆吃完早饭，便提前赶到解放军之前临时驻扎的营房查看情况，然后和随之赶来的刘金财、张正龙、孟玉兰一起商量，选定部队集体就餐的饭堂做教室，并即时开会做了分工：刘金财和孟玉兰负责报名登记，张正龙负责组织报了名的学员打扫整理布置教室，郑力仁则在现场总体协调，观察了解报名的学生情况，分头摸底，以便有针对性地确定识字课程方案，以及是否需要分类教课。

不一会儿，营房院子里就有人三三两两地进来了，有的直接就上来报名，有的先过来打听情况，也有的畏畏缩缩不好意思上前。郑力仁迎上去分别和他们打招呼引导，有问必答，无任欢迎。

忽听院外一阵喧闹声，只见妇救会主任张正凤带着一队娘子军，叽叽喳喳地说笑着涌了进来，里面不乏拿着针线、抱着小孩的小媳妇，但更多的是带着羞涩而期待表情的大姑娘。张正凤一见到郑力仁就得意地大着嗓门说："怎么样啊力仁？我可是说话算话吧？一下子就把人都给你们带来了，这帮人招不招呼得了可就看你的了，她们到时候能认得几个字也看你的了哦。"大姑娘小媳妇们都看着郑力仁笑。

郑力仁看到来的是一支主力部队，一边笑着"感谢凤姐"，一边赶紧喊来张正龙和他一起维持秩序，指引排队报名，张正凤则接替哥哥的工作，指挥已经报名的人去清理打扫，抬桌子，挪板凳，布置教室。

正忙碌安排之间，郑力仁耳边忽然传来一声怯生生的声音："力仁哥。"他扭头一看："哎哟，是玉儿呀？你孟瑶堂妹走的时候还一再交代我说要动员你上识字班认字呢，我也正想着安排好这里的工作，就去找你来报名呢。怎么样？报上名了吗？"郑力仁问道。

"我爹跟我妈没有给我起大名，'玉儿'是我的小名，我不知道该咋报名。"玉儿红着脸小声答道。

郑力仁看着玉儿，又望了望正忙着给人登记报名的孟玉兰，想了想说："你们孟家同族的姐妹一个叫孟瑶，一个叫孟玉兰，名字都带'玉'字旁，你又叫玉儿，应该都是'玉'字辈的吧？那就给你取个名字叫'孟玉洁'吧，我看这个名字和你这个人也挺相配的。"

玉儿一听郑力仁给自己取的大名挺好听，说法上也很有道理，洁净白皙的脸庞于是因兴奋涨得更加通红："太谢谢你了力仁哥，但我不晓得这几个字怎么写，报……报名的时候说不出来。"

郑力仁带着孟玉洁到孟玉兰那里报了名。

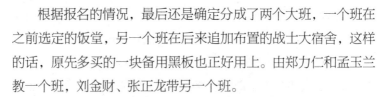

根据报名的情况，最后还是确定分成了两个大班，一个班在之前选定的饭堂，另一个班在后来追加布置的战士大宿舍，这样的话，原先多买的一块备用黑板也正好用上。由郑力仁和孟玉兰教一个班，刘金财、张正龙带另一个班。

孟家大营的文化速成学校大受欢迎，很快就顺利开学了。开学当天，营子里的领导萧启良、刘金旺、张正凤到现场搞了个简短的开学典礼，民兵队长洪大宝照样背着枪站在旁边助阵。

没有现成的专门用来扫盲的速成识字课本，郑力仁就参考以前的基础教材，抽时间自编、自抄、自画、自订了两本《简易速成识字课本》作为两个班教课之用，内容无非是从汉字的"一二三、口目耳、日月风、云雨水、山木井、牛马田"之类开始启蒙，还对应画上了一些说明图画和象形文字。在发放文具的同时，配套发给大家在县城书店买的《千字文》《弟子规》《三字经》，不管识不识字都要求盲背。每天上午上半天课，郑力仁和刘金财在前半段时间各负责教一个班认字，后半段时间就由孟玉兰、张正龙分别带大家背诵《千字文》《弟子规》和《三字经》。下午的时间一般就是四位老师开碰头会，了解学习效果，讨论教学方案、教课方法和批阅学生的习字本。

第一天上课，毫无疑问是从最简单的"一二三"教起。郑力仁告诉大家不要小看这"一二三"，从"一"开始认，就是认识了祖先创造汉字的源头；从"一"开始教，就能感受到中华文化几千年来一以贯之的血脉传承；从"一"开始写，就是写出了祖先刻下汉字的第一笔。在教大家认识了"一二三"之后，郑力仁就让学生们在裁小纸张订成的习字本上练习写这三个字，当他看到不同年龄和性别的学生虽然握笔笨拙，运笔吃力，但都非常轻松自在甚至无所谓的样子，便知道自己编课本的时候就估计对了。

等到习字作业都交上来了，郑力仁说："很好！今天第一天上课和交作业的情况我很满意，一方面说明我们都很认真，另一方面也说明我们大家都很聪明。"下面的学生一听得到表扬，高兴得鼓掌欢呼，相互之间得意地对视。"这样，我现在就结合今天的学习内容给大家讲一个学认字的故事，好不好哇？"学生们又是一阵欢呼。

"从前，有一个地主老财生了个儿子，十二三岁了还整天无所事事，长得脑满肠肥，除了吃喝玩耍就是惹是生非，大字不识一个。这个地主老财就想啊，儿子不识字，我死了之后，万贯家财、千亩良田不是被人骗光，也会被儿子败光啊。所以他很着急，求爷爷告奶奶地把儿子哄到私塾先生那儿去读书认字。谁知那儿子学到第三天回来，打死都不去了，说教书先生都是骗钱骗人的，自己已经学会认字了，不用再学了。这地主老财也不识字，还以为自己的儿子真聪明，一学就会。没过几天是中秋节，地主老财一早就请来和儿子对娃娃亲的亲家夫妇到家里来过节，并在喝茶吃月饼聊天的时候，提到儿子去私塾读书认字的事，这亲家公可是个识文断字的人，一听，好哇！就把那儿子叫过来说：你写出'一千两'三个字，我就为闺女再给你们家多添一千两银子的嫁妆。这儿子一听，摩拳擦掌地去找账房先生拿笔铺纸写字去了。这边厢等了两个时辰，酒席都摆好了等着上桌吃饭呢，儿子那边还没有消息，于是地主老财就陪着亲家公到账房去找儿子，只见这儿子满脸满手的黑墨，一把抓地握着毛笔，笨拙地撅着屁股，趴在地上，还在奋力'写字'呢。地上撒满了十几张纸，上面画满了一道道的横杠。地主老财慌忙跑上前问：儿子你这是在干什么？儿子气喘吁吁地回答：莫打岔，我的'一'早都写完了，等我把一千个'一'画够了，剩下的'两'字也就再画两条横杠，很简单就写完了。那个亲家公老财哭笑不得，一脸惊愕地呆在那里。原来，这个儿子到私塾学认字，第一天学的是'一'，一横杠；第二天学的'二'，二横杠；第三天学的是'三'，三横杠。于是就觉得这认字也太简单了吧，多少个数就是多少个横杠，这不是骗人吗？不学啦。"

只见下面已经笑成了一锅粥，有的捂肚子，有的捶桌子，有的笑得眼泪直流，孟玉洁更是抱住陪坐在她旁边的孟玉兰，笑得花枝乱颤。

郑力仁精彩的教学方法，活泼的讲课内容，形象的说文解字，使不同年龄的扫盲学生个个学习兴趣大增，听课热情高涨，而且大多数进步很快，认字记字率很高，很少出现请假旷课的情况。即使进入春耕大忙时节，白天抢耕抢种比较忙，但到晚上，夜校上课的出勤率几乎仍然满员，大家也可能把识字班当作了饭后休息的场所，或是把上课当作聚会听故事的机会。所以，有时候教室周围和院子里也围着一些没有报名学文化的老百姓。

孟玉洁很守规矩，每堂课必到，而且总是安安静静地端坐在座位上，忽闪着大大的眼睛听得非常认真，从来不爱讲话，也从来不在课堂上提问或发言，但好像就是进步不大，字认不全也写不好。郑力仁特地"开小灶"加料帮助了几次，似乎不见成效，发现她最大的优点就是守纪律、爱劳动，比如主动擦黑板，打扫卫生，下课后整理桌子凳子之类，班里大大小小的学生也都对此习以为常。

萧启良给郑力仁等四位老师的任务就是把识字班办好，以便在区里树立榜样，争当扫盲标兵，所以他们除了备课、编教材、讨论教案，就是帮助农会写写报告、办办文件，不用参加春耕生产。而郑力仁的家里既没有自己的田，也没有租他人的地，母亲有时就在集市上摆个小杂货摊，更多是帮人家做些针线活，用不着操心春耕的事。

不过，郑力仁也无意中发现，从来没和自己家有过交往的孟玉洁突然越来越频繁地出现在自己家里，一待就是半天，并且和母亲的关系非常融洽。母亲对待孟玉洁的态度也和对待孟瑶完全不同，只要看到孟玉洁来家里，母亲总是舒心自在，眉开眼笑，而且还心安理得地指挥孟玉洁做做这个，弄弄那个，两人在一起一定是欢声笑语不断，什么针线活，剪裁样式，鞋垫花样，炒什么菜，怎么发面擀面……总之有说不完的话，而母亲的针线活越接越多，越做越好。

有一次，母亲还让儿子画了个牡丹花样，说给孟玉洁绣鞋垫。过不多久便炫耀地把鞋垫拿给儿子说："这是我叫玉儿给你绣的一双鞋垫，你看看人家这针脚，这花线配的，绣出来跟真花一样，比瑶瑶可是强多了。女娃读书再多，能当饭吃呀？还不是得生儿育女、操持家务。"还时不时有意无意地说，"这出去当兵还不晓得会不会回来哟。"

孟家大营的文化速成学校办得风生水起，名声在外。几个月下来，不仅一些参加识字扫盲的学生们很快都能写自己的名字、记记数字，有几位进步快的，已经可以连蒙带猜地看报甚至写简单的信了。更让人没想到的是，营子里一些没有参加扫盲的老人家，在晚辈回到家里盲背《千字文》《弟子规》或者《三字经》时，居然记住了里边的金句，还能时不时在教育孩子、评论家长里短时，随口来上几句"老话"。因此，学校被《襄阳报》作为扫盲的先进典型进行了报道。

利用麦收农忙前的当口，津口区人民政府在区政府所在地的津口镇召开了"扫盲先进经验交流暨扫盲积极分子表彰大会"，借以推动全区扫盲工作的全面开展。萧启良代表孟家大营在会上做了经验介绍和扫盲成果报告，郑力仁则作为扫盲先进积极分子，主要汇报了扫盲的重点、方法、体会，以及自编教材的思路、特点和针对性，得到了与会各个乡镇代表的交口赞誉，大家都被这位年仅十八九岁的小青年深深折服。主管副区长严治平在大会总结讲话中充分肯定了孟家大营的做法、经验和效果，号召各乡镇要动脑子、想点子、找法子提高扫盲成绩，并专门点名表扬鼓励了郑力仁等投身扫盲工作的有志青年。

会后，严副区长特地请郑力仁到他办公室一趟。

津口区政府是个青砖青瓦的平房四合院，严治平的办公室在院子西北边，面积不大，墙上挂着毛主席和朱总司令的画像，办公桌上堆着文件、摆着马灯，进门靠墙摆了几把手工粗糙的竹椅子和一个小木几，应该是接待客人和办公谈事的地方。严副区长把郑力仁让到椅子上坐下，给他倒了一杯开水放在木几上，也在对面的竹椅子上坐下来："小郑同志，你把孟家大营的文化速成学校办得很好，很出色，扫盲工作很有成效。扫盲学生评价高，当地老百姓评价高，我们政府也很认可，这既证明了你有知识有才华，也证明了你的能力和水平。"

郑力仁红着脸说："严区长，这是我应该做的。我跑回解放区就是要参加革命，而我也只有这点儿能力，做这点儿事不算什么。"

严治平笑笑继续说道："是的，我们不能满足现状，不能只看到眼前的一点小成绩，革命者就是要不断追求进步，不断奉献自己。全国解放之后进入和平时期，仍然需要不断培养人才去建设国家，这方面还有很多革命工作需要我们去做。就拿孟家大营来说，本来就是个比较大的集市，人口也不算少，还算是个有一定历史的寨子，但除了几所私塾之外，没有一所正规的学校，这完全不符合将来国家建设发展的需要。所以，区政府决定在孟家大营建一所中心小学规模的学校，先从小学起步，条件成熟了就在这个基础上办中学，由我和启良主席担任建校领导小组正副组长，我们商定由你小郑同志做教学筹备组组长，抓紧时间做计划、定方案，争取下半年开学。"

郑力仁紧张地站起来："这个，我……我行吗？我一点儿经验都没有，我……我……我怕……"

"你不用怕。你能行。你今天介绍的扫盲工作成效和教学经验，就证明你能行。你放心，我们区里还会给你们那边调配两三位有能力的老师，和你一起搞筹备，加上你们扫盲班的几位老师，把教学起步工作搞起来应该是没有问题的。即便有什么问题的话，还可以随时找启良主席他们解决，当然也可以随时来找我。我准备过几天就去你们孟家大营现场解决学校选址问题。"严治平答道。

第七章　受命办学

严治平办事雷厉风行，扫盲表彰大会结束的第三天一早，就带着教育干事李学文赶到孟家大营，找萧启良等人商量筹备建校和学校选址的事。萧启良立即叫人去通知郑力仁到庙台子上的农会平房一起商议。

教学筹备组成员的人选比较好商定，有郑力仁他们几个熟悉当地情况的扫盲老师成功操办文化速成学校的经验，又有以萧启良主席为代表的农会、妇救会的全力支持和父老乡亲的认可，加上区政府的政策扶持和人才支援，教学计划和课程设置方案等可以按部就班地先开展起来。但是，目前就算是只作为初级小学的起步规模，也很难在较快的时间内找到符合条件的场地和房舍，并且还要即时可用，保证能在下半年开学。解放军开拔后留下的临时营房其实是个简易大仓库，不适合做正规教室，若就地拆掉重建的话，一是没有资金，二是时间上也来不及。

正在大家一筹莫展，讨论不出个所以然的时候，只见孟尚义先生急匆匆地走了进来，严治平等人惊讶地站起身来迎接。似乎只有萧启良和郑力仁有点儿明白孟尚义赶到这儿来的真实意图。

"哎呀呀，严副区长，您这一大早就不辞辛劳地赶过来，是为我们孟家大营办大事呀！功德无量，功德无量啊！能否也让老夫贡献点儿绵薄之力呢？"孟尚义进得门来就双手紧紧握住严治平的手，急切地说。严治平也热情地回握着孟尚义的手，却一脸疑惑地望望萧启良又望望其他人，似乎不明所以。

"是这样，严副区长，我知道咱们政府要在孟家大营办学校，这是天大的好事呀。但我也知道这办学校的场地不好找，力仁他们办速成学校的时候，我就向萧主席提出过请求，想把那座我用来办私塾的天主堂旧楼腾出来给他们用，但萧主席怕影响在我那个私塾念书的孩子们，没接受。我办这个私塾本来就是免费让营子里的小孩子们读书认字的，但毕竟不正规呀。现在政府为孩子们办正规学校，我办私塾也就没什么意义了，何不让出来给政府办学呢？"孟尚义解释道。

严治平恍然大悟："噢！原来是这样呀？太感谢您了孟先生，我代表区政府感谢您对人民教育事业的关心和支持！您的心意我们领了，但天主堂作为您的房产，我们既不能用也不能动，我们不能违反我们自己制定的政策啊。"

"哈哈！那栋天主堂哪里算得上是我的房产哟。早年西洋人可能认为孟家大营曾是太平天国农民军的一个大营，这里的人应该会有信教的习惯和影响，所以就到这里建了座天主堂传教，日本人打进来之后占用了教堂，把西洋传教士赶走了。听说里面关押过抗日志士，还死过人。抗战胜利后，天主堂就废弃了，只剩下一栋主楼，又谣传里面闹鬼，所以营子里没人敢靠近，更没人去管，我觉得这栋楼荒废在那儿实在太可惜了，就把私塾从我们北街的孟家祠堂临时搬到了天主堂里去办，平时也就是出钱请人打理打理、维护维护。现在政府办学校需要场地，我理应腾出来归还给政府嘛。"

严治平眼睛一亮："原来是这么回事呀？孟先生您可真是义字

当头，高风亮节呀。"然后对萧启良说，"这样的话，虽然谈不上是占用私产违反政策，不过这事我们还是得研究研究，你看呢？"

萧启良接过话头说："孟大善人说的是这么回事，也是这么个理儿。说老实话，学校办在这个地方倒是个好位置，这天主堂楼上楼下有十来间房，除了可以安排老师在楼上办公、休息之外，还能隔成两三间教室呢。周围是一大片荒废的地，如果要扩建新的教室，直接就可以在天主堂原来毁掉的那些平房的地基上起房子，而且旁边的空地给孩子们修活动场地也都够。"孟尚义看着萧启良，笑呵呵地点头称是。

严治平兴奋地说："那我们还愣着干什么？到现场去看看呗。孟先生您先请。"一行人陪同严副区长，兴高采烈地往天主堂而去。

天主堂建在孟家大营的东北位置，距汉江边约三四百米，现在剩下的只是一座南北宽约十来米，东西长约三十多米的长方形建筑。西洋风格的单边外走廊设计，砖木结构，上下两层，周边方圆几百米都是荒地，偶有几块被一些人私下开垦成了菜园，教堂的附属建筑平房都已是断墙残垣，原有的墙体砖瓦估计是被老百姓拆去建房了，杂乱的草丛中只剩隐约可见的地基。严治平一行没有惊扰楼下私塾里正在背诵古文的先生和孩子们，先环绕教堂看了看周边环境和方位，然后顺着木制楼梯登上二楼察看。上面一层没有使用也没人打理，除了有孩子们趁先生不注意偶尔跑上来"藏猫猫"玩耍、奔跑留下的痕迹外，各个房间大多布满了灰尘和蜘蛛网，木板隔墙上似乎还可以看出日本人占用时张贴的残破发黄的纸张告示，挂物件的洋钉之类。

站在二楼的外走廊上，严治平用手摸了摸梁柱上用铁条焊死挂着的一口黄色铜钟，扶着栏杆观察了一阵周围的地貌环境，点头说："非常理想，非常理想。看起来，这里根据我们的办学规模和设想需要，还可以不断扩建新校舍，甚至可以考虑将来办成一所中小学一体的学校，操场的场地也够用。"又低头用脚顿了顿

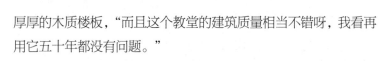

厚厚的木质楼板，"而且这个教堂的建筑质量相当不错呀，我看再用它五十年都没有问题。"

孟尚义说："是呀，只要简单地修整分隔，布置成教室就完全可以用了。您看，梁柱上挂的这个教堂的黄铜钟，一敲起来方圆十里都听得清清楚楚，敲钟通知孩子们上课下课呀、放学呀，太方便了。"

楼下私塾里的学生在先生的引导下，不时传来一阵阵诵读《弟子规》的声音："凡是人，皆须爱。天同覆，地同载……势服人，心不然。理服人，方无言……"

麦收过后，口粮归仓，公粮入库。郑力仁和几位扫盲班老师便全面开展建校开学的各项筹备工作，因为马上要当政府正规学校的老师，工作热情更加高涨，白天搞规划、做方案，趁各家吃晚饭的时候还要挨家挨户走访摸底，宣传政府的教育政策，动员适龄的孩子们上学读书学文化，晚上依然给乡亲们扫盲上课。农会一方面安排木工、泥瓦匠维修、整理、隔断、粉刷教室、老师办公室、宿舍，一方面组织劳动力清理、平整、打扫学校的场院和空地，张正凤又拉上原妇救会的一帮姐妹参战。曾经偏僻冷清的天主堂一时间人声鼎沸，热闹非凡，孟尚义也不时参加一下筹备活动，发表一些看法，或者从自己杂货店里免费提供一些物品、材料。

到了学校放暑假的时节，严副区长又来到孟家大营，同时带来了两男一女三位年轻人，这是预备为孟家大营的小学校调来的老师，利用暑假先过来熟悉熟悉环境。其中一位男老师叫戴勇，教国语和体育，另一位男老师叫李选林，教算术，女孩子名叫郭云，才十六岁，是襄阳女子中学初中应届毕业生，一问之下，居然还是孟瑶的师妹。

萧启良、刘金旺、张正凤代表孟家大营对三位外地老师的到来表示热烈欢迎，同时分别通报了学校目前筹备建设进展、资金筹措使用和下一步的打算等情况。郑力仁则从适龄学生摸底、入学报名估算、三个年级设置预测、教材使用计划、教学内容安排，以及应有课程设计、所需排班老师等做了汇报。大家都对郑力仁如此内行深感惊奇和佩服，严治平边听边露出欣赏的神色。

郭云忍不住赞赏道："难怪瑶瑶姐在学校总在向我们炫耀她的力仁哥，提起来就骄傲得不得了，真是百闻不如一见啦。"

根据县里统一安排，郑力仁、刘金财、张正龙、孟玉兰四人与全县选拔推荐的四十多名高小文化以上的青年人，在汉宜县城参加了县文教科专为全县新晋小学教师开办的"初级师范暑假短训班"，短训班指定郑力仁为班长，孟家大营的扫盲识字班暂时停办。

巧的是，县文教科为短训班做联络服务工作的正是刘易昌，两兄弟能在这个场合见面别提多高兴了。"力仁，不错啊！半年不见就搞得全县出名了，真是金子在哪儿都会发光啊！我们县文教科的领导一提起你就赞不绝口哇！这次培训结束后对你保不定还会有重用呐！"刘易昌一见到郑力仁就兴奋地蹦出了好几个感叹号。

从小到大一直在学校当学生，一步不落按部就班读书升学的郑力仁，对这种职业培训的学习机会倍加珍惜。虽然文化课对他来说是轻而易举的事，但老师们所讲的儿童心理掌握、小学上课技巧、学生品德培养、学校事务管理、师德师风培养等专业方面的知识都使他大开眼界。他看到了教育的真谛，也感到了自己的不足，更体会到当老师的重要性，因此如饥似渴地听课，争分夺秒地学习，同时还模范地履行好做班长的职责，有条不紊地组织各小组之间开展学习竞赛、板书评比、听课笔记展览、模拟讲课比赛等活动，把一次暑假短期培训活动搞得丰富多彩，花样频出，成效斐然。

县文教科的领导赞叹，这种创造性的学习，操作式的训练，完全是给以后的师范培训树了个样板。

培训班为期一个月，安排得很紧张，白天上课，晚上有晚自习，中间只有两天的休息时间，但郑力仁没有回孟家大营，而是留在县城查阅图书资料，阅读教育学文章。晚上去陪爹吃完晚饭，就去找刘易昌顺江边散步聊天，谈话的内容当然离不开龙德安，还有孟瑶。

一个月的培训很快就结束了，郑力仁和刘金财、张正龙、孟玉兰带着满满的收获和自信回到了孟家大营。再有差不多十天就要开学了，所以，回到孟家大营也没让大家各自回家放行李，郑力仁就建议大家一起先去天主堂，看看学校的整修情况怎么样了。

远远可见天主堂主楼已经整修一新，楼下三间教室分隔完毕，还隔有"校长室"和"教学资料保管室"两个小间。再往前走过去一看，居然已经在旁边的部分旧地基上用土坯夯实再加土砖，房顶盖上青瓦，又建起了一间厨房和三间教室，有几位木匠正忙着锯木板做条桌、条凳。郑力仁走上前和师傅们打招呼问好，忽听楼上有人在叫他们："哈，力仁你们回来啦？"抬头一看，萧启良、刘金旺、张正凤和孟尚义都站在二楼走廊上招呼他们上楼。

郑力仁他们上得楼来，所有房间整修一新，粉刷洁净。大通间是教学办公室，新做的几套给老师们用的办公桌椅摆放整齐，一看就是楼下木匠师傅的手艺，全部都刷好了清漆。在二楼两头隔出数间分别作为男女教师宿舍，而且都已经摆放好了榆木板床。

郑力仁欣喜地说："萧主席，你们真是考虑得太周到了。我这筹备组长是徒有虚名啊，除了刘老师他们三个人趁休息天还回来看一看，我这一个月都没有顾上回来，什么事都没有做，辛苦你们啦。"

萧启良爽朗一笑："哈哈！要谢的是孟先生，这桌椅板凳的木料还有其他一些材料，都是孟先生还有一些乡绅们捐给学校的。

其他一些事我们安排师傅，安排劳动力做就行了，你们到县里学习比这个重要，而且我们的任务是筹建学校，你们的任务是筹备教学，不一样的嘛。哦，对了，力仁，严副区长让我通知你，一回来赶紧到他那儿去一趟，说是有更重要的任务呢，哈哈，有好事。"

第二天一早，郑力仁就去了津口镇，进了区政府的小院，径直来到严副区长的办公室。严治平正在和教育干事李学文坐在小椅子上谈话，看到出现在门口的郑力仁，马上招手："呵呵，小郑同志你来得正好，正在谈你的事儿呢，来，来，快进来坐下一起谈。"李学文笑着站起身，朝郑力仁点点头，然后拿了个搪瓷杯去倒水。

"哎呀，我们区里没有看错人呐。县文教科早就有消息传来，说这次咱们解放区第一期新教师的师范培训搞得很成功啊，你这个班长干得很出色，给我县将来的师范教育培训树立了一个典范，县里甚至对将来可能建一所初等师范学校都充满了信心。这也说明区里把你任命为孟营小学教学筹备组长的决定是正确的。"严治平看着给郑力仁端水后重又坐下来的李学文说，"学文，你把县政府文教科对孟营中心小学的办学批复文件给小郑同志看看，还有区政府对校领导任命的最后决定，也先给小郑同志口头传达一下。"

"好。"李学文把茶几上放的文件递给郑力仁，停了停，像背诵课文一样传达道，"经津口区人民政府决定并征求汉宜县人民政府文教科的意见，决定聘任郑力仁同志为孟营中心小学校长。特此决定。传达完毕。"然后端坐着恭敬地望着严副区长。

严治平点头道："对，学文，就是这个意思。那你先去准备正式文件行文，我和小郑同志再谈谈具体工作安排。"

郑力仁先是听到夸奖，接着又听到教育干事传达给自己做校长的通知，脑筋一下子没有转过弯来，张着嘴疑惑地盯着严治平。

"怎么？是高兴还是紧张？有什么想法说说看？"

"不是，严副区长，您叫我到您这儿来有什么事儿？当……当校长？孟营中心小学？"郑力仁语无伦次地给了严治平三个问号。

"是的。区里经过充分考虑，决定由你担任孟营小学的首任校长是再合适不过的了，我叫你过来就是要提前告诉你这个决定，以便让你提前进入角色，提前开始准备。离学校开学的时间没有几天了，时间很紧，学校新开办，什么事都得从头开始，有很多问题要处理，有很多困难要面对，有很多情况要适应。万事开头难，头炮能不能打响，能不能实现开门红就看你的了。"严治平停了停，看看认真聆听的郑力仁，"噢，对了，学校的正规名称叫'孟营中心小学'。我们研究认为，'孟家大营'带有封建旧制度的痕迹和色彩，所以决定改为'孟营'比较合适，不仅学校名这么定，将来地名也要这么改。县文教科和区里都安排拨付了一点儿办学启动费用，不多。老师们每月的薪给米粮由区里统一定标准，通过孟营乡政府发放，菜金补贴每月直接到区里领取。"

郑力仁此刻已经搞清了原委，同时也激发了斗志。他迅速理了理思路，一是汇报了在县里参加师范短训班对小学教育、讲课技巧、学校管理等方面的心得体会和学习收获，二是汇报了校舍建设的起步规模、进展情况和营子里领导的重视、孟先生的贡献，三是汇报了针对孟营当地小学的适龄入学小孩所进行的调查摸底情况，考虑规划的班级设置和分班标准，四是汇报了课程设计以及对现有六名教师排课的教学分工等有关方面的大致设想。

严治平表示没有意见，建议具体工作由郑力仁自己召集教师们进行专业讨论，科学安排，群策群力，办好学校。

工作谈完，郑力仁深埋在心中许久的疑问忽然冒了出来："严副区长，我有个问题想冒昧地问您，您是哪里人？"

严治平诧异地扫了郑力仁一眼："嗯？怎么想到问我这个问

题？我是黄冈人啊，怎么啦？"

"您也是黄冈人？那您认不认识一位叫严修齐的先生？"

严治平一怔："怎么？你认识严修齐？你怎么认识他的？"

"严先生是我在省立高中求学时的班主任，也是我的恩师，严先生在关键的时候救了我和我的几位同学，并指引我们回来投奔解放区参加革命。我很感激严先生，也很想念他。"

严治平一下激动地抓住郑力仁的双肩："哎呀！这么巧哇！严修齐是我哥哥，你是我哥哥的学生啊？我们兄弟俩在中学时都秘密参加了革命，我后来考到北平的大学读书，并根据党组织的安排从事进步学生组织工作，因纪律要求，我们兄弟俩相互不能通信，一直不知道彼此的情况，说起来已经有好多年没有见面了，很想念呐。"

郑力仁念念有词："'古之欲明明德于天下者，先治其国；欲治其国者，先齐其家；欲齐其家者，先修其身；欲修其身者，先正其心……心正而后身修，身修而后家齐，家齐而后国治，国治而后天下平。'用这出自《礼记·大学》的'修齐治平'给严先生和您取名，看来严老爷子也是位大儒啊！"

"嗬，我哥的学生还真是不简单哪！引经据典，出口成章，一下就点出了取名的出处。你说对了，家父是一位清末的秀才，开私塾为生，但我们兄弟俩革命新思想的启蒙也是来自家父，不然我俩也不会共同走上革命的道路。"他抬手看看手表，"到午饭时间了，走，跟我去食堂吃饭，好好给我讲讲我哥的事。"

严治平拉起郑力仁，往食堂走去。

第八章 新任校长

郑力仁回到孟家大营,顺便将县政府文教科对孟营中心小学的办学批复文件和区政府对他的校长任命通知带回来,交给了萧启良主席,并汇报了相关事项,随后向萧主席建议,根据对整个营子里适龄孩子上学摸底情况和动员报名的统计,当务之急不再是校舍问题,而是要赶紧想办法购买小学一、二、三年级的课本,听说这些初级小学的国文课本和算术课本都非常紧张,很难采购,不能耽误。再就是建议在购置老师教学办公用具的同时,想办法按批发价统一采买一批作业本、文具卖给同学们,这样比学生家长自己去买要便宜些。

萧启良立刻指派刘金旺陪郑力仁和刘金财一起去县城办采购。

三人先赶到县政府文教科,找到刘易昌咨询教材订购事宜。刘易昌见到郑力仁,先是兴奋地祝贺道喜,然后介绍道:"我正好在做全县的教学统计,并定期将这个统计数据向上级部门报备并订购教材。你们孟营中心小学是刚刚批复成立的,很仓促,所以教材计划没来得及报上去,现在报也来不及了,即使原来报上去的也不一定保证有。而且目前主要还是在打仗、剿匪，各地中小学教材都没有统一，大多还是暂用原来国民党编的教材，老解放区用的初级小学课本有东北本、华北本、山东本，我们只搞到了一部分华北本，但数量极其有限，不够分配。科里领导决定，按全县现有学校学生的比例分配，多人共用一本，县里随时采购到手，就随时再按比例分发下去。"

说到这里，和刘易昌同在一间办公室的女同事张燕拿来几本不同版本的小学课本。刘易昌一边分别递给他们看，一边继续说："现实情况就是这样，大家都要克服困难。我们建议各个学校都发挥自己的主观能动性，积极想办法找渠道自行采购，能自己找到买课本的门路最好，不同的版本同时交叉采用也没关系，国统区编的教材暂时也可以继续参考使用，只要没有政治问题。关键是老师的教学水平和学生的学习质量要保证，不能降低。我们科领导的意思还有，鼓励学校有水平的老师自编教材，补充现有教材的不足。我想在这方面，在你力仁这里是完全没有问题的，说不定又能搞出一个典范来。"

郑力仁向刘易昌了解到孟营小学最终能分配到的各种课本的大概数量后，当即决定赶去襄阳城先找孟琨哥，看能否找到其他的门路想办法多搞些教材，尽量解决同学们的课本问题，同时完成教学办公用品和文具的采购任务。

他随即辞别刘易昌和张燕，匆匆赶到襄阳城，往东街找孟琨。

三个人刚走到荣民医院门口，就碰见孟琨正容光焕发地与一位干部模样的人握手道别，旁边一位穿白大褂的老年医生也笑容可掬地拱手相送。孟琨把客人送上吉普车离去，一抬眼看到郑力仁和刘金旺两兄弟，惊讶地热情招呼。在去医院后面小院办公室的路上，不断有医生、护士、患者等亲热地喊着"孟院长"打招呼问好。进入院长办公室，医院勤务员即刻泡好茶端上来，恭恭敬敬地退出。

孟琨告诉他们，他已经接到大哥孟琪从南京写来的信，说他现在是解放军的副团长，准备随整编后的部队调往大西南。而且自己的问题也都搞清楚、有结论了，军管会公安保卫处已经销案，政府继续让他担任院长，主持医院工作，太太和儿子也来接他回去住了，一切走上正轨，他正打算这两天抽空携妻小回孟家大营看望父母。

三人听到这些个好消息，都高兴地不停道喜。郑力仁也把孟瑶参军走时的情况，孟老先生慷慨资助办学的情况，他们此行来找他的目的等，向孟琨哥做了报告。

孟琨随即打电话给几位朋友和自己的岳父，了解到在古城北街的儒林书店可能会找到一些版本的小学课本。他放下电话，看看手表已经到了午饭时间，觉得刘金旺此次来找他，不仅是代表孟家大营的领导到城里公干，而且刘家两兄弟也是第一次来自己工作的医院，属于稀客，所以，孟琨特意自掏腰包，吩咐勤务员通知食堂加两个好菜，再到商店去买了当地名酒石花大曲和大前门香烟，直接在医院食堂小餐厅招待他们三人。

这顿酒饭让刘金旺兄弟俩兴奋不已，边吃边喝边抽烟，边大赞孟大善人在营子里的功德善举，猛夸孟家是革命家庭，是孟家大营的骄傲，弄得孟琨越发殷勤地劝酒布菜奉烟。郑力仁不会喝酒也不会抽烟，就默默地在旁边夹菜下饭，看他们频频举杯。

午饭愉快结束，孟琨安排勤务员带着郑力仁他们去到儒林书店选购课本，店里有东北本、华北本、中原本、山东本，还有更加粗糙的名不见经传的课本，国民党时期的编撰本反而多一些，但没有哪一种版本的教材能批量供应。郑力仁建议把配套使用的华北本都买下来，以补充县文教科分配数量的不足，其他课文版本、教学典籍各选购几本用于老师们备课、教学参考和自编教材做参照。选购完课本教材，他们根据事先的交代安排，又到书店不远处孟琨岳父开的文具店，几乎是在文具店连送带捐的情况下，

"购买"了一大批文具纸张，还有学生们的习字本、算术本等，可以说是收获满满，满意而归。

距开学还有一周，孟营中心小学各方面万事俱备，只等开学。戴勇、李选林、郭云三位外地老师都按时带着行李来孟营中心小学报到，安顿了下来。

萧启良和刘金旺随即召集全体教师一起开会，宣读了县政府文教科的办学批复和校长任命通知，商讨了开学典礼的安排，根据是否读过私塾的识字程度，确定学生分为一年级两个班、二年级两个班、三年级一个班，并划分好五个班的教室安排。政府给各位老师每月配给粮米的领取，农会推荐给学校老师食堂做饭的师傅等都有了安排。最后商讨决定：刘金财担任学校教务主任兼财务，辅助校长做教务教学安排，以及按规定到区里领取菜金补贴和报销费用；张正龙管理学校后勤，负责仓库保管，财物、文具、器材的使用管理和登记造册。郑力仁自己决定不在校长办公室里办公，而是和大家一起在二楼的大通间办公室一起备课、讨论教学、商量工作，更方便些。

接下来的两天，郑力仁先是分别与每位老师进行了业务谈话和思想交流，随之便在大办公室召开了第一次学校教学工作会议。会上首先讨论确定了每个老师的分班教学任务：郑力仁在负责学校全面工作的同时，教三年级的国文课兼班主任；刘金财在负责教务、财务工作之外，教三年级算术；戴勇和张正龙各教一个二年级班的国文课兼班主任；孟玉兰和郭云各教一个一年级班的国文课兼班主任；李选林负责教一、二年级四个班的算术；戴勇同时还担任全校的体育老师，郭云同时还担任全校的音乐老师。

根据落实的分班情况、讲课安排和教学任务，各位老师各抒己见，发言畅谈了个人的备课思路、教学方法、讲课重点、作业布置，并交流了课堂纪律的训练引导经验等，气氛轻松而热烈。

郑力仁作为校长做总结发言："各位老师，我们有缘成为孟营中心小学的创校同仁一起共事，我自己感到非常荣幸！敝人忝列校长之位，实感诚惶诚恐，无论是经验、实力、水平和能力，在座诸位其实皆属在我之上者。既然上级领导如此决定，自己唯有兢兢业业、勤勤恳恳，方能不负重托，不负众望，当然更需要各位老师的鼎力相助和随时指教。我将与各位老师携手共进，群策群力，把学校办好。"

说着，他站起身来，向几位老师鞠个躬，继续说道："我们七位有幸成为孟营中心小学的'开校元勋'，这个意义不亚于'开国元勋'。老子在他的《道德经》里说过，'合抱之木，生于毫末；九层之台，起于累土；千里之行，始于足下'。孟营小学将来的发展、形成的校风、对后人的影响，以及培养出的学生的人品和精神，都起始于我们在座各位的师德和行止。大家都很清楚，孟家大营从没有办过正规的官制学校，而我们将要教导的这些学生，要么是从没有读过书的孩子，要么是虽然读过私塾认几个字，但并没有接受过正规教育的孩子，所以我们必须要从起步上校正他们的言行，从根基上培养他们的性情。这当然有相当大的困难，尤其是孟老师、郭老师要做一年级的孩子王，更加辛苦劳累。但只要有耐心、有爱心、有信心，我们就一定教有所成，学生就一定学有所长，这就需要有奉献精神。我们并不一定要去追求人生的光焰万丈，但至少可以成为一只萤火虫，在孩子们的知识夜空里发光发亮。记得唐朝一位大臣郭震写过一首赞颂萤火虫的诗：'秋风凛凛月依依，飞过高梧影里时。暗处若教同众类，世间争得有人知。'"

郭云忽闪着明亮的大眼睛，兴奋地插嘴道："哇！这是我们郭家先祖的诗作名言呀，我从不知道也没读过，太有深意了。求校长帮我写个条幅，我要贴在我的卧室里作为座右铭，天天背诵！"

戴勇笑呵呵地盯着郭云的笑脸说："郭老师，你不把校长的墨宝贴在办公室里或者你的办公桌上让我们共同欣赏，而是私藏你自己的闺房里独享，那就不能叫'座右铭'，只能是'陋室铭'，哈哈。"

"对应工整，很机智！"郑力仁看着戴勇笑赞一句，接着说，"我个人最崇拜的当代教育家是叶圣陶先生，他对中国的国民教育和国文教学很有见地，很有贡献。我这次在县里参加暑期短训班期间，抽空拜读了叶圣陶先生的《国文教授之商榷》《读些什么书》《精读指导举隅》等文章，对我很有启发，收获很大，特别是对于基础教学的方式方法很有指导意义。我建议各位老师，包括教国文、教算术的老师，都应该读读叶先生的文章，结合自己的讲课内容和教学思路，举一反三，必有成效。先生在他的《〈读经典常谈〉》中讲到的'无用之用'这个话题，恰恰于我们的教学思维和个人提高大有裨益。"

"另外我还想啰嗦几句：一、二年级的国文教学，尤其是孟老师和郭老师带一年级的学生识字入门，是个很关键的起步环节，用章太炎先生在他的《国故论衡·小学概说》中的观点说，乃是国学的根本，教化的开端。所以，必须先入为主地把中国汉字独一无二的特征深刻地嵌入到学生们的大脑里，我们也要时常回忆回忆自己刚启蒙认字的时候是什么样的状态，是什么样的心态，就能设身处地从启蒙学生的角度有针对性地教好学生。我们的祖先仓颉创造的文字是象形文字，所以，我建议你们在教学生认字之前，能参考阅读东汉文字学家许慎的《说文解字》以获取灵感，比如在'人、口、日、月、林、木、山、水'等汉字的教法上，都可以用图画演示，告诉同学们中国象形文字的演变由来，这对小学生认字记字会起到事半功倍的效果。再就是我们孟家大营开办私塾有比较长的历史，我小时候就读过私塾，私塾先生的一些教法有他们的优点，比如不一定让学生们理解什么，先硬记硬背下来也很有效，我们在教学上有必要学习借鉴其长处。"

郑力仁最后说："总之，我们的学校刚开办，我作为校长是勉为其难，赶鸭子上架，没有什么经验，但我相信，只要我们精诚团结，博采众长，互相帮助，教学相长，就一定能把孟营中心小学办得有声有色，就一定不会辜负县、区、乡各级政府领导和孟家大营的乡亲们对我们的期望和支持！"

六位老师听了校长的话，个个斗志昂扬，激情澎湃，站起报以热烈的掌声。

"当……当……当……当……"郑力仁迎着灿烂的朝阳站在天主堂的教堂二楼，不，现在是孟营中心小学的教学楼二楼，敲响了预备开学的钟声。这口在此牢牢悬挂了几十年依然澄黄铮亮的铜钟，今天似乎是因为活泼天真的小学生们鲜活的生命和烂漫的朝气，焕发了新的青春活力，洪亮的钟声悦耳动听，响彻四方，好像在向人们宣告它新生命的诞生，新使命的开始。

随着开学预备铃的钟声，营子里的大人小孩像过节一般走出家门，欢天喜地陆续朝学校汇聚，背着新书包的学生们更是兴高采烈地往学校飞奔。很快，学校周围就挤满了送孩子的家长们和看热闹的乡亲们，有人走进教室抚摸观看，有人站在教室窗外好奇打量，还有人在教学楼的楼梯口斜扭着头往二楼上面张望。刘金财此时一个人在二楼办公室里心无旁骛地对照点算各班报名人数，分班整理课本，分类注明班级，标出学生要共用课本的数量。

戴勇、张正龙、李选林、孟玉兰、郭云各司其职，在学校前面开辟的操场上各自拿着本班学生的报名表大声点名，维持秩序，招呼不同班级的学生按地面石灰粉划分的方块到指定位置集合。有的孩子完全搞不懂是怎么回事，懵懵懂懂地到处乱窜；有的孩子站对了地方却静不下来，看到其他班认识的发小就跑过去亲热到一起了；有的孩子没见过这种场面手足无措，紧张得哭喊着到处找大人……这几位老师抓住了这个又要去喊那个，安抚了这个又要去哄那个，有些家长也在哇哩哇啦大叫着乱指点、瞎指挥，旁边围观的乡亲们笑得前仰后合。

教学楼的柱子上和各个教室的墙上都贴着"毛主席万岁！""共产党万岁！""中国人民解放军万岁！""感谢人民政府！""十年树木，百年树人！""教书育人，功德无量！""读书成才，报效国家！"等花花绿绿的标语，烘托着热闹的气氛。严治平副区长和区政府教育干事李学文在萧启良、刘金旺、洪大宝、张正凤和孟尚义的陪同下，由郑力仁引导，视察了上课的教室、老师的办公室、学校的厨房以及教师宿舍，翻看查阅了老师们的备课笔记和准备派发的各年级课本。刘金财向各位领导汇报了学生报名统计、课本分配使用和学校财务支用等情况。

反身下得楼来，严治平立足仰头，看了看二楼栏杆上拉起的"孟营中心小学开学典礼"的红布横幅，又歪着头笑容满面地欣赏着大立柱上挂着的红色楷体"孟营中心小学"校名竖匾，转头对孟尚义说："孟先生这校名题写的是古朴苍劲，功底深厚啊。"

孟尚义拱手低眉："惭愧！惭愧！感谢严副区长谬赞！我哪有什么资格题写校名嘛，是萧主席一再交办督促，推脱不过，也就只好勉为其难，滥竽充数罢了。见笑，见笑。"

上午八点半，随着乡亲们自发敲响的锣鼓声、吹奏的唢呐声、燃放的爆竹声，孟营中心小学开校开学典礼在全体入学新生和围观的乡亲们的热情掌声和欢呼声中开始。

由郑力仁校长主持，李学文干事分别宣读了县政府文教科和区政府的贺信，萧启良主席报告了办学经过、办学目的、办学要求，寄望全体父老乡亲们支持办学，爱护学校，尊敬老师，尊重学问，积极给自己的孩子报名上学，好好读书受教育。严治平副区长最后做了热情洋溢的讲话，祝贺孟营中心小学成功开办，同时代表区政府感谢孟营乡的干部群众对解放区教育事业的重视和支持，感谢孟尚义先生等社会贤达、有识之士对人民政府开办学校的慷慨相助，希望在郑力仁校长的带领下，用心教学，尽心育人，把孟营中心小学办出成绩，办出特色，办出规模，为社会主义新中国的建设事业培养更多更好的人才。

简短的开学典礼在热烈的气氛中结束。九点整，上课钟声再次敲响，各班级依序进入自己的教室发课本、派文具、选班组干部、宣讲课堂纪律……从今天开始，孟营的公办教育正式起步。

郑力仁陪同萧启良主席一行把严治平副区长和李学文干事送到汉江坡堤上，与几位领导握别后目送他们走远，自己默默地迎着江风理了理思绪，迈着自信而轻快的步伐返回学校。

学校的操场上有几位还没离开的老人亲热地和郑力仁打着招呼，他走进学校，静静地巡视每一间教室的上课情况，听着各班老师认真的讲课声，学生们稚气的跟读声，感到眼前这一块块苗圃已经开垦，这一棵棵树苗已经栽种，在辛勤园丁的灌溉呵护下，在阳光雨露的照耀滋润下，这些稚嫩的树苗将会不断茁壮成长，直至长成参天大树，成为社会的栋梁之材。

想想才几个月的时间，孟家大营已经发生了这么大的变化，自己的人生轨迹也发生了这么大的变化，同学好友们之间也都发生了这么大的变化，说明国家发展正在突飞猛进，证明社会进步更加日新月异，而且必将会持续不断地发生更大更好的变化！这些喜人的变化，只有在新中国，在共产党的英明领导下才会发生。

自己应该怎样才能做得更好呢？郑力仁在思考。

第九章 欢庆建国

　　孟营中心小学各方面工作很快就走上了正轨，一切都在有条不紊、按部就班地进行着。老师们全副身心地投入教学，学生们全勤积极地勤奋读书，校风很好，学风很好，家长们全力协助。这不仅仅是因为大家对这所刚开办的新学校的新鲜劲儿，更是人们，尤其是原来从没有机会读书识字的绝大多数乡亲们对知识发自内心的膜拜和渴望，是解放区的老百姓对翻身解放之后未来新生活的憧憬和向往，他们把祖祖辈辈的希望都寄托在了进学校读书的孩子们身上。所以，他们现在每天的生活重点就是一大早叫孩子起床吃早饭，赶紧背书包上学，并不厌其烦地叮嘱孩子要好好读书，尊重先生。晚上把家里唯一的煤油灯供孩子使用，守着孩子在灯光下温课写字是家长最幸福的时刻。有的大人看到自己孩子居然会写字了，竟然激动得热泪盈眶。

　　营子里的男女老少见到年轻有为的郑力仁校长，都是毕恭毕敬，热情有加，生怕失礼不周，唯恐怠慢不恭。如果郑校长自己或者和哪位老师到哪个学生家里去家访，这家就会以最隆重的礼节接待，而且事后好长时间都会兴奋得到处宣传。

郑力仁感觉到了这种尊敬，也感恩乡亲们对他的认可。他知道这其实不是对他个人的尊敬，而是对知识、对文化的尊敬。因此，他感受到的更是一种责任和压力。他深知乡亲们的期待，就是把学校办成功，把学生教成才，为孟家大营培养出一茬接一茬识文断字的人，那才是王道，那才叫狠气。尤其是看到营子里一些上了年纪的老人，几乎每天都会围坐或蹲靠在学校旁边的石墩上、残墙边，安静幸福地享受着教室里传出的孩子们的琅琅读书声，郑力仁忽然得出一种认知：教室就是传播知识的道场，学校就是文明功德的庙堂。

在接下来召开的第二次校务工作会议上，大家一致同意通过了以下决定：依正规学校官制体例，孟营中心小学每个星期上六天课，每天上午四节课，下午三节课，每节课四十五分钟，课间休息十五分钟；星期六下午只上两节课，下午没有课的外地老师可以先行离校；星期天休息一天。这样，郑力仁除了教学、校务、开会之外，大多数时候都是很有规律地每天回家陪母亲，同时帮忙做做家务，指导正在孟营小学上一年级的妹妹淑婉读书做功课。有时候也会应一些家庭妇女的要求，帮她们画一些鞋垫或是肚兜的绣花图样。

一段时间以来，郑力仁也留意到，几乎每天放学回家都能看到孟玉洁在家里陪母亲聊天，一起做针线活。有时帮郑母做完饭，她也会留下来一起吃，星期天甚至整天都待在郑家。

"孟玉洁，你自己家里没有事情让你做么？"郑力仁有一天下班回家，又看到孟玉洁在帮母亲做针线活，就好奇地问道。

"我妈早晨就是擀面条卖面，我爹做黄酒，我打打下手帮帮忙，每天只做完前半晌就没得啥事儿做了。"孟玉洁此时正在给郑力仁绣鞋垫，低着头红着脸回答。

"噢。那你有时间也不坐下来读读书认认字？在识字班认的那些字还记得不？你自己的名字还认不认得？还能不能写下来？"

"还认得我自己的名字，但写不好了。"孟玉洁脸更红了，顿了顿又说，"那我以后在家里让我弟弟教我认字，跟他一起学写字。哦，对了，我弟弟也在你们学校读书，他刚上一年级。"

"你弟弟在我们孟营小学一年级读书？他叫什么名字呀？"

正趴在小饭桌上写作业的淑婉抢着插嘴道："他叫孟玉亮，我认识他，我们是一个班上的同学。"

孟玉洁忽闪着一双明亮的大眼睛，真诚而崇敬地看着郑力仁："对，跟淑婉是同学，他原来的小名一直叫'亮儿'，要上学报名的时候，我爹看你给我起的孟玉洁这个名字很好，也就照着我的名按我们'玉'字辈起，大名叫'孟玉亮'。你看这个名字行吗？"

郑力仁一听："这名字取得不错啊！哎，这样的话，你跟着你弟弟一起认认字、写写字那不是正好吗？"

郑母在一旁插嘴道："在学校当老师，回到家里还要当老师，玉儿又不是你们学校的学生，你要她认啥字嘛。家务事做得好，针线活做得好，人老实能干，我看比那些虚头巴脑的啥都强。你还不晓得人家玉儿有多能干哦，做黄酒做得不错，擀面的手艺比她妈都强，有时候她们家卖的面都是玉儿擀的呢。要不，等会儿就让玉儿给我们擀顿面条给你尝尝？"

"好啊，我现在就给你们做。"孟玉洁爽快地应承道。

郑力仁吃着孟玉洁手脚麻利地做出来的鸡蛋青菜汤面，觉得那面的筋道，那汤的味道，是从没有吃过的可口美味，和汉口刘家面馆的面条比起来还真是别有特色，的确很不错。孟玉洁站在旁边看着力仁哥边吃边称赞，稀里哗啦连吃了两大碗，脸上露出了幸福满足的笑容。

金秋艳阳，预示着大丰收，预示着好年景。

星期六晚上刚吃完晚饭，有半个月没有回家的父亲突然兴冲冲地回到家里，二话不说，拉上儿子就到前面去找孟先生。见到孟尚义，他一把抓住他的手，以少有的激动大声说道："大喜事！天大的喜事啊！"

"守礼兄，何来喜事？什么喜事啊？"孟尚义一脸茫然。

"改朝换代！改朝换代啦！"郑守礼依然激动地拍着孟尚义的手臂回应道，"我也是后半晌在药铺里刚刚听到一个抓药的人在说，就在前些天，在北平，哦，现在说是又改回叫'北京'啦，毛主席宣布正式成立新政府，国名不叫'中华民国'了，叫'中华人民共和国'。县城里这几天到处都是张灯结彩的，明天星期天要搞大的庆祝活动哩。"

郑力仁一路被父亲从没有过的举动弄得一头雾水，现在才明白是怎么回事，兴奋得一下跳了起来："爹，您说什么？毛主席宣布建国了？是真的吗？这么快呀！太好了！"

孟尚义两眼放光，一边大声唤着管家孟尚贵泡上好茶，一边招呼郑守礼父子坐下来："共产党坐江山了，共产党终于坐江山了！真正是新桃换旧符，的确是开天辟地的大事啊！中国大有希望啊！犬子孟琪还真是个识时务的俊杰呀。"说话间，感慨之态、庆幸之情溢于言表。

郑力仁坐不住了，站起身对两位长辈说："我们学校现在没有订报纸，一点消息都没有得到，我现在得赶紧赶到学校去，把这个建国的重大喜讯告诉各位老师，立刻组织他们明天赶到县城现场参加庆祝活动，下星期一上课时，一定要让学生们知道这个历史性的伟大事件，分享这个喜悦。"说完，急匆匆地告辞而去。

第二天一大早，郑力仁和各位老师在孟家大营西门楼下集合，赶早船摆渡过江，兴致勃勃地赶往县城。

七位年轻人赶到县城时，城里的主街道兴汉大街已经是人声鼎沸，群情激昂，锣鼓喧天，彩旗招展，到处张贴和悬挂的都是

"热烈庆祝中华人民共和国成立！""中华人民共和国万岁！""毛主席万岁！""共产党万岁！""努力建设新中国！""彻底推翻蒋家王朝！"等条幅、标语、横匾、灯笼。大街两旁早早挤满了等着观看游行的人群。

不一会儿，盛大的游行庆祝活动开始了。游行队伍最前面是唯一一面在红绸布上用手工缝缀着黄色五角星的国旗，一看就是刚刚赶制出来的。紧跟着八人护卫的毛主席像的，是欢快奔放的秧歌队和声势浩大的锣鼓唢呐队，随后是县政府游行方队。郑力仁他们远远就看到刘易昌举着彩旗在领呼口号，几个人赶紧挤到前面跳起来示意，刘易昌向他打手势，让他们等会儿到前面去碰头。紧接后面的游行队伍依次是解放军公安部队、街道居民方队、妇女方队、店员方队等，最后则是手持彩旗、舞动彩球、欢呼跳跃、热闹非凡的男学生方队、女学生方队。

"校长！郑校长！看，我们在这儿呐！"郑力仁他们几个男老师循声望去，郭云和孟玉兰她俩居然混进了县立女子初级中学的方队中，神气地挥动着气球向他们招呼着，并高呼口号，向前走去。

看吧，这就是青春活力的新中国！看吧，这就是朝气蓬勃的新中国！看吧，这就是有着光明未来的新中国！看吧，这就是有着无限未来的新中国！郑力仁的思绪跟着眼前走过的热火朝天的游行队伍神游，内心感慨万千，胸中激情澎湃。

依刘易昌的示意，郑力仁一行尾随着游行队伍来到游行终点，只见刘易昌和他同办公室的女同事张燕已经在那儿等着他们了。大家早已互相认识，但今天一见面，居然都不约而同地、热烈而郑重地握手相庆，每个人的眼中似乎都闪着激动的泪光。

刘易昌生平第一次在这么盛大而隆重的场合抛头露面，领呼口号，那亢奋的情绪还没有平复下来，大声提议道："这是我们中国历史上划时代的伟大事件，也是我们这一代人终生难忘的伟大时刻！所以，我们应该用实际行动庆贺庆贺！今天我请大家下馆子。"

在小餐馆简单而热闹地聚餐之后，和刘易昌、张燕挥手告别返回孟家大营，郑力仁他们一行依然沉浸在欢乐和快意之中，一路上都在兴高采烈地回味着气氛热烈的游行场面，想象着气势恢宏的开国大典，描绘着无比美好的国家未来，讨论着除旧布新的教育事业。在郑力仁的建议下，大家一致同意明天上午第一次采取全校集中上课的形式，将中华人民共和国成立这一重大喜讯向学生们通报，进行一次热爱共产党、热爱毛主席、热爱自己国家的教育活动。

次日清晨，朝霞灿烂，阳光普照大地，秋风和煦送爽。随着"当当当"的上课钟声，由各班班主任指挥，一、二、三年级的同学们训练有素地在学校前面的操场上分班站成了五个方队，再无开学典礼时的混乱无序。在戴勇老师"向左转""向右转""向前看齐""立正稍息"的口令声中，一些围观的乡亲们惊讶地发现，也就一个来月的时间，这群孩子简直个个就像换了个人：整齐，规矩。

郑力仁站在队伍前面的长条凳子上，首先满怀激情地向同学们宣布："就在一个星期之前的十月一号，我们敬爱的毛主席在北京天安门城楼上向全世界庄严宣告中华人民共和国成立，中国人从此站立起来了！"戴勇老师和郭云老师分头带领学生们高呼"中华人民共和国万岁！""中国共产党万岁！""毛主席万岁！"等口号。

接着，郑力仁深入浅出地向同学们进行爱国主义教育："中华人民共和国"是我们的国名，这是我们现在的新国家，是人民自己的新政府，不再是叫"中华民国"；"北京"是国家的首都，不再叫"北平"；"五星红旗"是我们的国旗；我们现在开始使用公元年号，也就是说今天是 1949 年 10 月 10 日，不再称为"民国多少年"；我们还有自己的国徽、国歌。

郑力仁最后大声道："我们的国歌就是《义勇军进行曲》，学校打算派郭云老师去县里学唱国歌，学会后回来教大家唱，好不好？"

"好！"同学们听了校长激情澎湃的演讲，只是凭着本能知道这是天大的喜事，天大的好事，便异口同声地欢呼起来。

围观的乡亲们本来是来看这些孩子们的热闹的，没想到居然当场听见了这样一件激动人心的了不得的大事。是啊，一心想着、向着、护着老百姓的共产党，老百姓也诚心诚意拥护的共产党终于建立了人民自己的国家、成立了人民自己的政府。自从盘古开天地，三皇五帝至于今，哪朝哪代哪个政府是人民自己的呢？忽然，一位围观的老者振臂高呼："毛主席万岁！共产党万岁！"顿了顿，又喊了一句"中国万岁！"他老人家大概还没有完全听清楚和说顺口"中华人民共和国"这个国名，但在场的师生和乡亲们还是跟着他一起高呼口号。

随后，其他几位老师分别站上长条凳，向同学们，也包括在场的乡亲们讲述了前一天到县城观摩游行庆祝活动的盛况，以及对祖国的祝福、对未来的畅想。上小学的孩子们都是单纯的，学老师之教，随老师之好，那眼神，那表情，那情绪，跟随着老师们的感情变化而变化，就好像他们自己也去县城亲身参加了游行一般。

丰收的季节总有收获，美好的时光总有喜讯。郑力仁居然同时收到了龙德安和孟瑶的来信。

人啊，有时候就是这样，当手里握着两个早就渴望得到、特别期望打开的秘密，却又无法权衡先后顺序时，总是把自己心中分量最重，认为最神秘、最期盼，其实也是最折磨自己内心的秘密放到最后来解开。所以，郑力仁把两个都只标明邮箱号码的信封在左右手里掂了掂，还是先撕开了注明"龙缄"的信封，边看边向江边走去。

力仁惠鉴：

匆匆一别，转眼间就已经过去了差不多八个月。在这八个月的时间里，革命形势的发展和人民解放战争的要求不允许我给你写信。在这八个月的时间里，我们国家发生的变化可以说是天翻地覆，人所未见，亘古未有。这是人民解放军不断取得伟大胜利的结果，这是我们的革命事业不断推向辉煌前程的结果！当你收到我这封信的时候，可能已经得知"中华人民共和国"已经在昨天宣告成立了，我今天向领导打报告，申请一定要给自己最好的同学写封信寄出。

我参军加入的是中原野战军，做随军记者，当时就直接随部队开赴前线，参加了渡江战役的采访报道。可惜因为视力的原因，部队首长坚决不同意我到前沿阵地做战地记者跟踪采访，也没能随渡江部队过江，只是留在江北的安徽枞阳做渡江准备、后勤联保、战斗保障、伤员抢救，以及老百姓支援前线等方面英雄模范的宣传报道。虽然我没有机会登上扬帆破浪的渡江船队，没有机会踏上枪林弹雨的前沿阵地，但仅我在后方所见所闻的英雄事迹和牺牲精神，都常常令我心灵受到强烈震撼，有时候会感动得难以自抑，甚至彻夜难眠。这些都是我们仅仅在学校里、在书本上理解革命、学习革命、讨论革命永远也得不到的教育，这也将是我生命中永远磨灭不了的革命烙印。

力仁你看，说到这些，我怎么都控制不住自己，还是换个话题吧。有一件肯定是你特别想知道，而且我也必须要告诉你的事，你知道我见到谁了吗？哈哈！对，我居然见到了孟瑶，而且是在渡江战斗最激烈的时刻，我在战地医院居然碰见了孟瑶！是的，她当时正在紧张地抢救伤员，我是到战地医院采访时偶然碰到的，我们当时只来得及惊讶地互相问一句"你也在我们部队？"，我想她当时应该是想向我问你的消息，只见她两只手臂都是血，呆站在那，看着我，张嘴还没来得及问出声，就听旁边有人急切地叫她，她转身就冲过去了。这次之后我再也没能见到孟瑶。

渡江战役结束后，我一直留在江北，具体地址恕我不能告诉你，这是纪律。我依然是在军报做记者，只是不再到前线去了，但后方的革命形势依然很复杂，战斗任务仍然很繁重。好了，先说这些吧。请把你的情况告诉我，肯定会有令我惊喜的消息，是吧？

就按信封上的邮箱号码寄信给我，保持联系。

致以革命的战斗敬礼！

德安谨启

1949 年 10 月 2 日夜

郑力仁的心绪随着龙德安信中的内容在起伏，在激动。看完信，背靠江边的柳树坐下来，又反过来把龙德安见到孟瑶的那一段看了好几遍，然后呆呆地盯着江水发愣，想象着当时的场景，想象着孟瑶的形象，又想着她应该是累瘦了，晒黑了，又猜想她现在到底在哪里？会不会还经常想到自己？半天他才醒过神来，发现手里还握着孟瑶的来信，他哆嗦着无力的手，撕了几次才把信封撕开。

亲爱的力仁哥你好！

这可是我们俩从认识到现在，十多年来分别最长的一段时间啊，力仁哥你想我吗？我可是天天在夜深人静的时候都情不自禁地会想你哦，当然也会想我的父母。虽然我现在已经是一名解放军战士了，但我还是控制不住自己，谁让我是你的妹妹，是父母亲的女儿呢？而且你知道，我这可是第一次真正离开家，真正离开你，我心里总是有些……怕。

我参军后就直接分配到了中原野战军卫生总队，做护理工作。这里真是革命队伍大家庭，首长和战友们对我非常好，很照顾我，很多我不会做的事大家都帮我做、教我做，我现在的专业护理知识和紧急救护技术各方面进步都很快，他们都夸奖我哩。还有啊，我们卫生大队的王政委见到我老是叫我"小鬼"，嘻嘻。

力仁哥你知道吗？我直接参与了渡江战役呢，我们的战地医院就设在安徽枞阳抢渡地点的江边，从渡江的第一天开始，我们都在没日没夜地抢救伤病员，我们时时刻刻都能听到隆隆不绝的枪炮声，但我没有害怕，一点儿都不怕，我只是看到我们受伤的解放军战士就想流眼泪，但我没有时间流泪，我要全力地抢救他们。他们可是为了解放全中国，为了全国的老百姓啊。有的战士竟然和我年龄差不多大。力仁哥，我从他们身上真正体会到了什么叫不怕流血，什么叫不怕牺牲，什么叫浴血奋战，什么叫前赴后继……我有点儿写不下去了。

力仁哥，有一件你绝对想不到的事，在渡江前线，在我们战地医院，我居然见到了德安哥。他和我是同一个部队，是来我们医院采访英雄模范事迹，搜集前线战斗故事的。我知道他不一定知道你现在的情况，但我就是想问问他，就是想从你的好朋友口中听到你的消息，哪怕只是说到你的名字。但他要赶去完成采访任务，我也没时间问，我必须要赶紧跑过去抢救伤员了，可是力仁哥你知道吗？当时我的心呐……我当时几乎就要站不稳了。怎么办呢？你知道我多想你吗？……

新中国建立了，我所属的卫生大队马上就会有新的任务，要转移到其他地方，具体情况不太清楚也不允许打听。信封上的邮箱号码马上就不能用了，你先不必回信，来信我也收不到。我到了新的地方，会在允许写信的时候尽快去信告诉你。我给我爹妈也写信了。

问郑伯伯、婶子，还有淑婉妹妹好！

想你，还是想你！

瑶

1949 年 10 月 2 日夜

郑力仁把孟瑶的来信读了一遍又一遍，读得热泪盈眶，读得肝肠寸断，最后把信紧紧地贴在自己胸前，透过泪眼，茫然无神地看着浩浩奔流的汉江水，任凭那江风一直吹着，吹着……

第十章 喜迎土改

　　1950 年元旦刚过的第二天，严治平副区长就再一次来到了孟家大营，只不过这次是带了一支土改工作队进驻，有两大任务：一是根据湖北省、襄阳专员公署和汉宜县三级政府的文件规定，孟家大营正式确定名称为"孟营乡"，并着手成立孟营乡人民政府。二是在全国的解放战争已经取得根本性胜利的同时，孟营乡要和其他解放区一样立刻着手全面开展土地改革运动。

　　严治平立即召集萧启良、刘金旺、洪大宝、张正凤等人和周边几个自然村的农协组长，开了一次农协核心成员与土改工作队联席会议，传达了上级文件精神和有关要求。会议决定：由萧启良、刘金旺、洪大宝、张正凤配合严治平抓紧孟营乡政府的筹备工作，以及第一次全乡代表大会暨土地改革动员大会召开事项；由刘金旺牵头并协调、指导各村精干人员尽快完成全乡各村可耕地面积的据实丈量、数量汇总、人口统计、分地方案；洪大宝带领民兵，张正凤动员妇女，和各村农协小组一道全面配合土改工作队进行走访摸底、困难排查、各个家庭基本情况核实和前期协调等工作。

任务分工到位，责任落实到人，工作目标明确。严治平动员道："我们现在已经进入伟大的 1950 年，按照新的习俗，要给大家道声'新年好'。去年三月份，毛主席和党中央进驻北京之前，在河北西柏坡召开了我们党的七届二中全会。毛主席在会上明确指出'我们不但善于破坏一个旧世界，我们还将善于建设一个新世界'。所以，我们这次会议布置给大家要做的一切工作就是响应毛主席的号召，在打破一个旧世界的同时，必须要尽快地建设一个新世界。我要告诉大家的是，由'孟家大营'改叫'孟营乡'不仅仅是简简单单地改个名字，换个叫法，成立孟营乡人民政府也不是简简单单地凑起一个班子，搭起一个架子，而是要从根本上体现我们人民自己的意志，建立我们人民自己的政权。也就是说，不但要从地名上，还必须要从组织上贯彻无产阶级的革命观和政权观。这次孟营乡全面推行土地改革，也不是我们党过去在土地革命时期简简单单的'打土豪，分田地'，而是要彻底地改变几千年来剥削压榨老百姓的封建土地制度，彻底地改变国民党反动派维护地主老财利益的人剥削人的土地制度，真正实现'耕者有其田'，这是我们共产党人闹革命的初衷，更是前无古人的伟大事业。"

严治平停顿了一下，环视与会人员，加强了语气："我们在座的各位能有幸参与其中去完成这一伟大事业，这不仅仅是一种荣耀，更是一项使命，而且是必须尽快完成的一项艰巨的政治任务，我们责无旁贷。区里给我们孟营乡的时间表是：春节之前正式成立乡人民政府，同时完成土改前期的所有工作并确定方案；过完年，在春耕开始之前全部完成土改任务，一定要让所有的老百姓都能在自己的土地上春耕播种，在自己的土地上劳作收获。这是我们共产党几十年闹革命的奋斗目标！也是我们老百姓之所以拥戴共产党的最大期盼！"

与会人员情绪高涨，掌声热烈。

会后，严治平留下萧启良、刘金财、洪大宝、张正凤，还有土改工作队队长祁有光，专门研究孟营乡政府筹备事宜。对于乡政府各部门的设置比较容易定下来，县、区都已经拿出了具体的指导方案，部门负责人也基本是现成的。召开乡政府成立代表大会也比较好动员，好组织，群众的积极性都比较高，所以大家的意见都比较一致，看法也基本相同，但在副乡长特定人选问题上，出现了不同的声音。

严治平提议："根据区政府工作会议研究并报县政府同意，孟营乡的乡长人选暂定为一正二副，乡长人选呢，就提名萧启良同志，一名副乡长是由区政府委派的祁有光同志，还有一名副乡长人选比较特殊，区政府建议提请孟尚义先生担任，看看大家有什么意见？"

几位先是你看看我，我看看你，都有几分颇为意外的表情。

"我不同意！"洪大宝几乎是喊了一声地站起来，"这天下是共产党打下来的，不是他孟尚义打下来的，他凭什么啥也没干就当副乡长？就凭他有钱吗？好嘛！国民党时期他得好处，共产党时期他又得好处，两头都给他占全了。是，他大儿子孟琪现在是解放军的副团长，但那是打不过解放军才投降的，我还没说他没骨气呢。他二儿子孟琨现在是共产党医院的院长也没错，但他本来还是国民党医院的院长呢。是，他女儿孟瑶也参加了解放军，那谁知道有其他啥目的呢？"

严治平严厉制止道："洪大宝同志，请你说话注意政策，注意分寸。我们提名孟尚义先生做副乡长人选，政府是经过慎重考虑的，提名的原因和你刚才所说的几乎都不沾边。从政治高度上来说，搞统一战线是国家的大政方针，延安时期我们党在这方面已经有了正确的革命实践；从组织上来说，我们现在国家政府的副主席、副总理和各部委都有民主人士，甚至有些原来还是我们的敌人，照样欢迎他们进入到我们的革命阵线；从孟尚义个人而言，先不说他在解放后做的一系列好事，即使在解放前他也从没有恶行劣迹，反而行善积德，被老百姓称为'孟大善人'。他在孟营乡和周围都有很好的群众基础和社会声望，而且我们此次搞土改，还需要孟先生出面去给其他的乡绅大户们做工作呢。光靠我们几位再加上他们土改工作队，我看也难，光靠你天天背杆枪吓唬吓唬，就能把土地改革完成了？再者，政府的政策就是要把民主人士、进步乡绅这方面的力量结合进来为我所用。你不同意孟尚义，那你给我们推荐谁？"

洪大宝先是别着脖子张着嘴听严治平讲，后来就无言以对地气呼呼坐下去，但看上去明显是心里不服气。其他人则点头表示赞同。

少数服从多数，个人服从组织，思想基本统一，方案总体敲定，严治平和萧启良拉上祁有光，一起前去拜访孟尚义。

祁有光略显兴奋地说："我是上将军营里的人，打小就听说了孟家大营有个孟大善人，这回可真要去见见这位传奇人物了。"

正在书房练书法的孟尚义似乎早已料到他们的到来，听到孟尚贵的通报，即刻迎到门口，一边把三位请进堂屋的会客厅，一边朗声道："这元旦刚过，严区长即再次莅临孟家大营，看来又是肩负重任，必有大动作啊。您和几位领导屈尊光临寒舍，定有要事吩咐，请您但说无妨，老夫我义不容辞。"说完拱手施礼。

"哈哈！哎呀，孟先生真是先知先觉，洞察局势啊。新中国建立了，国家管理必须要逐步走上正轨，我们作为地方基层，一是要搞好政权建设，二是要完成土地改革。哦，对了，政府已经下了文件，孟家大营现在正规的名称应该是'孟营乡'了。所以，我这次不是一个人来，是带了一支土改工作队来的。来，我介绍介绍，这位就是土改工作队的祁有光队长。"祁有光和孟尚义都站起身互相拱拱手。

严治平喝口茶继续说："而且我这次来也不是只待一天两天，是要住下来，扎下去的，不完成上级交办的任务就不回区里了。这不，我们刚刚开完会就直接到您这儿来了，主要目的就是想跟您请教，在咱们孟营乡应该怎样搞土改才会比较顺利？在开展土改工作中要注意哪些关键问题？哪些人和事应该是我们重点关注、需要特别去做工作的？广纳善言才能有的放矢，事半功倍嘛。"说完，真诚而期待地看着孟先生。

孟尚义再次拱手道："严副区长说到'请教'这两个字，老夫可是真不敢当啊。不过说到孟家大营，噢，现在是叫'孟营乡'咯，对孟营乡这儿人文民风的情况，我作为土生土长的当地人还算是比较了解的，萧主席也当然是了如指掌啊。愚以为，首先要先做通营子里和营子周边一些有田有地的大户的工作，虽说是国家的政策必须执行，但不能保证其他人没有其他啥想法，有啥小动作。既然要做到大家都不要有抗拒情绪，顺顺利利完成土改，就必须先把他们的工作做通。再就是进行土地改革分田分地，一定要做到公平合理，好坏搭配，肥瘦搭配，远近搭配，特别是那些没有劳动力的穷困户，是否考虑在政策上给予一定的照顾？只有让人心服口服，土改才能得民心，多数人服气，多数人帮你，就没有不顺的道理。还有，就是我在想啊，那些从来没有下地干过农活的人家，比如有一些像郑守礼先生家那样的，平时靠摆小摊、卖吃食杂货、帮人缝缝补补过日子的人家，是否也有资格参与土改分地呢？您看，严副区长，你们既然就此专程登门，老夫也就坦诚进言，若有唐突之处，还请多多包涵。"

严治平一拍大腿："哎呀孟先生！您这是忠言但不逆耳，良药但不苦口哇！"然后笑呵呵地望着萧启良、祁有光两位说："孟先生说的这些和我们土改政策的大方向是基本一致的，和我们考虑的基本方案也是大体吻合的，但比我们想的更具体更实际一些。

同时啊，听了孟先生的这番高论，也说明区政府考虑的人选没有错，你们说是不是呀？"

萧启良和祁有光会意地相视一笑，点头称是。

孟尚义有些疑惑地看着他俩的神情。

严治平转过头对孟尚义说："孟先生，就您所提的建议，第二个方面正是我们各级政府一再要求各地土改工作队必须做到的，绝不能出现不公平不合理的现象，绝不能发生破坏土改政策的情况，祁队长对此也是下了战书的，我们会向工作队的同志们不断强调。同时，土改实惠落实到户，涉及每个人，特别是您提到的特殊贫困家庭的政策性照顾问题，这需要当地组织具体配合才能有针对性地完成，才不至于出现失误和偏差。第三方面问题提到的类似郑先生家的这些家庭，按政策经过登记审核，即可纳入土改分地的范围，我们会尽量避免遗漏，除非是坚决不参加土改，不要求去分地的人家，我们也不能强求。而您提到的第一点首要问题也正是我们关注的关键问题，所以我们商量，不仅是要请您自己以身作则带头支持土改，而且还想请您出马振臂一呼，以您的威望和影响力、号召力去做做乡绅大户们的工作，这比我们土改工作组甚至农协直接出面效果要好得多。未知孟先生意下如何？"

孟尚义认真听完，沉思片刻，抬起头说道："严副区长、萧主席、祁队长，我听明白了。你们放心，当年解放区搞减租减息我都没有打过折扣，而且一直照办，从没有偷奸耍滑，反悔捣乱，现在国家要对我孟家的那些土地进行土改，这是历史大势，我没有意见，一切按照政府的政策办。至于政府看得起我，让我去动员各个乡绅大户顺应潮流，配合支持土改，老夫虽然力单势薄，也应效犬马之劳，一定尽力而为。我首先去做通我们孟家几户有田有地的堂兄弟亲戚们的思想工作，先要做出个表率，然后才能去影响其他的大户人家嘛。"

严治平带头鼓起掌来。

新中国成立后的第一个春节很快就到来了。

民风在变，习俗在变，着装也在变，年轻人们大多在新年穿上了流行的列宁装、中山装之类的新衣，家家户户大门上贴着的不再是单一的"门神"，好多是五谷丰登、六畜兴旺、欢庆胜利、颂扬祖国的年画，而每家的堂屋正中几乎全部统一地端端正正地贴上了毛主席的画像。孟尚义家的会客厅正面墙上也毫无例外地换了风格，在伟人画像两边挂着的对联是孟尚义手书的"开国领袖"和"人民救星"。

孟琨携妻儿一家三口回到孟营的父母家过年。

正月初一这天一早，郑守礼一家按惯例，吃过初一的饺子即来到孟家拜年，两家人亲亲热热地在一起喝茶、吃糖果、嗑瓜子、唠家常。郑力仁很想从他们口中了解到孟瑶的新消息，但大家好像有意无意地都不提这个话茬。而孟琨媳妇几乎不和任何人说话。

中午时分，摆上开年宴。席间，孟尚义感慨道："这几年啊，我们孟家过年几乎都没能聚齐过，老大孟琪不说了，十几年都没有回来过过年；去年吧，琨儿他们一家不在；今年吧，瑶瑶又不在，还是几个月前收到她给我们和琨儿的信，说部队有行动，不要回信，到现在也没有消息。说老实话，如果不是郑先生你们家这些年来一直就像家人一样和我们在一起过年，我这孟家大屋简直就没什么人气哦。以前吧，有瑶瑶这个疯丫头跑出跑进，还有力仁有时候也会过来玩儿，好像还有个热闹氛围，现在瑶瑶从军远走高飞，力仁荣膺校长肩负重任，郑先生您又极少返家，我们老两口现在每天都是大眼瞪小眼，寂寞无趣得很呐。"

孟琨赶紧拉起太太和儿子起立，向父母敬酒："儿子不孝，近在咫尺却不能经常回家看望父母，二老年事已高还要主持这个家业，打理这份家产，现在又要为乡里的公务忙碌奔波，儿子心中着实有愧，但无言辩解，只能借着过年团圆的机会在这儿敬二老一杯请罪酒。儿子也希望以后能经常有机会回家陪陪二老。"

郑守义劝解道："琪儿的确是有好多年没见到了，听说现在是解放军的团长了，那是大官呀。琨儿这是一院之长，也是干事业的能人啊。你这两个儿子是在给你孟先生长脸，给孟家争光呢，按古人的说法：光宗耀祖乃是大孝啊！"

郑力仁也抢着说："孟伯伯，您现在可是大乡长，大忙人呢，一点儿也不寂寞，乡里每天有多少事情要等您去办呐。其实我觉得真正寂寞的是梅姨才对呀。"

梅姨笑着望望孟先生，又慈爱地看着郑力仁说："他忙他的，我有你妈陪我呢，还有玉儿，不寂寞。"

郑力仁向孟琨哥挤挤眼，继续笑对孟先生道："您看哈，每天不是严副区长、萧乡长、祁副乡长过来找您商量事，就是土改工作队请您去指导工作，那些乡绅大户也是不断找您讨主意呢。严副区长说了，孟营乡的土改工作能按上级指示顺利往前推，有您很大的功劳呢。您知道么？那天的乡政府成立大会，看您坐在主席台上，我指挥我们学校的学生把手都拍红了，嗓子都喊哑了哩。"

"哈哈！难怪琨儿把你当亲弟弟看待呢，处处帮你孟琨哥说话，还让我无言以对，有你的啊。不过说到政府正在搞的土改运动，我正好趁这个机会跟大家说道说道，我们家的那几百亩地，还有这孟家大屋和铺子、豆腐坊啥的，的确是我们孟家几代人辛辛苦苦堂堂正正积攒下来的家业，一没靠偷，二没靠抢，更没有欺负过乡亲们。现在国家要搞土改，要把田地重新分给大家，这个我理解。历朝历代都是这样，改朝换代要有新的王法，而且共产党的这个做法的的确确对老百姓有好处，各方面考虑得很周到，像郑先生这样的家庭也有应得的实惠。"

孟尚义抿口酒看看大家，并特意注意了一下毫无表情地给儿子夹菜的孟琨媳妇，接着说："我不但要带头参加土改，支持土改，说服其他乡绅大户配合土改，而且要把我们孟家的土地全部都交出来分给乡亲们，一分半亩都不留。这不是因为我当了个副乡长才要这么做，而是因为三个儿女都不在家，我和老伴既无劳动能力，也无干农活的经验，留地无用，还是累赘。现在有两大间商铺还有豆腐坊、磨坊，不仅完全够我们老两口的吃穿用度，还能贴补帮衬亲戚朋友。当然，凭我的经验，即使这些个商铺、豆腐坊、磨坊等产业，肯定也会有政策的，不过我对待这些个身外之物的态度也很明确：顺应潮流，绝不逆动。"

"啪"，孟琨媳妇板着脸把筷子拍在了桌子上，一把拉起儿子，离席而去。

郑淑婉是第一次见到孟琨的太太和儿子，加上跟她很亲的孟瑶姐不在，没人跟她说话，本来都感到非常拘束，看到孟琨媳妇这个突如其来的举动，吓得她本能地一把拉住妈的胳膊。

从孟家大屋一回到家里，郑母就说开了："琨儿怎么摊上这么个媳妇儿？这么不懂规矩，不敬不孝，孟先生他们老两口算是倒霉咯。唉，你们说说看，这一家人现在是东一个西一个，儿孙不回家，女儿又走了，就剩老两口孤零零地守在家里，那么大的宅子连点儿人气都没有，再有钱那也是没得福气哟。我看呐，一家人就是要聚在一起过日子才像个家，媳妇儿更是得有个媳妇儿的样子，我可是贵贱都不能让我们家力仁娶个孟琨媳妇那样的人进门。"

说完把儿子狠狠盯了一眼，再扭过头看着郑守礼商量："眼瞅着这过完年就要分地了，听力仁说，我们家也会分到几亩地，还能分到一块屋场盖房子。我们家里的人都没有下地干过农活，你在县城药铺不可能回来，力仁在学校也顾不上，淑婉小还在读书，这地分到手可是连个劳动力都没有啊。你说该咋个弄法？"

郑守礼面露毫无办法的为难神色点点头，随即又摇摇头。

郑力仁看着父母是在商量家事，便也没有搭腔。

"伯、婶，给您二老拜年了！"随着亲热而柔柔的叫声，孟玉洁穿着簇新的中式红花大襟棉袄和蓝底碎花棉裤走了进来，手里还拎着一壶家酿的黄酒、一簸箕手擀面和一小柳筐鸡蛋。郑力仁顷刻间愣住了，傻傻地盯着孟玉洁，恍惚间好像是看到孟瑶来家拜年。

"力仁哥、淑婉，过年好！"孟玉洁看郑力仁痴痴地盯着自己，红着脸跟兄妹俩打招呼，接着说，"我上午就来过了，看你们都不在家，肯定也是出去拜年去了，所以这会儿才来。这点东西是我爹妈让我拿来给你们尝尝的。"边说边把东西放在小饭桌上。

郑母看到孟玉洁进门，眼睛一亮，异常热情地站起来："哎哟！过年好，过年好啊玉儿，来就来么还拿东西，这儿不就跟你自己家一样嘛，莫要客气哟。"边说边拉着玉儿坐下，并塞给她一个红包。淑婉也欢快地跑过去和她们挤坐在一起。

郑守礼也笑容可掬地问候道："玉儿过年好。问你爹妈好哇。"

郑母拉着孟玉洁的手问道："你们家也要分地了，打算咋弄？"

"我爹妈说了，有了地当然是种地啦。以后早晨起来还会卖面卖黄酒，但种自家的地是大事，亮儿小要上学，我爹我妈还有我到时候都下地去干活。婶，您说我们这就有了自己的田地，多美的事啊！"

"是啊，你们家有你这么个劳动力，还有你爹妈以前都干过农活，当然是好事啦。可我是从来都没有下过地干过活，家里其他这几个你看看，不要说顾不上，就是顾得上，哪个又是种地干活的料呢？唉，这分地还分出个麻烦来了。"郑母显得垂头丧气。

孟玉洁宽慰道："婶，咱们一辈子能有自己的地，那是多大的喜事啊，怎么会是麻烦呢？其实下地干活的事我也不懂，但我会跟我爹妈学，跟别人学，肯定一学就会。虽然力仁哥说我不爱读书写字，但我喜欢干活，您莫着急，你们家那点儿地到时候我会过来帮手干。"

郑母赶紧摆摆手说："那可不行，这不像话，不要说你爹妈会有意见，就是街坊邻居也会说闲话的。"

"不会的。"孟玉洁急切地说，"我去跟我爹妈说，他们肯定不会有意见的，而且我又不会耽误自己家的农活。街坊邻居更不会啦，他们谁不知道力仁哥当校长忙得不可开交，还不都是为了街坊邻居的娃娃们，帮你们家干活肯定是应该的啦。您放心吧。"

郑母感激地拉紧玉儿的手，脱口而出："玉儿，你要是我们家的媳妇儿该多好哇！"

孟玉洁的脸腾地红到耳根，但羞涩而幸福地回握住郑母的手，随即期待地瞄了郑力仁一眼。

郑力仁因为这段时间既无法给孟瑶回信，也一直再没收到她的来信，十分挂念。今天中午在孟家大屋吃年饭，使他对孟瑶的思念无法抑制，但又得不到什么消息。孟玉洁的到来，令他又想到了去年孟瑶来家拜年的情形，忆起了他们在一起"闹革命"的欢乐时光，更回味起那甜蜜销魂的一刻……茫然间听她们说到这些完全不沾边的话，顿觉无趣，便径自起身走出家门，不知不觉就又走到了西门楼上，茫然四顾，只见天地茫茫，汉水悠悠。

第十一章　丰收年景

　　"七九河开，八八雁来，九九加一九，耕牛遍地走。"阳春三月，大地回暖，莺飞草长，生机盎然，春耕生产开始了，孟营乡这个小平原沸腾了。这是新中国成立之后的第一个春耕，这是孟营乡土改之后的第一个春耕，这是孟营老百姓在自家土地上的第一个春耕。

　　各家各户似乎心照不宣，不约而同地都专门选在一个星期天，也就是孩子们不上学的时间启动了春耕大忙时节。这一天，可谓是大人小孩都出动，男女老少齐上阵，有的把还不会走路的婴儿也带到自家田里，放在地上去任其滚地抓土，意思就是要让全家人一个不少地感受到自己做土地主人的感觉，嗅嗅自家土地泥土的芳香，沾沾自家田地庄稼的灵气。一时间，全乡的每块地、每垄田都是人声鼎沸，热闹非凡，大人教小孩辨认麦苗与野草，小孩帮大人拔草或挖土。

　　孟营这一带属于汉江冲积砂土层形成的河地平原，土质较软，因此据说有些当地人对于这个"春耕大忙时节"的感受，兼有过年后放松筋骨春游踏青与按节气要求完成土地劳作的双重效果，所以较之几个月后的麦收"双抢"时节要欢快轻松一些。人们除了在麦田里翻土、锄草、施肥之外，主要是均匀地开挖棉花沟以便点播棉花种，等到麦收之后，正好轮到棉花秧苗生长发育，利于秋后收获棉花。当地人把这种春耕春播方式叫做"间播间种"。

萧启良乡长此时正带着祁有光、孟尚义两位副乡长，以及乡财务股长刘金旺、乡武装干事兼民兵大队长洪大宝、乡妇联主任张正凤、乡政府文书赵开明等全套班子成员到各处巡视、查看、了解土改后的春耕生产情况，以及土改后人们的精神面貌和实际想法，赵开明文书还兼有写报告、搞总结、发通讯的任务。一路走过，田间地头个个都是向乡干部们招手打招呼的、叫好问候的、说感谢话的，还有人特意从田里走出来给他们递上烟袋，说说土改，聊聊庄稼，预测收成。

萧乡长感慨道："你们看看各家各户的这个高兴劲儿，这个热闹劲儿，还有那专心专意卖力干活的精神头儿，什么时候见到过这样的场面？只有土改后才有，只有在自家的土地上干活才有，说明共产党的土改政策是正确的，说明我们孟营乡的土改是成功的。"

"是啊。"孟尚义欣喜地扫视着田野里欢快劳作的人群，"这种主动卖力的场面，在我家原来那几百亩田地里是几十年来都不曾看到的，共产党的土改新政一下子就把老百姓的干劲都调动起来了，人民欢天喜地得实惠，国家本身也得实惠，了不得，了不得啊！"

"你们地主家那是在用自家的土地剥削劳动人民，当然没人愿意在你的地里给你卖命干活啰。"洪大宝在旁边撇着嘴说。

孟尚义眼望别处微微一笑，没有搭腔。

"这话说得真是没良心，只有二流子懒汉才会得了好处还不说好。一家子全这德性！"张正凤斜着眼蔑视地看了洪大宝一眼嘟哝道，随即走到祁有光身边和他低声说话。洪大宝闻言，脸上有点挂不住，张张嘴想说什么，但最终没能说出口。

　　"哟嗬，那不是我们的校长大人吗？也在干农活呐？看看看看哈，走，过去看看我们的大秀才干得怎么样。"萧启良一眼发现郑力仁和郑母也在地里忙乎着干农活，便像发现新大陆一般招呼大家走过去，旁边一位正在热心指点、示范的老人是刘随昌的爹，看到乡领导一行走近，赶紧直起身来亲热地打招呼。

　　郑力仁看到萧乡长他们，赶紧迎上来："呀，萧乡长、祁副乡长、孟伯伯、张主任，你们一起来检查工作呀？我们家的这春耕工作可经不起各位领导的检查啊。这不，刘叔正在一点儿一点儿地教我和我妈呢，慢慢学，认真做，肯定会一样一样都学会的。"

　　郑母也站起身来打招呼。萧启良走到郑母身边："郑先生娘子，真是难为你了哇，现在还得重新下地学干农活，不容易啊。你看分到的这块地还算满意吗？对了，还有啊，给你们家在紧靠南门楼外的路边分的那块宅基地去看了没有哇？准备什么时候盖房子呀？"

　　祁有光插话道："萧乡长做表率呀，他自己家的宅基地分的地方最远，已经是营子的最外边。洪大队长分的宅基地也稍微远一些。"

　　郑母笑答："谢谢你们的照顾，这还有啥不满意的？盖房子可不是件小事，花钱，费精力，还要请人。守礼不在家，我们家力仁又顾不上，营子里的人都忙，我们商量还是先等等，晚些时候再说吧。"

　　孟尚义乐呵呵地说："现在你们也不必急着盖房子，又不是没有地方住。就安安稳稳地先住在我那儿吧，我们两家在一个院里还能做个伴。何时方便了再盖房也不迟，到时候有什么困难尽管跟我说。"

　　萧启良俯身看看他们干活的痕迹说："这地里的活就你们娘儿俩干，又没干过农活，这的确不是个办法。我看啊，力仁的精力应该放在学校，放在娃娃们身上，而不是放在这庄稼活上。"又回过头对刘叔说："你们家随昌当兵走了，劳动力也不足，靠你一个人在这儿帮忙也不合适，会影响你家地里的活。我的意见，是不是商量一下，必要的时候调剂劳动力富裕的人家适当帮帮力仁，营子里的人应该都是愿意的。你们说呢？"萧启良望着各位乡干部征求意见道。

大家都点头认为有道理。

这一天，郑力仁正在二楼办公室和几位没有上课任务的老师一起备课，讨论课堂上的问题，只见郭云满脸神秘笑容，背着双手悄无声息地走到郑力仁跟前。大家抬起头疑惑地盯着她，不知她又会出啥歪点子。"校长，是不是有什么个人秘密需要向我们大家坦白交代的？"

郑力仁一头雾水："个人秘密？我有啥个人秘密需要坦白还交代？"

"坦白从宽，抗拒从严。哼，还假装负隅顽抗！说，是不是在南京而且还是部队上有什么女同学啦，女朋友啦，女……什么的？"郭云似乎把柄在手，理直气壮地"审问"道。

"南……南京？"郑力仁更是觉得丈二和尚摸不着头脑。

"刚才区里邮递员来送信，我看到有你的信就帮你拿了。从南京部队医院来的信，一看字迹就是女同志写的，看，证据确凿，还想抵赖。"她说着，把背在后面双手握住的信先举起来示威似地向大家晃晃展示一下，然后递给郑力仁，接着又分析，"不过，信封上写的是你家的地址，看来还不知道你在学校，应该是不常联系的女……同学。"

郑力仁接过来一看信封字迹，就看出是自己朝思暮想的孟瑶写来的信，内心忍不住砰砰急跳，手心激动得微微发汗，暗自思忖："好在郭云不熟悉她这位师姐的字迹。但怎么会是南京部队总医院的邮箱地址呢？难道他们部队过江移防到了南京？"很想即刻打开信封看个究竟，但他看到郭云用诡异探究的眼神和大家一起好奇地盯着自己，便故作坦然地把信随意丢进抽屉："嗨，一般的同学，在部队当兵，男同志写字有的也像女同志的字迹。备课，都专心备课，别分心哈。"

好不容易等到下课铃响，郑力仁悄悄把信揣在衣兜里，装作散步活动活动身体，往汉江边走去。

亲爱的力仁哥：想你！亲你！

你这么长的时间没有我的消息，肯定想我想得急坏了。实在没有办法，部队一直在不断地换防转移，同时还在搞建制整编，所以完全没有办法通信，直到春节前才确定我们卫生大队移防到安徽蚌埠设立军医院。就地建院，任务繁杂，一个人当几个人用。这不，建院工作还没有完成，根据军区的指示命令，经过考核选拔，我和几位战友就被选送到解放军南京总医院的卫生学校进修学习。刚安顿好，趁着今天是星期日，我就赶紧第一个给你写信，我真的太想你了！

力仁哥，我在上封信告诉你说我没有能够随渡江部队过江作战是个遗憾，但我现在却又有了机会能够和一起进修的战友们渡江学习，也是种幸运。渡过宽阔的长江后即乘上接我们的军车，一路看去，江南真是好风光。南京是我从没有见过的大城市，被称为"六朝古都"，又是国民党蒋介石的老巢，城墙比襄阳的高，街道比襄阳的宽，城市比襄阳大多了，非常繁华气派。但我知道，我不是来旅游的，我给自己定下在南京期间的任务：一是认真学习，二是天天想你。

虽然无论是打襄阳城的时候在孟家大营帮忙救护伤员，还是在部队做军中护士，大家都称赞我是"天生的好护士"，但我这次申请进修学习的专业不是护理，而是药物学，专业性强，要求比较高，需要再通过专门的考评测试才能过关录取，我们来南京学习两年，没有假期，毕业后回到选送单位。你知道我为什么特别要求进修药物学吗？因为我们国家的药品太缺乏了，制药水平也太低了，很多战士们在战场上负了伤，伤口发炎溃烂了，没有消炎药，没有消毒水，甚至必须动手术截肢、开刀都没有麻醉药品。每次看到我们的战友在痛苦在受罪，我的心都碎了！而且无论是干部还是战士生病出现炎症，没有抗生素，没有急救药，只能硬扛着，很多战友就是由于这个原因耽误了治疗，我们却束手无策。所以，我必须学习药物学这门专业。

力仁哥，瑶瑶给你写这么多不是工作报告，主要是要汇报这一段时间以来的经过和变化。现在终于好啦，终于彻底安顿下来，可以有时间有规律地和力仁哥通信了，关键是可以经常收到我亲爱的力仁哥的信了，这样，我对你深深的爱也不用憋在心里无处发泄了，我们相互之间的思念也不会无处倾诉了。力仁哥，你知道我是多么多么地想念你吗？自从我俩分别之后，我不知道你的任何消息，没有收到你的只言片语，我好想好想知道你的所有事情，好想好想赶快收到你的来信，请你赶紧给我回信吧，回长长的信，我等不及了。

亲你

你的瑶

1950 年 3 月 19 日

郑力仁的确是抓紧时间赶快给孟瑶写了回信，也的确是回了长长的一封信，写了他无尽的思念，无穷的牵挂，无限的深情，无比的爱恋，写了他在茫然无助、百无聊赖的情况下会去汉江边向江水倾诉，会去西寨门登门楼追忆，会在夜色中对明月发呆，会在下雨天对天空流泪。当然，他也写了新中国的光明前景，农村土改的伟大成就，孟营乡的新气象，老百姓的新面貌，自己的新使命，孟家的新变化。

自此以后，每二十天左右，郑力仁和孟瑶会很有规律地互相收到对方的来信，真是叙不完的衷肠，述不尽的情感，谈不完的话题，说不尽的情话。郑力仁每天都浸润在幸福甜蜜之中，每天都沐浴在灿烂阳光之中，以无穷无尽的精力满腔激情地工作着。

土改后的第一个麦收"双抢"开始了，真可谓是地不分东西南北，人不分男女老少，全民全情地投入到小麦抢割、抢收的"人民战争"之中。麦浪翻滚的金色田野里，到处都是人欢马叫，麦糠飞扬的脱粒晒场上，人人都在紧张忙碌。和城里的学校不同，孟营小学依季节放了"麦假"，老师和学生都无一例外地回家在各自的麦田里帮忙收割、拾麦、捆扎、运送、脱粒、晾晒，家家户户每天都是天刚放亮就赶到麦田，太阳落山才收工回家，早饭、午饭就在地里解决，累了就在田埂上眯一会儿。家里劳动力多，割麦子熟练动作快的，已经提前在场院里脱粒扬场，打包归仓，吃上新麦面馍馍和面条了。

郑母在家做了饭送到地里后，就和儿子力仁很不熟练地收割麦子，淑婉也跟着帮忙拾麦归拢，进度很慢。虽然根据乡政府的提议和帮忙联系，有一些乡亲们会轮流过来快速地帮忙割上一垅，但人家还是要赶紧去忙自家地里的活，不可能解决郑家的全部问题。

不得不信，在很多情况下，人的精神力量的确可以克服身体的劳顿痛楚。虽然基本没有干过农活的郑力仁白天弯腰割麦还要挥汗脱粒，晚上躺下来腰酸背痛浑身像是散了架，但大脑却异常清醒。在蛐蛐鸣叫的静夜里，想到由外地流落此地的郑氏独姓，多年来只能租房而居，打杂过活，现在居然有了自家的土地；想到这些贫苦老百姓解放前祖祖辈辈都是佃农，现在却能收割属于自己的庄稼，获得属于自己的劳作，享受属于自家的丰收，顿时文如泉涌，构思出一首《农家歌谣》，然后翻身起来，一挥而就：

牛铃响叮当啊山歌到处唱，
草儿青青牛羊成群好风光，
好呀么好风光。
翻身的人儿快活地劳动在，
自己的土地上。

大地一片黄啊咱们收割忙，
苗儿肥壮籽粒饱满好年光，
好呀么好年光。
劳动的果实缴罢了公粮，
全归自己享。

来了共产党啊人人得解放，
男女老少个个都过好时光，
好呀么好时光。
保卫和平建设祖国，
让生活更向上。

大家都来唱啊莫把工人忘，
工人阶级老大哥的领导强，
领呀么领导强。
工农联盟携手向前，
苏联是榜样。

次日他便把这首歌词随信附寄给龙德安。龙德安收到之后也心潮难抑，激情澎湃，一气呵成地为这首歌词谱了曲子。这首二人往来修改合作完善的作品，居然相互珍惜地保留了一辈子。

随后几天孟玉洁不知是已经干完了自家里的活，说服了自己的爹妈，还是孟氏家族劳动力多，有的是人给她帮忙干活，总之，后来两天孟玉洁就完全泡在郑家的麦田里，而且非常肯干、能干，收割速度大大提高，收割后的麦穗、麦秸也收拾得很干净。郑母乐得每天做饭、送饭跑两趟，然后就和淑婉帮忙在地里打打下手，拾拾散落的麦穗。郑力仁在孟玉洁手把手的"指导"下，也很快掌握了收割技巧，所以也对她既心存感激又颇多好感，在一起干活有说有笑，甚觉轻松。

每当郑母站在收割倒伏的麦子中间，手拿麦秸挽着捆麦捆的"麦要子"，满意地看着弯腰快速割麦子的玉儿和儿子力仁一边干活一边亲亲热热、说说笑笑，齐头并进的劳动景象，心中充满欣喜的同时，更坚定了把玉儿娶作儿媳妇的决心。

和乡亲们日夜排队，轮流借用孟尚义家的磨坊磨新麦面，毫无疑问依旧是玉儿代替了郑家的"主劳力"。当第一袋新麦面扛回家时，正好郑守礼也从县城回来了，坐在院子里的柳树荫下和儿子聊天，郑母便让孟玉洁留下来为他们做了摊鸡蛋煎饼和她最拿手的擀面条。淑婉欢天喜地地守在厨房里闻着麦面香和油香，一会儿蹲在灶口帮帮负责添柴烧火的母亲，一会儿看看在灶台上和案板上忙上忙下的孟玉洁，突然走过去扯扯孟玉洁的衣角，悄悄地说："玉儿姐，你做我嫂子好吧？"

孟玉洁愣了一下，脸一红，微举起两只沾着面粉的手，笑盈盈地俯下身亲了一下淑婉的头，同时抬眼瞄一眼正在烧火的郑母，只见郑母也抬起眼微笑地看着自己。

第十二章 父母之命

似乎是在验证一个颠扑不破的真理：好的国策政纲总是顺应着天时，迎合着地利，促进着人和，孟营乡土改之后的第一场麦收获得了历史上少有的大丰收。

趁着口粮充足，易货富足，人们或是在自己的旧屋场上拆屋翻盖，或是在分得的宅基地上修建新房。邻里乡亲们之间有商有量地协调先后，安排有序，协力互助，互通有无。这一家完成砌墙竖梁，那一家已经开挖地基，一时间是处处大兴土木，一派兴旺发展的景象。

萧启良、祁有光和刘金旺代表孟营乡去津口镇参加完全区"土改工作成果暨夏粮丰收汇报大会"回来路过孟营小学，专门到二楼办公室坐了坐，聊了聊学校的新发展，谈了谈土改的新气象，顺便通知郑力仁明天上午去区政府找严副区长，说是有重要的事情。

"我看哪，每次只要是严副区长找你，那肯定都是好事呀，哈哈！"萧启良传达完通知，三人和郑力仁招招手，乐呵呵地离去。

次日，郑力仁如约赶到津口区政府，刚到大门口就碰到抱着一大叠材料的教育干事李学文，便赶紧过去帮忙。李学文笑眯眯地推辞道："不用帮忙，我自己能行。你赶快到严副区长办公室，他在等你呢，有好事，是大好事呀！我放好材料马上就过来。"

听到敲门声，正在批阅文件的严治平应答一声"请进"，抬头看见走进来的郑力仁，高兴地迎上前，把他拉到小茶几旁的椅子上坐下来，过去给他倒了杯开水："力仁啊，你这还不到一年就把孟营小学办得超出了我们的预期，仅仅上个学期的综合考评和测试成绩就在全县排得比较靠前啊，麦假前的期中摸底考试又有名次上的进步，后来居上，不输老校。这对我们全区中小学教育事业的开展有很大的推动作用，也对于我们计划于不久的将来在孟营中心小学的基础上试办初中班增强了信心，县、区分管领导对你的工作业绩都很满意。"

郑力仁谦虚地说："我们从零开始，没有经验，还在不断地摸索更好的教育方法和教学模式，这都是老师们重教敬业、共同努力的结果，孟营乡的领导和乡亲们都有尊师风尚，学生们也都很勤奋。"

严治平示意进门的李学文坐下，接着继续对郑力仁说："所以我们说，党和国家的政策是，越是人才，越需要我们更加重视和培养。新中国刚刚成立，需要大批有知识、有文化、有能力的建设人才，未来国家建设事业急需培养方方面面的专业人员。根据中央指示精神，省里下文要求在各县推荐选拔一批优秀人才分别进入革命大学和全日制普通大学深造，人员要求主要是从现役军人或军队转业人员、地方干部和知识分子优秀人员中推荐考核，分为一年期、二年期的革命大学，三年期的全日制大学进行专业学习，这是国家在特殊时期的特殊安排，都相应缩短了学习时间，然后由国家统一分配。各级地方组织必须从大局出发，服从国家需要，尽心尽意为新中国选拔出可造之才。"

严治平顿了顿，对郑力仁做个请喝水的手势："我们津口区分配到几名上大学深造的名额，其中只有一名是全日制三年期的指标，这个名额不仅仅需要地方上要严格审查把关，按规定条件推荐选拔，而且被推荐的人还必须参加入读大学安排的必要的考试测评，合格者录取。区领导经过各方面综合考虑和慎重研究，决定推荐你应考三年期学习的华中人民大学，不知你有什么想法，有没有把握？"

严治平说完和李学文一起观察郑力仁的反应。

郑力仁听到这突如其来的喜讯，心中甚是激动。进入大学深造不仅是父亲早就为自己设计好的培养计划，也是自己勤奋苦读定下的奋斗目标，如果不是战争内乱，同样也应该是在今年参加大学会考。想到这儿，他抬头望着严副区长，郑重地说："衷心感谢领导对我的信任和培养。上大学深造一直是我的理想和目标，国民党挑起内战后，我的理想彻底破灭。现在新中国又给了我实现梦想的机会，我一定听从组织安排，服从国家分配，考出好的成绩。但是，孟营小学的工作……"

严治平从李学文手中接过几张表格递给郑力仁说："孟营小学的人事安排和工作衔接我们已经有了新的考虑，而且得到了县政府文教科的协调和支持，说不定接替你工作的人你还很熟悉呢。你现在的任务，一是填好这些表格，赶紧去一趟县文教科亲手上交，以便办理报考政审手续，可能还有其他工作交代；二是孟营小学的教学暂时由其他老师代课，你需要腾出空、静下心来准备入学测试，我们希望你不负众望，应考合格，不要浪费了这个难得的名额和难得的机会。如果你成功被华中人民大学录取，可能又会见到你很熟悉也非常想念的人哦。"

看到严副区长期许的眼神和神秘的微笑，且在话语中提到两个都是自己很熟悉的人，郑力仁恍若在听哑谜，但又不便追问。

当天下午，郑力仁就赶到县政府文教科，当然还是先去找老同学刘易昌。刘易昌见面就嚷道："恭喜恭喜！再次恭喜我的大学生老同学！怎么，这就急不可耐地来找我交接工作呀？"

看到郑力仁不明所以的神态，刘易昌醒悟过来："哦，对了，你应该还不知道情况。是这样，你们津口区政府和我们县文教科协商，如果你这次考试合格被大学录取，请求县里给孟营小学调配一名校长接替你的工作。科领导的意思是由我去接替孟营小学的校长职位，也好有个基层锻炼的经历，我自己当然也希望到下面历练历练，况且，接手老同学打下的江山，无异于下山摘果实呢。"

郑力仁一听居然是自己的好同学接手孟营小学校长职务，甭提多高兴了："难怪严副区长神秘地说可能是我很熟悉的人呢，原来是你呀！这我就放心了。而且你头脑活点子多，肯定比我干得要好。"

由刘易昌带着去交了政审表、简历表并核验有关证书，签收了应考注意事项等材料后，郑力仁当晚就住在济世中药铺，向父亲汇报了被推荐报考大学的事，父子俩兴奋地讨论了大半夜。

回到孟营家中，郑力仁向母亲报告了政府推荐自己报考大学的消息以及和父亲讨论的意见。郑母虽然不识字，但知道上大学就相当于古代考上了状元，当然是关乎给郑家光宗耀祖的喜事，更是涉及儿子锦绣前程的大事。不过她在替儿子高兴的同时，也说出了自己的担忧："我和你爹辛辛苦苦培养你读书，就是盼望你能考上大学有很好的前程，现在这个好机会来了，当妈的肯定不能阻拦你。但你说你这一走就是三年，大学读完以后也不可能再回来种地，你妈我最多只能算半个劳动力，家里分的这点儿地靠哪个种呢？这地退了吃亏，不种可惜，唉！"

"是啊妈，刚刚土改分的地，不是说想种就种，不想种就不种的事，看能不能找乡政府帮忙想想办法。"郑力仁没把握地回应道。

"人家乡里的干部也好，隔壁邻居也好，都有自己的事情忙，也都有人家自家的地要种，劳烦人家来帮一时半会儿、一回两回还说得过去，长期这样帮你种地收粮食，谁心里愿意呢？我们自己也觉得不好意思，啥事都找乡里不是个长久的办法，我们也承不起这个人情。"

郑力仁毕竟年轻，也没当过家，只觉得妈说得有道理，的确是个不太好解决的客观困难，因此也陷入忧虑的沉思之中。

郑母观察儿子片刻，说道："力仁啊，我想来想去啊，也只有这么一个法子既不耽误你上大学，也不耽误我们家地里的那点儿活，还能帮你妈把这个家撑起来，带好你妹妹。"

郑力仁眼睛一亮："什么法子？"

"你也不小了，按营子里的规矩也该娶媳妇成家了。我一直都觉得玉儿这丫头不错，人漂亮又能干，性格也好，我看就在你去武汉上大学之前把玉儿娶进门，这样你也能放心地走，不用操心家里的事，以后地里的活也不用发愁了。"

"妈！您、您、您想出来的这是个啥办法嘛？"郑力仁一下跳起来，"我不管您是不是在胡乱打人家孟玉洁的主意，但您怎么能想到把我和她扯到一起呢？这是绝对不可能的！"

郑母也猛地站起身来连珠炮般地斥责："你说，你说这个办法怎么不好？啥叫绝对不可能？不要以为我不晓得你在想啥？你跟你想的这个人那才是绝对不可能的呢！人家本来就和我们是门不当户不对，而且这个人现在在哪儿你连人都见不到，还保不定这个人在队伍里眼光高了，嫁个大官，你连边都沾不到呢，你就做梦去吧！"

"您怎么知道我跟孟瑶不可能在一起？孟伯伯他们这么多年对我们家不好？您怎么就认为我能跟孟玉洁凑合在一起？我和她完全不是一回事，不可能在一起共同生活。"郑力仁激愤地回嘴道。

"啧啧啧，不就是认识几个字会写个信吗？有什么了不起的？还不可能在一起共同生活了还。"郑母讥讽地回应，"认字能当饭吃吗？认字能给我们家种地吗？认字能帮我管家吗？认字能让我抱到孙子吗？我真还不信了。你如果不答应娶玉儿，就别想去上什么大学，我去跟你们领导说不准你去，你看我做得到做不到。"

郑力仁不想再听母亲说这些了，愤然冲出家门往汉江边走去。

江水依然在缓缓地流，江风依旧在轻轻地吹，但郑力仁的大脑却乱成了一团麻，剪不断理还乱。没想到上大学这么一件大好事居然被母亲附上了这么个难以接受的条件，不接受还不行！自己到底应该怎么办呢？茫然中，不知不觉间又沿着西寨残墙走到了西门楼上……

郑母说到做到，立刻开始行动了。第二天一早，她居然拐着一双小脚赶到很少光顾的县城，去济世中药铺找到郑守礼，不由分说地把他拽回孟营，帮她做儿子的工作。

后半晌郑力仁在学校交代完事情，带着考试复习资料回家，一眼看到父亲和母亲都坐在院子里乘凉说话，心里便明白了几分。

郑母见儿子回来，站起身，噘着嘴走进屋去。郑守礼招手让儿子坐下："力仁啊，你妈在县城回来的路上和我说了一路，你其实也明白现在就是这么个实情，你妈说的也的确是个问题，家里分的地即使你在家帮忙干都有很大困难，如果你再一走，单靠你妈一个人就更加无能为力了。这个难题就实实在在摆在我们面前，你是怎么想的呢？"

郑力仁涨红了脸，支支吾吾地说："爹，我不是不晓得这些个现实困难，但……但是我和瑶瑶……"

"这个我早都看出来了，你们俩算是青梅竹马，两小无猜，长大后也是亲密无间，情投意合。孟先生夫妇和琨儿他们也一直很喜欢你，似乎他们家都认可你和瑶瑶的事。你妈说的'门当户对'这个问题在过去我都不把它当回事，现如今是新社会，就更不存在了。但瑶瑶参军去了部队，你们最终能不能走到一起，有没有可能结合为夫妻，我心里反倒是没底的。关键是，家里的现实困难就摆在我们面前，必须要解决，你觉得应该怎么办？"郑守礼心平气和地询问道。

郑力仁听了父亲的一番话，既六神无主又甚觉委屈地说："爹，我现在心里边乱得很，也不知道该怎么办，但我和孟玉洁之间既谈不上有感情，更不是一路人，我们在一起连正儿八经的话题都没法聊，让我和她凑合在一起做夫妻，这不是乱点鸳鸯谱吗？"

郑母不知是什么时候突然冲了出来，手指着儿子嚷道："是是是，你和那个瑶瑶是'一路人'，但我真还要给你断言，你们根本就走不到一路。你跟人家玉儿不是'一路人'，但玉儿就适合做我们家里人。过日子是聊天就能过的吗？我今天还就把话给你撂在这儿，你上大学也好，不上大学也好，玉儿当我们家的媳妇是当定了，除非你把你妈掐死。"

郑力仁无力无助地抓着父亲的手："我不甘心啊！"

郑守礼无可奈何又心疼地望着痛苦不堪的儿子。

郑母毫不妥协，绝不让步，琢磨了几天后，便态度决然地从院子里的孟宅后门进去找梅姨。这也是作为通家之好的女眷才享有的可以直接从后门进出孟家大屋的特权。

正在房间绣花的梅姨满心欢喜地迎接到访的郑母："郑先生娘子来啦？快请坐。你先看看，照着力仁帮我画的牡丹花样绣出来的枕头套很漂亮吧？力仁这孩子简直把牡丹的魂都画出来了。"边说边满脸慈爱地抚摸着基本完工的绣工精致的绣品，像是在抚摸自己可爱的儿子。

梅姨说完话一时间没有听到任何回应，疑惑地扭过头看着似乎心不在焉的郑母，便打趣道："听说我们力仁要去上大学了，这可是孩子前途无量的大喜事呀！怎么？舍不得儿子走啊？"

郑母苦笑道："唉呀，这喜事倒是喜事，但愁事也是愁事呀。你晓得的，我们家本来就没有劳动力，力仁上大学这一走，土改分的那点儿地，我哪有力气去种呢？难不成把这地撂荒到那儿？想来想去没法子，这不只好过来找你想办法帮帮忙吗？"

梅姨一乐："我家现在可是既没有一分地，也没有一个劳动力，我种地还不如你呢，还找我帮忙？嘻嘻，你这是有病乱投医呀。"

"他梅姨呀，是这样的，玉儿不是你们孟家侄女嘛，人漂亮又能干，跟我也很投缘，在我们家就像在自己家一样。麦收的时候真是多亏了她呀，是个好媳妇的料哇。我跟守礼商量，想麻烦你出面保个媒，在力仁去武汉上大学之前把玉儿娶进门，也免得力仁放心不下家里的这摊子事。"郑母一边信口说着，一边观察着梅姨。

梅姨的心随着郑母的话一点一点地往下沉，她没想到会是这么个请求，这么个帮忙。力仁和瑶瑶从小到大的感情他们不是不知道啊？我们孟家都很喜欢很认可力仁，他们也不可能看不出来呀？这个"忙"是从哪说起的？难道……梅姨心乱如麻，一时难以接受，但她依然保持优雅，笑容可掬地问道："力仁他自己是什么意思呢？"

"哦，力仁啊，他最近和玉儿可好哩，在一起有说有笑，可谈得来哩。他也很喜欢玉儿，当然没啥别的意见咯。"

梅姨闻言，笑容有点僵，但她看郑母表情自然，不像是在说假话，而且这么重要的事专门过来张口求自己，也不像是在开玩笑。梅姨的心觉得有点疼，她想到一家人一直以来对力仁的喜爱和期望，想到远在部队的瑶瑶这傻丫头知道了这事会怎么样，想到力仁这孩子怎么会这么快就有了别的想法。这是咋回事呢？但是想这些又有什么用呢？她回了回神，站起身来扯扯旗袍，依旧笑眯眯地说："郑先生娘子你放心，这个媒我是保定了，现在我就去说，而且一定能成功！你就等着娶媳妇吧。"

不管是不好意思再沾孟家的边，还是为了要断掉力仁的念想，抑或是想早点有自己的房子过独立的日子，总之，在郑母的张罗下，有乡亲邻居帮忙，郑家的房子很快就在南门楼外大路东侧自家分得的宅基地上建起来了。这间坐东朝西的新房和大多数乡亲盖的房子一样，夯土为墙，木架为梁，茅草苫顶，在两间正屋之外又搭出半间做厨房。

搬家那天，郑守礼在县城没回，郑力仁一大早就离开家不知去向，好在家里本来也没有什么家当，郑母请了辆架子车就拉完了。孟尚义特意没有到乡政府办公，偕梅姨很有风度地到后院帮着招呼，随后又派人送了几件简单适用的家具，算是祝贺郑家"乔迁之喜"。

凭着郑家多年来在孟营的名声和口碑，凭着郑力仁在大人小孩中的形象和影响，关键是凭着孟玉洁自己内心的强烈意愿，再由梅姨出面保媒当然是万无一失，郑母也自然是明白这一点的。而请梅姨做媒还有一个任何人做媒都达不到的效果，那就是对于力仁和瑶瑶之间的关系和态度无需再做解释。只此一着，一切尽在不言中，所有人的嘴巴皆被堵住，即使有任何想法和不解，也都顾全了双方家人的脸面。

按照孟营的规矩，姑娘在经媒人提亲之后，无论与男方家里的关系多么密切多么熟稔，结婚之前都不能再到未婚夫家露面。郑力仁似乎每天心如死灰，行如木偶，期间收到孟瑶两封依旧激情似火的信也没有回，无法回，不仅是没有任何心情，关键是不知道还能再向孟瑶说什么，如何说，因此，只有沉默应对一切，把自己关在家里的小屋子里拼命地读书复习，只希望赶紧考上大学，离开这个伤心之地，越远越好。母亲请来师傅给他打结婚的家具，让他发表意见，他也毫无反应，让人帮忙布置新房，叫他挪动挪动，他就木然地走到堂屋或者门外场院里，继续看他的书。

郑母对此视而不见，毫不在乎，不为所动，一切都按照她的安排和计划，从容不迫地进行着。

没有任何悬念，郑力仁的大学入学测试顺利通过。

刘易昌约上李学文，一起到孟营给郑力仁送华中人民大学的入学通知书，随后根据县文教科的任命文件和津口区政府的任职通知，在李学文的见证下，两人做了孟营中心小学校长工作事务的交接。作为老同学和好朋友，刘易昌在真诚祝贺郑力仁考上大学的同时，也真心为他和孟瑶的事感到惋惜和痛心。郑力仁则是悲痛得无言以对。

七月初七七夕节是郑母定下的儿子迎娶玉儿的正日子。吃过早饭，专程赶来的刘易昌和提前回校的戴勇当伴郎陪郑力仁去接新娘，郭云、孟玉兰当伴娘已经提前在孟玉洁家里陪着。郑力仁不情不愿地像木偶一般在婚礼知客刘叔的指挥下，亦步亦趋地随他们到北街接新娘。到了孟玉洁家喝杯接亲酒，吃碗荷包蛋，郑力仁便礼节性地到里屋把孟玉洁请出来，由郭云和孟玉兰搀扶着登上架子车，唢呐声、鞭炮声同时响起，两副简单的陪嫁箱也在吆喝声中抬起，街道两边挤满了看热闹的邻里乡亲，一路上都有人和郑力仁热情地打招呼道喜，他却毫无反应。刘叔和刘易昌、戴勇则兴奋地向街道两旁抛撒喜糖。路过孟家台子时，郑力仁看到孟家那扇曾进出无数次、异常熟悉的大门紧闭着。

跟在架子车后面的郭云瞅空迅速递给郑力仁一个信封："师姐的信，刚收到的。"然后用同情的眼神看了他一眼。

送走参加婚礼的客人，和婆婆一起赶紧洗锅刷碗，送还了找邻居借用的桌椅板凳和碟盘碗筷，打扫整理完院子和堂屋，幸福而劳累的孟玉洁匆匆吃了点儿剩菜剩饭，天色已晚。走进新房，却是漆黑一片，找来火柴点亮油灯一看，只见郑力仁手里拿着一封信无力地坐在床沿，两眼还泛着泪光。孟玉洁知道，这是堂妹瑶瑶的来信，便悄无声息地静静坐在了旁边。

　　新婚之夜，郑力仁和孟玉洁就这样一言不发地坐了一个通宵。

第十三章 巧遇恩师

下午从樊城定中街对面的长途汽车站出发，由老旧美式卡车改装的长途汽车在坑坑洼洼的路上喘着粗气，走走停停，差不多颠簸了 20 个小时，终于在第二天清早抵达了汉口汽车站。

重回武汉，心情异常激动，郑力仁毫无倦意地背着行李卷，拎着一只新买的藤条箱子兴冲冲地走出车站，舒展舒展久坐僵硬的身体，深深呼吸着熟悉的空气，热切审视着熟悉的街道，几乎看不到有什么战争残留的创伤。黄包车夫们脚步轻快地奔跑着穿街过巷，拎着早点上班的人们欢声笑语步履匆忙，偶有贴着红条幅标语的厂矿卡车疾驰而过，依旧听到由远而近的有轨电车叮叮当当，这座华中最大的城市似乎正在以脱胎换骨、焕发青春的新姿态向世人展示她新的辉煌。

郑力仁特地先步行到自己的母校——湖北省立汉口高级中学，一定要首先去拜见自己的恩师严修齐。学校的栅栏还是原样，大门模样依旧，门口和校园里悬挂着欢迎新生的横幅，正是秋季开学的时候，已经提前报到入校的学生正在操场里打球、运动，有几位教职员工模样的人在校门口摆放桌椅、放置表格，做着迎接学生报名的准备工作，但看上去却一个也不认识。郑力仁不便贸然进去，直接向校门口的老门房打听，得知在解放汉口的战役打响之前，学校的老师学生就全部都从学校撤离了，严修齐老师则是在其他老师撤离之前突然离开学校的，此后再也没有返校。现在学校的这些老师绝大部分都是新调来的。

带着未了的心愿和些许的失望，郑力仁往汉正街走去，一方面想去刘家面馆访访故旧，同时过个早，再就是刘易昌昨天送他到樊城汽车站临别时，特别交代他到汉口后到刘家面馆看看情况问问好。

正是汉口人过早的时间，刘家面馆看上去基本还是老样子，顾客也还不少。"刘掌柜，您早啊！还认得我吗？"看到依然是满面堆笑、手法娴熟地给客人打面配料的刘掌柜，郑力仁趋前热情地打招呼。

刘掌柜闻声抬头，茫然地盯着来人，半天回不过神来，正在炸油条、面窝的老板娘也惊讶地停住手，虎伢则手拿抹布，拃着双手，张着嘴愣在那里。半晌，几乎异口同声地叫道："哎呀呀！是力仁啊！"

老板娘随即走到前面来代替刘掌柜给客人们下面，又让虎伢接手炸油锅的活。刘掌柜放下面兜擦擦手，赶紧过来帮忙拎过箱子，把力仁带到靠屋角他们三位原来经常坐的那张桌子旁坐下："哎呀，力仁啊，你这可真是稀客哟，一年多快两年了，忽然就不见了你和易昌他们，忽然你这又冒了出来，你这是……"他指指行李问道。

郑力仁把他们当年忽然离开汉口回襄阳的原因简要地告诉了刘掌柜，同时把他们三个人后来的变化和现在的情况也分别作了介绍，说自己此次回武汉是过江到武昌上大学，要继续在这里读三年书，并特别转达了刘易昌对刘掌柜夫妇的问候和感谢。

刘掌柜开心地拍着郑力仁的肩膀，大声对着老板娘嚷嚷道："听到冇？听到冇？我说这些伢们是人中龙凤，不一般的人物吧？力仁现在是大学生了，这是大学生到我这店里过早来了。"他那骄傲的神态和四顾的眼神其实是在向店里的客人宣布他和这位大学生关系非同一般。

老板娘端着一份热干面和一碗桂花米酒摆到郑力仁面前，高兴地应道："哎哟，听到了，听到了。我就说呀，解放了，国家现在好了，我们老百姓现在也好了，你们这些伢们当然更加是前途无量嘞！"

刘掌柜给郑力仁递双筷子朗声回应："那是当然。我跟你说哈，人家德安参军当了解放军的大记者，我们家易昌现在也是国家的人了，从县政府接替力仁当了小学校长。你看，易昌这不是心里还一直记挂着我们呀，特意让力仁来看望我们代问个好，是个有良心的伢，好啊，哈哈！"然后看着津津有味吃面的郑力仁神秘地说："那天早上，我们看到易昌慌慌张张地跑进来说是要等你们来过早，还没坐稳，听说你们学校有学生被警察抓了，又手忙脚乱地跑了出去，喊都喊不应，我当时就感觉到你们是出啥事了，果不其然呀。"

"是呀，后来一直都没得你们的消息，我们就一直在担心啊，担心啊！想起来就说起你们，这下好了。"老板娘笑眯眯地看着郑力仁。

过完早，离开刘家面馆，郑力仁带着怀旧的心情特意绕经江汉路，看看江汉关。街道两旁的原属各国租界的各式西洋建筑依旧，但都分别挂上了协会、报社、银行，还有一些新政权机构的牌子。郑力仁突然眼睛一亮：居然还开了一家新华书店！这是襄阳、樊城和汉宜都还没见过的书店，他赶紧兴奋地跑进去参观一圈，果然有着一种新气象、新感觉。他随即买了一本上海商务印书馆最新出版发行的《四角号码新字典》，而自己最钟爱的《古文观止》当时在严修齐老师催促下，匆匆离开汉口时落在了学校，所以必须要再买一本。

前面不远的江汉关大楼依然是原来的样子，只不过现在是新中国的武汉海关了，旁边旧警察所的院子已经被拆除，劳动号子声中建设着一座新的大厦，武汉正在不断地发生新变化。

走进依然熟悉的码头栅栏入口，走下曾经和龙德安、刘易昌在这里散发传单、小报的江堤台阶，一切都好像发生在昨天，声声在耳，历历在目，大江东去，奔流浩荡。郑力仁到轮渡驳船处购票走进渡船，举目四顾，看到船舷旁边一位倚栏而立，眺望长江对岸，似乎正在沉思的年轻人好像有些眼熟，便轻轻走过去侧身观察，果然没错："赵森！"

赵森闻声一愣，随即激动地冲过来抓住郑力仁的双肩："哎呀！哎呀！哎呀呀！是你呀老同学！你这是天上掉下来的？地下钻出来的？怎么突然在这儿碰到你了呢？这也太巧了吧！"

郑力仁放下提箱，也兴奋地回握住赵森的双臂："还真是你呀！从你的侧影我就认出来了。我又回武汉上学来了，过江到武昌的华中人民大学去报到。你这是过武昌办事？现在都在做些什么？"总之，一段时间没见面的老同学、好朋友意外重逢，不是感叹号就是问号。

"哟呵！哟呵！你看看，这又是缘分吧？说明我们在一起做同学还没有做够呢，我这也是过江去华中人民大学报到啊，看我这不也带着行李吗？哈哈，咱们又要做几年同学了。"赵森讲话的风格依旧，言语之间不是掺杂各种感叹词，就是辅之以各类语气助词。

郑力仁一边卸下背着的行李卷，一边惊喜地说："嗨，那太好了！我还在想，在大学保不定还会遇到我们高中的同学呢？我们襄阳几位同学的情况呢，龙德安一回到汉宜解放区就参军当了随军记者，刘易昌进了县政府教育部门，现在被安排去一所小学当校长，所以只有我一个人继续回到武汉来读书。你后来有没有和其他同学有联系？"

"那当然有啦！怎么可能没有呢？武汉一解放，我就被安排配合解放军公安部队搞居民户口调查摸底，到处走访，时不时就能联系上或者是碰到很多同学哟。你不晓得吧，我们汉口中学的美女同学夏安琪，还有那个体育很好的吴宝强这次也考进了华中人民大学哩，你哪里会碰不到自己的同学呢？哎呀，热闹着呐。"赵森开心得两眼放光。

郑力仁忽然想到一个问题："哦，对了，你双胞胎弟弟赵林呢？他现在怎么样？那天是不是你们兄弟俩真的被警察抓住了？"

"唉！这事可怎么说呢，这事可怎么说呢，真是一言难尽呐！"赵森脸上的表情立刻变得很是忧郁和难过。

"怎么回事？"郑力仁关切地询问道。

"那天我按照你的交代让赵林负责放哨望风，由我负责贴标语。他可能觉得不会有事，想早点完成任务，就自己也去贴标语了，没想到被黑狗子们包了汤圆，关进了警察所，好在汉口很快就解放了，不然那就有的是罪受哇。后来好多人都说警察到学校去指名道姓抓进步学生，是因为赵林受不过惊吓招供了。我后来问过赵林，他坚决否认，但解放后他似乎被列入不被信任的名单，最后赵林自己到汉江航运局的航标巡航船上当了水手，几乎不回家，也不和家里人联系，更不和同学、朋友联系，搞得我现在就好像没有这个弟弟。唉！"

话还没聊完，渡船就到了司门口码头。两人随着人群一走上驳船，就听到一声银铃般欢快的叫声："哎呀！快看，是郑力仁。郑力仁！我们在这儿，这儿呢！还有赵森，你怎么和郑力仁在一起呢？"

郑力仁闻声望过去，嗬，只见穿着布拉吉连衣裙、打扮时髦的夏安琪正活蹦乱跳地向他们招手，个子高大的吴宝强带着一脸憨厚的笑容，打着招呼迎了过来，帮他们俩接过行李，轻松地拎过去，一块红纸牌上用毛笔书写着"华中人民大学新生接应点"几个隶书大字，旁边已经堆放了一些行李，看来已经有其他报到的新生先于他们到达码头，在这等着凑齐人数。上下船从旁边路过的旅客看到这个牌子都会好奇地放慢脚步，羡慕地打量着这群新中国的大学生。

"哼！看到了吧？你们看到了吧？啥意思嘛，见到郑力仁就兴奋成这个样子，见了我那么多次也没看你有一丁点兴奋过。哎呦，真是人比人得死，货比货得扔啊！"赵森用他特有的语言风格装着痛心疾首的样子对夏安琪嚷嚷道，惹得大家哈哈直乐。

看看人数也差不多够装一车厢了，便由另外三位接应新生的同学继续留在码头值班，夏安琪、吴宝强陪同他们回学校，新生们互相帮忙拿着行李沿台阶走上江堤，一部当时很多机关单位流行使用的苏联"嘎斯"卡车已停在码头出口的路边等候，驾驶室门上印有"华中人民大学"字样，车厢两边各贴着四张菱形红纸，上写着"欢迎新生"四个大字。大家攀上车厢，汽车沿着蛇山脚下的林荫道向东驶去，经过长春观、路过洪山塔、绕过珞珈山，再沿着秀丽的青莲湖岸前行一会儿，汽车便顺着一条栽满桂花树的柏油马路开进了学校大门，迎面就是一幢三层楼的行政办公大楼，楼下人声鼎沸，上方挂着一条红底白字的红布横幅"欢迎你——新中国的人才！新社会的栋梁！"

一阵锣鼓声响起，这是欢迎新生的仪式。师兄师姐们热情地拥上来接住车上递下的行李，热情地分头引导新生们到各个系的新生登记桌前办入学手续。郑力仁此时才知道夏安琪和自己同属中文系，赵森在政治系，而吴宝强则在教育系。各系对应的新生登记点均按规定程序办理核对入学通知书、登记姓名、分配宿舍、发放餐票等手续，夏安琪则一直在旁边亲自指导和协助郑力仁填报、领物、办各种手续。正在手忙脚乱的郑力仁感到肩膀好像被人轻轻地拍了一下，他诧异地扭头一看，惊讶得瞪大了眼睛："严……严先生？您……您……"

"哈哈哈！郑力仁，没想到是我吧？"严修齐和蔼地扶着还没扭正身体，僵立在那儿的郑力仁，"我还没有教完你呐，所以呀，我还要继续给你做先生当老师哟，怎么样？没想到吧？看到我高兴吗？"

郑力仁激动地看着他崇敬而想念的恩师，眼眶甚至有潮湿的感觉，他怎么也没想到还能再见到严先生，而且他还会是自己的大学老师。他心里有许多话想跟先生说，但一时又不知道说什么才好。

夏安琪赶紧过来给严修齐鞠了个躬，开心地喊道："严先生，真的是您啊？您真的又给我们当先生啦？我太高兴啦！那我昨天到学校来报到怎么没看到您呢？哦，对了，您偏心，专门来接您的爱徒。"

"哈哈，夏安琪，依然是伶牙俐齿啊。我早就在新生名单上看到了你们的名字，我在汉口中学时果然没看错，都是人才啊！昨天呀，一天都在开校务会议，就是在研究怎样把我们学校办好，把你们教好。"严修齐接着对郑力仁说，"我昨天收到弟弟治平的来信，告诉了你的行程应该是今天上午到校报到，所以我就走过来看看你们都到了没有。治平每次来信都会谈到你的情况，干得不错啊，我很高兴。"

郑力仁恍然大悟，紧紧抓住严先生的手："难怪严副区长说如果我顺利地被华中人民大学录取，我就可以见到我很熟悉也非常想念的人，我当时听了这话还纳闷呢。原来是这样啊！"

严修齐亲切地说："你在车上摇晃折腾了一宿也累了，我们有的是时间聊，你先去宿舍安顿下来好好休息休息，明天举行新生开学典礼后就要进入紧张的大学生活了，大家都要调整好心态，尽快进入角色哦。"然后亲切地对报到的新生们挥手道别。

夏安琪轻车熟路地领着郑力仁、赵森和其他的新生穿过简陋的操场，往学生宿舍走去，一路上指指点点为他们做介绍。

随着人民解放战争的节节胜利，华中人民大学于1948年在大别山根据地成立的延安"抗大"式军政干部大学，每一期学习时间在数月、一年不等，旨在为中原解放区培养军地两用速成人才。武汉解放之后，学校迁址武昌，改建为全日制大学，时间还不长，因此，行政楼、教学楼、图书馆、学生宿舍、食堂等建筑物都还是新建的，不远处能看到搭建的施工脚手架，学校还在抓紧抢建，继续扩大基建规模。这就是新中国的高等教育，边起步，边探索，边发展，边扩大，没有条件创造条件也要上，没有校舍从无到有也要办，新中国的发展急需人才，社会主义建设急需人才，不能等，不能靠。

中文系所在的这片学生宿舍是外走廊的红砖青瓦平房，整整齐齐排列为三排，第一、二排是男生宿舍，第三排是女生宿舍，每排宿舍的中间是盥洗室。郑力仁和另外三名中文系的新生共四人一间宿舍，在第二排宿舍的中间位置，和女生宿舍之间隔有两排小松树和水泥做成的露天乒乓球台。其他几位新报到的新生到了宿舍，把行李往贴有自己名字的床上一放，也顾不上打开，就心急火燎地出去找人聊天去了，宿舍没人。

郑力仁的床铺在里面靠窗的左侧。他先整理好床铺，然后打开藤条箱，把书籍簿册、笔墨纸张在床边的木桌上摆放整齐。突然，他正在翻拣箱子的手像触电一样僵住了，眼睛也呆滞了。是的，这是他随身带在身边的朋友信件，最上面这封信就是和孟玉洁结婚那天收到的孟瑶最后的来信。是的，这封信他已经撕开看过，并在洞房花烛夜彻夜流泪之后再也没敢打开读。他的心在疼，他的手在抖，他的脑袋在发蒙，但他还是忍不住拿起这个用无比熟悉的字迹写着自己名字的信封，颤抖地抽出了信笺纸上留着两人泪痕的信。

我最亲爱的力仁哥：请允许我最后一次这样亲密地称呼你，虽然我是多么想一辈子都这样叫你，直到我们在一起慢慢老去。但是，但是，这已经是不可能的了！

我真的不知道为什么会这样？为什么会这样？我已经是你的人了呀力仁哥！我也请求你等着我呀力仁！我怎么也没有想到会是这样的结局，而且这一切都来得这么快！我努力让自己坚信这不是真的，这是梦境，而且梦境和现实是相反的。

然而，我父母给我来信证实了这一切不是梦幻，是实实在在发生了的现实，他们把一切都如实告诉我了，但他们还特别强调说这绝不是你的问题，这一点我绝对相信。当然我也不能说是婶的错，更不能说是玉儿姐的错。她是个老实善良的好姑娘，的确能实实在在地帮到婶、帮到你们家，而我却不能。整个事说起来只能是我的错，正如我父母所言，我们俩的爱情和现实之间有多么大的差距啊。

收到父母的来信我病倒了，病得很厉害，几天高烧不退住进了医院，医院甚至给我们单位发出了病危通知。王政委专程代表单位来南京看望慰问我，他作为我们部队医院首长居然连续几天守在我的病床前开导我、照顾我、鼓励我，他说这是他做政委的职责，我很感动，使我真真切切地体会到部队大家庭的温暖。

我明天就要出院回校继续学习了。在昏昏沉沉之中我也想了很多，事已至此，覆水不可收，唯今之计只能是静心读书，拼命学习，忘掉一切，尤其是希望忘掉曾经最爱的人，曾经最美的事。也正因为这样，我想我不能再给你写信了，为了你，为了我，为了我们俩，我亲爱的力仁哥信没有结尾，当然也没有结束的标点符号，却有着斑斑泪痕。郑力仁完全能想象到当时的情形。他太了解瑶瑶了，他知道这件事对瑶瑶这个涉世未深又远离亲人、从小到大只黏他一个人的单纯姑娘来说是个多么致命的打击。他知道他没法回这封信，他也知道他现在没有资格给瑶瑶回信。他望着窗外泪流满面。忽然，他看到瑶瑶出现在窗外，敲着窗玻璃对他笑着摇摇手，他惊喜地擦擦眼睛一看，没人啊？他想，这可能是恋之深、思之切出现的幻觉。

片刻，有人在敲宿舍门。

"瑶瑶？"郑力仁低呼一声冲过去开门，原来是夏安琪站在门外。

"刚才你望着窗外发什么呆呢？敲你的窗户半天也没有反应。咦？你的眼睛怎么红啦？"

"哦，刚才收拾行李整理床铺时灰尘太大，把眼睛迷到了。"郑力仁掩饰道。

"开饭时间到啦。走，我带你去食堂吃饭。"夏安琪催促着郑力仁，拿起学校统一发的印有校名的搪瓷饭钵往学生食堂走去。

第十四章 大学生活

华中人民大学校园还没有完全建好，先期完成了行政楼、教学楼、宿舍楼、食堂和图书馆一期，学校的大礼堂和其他建筑设施还在加紧施工建设中，所以无法集中举行全校新生的开学典礼，只能暂时分别由各系自行组织召开。中文系在华中人民大学的六个专业系中算是最大的系，本届新生分别来自豫、鄂、湘、粤、桂等地，共有一百多人，分为四个班，所以该系的开学典礼只能特别安排在学校最大的综合大教室举行。大教室正面墙上的黑板上方悬挂着毛泽东主席像，画像两侧是毛泽东为延安抗大题写的校训"团结、紧张、严肃、活泼"八个红色大字。

开学典礼由中文系的系主任严修齐副教授主持，并代表校、系领导作了动员讲话，上届学生代表以热情洋溢的致辞欢迎师弟师妹们的到来，随后，中文系的教授、副教授、讲师、年轻助教以及班级辅导员都一一走上讲台与新生见面，或提出要求，或启迪希望，或展望未来，或咏诗赋怀。热烈而简短的开学典礼之后，各班辅导员召集新生们回到各班的教室发放教材、文具，选任班干部，划分小组。

郑力仁和夏安琪居然和在汉口中学时一样，又分在了同一个班——中文系（50级）一班。夏安琪在拿到分班表之后，特意跑过来跟郑力仁说："哈哈！老同学就是老同学，知道啥叫'缘分'了吧？"

鉴于这届新生来自不同省份，且又分别来自军队、机关、厂矿、地方、学校不同行业，绝大部分同学相互之间并不认识，又因为大家是中文系的大学生，专业本身就是语言文字和文学艺术，辅导员庄丽丽老师要求每位同学的自我介绍要有中文专业的特色，建议以中国古今文化结合西方文学经典来介绍自己，要体现一定的文化底蕴和文字能力，要能给同学们留下深刻印象，这也是大家相互之间加深了解的一个机会。

性格活泼的夏安琪第一个站起来做自我介绍。

本来全班四十名同学之中女生才五位，属于稀缺资源，加之夏安琪天生丽质，打扮得体，浑身散发着武汉大城市女孩子的自信光彩，更有一种鹤立鸡群之感，立刻吸引住了全班男同学热切的目光。夏安琪同学深知道自己拥有的这些天然优势，也特别能感受到这些优势给自己带来的满足与欢愉，所以愈发显得容光焕发："同学们好！我叫夏安琪，世居长江对岸的汉口，祖父经商，支持帮助过辛亥革命。家父年轻时曾供职武汉国民革命政府，在武昌中央农民运动讲习所协助工作时见过毛润之先生，也就是我们的毛泽东主席，还有当时农讲所的所长邓演达先生。'四一二'大屠杀后，汪精卫叛变革命与蒋介石同流合污，大革命失败，家父赴德国留学数年后回国成家。我的名字'安琪'就是父亲取之于英文 Angel 之音，也是安徒生童话《安琪儿》中的天使角色，我姓夏，又恰恰出生在夏天，所以我是夏天的天使。"

"冬天的魔鬼。"一个男同学用河南口音顺口幽幽地冒出一句。

夏安琪轻咬粉唇、圆睁凤眼，瞪了这位男生一眼，佯怒地跺踩脚坐下。同学们顿时哄堂大笑，有的乐得直拍桌子，也有同学一本正经地煽风点火："冬天对应夏天，魔鬼对应天使，不愧是咱中文系的特色，有文化底蕴！"更有同学起哄："太棒啦！魔鬼和天使的名字注解的确令人印象深刻，我们都记住了这位魔鬼……噢，不，天使女同学。"

夏安琪举着粉拳："陆老师，我要抗议！抗议他们这帮没礼貌、没爱心的男同学！"站在讲台一侧的庄丽丽老师也被逗得直乐。

年轻的心扉一旦被打开，气氛顿时轻松；青春的翅膀一旦放飞，天地顿时广阔。于是乎，南腔北调、五花八门的自我介绍或是令人捧腹大笑，或是叫人不知所云，或是令人肃然起敬。

轮到郑力仁站起来自我介绍时，刚好严修齐主任走过来巡视各班新生的开班情况，听到这里气氛热烈欢快，便在教室后门驻足观察。

"各位同学大家好！我的名字叫郑力仁，敬请各位听下面这几句诗便可知道我来自哪里，一句是宋代词家陆游的《水调歌头·多景楼》中'叔子独千载，名与汉江流'，一句是唐代诗人王维的《汉江临泛》中'襄阳好风日，留醉与山翁'。"

"湖北襄阳，河南边上。"又是那位男同学幽幽冒出的一句河南话。

郑力仁笑应："对，就是古城襄阳，浩然故里，汉江之滨，隆中之畔。我的名字是我只读过私塾的父亲取之《中庸》'力行近乎仁'这一句。《中庸》曰：'好学近乎知，力行近乎仁，知耻近乎勇。知此三者，则知所以修身。'这也是我来大学深造、在社会做人的座右铭，更是我父亲在这个名字中对我暗含的期许与嘱托。在大学求学期间我将不仅身体力行地实现自身定下的学习目标，也一定会以力行之功、仁爱之心与所有的同学互相帮助，共同完成我们的学习任务。若将我的姓名放在中国传统文化与西方文学经典之中加以评价，我的心得是：西方文学中似乎没有'仁爱'之说，只有鼓吹'博爱'之论，这也是本人名中之'仁'在西方文学中无法体现的专属性。"

"好！"严修齐情不自禁地鼓掌叫起好来。同学们也跟着鼓掌欢呼，随即扭头看到站在教室后面的系主任，尤感欢欣鼓舞，掌声更加热烈起来。郑力仁、夏安琪看见自己早已熟悉的老师来到教室观摩，赶紧走过来向严修齐鞠躬致意。

严修齐笑着拍拍郑力仁的肩膀说："你把唐宋两大家的诗词交糅得天衣无缝，借以介绍自己来自何处，地理位置都点得很准确嘛。名字的来源、意境、志向，居然也和我的名字源于'修身，齐家，治国，平天下'有异曲同工之妙啊。还有你那个中西文化关于'仁爱'和'博爱'的对比结论，我觉得比较新鲜，不过这个结论是对是错我还没想好，总之，我就这么随意一听，认为中文系录取你和这些同学是录取对了。"

同学们又是一阵鼓掌欢呼声，夏安琪悄悄向郑力仁竖起大拇指。

基于系里的提名建议，（50级）一班通过选举程序组成了班委会，班长李太行是原中原野战军宣传部干事，在今年六月中央军委决定解放军大规模复员整编后考入华中人民大学，副班长由湖北省公安厅委托定向培养的吴明亮担任，郑力仁理所当然地当选为学习委员，夏安琪为文艺和生活委员，那位老用一口河南话幽幽点评的王长河被同学们选为体育和劳动委员。十人一组，四个小组，也划分停当。

一切走上正轨，紧张而有规律的大学生活正式开始了。

作为新中国成立后招收培养的第一批大学生，生活食宿采取的是配给制，所有费用全部由国家负担，每月还分等级发给学生少量津贴，作为购买洗漱用具等日常用品之资。学校对学生的作息起居、上课出操等规定也带有一些军事化管理的痕迹，这对由人民军队脱胎出来的华中人民大学来说，显得更加突出，因而也更能培养学生的自律、刻苦、坦荡、直率的品质。

郑力仁非常珍惜这难得的大学深造机会，博览群书，如饥似渴，广泛涉猎，开阔视野。在专业学习上对中国古典文学和中国文学史尤感兴趣，也比较擅长，并以自己的影响在班上带动起一股课上课下的阅读、品读之风，讨论、评论热潮。对此，主讲古典文学的裴老教授非常赏识他，总在讲课的时候点名让其回答和探讨诸多问题，比如蔡邕的《饮马长城窟行》的"长跪读素书，书上竟何如"和《孔雀东南飞》的"府吏长跪告，伏维启阿母"中的"长跪"是古人的什么礼节，"跪"的对象是谁，等等。通过师生之间的答问，也使很多同学知道了一些老派文人借古语在信头信尾表达"顿首""稽首"的意思，即前者是把头顿于手上，后者则不用手，而是以头着地等，于细节中见功力。

"'谈笑有鸿儒，往来无白丁'两句出自哪里？其中的'白丁'可做何解？可有延伸的知识？"有一次，裴老教授又叫起郑力仁作答。

"这两句出自唐代诗人刘禹锡的《陋室铭》，其寥寥八十余言，可谓朗朗上口，经典传世，开头四句'山不在高，有仙则名。水不在深，有龙则灵'在老百姓中广为流传。在中国的封建社会，穿衣用料有严格的等级制度，绫、罗、绸、缎、锦、绣、绡、绮等都是富豪地主、统治阶级专用的，平民百姓只能穿粗麻布衣，所以，一般的老百姓都被称为'布衣''白衣'或者'白丁'。这两句中的'白丁'除了指平民百姓之外，也是指目不识丁的文盲，无学识、没文化的人。"

"俺还知道这个延伸的知识是：作者刘禹锡和俺是老乡，河南洛阳人。"王长河又是用幽幽的河南腔冒出一句，大家又是一阵笑声。

"回答得很完善，补充得很完美，他们二人结合起来，答问

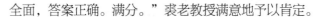

全面，答案正确。满分。"裴老教授满意地予以肯定。

　　活泼灵动的学习氛围，扎实求真的向学态度，使得中文系（50级）一班的同学们哪怕在课间休息时间，也总是分为几群，扎成几堆继续讨论或是争论课堂上所学的内容。中国文化太丰富了，文学知识太有趣了，总使大家处于沉浸其中不能自拔的忘我境界。

　　吴明亮还没有完全脱离公安机关的专业思维，大概还在考虑他在省公安厅期间思考的问题。有一天，几个人又在一起讨论课堂内容，他突然问郑力仁："哎，力仁，你说日本鬼子占领东北、华北等地的时候，为区分和瓦解抗日力量，伪政府给占领区的老百姓发的有'良民证'，国民党为巩固自己的统治地位，也制发了'国民身份证'。我在公安厅的时候就已经开始在搞户口管理登记，但好像还没有从制度上考虑公民身份证的问题，我一直认为这是个最终必须解决的管理体制性的问题。你了不了解中国古代历史上是怎样实行身份证管理的？"

　　"是啊，我在部队时听我们首长讲的故事，说1936年红军西路军西征作战，国民党宁夏省政府主席马鸿逵为反共防共，孤立红军，也发放过'居民证'。"李太行补充说道。夏安琪也很感兴趣地在旁边点头聆听。

　　郑力仁说："根据我所读过的史料记载，还有一些古典文学作品中的描写，户籍制度在秦始皇时期就开始完善强化，而身份证这种形式上的东西在古代叫作'传'，唐代叫作'过所'，宋代称为'公凭'，明代则名为'路引'。这些都是历代统治阶级必要的社会管理手段，而且说老实话，还的确能起到巩固政权，稳定社会的作用。"

　　"天嘞！这么多各个朝代具体细节的东西你都能记得这么清楚？我家里有不少书，我也读过一些，怎么就是记不下来呢？也没能去关注那么多我们国家历史上和文学上的知识节点，搞得每次在和大家讨论问题的时候我都觉得自己很无知。"夏安琪不解地说道。

旁观的同学起哄说："你用心记住《红楼梦》中贾宝玉和林黛玉你侬我侬的知识节点，记住《西厢记》中崔莺莺和张生卿卿我我的爱情细节也是很重要的啊，我们也很羡慕啊。"

夏安琪红着脸对他们摆着手："去去去。"

郑力仁笑笑说："《红楼梦》那可是不得了的伟大作品，可以说是清朝封建士大夫阶层的百科全书，如果能把《红楼梦》中的知识节点都记住的话，那可真称得上是'大家'啊！说明夏安琪同学真的很不得了。"又看着夏安琪，接着她的话头讲，"其实我也没有什么诀窍，一是感兴趣，二是认真读，三是用心记，四是勤思考，再就是有空就背诵背诵唐诗宋词、《古文观止》之类的经典，长此以往，形成习惯，就自然而然地消化成自己的知识了，我想我们大家其实都能做得到。"

和其他一些同学每天傍晚到操场上打球、跑步、练单双杠、酷爱运动不同，郑力仁习惯在晚饭后走出校门，到山坡下的青莲湖边散步思考。深秋的青莲湖清澈纯净，水草摇曳，阵风吹过，粼粼细浪，晚霞倒映在湖面，一半红霞绚烂，一半碧水荡漾，天上人间，无限风光。山上的松柏依旧苍翠，在山林墨绿碧青之中夹杂着一簇淡红又一簇金黄，给大自然披上了多彩华丽的衣裳。湖边的垂柳沙沙作响，晚归的小鸟在啾啾鸣唱。郑力仁漫步其中，沉醉其间，触景生情，脱口而吟：

垂緌饮清露，

流响出疏桐。

居高声自远，

非是藉秋风。

"哈哈！这首诗我知道。"背后一声欢叫，吓了郑力仁一跳，回头一看，原来是夏安琪一直调皮地悄悄跟在自己后面。"这是唐朝诗人虞世南的《蝉》，知道的人好像并不是很多，但是我读过。不过这湖边现在可是只有秋风拂面而没有蝉了哦。这首诗往深里理解的话呢，会令人进入'四季来风皆不借，志在居高声自远'的境界，所以，你看这诗的最后两句是不是有些王之涣'欲穷千里目，更上一层楼'的味道？"

"嗯？是有这么个意思。嘿，你对这首诗的意境理解得很透彻呀！"郑力仁深表赞同。夏安琪高兴地做出"那当然"的骄傲表情。

夏安琪是昨天星期六下午回家和家人度周末，今天刚从汉口家里返校，就按照郑力仁的行踪习惯，直接到湖边来找他了。

此前夏安琪自己也曾单独或者约上几位同学与郑力仁一起到湖边散步，交流学习心得，讨论中外文学作品，这次从家里又带来了几本郑力仁借阅的书籍，同时也是找郑力仁讨主意，商量为学校的元旦迎新晚会排练什么节目："这是我们新生到校参加的第一场全校性大型文艺活动，系里让我和三班的文艺委员杨丽华牵头组织，咱中文系又是全校最大的系，无论如何都不能塌台哟。你帮忙出出啥好点子呗。"

郑力仁接过夏安琪送来的几本书，沉吟片刻，建议道："你知道了吧？美帝国主义悍然侵略朝鲜，战火已经烧到了鸭绿江，炸弹已经扔到了东三省，毛主席下决心组建了中国人民志愿军，已经开赴朝鲜抗美援朝，这是我们国家当前最大的事件，所以要拿出最紧跟时局、最新的节目才能出彩。我建议呢一个是赶紧组织大家学唱《打败美帝野心狼》，搞个大合唱，有气势。再一个就是挑选中文系的女同学来个女声小合唱《全世界人民团结紧》，这也是迎合抗美援朝的歌曲。"

夏安琪插嘴问道："对对，你说的是不是这首歌？"随即哼唱起来："'嘿啦啦啦啦嘿啦啦啦，嘿啦啦啦啦嘿啦啦啦，天空出彩霞呀，地上开红花呀，中朝人民力量大，打败了美国兵呀……'是这个吗？真的太好听了，也适合我们女生唱。"

郑力仁点点头："是的。另外呢，就是最好排演一出符合我们中文系专业特色的节目，而且是反映中国古典文化风格的经典作品才行，你看改编个朗诵剧《孔雀东南飞》怎么样？"

"太好了！这个建议太好了！这可是我们中文系的拿手好戏，绝对精彩！"夏安琪激动地挽住郑力仁的胳膊，"就我和你演好不好？"

郑力仁感觉到了夏安琪的亲热，也感受到了夏安琪的体温，身体瞬间僵硬了一下，夏安琪也意识到不妥，赶紧松开双手，然后郁郁不乐地小声说了一句："不过，咱俩演这个节目好像有些不吉利。"

天色已暗，万籁俱寂。有好一会儿，两人只是静静地沿着湖边走着，谁都没说话，也不知道说些什么。

"哎，力仁，你有没有女朋友？"夏安琪忽然用从没有用过的亲昵称呼轻声地问道。郑力仁猛地一怔，不啻听到了一声炸雷，这是他绝对不想让人提及的话题，这是他心中深深的痛。

"力仁，我问你呢，你听到没有？你有没有女朋友嘛？"夏安琪低着头扯扯郑力仁的衣袖，夜色遮住了她羞红的脸。

"我没……我……我已经结……结婚了……"

"什么？不可能！你才多大年龄？在学校时从没有看到你有过女朋友，我们离开汉口中学才不到两年，你骗我！"夏安琪嚷道。

"是……是我来上大学之前，我……母亲逼着我必须结，我……我拗不过母亲。这女孩她没……没读过书，我跟她原来不认识。"

"什么？你真糊涂哇你！你太让我意外了你！这是父母包办

你知道吗？是不道德的婚姻你知道吗？新社会了还搞这一套，亏你在我们同学心目中还是有新思想的革命青年，你怎么……嗨！"夏安琪顿顿脚，停了停又鼓起勇气说，"力仁，我劝你必须正视这个问题，这样下去会毁了你的前途。而且……而且现在社会上都流行'换妻'，其实这也是对封建婚姻制度的反抗，你也要赶紧离掉，不能没主见地拖下去，害人害己，对谁都不好。我们可以……我对你这个事不会在乎。"最后一句话几乎是用自己都听不见的声音嗫嚅而语，嘟囔出来的。

但郑力仁听到了，而且听得很清楚。

虽然在汉口中学期间两人作为同班同学关系还不错，大家时常在一起学习交流、探讨争论，也配合、默契地合作过一些学校的活动，但郑力仁的确没有想到夏安琪对自己有这样的感情，态度居然还如此坚定，更没有想到会是夏安琪来揭开自己隐秘感情的伤疤，撕裂自己内心深处的伤痛。大学的学习让他完全回归了自我，大学的生活让他暂时抹去了隐痛。已经很久了，他根本不去想孟玉洁，他至今都绝难相信孟玉洁会和自己的生命结合在一起。他常常在心中极力否认自己已经结婚的事实，他也知道，这种自我的精神逃避近乎掩耳盗铃。

郑力仁眼含泪珠，无力地倚靠在湖边的一棵柳树上，茫然地眺望着深邃无垠的夜空。他似乎也听到孟瑶在发出同样的质问，在提出同样的要求；他仿佛还看到了孟瑶无助的眼神，悲切的面容。他知道自己无能为力，夏安琪说的那些话对他来讲是完全不可能做到的事，无论夏安琪也好，孟瑶也好，都绝对改变不了这个结果，这就是自己的悲哀之处。当一个人无可奈何地接受他人安排的命运，且又无力改变甚至无权逃避这个结局时，这种认命的悲怆几乎让人绝望到虚脱。

湖水无声，秋风无语，天空无月。夏安琪默默地站在郑力仁旁边，同情地看着他。

第十五章 走进时代

"华中人民大学 1951 年元旦迎新晚会现在开始！第一个节目：大合唱《团结就是力量》，演唱：本校教工合唱团，指挥：严修齐。"新落成的学校大礼堂舞台上，在灯光照射之下，被红色大幕映衬着的夏安琪，甫一登台亮相报幕，立刻引起台下的观众一阵骚动。

"哎哎哎，兄弟，你看看，这是谁呀？是我们学校的学生吗？""不像，应该是外边文工团请的专业演员吧？""不知道，化了妆，认不出来。""哎？你仔细看看，好像是中文系的新生哦。""哎！对哦，是她，我们经常在操场上和食堂里见到她。""哇！这么漂亮啊！真是我们学校的一枝花呀！""怎么？感觉你对她好像有什么想法啊，哈哈。""哎呀，你还莫说，不光人漂亮，打扮也时髦咚，听说是家在汉口的一位大小姐。""不愧是我们汉口的姑娘伢，蛮有气质，蛮有味。"……大礼堂里充满了嘤嘤嗡嗡各地口音的议论赞叹声，

随着红色大幕徐徐拉开，议论声旋即变成了一片惊讶的欢呼声和掌声。台上，学校教工合唱团器宇轩昂地排列整齐，队列中

有拄着拐杖的将军校长，有白发苍苍的老教授，有专业教学的中坚教师，有行政后勤人员，有各系各班的辅导员，都是学生们熟悉而亲切的面孔、尊敬而热爱的老师。看看，看这里，居然还有电工师傅、木工师傅、炊事班的师傅。那里，还有那里，他们是清洁工、锅炉工、校车司机……同学们兴奋地指指点点，在寻找他们见过的教职员工。

团结就是力量，

团结就是力量。

这力量是铁，

这力量是钢，

比铁还硬比钢还强。

朝着法西斯蒂开火，

让一切不民主的制度死亡。

向着太阳向着自由，

向着新中国发出万丈光芒。

在中文系主任严修齐副教授的指挥和学校学生会乐队的伴奏下，教工合唱团雄壮的歌声和铿锵的旋律在大礼堂上空回响，在学生们心中回荡。一曲终了，更加热烈的掌声、欢呼声经久不息。

轮到中文系的节目，仗着人多势众，人才济济，有四五十人参与的大合唱把不大的舞台几乎都塞满了。此时的郑力仁则由学生会乐队的二胡演奏员变成了这个大合唱的指挥，一曲气势磅礴的《打败美帝野心狼》随着最后一个刚劲的休止符收尾，引发了全校师生排山倒海的口号声："打倒美帝国主义及其走狗！""抗美援朝，保家卫国！""中朝友谊万岁！""中国人民志愿军万岁！"几乎掀翻大礼堂的屋顶。

而中文系的女声小合唱《全世界人民团结紧》则把台上台下变成了欢乐的海洋，在事前谋划好的几个不同方位的观众席中"占领"了有利位置的中文系男生们，随着"嘿啦啦啦啦嘿啦啦啦啦，嘿啦啦啦啦嘿啦啦啦啦，天空出彩霞呀，地上开红花呀"，便将偷偷准备好的大红粉红与金色相间的纸花举过头顶，有节奏地挥动；随着"全世界人民拍手笑，帝国主义害了怕"，则是有节奏地拍手；随着"全世界人民团结紧，把反动势力连根拔那个连根拔"，又是用力地跺脚。如此，等到台上女生唱到第二遍的时候，台下的观众全部都掌握了"要领"，也是一起跟着拍手，一起用力跺脚。郑力仁侧身站在台前，左手指挥台上合唱的女生，右手指挥台下配合的观众，把整个晚会的高潮推向了顶峰。

随着夏安琪的报幕，各系自编自导自演的节目各展其能，各显其长。这是华中人民大学成立三年多来第一次成功举办如此场面恢宏的晚会，同学们也是第一次相互感染、如此投入地融入这盛大的联欢之中，激情的歌声唱响在新年的前夜，欢乐的笑声回荡在学校的上空。

晚会结束了，一些精力旺盛的学生依然恋恋不舍，不愿离开。反正明天是新年元旦，放假一天，不用早操和上课，于是大家商量着把舞台下观众的条凳挪到靠墙的位置，欢快地跳起了大学里正在流行的苏联式集体舞，一支接一支的迎新舞、狂欢舞、团结舞、青年舞。

这是个伟大的年代，新中国自由的空气吹拂着他们的心田，新中国青春的热血流淌在他们的血管，他们欢欣鼓舞地追求着创造中国繁荣未来的理想，他们信心百倍地肩负起建设国家美好明天的重担。

夏安琪还没来得及卸妆，就在人群中到处寻找郑力仁。她对自己今天的表现很满意，对今天晚会的成功很兴奋，对郑力仁策划的节目很佩服，也对她和郑力仁最后表演的朗诵剧《孔雀东南飞》中的真情配合很感动，所以，她急着要见到他。终于，在后台角落里看到了他，只见郑力仁还是剧中府吏焦仲卿的汉服古装打扮，神情沮丧，无力地坐在一把道具椅子上。"哎呀，你在这儿呀？我找了你半天。你怎么啦？戏服都还没换哪。"本来神采飞扬的她发现郑力仁状态不对，便关心地把手放到他的额头探了探，"没有发烧呀？你到底怎么啦？告诉我好么？"边说边蹲下来，抓着郑力仁的手温柔地摇摇，询问道。

郑力仁无精打采地说："唉！我说我不要和你演这出《孔雀东南飞》吧，你非要我和你一起演，演得我心里很难受，引出了我太多的心事，到现在都平复不下来。我怎么觉得我就是那个焦仲卿呢。"

"力仁，你这个感觉是对的。虽然你和焦仲卿的情况不太一样，但你和焦仲卿都是封建婚姻制度的受害者，所以，你不能再像焦仲卿那样软弱，那样逆来顺受，必须要有反抗精神，要彻底挣脱伯母……不，是反动的封建礼教套在你身上的婚姻枷锁！我会以实际行动支持你，我等着你。"夏安琪说着，动情地握紧了郑力仁的手。

郑力仁知道夏安琪其实并不明白自己心病的症结，所以不知道如何接她的话头，只得茫然无语、两眼呆滞地看着舞台下的场地上那些无忧无虑欢歌起舞的男女同学们。

上大学后第一个寒假回家，郑力仁感觉非常孤独和无聊。由武汉乘车抵达樊城之后，他坐船顺江而下，先去津口区政府拜会严治平副区长，却只见到李学文。李学文告诉他，严副区长已经被调到外地任职了。回家路过孟营学校想看一看，所有老师、学生还有刘易昌也都放假离校了，校门紧锁。萧启良和刘金旺听说他回来之后，代表乡政府礼节性地到家里来看望他，而和自己家里关系非同一般、又是作为副乡长的孟尚义却没有露面，这于公于私似乎说不过去，但萧、刘二人闭口不说，郑力仁也不便问。刘金财、张正强、孟玉兰这几位学校的老同事闻讯结伴到家里来，虽然见面谈笑甚欢，但似乎也在极力避免提到孟尚义这个话题，令郑力仁很是纳闷。

郑力仁闲来无事穿过南门楼到集市上去走走，街道两旁都贴着"抗美援朝，保家卫国"这类的标语，墙上刷写的更多的是"坚决镇压反革命""彻底揪出敌匪特""肃清国民党残余势力"等口号。假装无意地闲逛到孟家台子，台下依然是熙熙攘攘摆卖物品、购置年货的人群，台子上的百货店和日杂店也还是人来人往、进进出出，而孟家大屋门前则无人、无声、无息，甚是诡异，好像谁在那里划了一道无形的界限。蓦然抬头，只见孟家大屋的两扇大门正中贴了一幅《镇压反革命 保障好光景》的宣传画，既像一纸封条，也像一道符咒，煞是刺眼。这是谁干的？这么个贴法，大门不能开，也不敢开呀！郑力仁惊讶地张大嘴愣在那里，几个熟人从旁边走过和他打招呼，他都没有反应。

还是从县城放假回家过年的父亲道出了事情的原委：几个月前孟营乡开始划分农村阶级成分，一无所有的独姓外来户郑家毫无疑问被定为"贫农"，孟尚义则理所当然地被划为"地主"，用当地人的话说，叫做"成分很高"，加上民兵大队长洪大宝一直对孟尚义担任副乡长耿耿于怀，于是就联合一些人，一而再再而三地给区政府、县政府写控告信，坚决反对地主分子混入革命队伍，掌握人民政权，并揭发其兄孟尚儒在一九二几年就加入了国民党，是历史反革命，因此孟尚义就是历史反革命家属、暗藏的特务间谍、国民党残余势力等。政府最后撤销了孟尚义的副乡长职务。百货店、杂货店、磨坊倒是还在经营，只是由孟尚贵在出面帮忙打理，但孟尚义夫妇好像再也没有在人们视线里出现过。

"孟先生这个叫孟尚儒的哥哥我见都没见过，隐约听说有这么个人，当年离家追随孙中山先生北伐，好像再也没有和孟先生或者其他什么人联系过，到现在是死是活都没人知道。那幅'门神'宣传画就是洪大宝带着人去贴的。怎么能干这种缺德事呢？老两口进出都不方便呐。唉，真是让人难以接受哇。"郑守礼伤感地说道。

更让郑家父子俩难以接受，也让孟营乡的父老乡亲若干年后都还一直谈论也难以接受的是，几个月后，孟尚义因杀害革命干部洪大宝，以"现行反革命""国民党特务"等罪名被当地公安机关镇压。

而坊间人所共知的说法是，孟尚义被撤销副乡长职务之后，洪大宝作为民兵大队长，经常以工作为名到孟家大屋去训话，甚至以调查审问为由，把孟尚义弄到庙台子上乡政府的一间空屋里关上个一两天。这么一来二去，就认识了从襄阳带儿子回孟营婆家的孟琨妻子，并发现她经常对孟尚义夫妇很不耐烦，有时还会在他面前发发孟家的牢骚，揭揭孟家的短，甚至抱怨自己的丈夫，这当然引起了洪大宝的好感和共鸣。本来他早已风闻孟琨有个漂亮的老婆，既然她和自己还"很聊得来"，当然不能轻易放过，几次眉来眼去，就与这个颇有姿色的城里女人之间有了那么点儿意思。

这天，恰逢五月麦收"双抢"季节，各家各户都从早到晚扎在麦地里，忙在晒场上，孟琨妻子正好自己一个人又带着孩子回到了孟营，洪大宝便有目的地又把孟尚义叫到乡政府关押起来，趁着后半夜，从事先留好的后门溜进了孟家大屋。梅姨睡意浅又惦记着老伴，隐约被什么动静惊醒，起身察看，洪大宝惊惶失措，只穿了一条短裤，冲出后门从后院翻墙而逃，攀着墙外的一棵歪脖子柳树就往下跳，没想到这歪脖子柳树下堆放的是郑家此前租住的两间杂物房拆掉的旧木料，腐烂的梁、柱、椽上都是锈蚀的铁钉、铁钩，洪大宝恰巧跌落在上面，被锈钉子扎在了要害部位，他想叫人却又不敢喊，忍痛爬行了一段就疼昏了过去。等第二天被人发现的时候，洪大宝因失血过多已死去多时。现场爬行的血迹和几乎光着身子的尸体引发出各种传闻，轰动了全乡、全县，很多天后还有一些人专程好奇地到死亡现场指指点点。

公安局的现场勘查结论，认为洪大宝是意外死亡，根据勘验细节，心照不宣地不提及死亡原因和背景。但因参军作战受伤转业到汉宜县公安局的洪二宝则不依不饶，不断向县公安局领导和上级公安机关反映，坚称孟尚义是暗藏的国民党间谍，一直伪装成"大善人"蒙骗革命群众，对洪大宝揭发他并被撤销副乡长职务怀恨在心，便设计杀害前去执法办案的革命干部，是反革命特务分子向新中国猖狂进攻的典型案例。

很快，孟尚义被执行枪决；孟琨失踪不知去向；百货店、杂货店、孟家大屋作为国民党特务联络站被查封没收；孟尚贵夫妻被赶回孟岗村，梅姨被赶到斜对过的磨坊栖身；孟琪从驻守川西某部队被押回，与母亲在磨坊相依为命。

为此，郑力仁对于自己所熟悉甚至非常亲近的孟家瞬间发生的这一系列难以想象的剧烈变化，在极其伤感之余始终想不明白，更是难以接受，思想上有完全转不过弯来的迷茫之感。以至于在后来每逢暑假、寒假回家的时间里，除了郁闷地帮家里干干农活，做做家务，向孟玉洁学习擀面做面条、蒸包子、摊煎饼、烙锅盔馍之外，就是到汉江边散步，去西门楼发呆，有时会在爹还没有回家的日子去县城陪爹聊聊天，或者会会同学，但都会刻意绕行，不敢路过孟家台子和孟家磨坊。

这类变故也使得郑力仁觉得没必要再与乡政府有过多的联系，和乡里领导的关系也慢慢淡了下来。刘易昌似乎比他更了解孟尚义和孟营的情况，但见面从不谈论，只叙旧，连他自己曾为之心动、大为欣赏的孟瑶也不再提及。郑力仁曾给已经从部队调整转业、到河南《大河日报》做记者的龙德安写信谈到孟家的剧变，提及自己的苦闷，但龙德安的回信似乎都只是客观地叙述他在各地采访的所见所闻，包括类似孟家的事例，只讲平铺直叙的故事，几乎没有做任何直接回应和评论。

郑力仁觉得自己慢慢少了一些激情，多了一些理性，少了参与同学辩论，多了独处自省思考，每天上完课都会带着这种无以名状的心情，一头扎进图书室深研苦读。似乎在某一天，郑力仁突然发现自己作为新中国培养的大学生，居然有些跟不上社会形势的发展，居然几乎踏不准国家前进步伐的节奏，这不能不说是知识结构的缺陷，是思想认识的缺点。他真诚自省，无论是从历史经验还是历史发展过程看，这些革故鼎新的措施都是必需的；无论是从掌握政权还是巩固政权角度讲，这种疾风暴雨的革命行动都是必要的，但自己应该怎样去理解、怎样去适应并顺应历史潮流呢？他因此觉得不能仅仅满足于对于中国古典文学的学习，不能仅仅满足于对于中外文学历史的了解，绝不能再钻在故纸堆里，沉溺在对过往的历史认知中，陶醉在梦幻的文学情节里。必须要了解政治，知晓时事，把握时代跳动的脉搏，掌握社会进步的动态，唯如此，才能成为一名真正合格的大学生，才能成为对国家确实有用的人。

郑力仁的手头从此多了马克思、恩格斯、列宁、斯大林、毛泽东的著作和艾思奇的《大众哲学》之类的政治书籍，在图书室里会更多地去翻阅《人民日报》《新华日报》《解放日报》《光明日报》等报纸杂志关注时事，与同学们之间也更多讨论或是争论社会运动、政治方向、国家政策、社论精神，并开始改变文风，为学校的宣传栏撰写政论小评，当然，文中还是会信手拈来地植入他所擅长的历史典籍加以佐证。当轮到他主办宣传栏时，他不再画些花草山水作为插画配图，而是参考模仿时事画刊上的宣传画，配以时政性很鲜明的图案和符号。

赵森和他开玩笑说："力仁兄，你这架势，你这架势，啊，完全是在抢我们政治系的饭碗嘛，要不干脆你转到我们政治系来算啦。"

郑力仁还真把转系当成一回事，专门去找系主任严修齐老师提出来。严修齐告诉他："我们的现行教育体制和人才培养目标，是严格按照国家计划开展的，学生不能申请转系，学校也无权批准转系。不过我认为，学习文学专业和研究政治哲学并不矛盾，甚至可以涵盖其中，比如毛泽东同志《在延安文艺座谈会上的讲话》就把文学文艺与为社会大众服务、为政治服务很好地结合起来了嘛，他所提倡的'古为今用、百花齐放'的文艺革命化精神，就是为你把最擅长的古典文学与现实社会如何紧密结合指出了一条光明大道嘛。你去找出来读一读，揣摩揣摩看是不是这样。"随后又告诉他，"最后两个学期的课程我要给你们讲《革命文艺理论与创作》的写作课，应该符合你的想法。"

根据严修齐老师的讲课内容和授课进程，郑力仁从学校图书室和夏安琪家中藏书借阅了大量中国当代作家的文学作品、苏联小说以及西方文学名著。很大程度上，他现在已经不是在阅读，而是在研究，而且重点是在研究作者的生平经历和作品的创作背景，并据此研究作者的世界观和创作观，来印证革命文艺理论的观点、方法、立场。所以，每次在严修齐老师的课程讨论中，他都不会就作品而讨论作品，就写作方法而讨论写作方法，而是举出经典作品或者新发表的热门小说，来试图分析作者世界观和创作内容之间的关系，试图论证作者的政治立场和作品所表现的政治态度。同学们从一开始搞不懂，不理解，到接受这种思路，进而很感兴趣地参与研讨，乐在其中，又形成了一个新的学习导向。而郑力仁也从大家不同的观点、质疑甚至反对意见中获得了很多灵感。

每当此时，严修齐都会很专注地聆听，给予的课堂点评是："根据（50级）一班的课堂讨论，你们用世界观、哲学观来研究分析文学作品的特点和创作思路，都很有新意，拓宽了中文系学生学习、理解、评析文学作品的思维路径，也符合文艺创作革命性、政治性的理论要求。"这一结论，使得郑力仁一生的业务工作和学术思维都受其影响。

这天，郑力仁又从图书室借阅了几本这一类的书刊刚走到宿舍门口，碰到李太行举着一封信叫住他："力仁，你的信，河南来的。"

"咦？不是一直由夏安琪负责取信吗？怎么是班长亲自去拿？"

"我从系办公室出来正好碰到夏安琪，顺便帮她把男同学的信件带回来。哦，对了，冒昧地问你一下哈，给你写信的这个'《大河日报》龙德安缄'是不是曾经在中原野战军做随军记者的龙德安啊？"

"是他啊？他是我的中学同学。你认识龙德安？"

"真的是他呀！我在中原野战军宣传部见过他两次，印象比较深，部队首长称赞他有很敏锐的新闻眼光和宣传头脑。看来你们这些同学都是才子呀！请你在回信中代我向他问好。"

郑力仁高兴地回应道："嗨！真是想不到哇，都快毕业了才知道我们还有这个缘分。德安和你一样是军队大裁军后调整到地方报社的。"

"真希望能和龙记者再次见面。"李太行握了一下郑力仁的手，接着告诉他，"还有一件事要通知你，刚才系里召集我们四个毕业班的班长开了个会，讨论下周举行的毕业论文开题汇报会的计划安排。严修齐主任提出要探索一个新的教学模式，由四个毕业班的同学打乱分班，混合举行，用一天的时间集中交叉汇报，向全系的同学介绍各自的论文要点，其实这也是一次研讨交流，互相观摩，取长补短的学习过程。大家一致同意由你这位一班的学习委员打头炮，第一个介绍论文要点。"

第十六章 分配

　　毕业论文开题汇报会又回到了开学典礼时的综合大教室里，中文系一百多名即将毕业的同学们再次混合而坐，大家嘻嘻哈哈地打着招呼，各自东张西望地拉人坐在一起，互相询问毕业论文的题目、立意、内容、结构。夏安琪拿着一叠稿纸，挤坐在郑力仁旁边。

　　严修齐带领着几位老教授和骨干教师坐在面向讲台的第一排。

　　郑力仁根据安排，第一个登上讲台做论文开题汇报："尊敬的各位教授、老师，亲爱的同学们：我今天有幸第一个在此抛砖掷瓦，意在引出金玉满堂，也恳请得到老师和同学们的批评指教。我初步考虑的论文题目是《论世界观和创作的关系》，这是一个文艺理论问题，核心要义在于文艺有它的特殊规律，不能只满足于一般的文学评论，也不能只限制于一般的哲学命题。所以，本文的立论是：正确地认识或考察艺术家的世界观和创作的关系，不论在研究古代作家及其作品上，还是在现代文学的理论和实践上，都具有极其重要的意义，世界观和创作的关系问题直接关系到我国人民文艺事业的发展和繁荣。"他稍作停顿，观察了一下同学们认真专注的神情，"该论文结构计划分为三部分：一、艺术家世界观的内在矛盾；二、艺术家世界观和创作的矛盾；三、现代艺术家创作中的矛盾。在整个写作过程中，用于本论文分析评论的目标作品有：外国的巴尔扎克、托尔斯泰、阿扎耶夫、杜金采夫等，以及中国古代的曹丕、杨素和现代的萧也牧、陈登科、白刃等人的文学作品。"

郑力仁结构清晰、层次简明、论点明确的开题汇报获得在场师生的热烈掌声。一回到座位，夏安琪就悄悄地靠紧他，并用胳膊肘轻轻拐了他一下表示祝贺，同时递给他一份稿纸。郑力仁一看，是夏安琪拟的论文开题汇报提纲《论文学创作与教化育人》，便竖起大拇指表示赞赏，随后轻声说先听其他同学的开题汇报，下课后再和她讨论。

下午，夏安琪的论文开题介绍也获得了成功，这既有自己的天赋和努力，也有郑力仁的影响和帮助。夏安琪本人的志向是当老师教书育人，最开始并没有想到要写有关文学创作方面的论文，而是想借助郑力仁最擅长的中国古典文学和文学史知识，与他共同探讨，来写中国传统教育得失方面的研究，但后来郑力仁转变专业风格，把严修齐老师《革命文艺理论与创作》的课堂讨论搞得引人入胜，加之了解到他在准备与创作有关的毕业论文，因此也把兴趣和精力转向了文学创作课题，并探究其对教化育人的影响。

这里面更深层次的原因其实是感情因素。已经有两年了，当夏安琪从郑力仁口中得知其结婚的消息后，就深深地为他抱不平，也一直鼓励他反抗不道德的婚姻，摆脱封建枷锁的桎梏。作为一个女孩，她也公开承诺做他的坚强后盾、精神支柱和感情依托，然而，郑力仁似乎对改变这种婚姻状况无能为力，对她的建议和支持也无所适从。虽然她知道学校的男同学给自己取了个"美女加才女"的雅号，也知道很多男同学，包括班长李太行也对她仰慕已久，但还是觉得郑力仁多才多艺且富有内涵的魅力是其他人所不具有的，就这一点，郑力仁在她心目中的位置谁也取代不了。

所有毕业班的学生都在准备毕业论文，没有上课的纪律要求，时间自由支配。尤其到了周六晚上，有本市回家团聚的，外出走亲访友的，出去谈情说爱的，相约郊游野营的，能留在学校过周末的人不多，校园很安静。此时，宿舍只剩下郑力仁一个人，他穿着背心短裤，坐在床沿伏案修改完论文，便顺势躺到床上拿起一本高尔基的《母亲》翻看了一会儿，又了无兴趣地把书摊在胸前，眼睛盯着天花板发起呆来。

"笃、笃、笃、笃……"有人在敲床头的窗户玻璃，同时听到女声轻轻喊着："力仁，力仁。"

郑力仁翻身坐起来一看，是夏安琪，只见她在窗外向他招招手，并朝学校大门外指指，示意他跟她一起出去走走。

"又要讨论她的论文，还真执着认真。"郑力仁边自言自语边换条长裤出了宿舍，只见前面路灯下的夏安琪身穿鹅黄色的碎花翻领短袖衫，配着一条白色的百褶裙，脚上是白袜白凉鞋，身材婀娜，线条优美，长发飘飘，步履轻盈，在圆月、路灯、校门、林木的陪衬下像是一幅画。摇着蒲扇的门卫和先后走出大门的夏安琪、郑力仁打着招呼。

走到湖边，郑力仁赶上了夏安琪："哎，你怎么还在学校呆着，没有回汉口么？"同时也闻到她洗完头发后散发的淡淡香皂味。

夏安琪答非所问地反问道："马上就要毕业分配了，你是怎么想的嘛？到底有什么打算呢？"

"当然是服从国家分配咯！"郑力仁回答得很干脆。

"我是问你自己的那事到底怎么处理。这件事非常关键，既关系到你一生的前途，也关系到我们两个人的命运，还关系到我们的毕业分配，你知道吗？所以，我今天特意不回家，留下来要好好和你谈谈。"

"这事啊……这事……真为难死我了，我都不知道我妈那一关怎么过，还有那个孟……她人很老实，我真的会辜负你的一片心呐！"郑力仁哀伤地仰望着天上的明月，像是在祈求月老给个出路。

"力仁，你别这样，我们一起想办法，但你自己一定要当机立断，不能再拖了，我真的觉得你只有跟我在一起才有真正的幸福。"

"安……安琪，你是全校都公认的漂亮又有才华的好姑娘，我也知道暗恋和追求你的人不少，有的相当不错，你真的要认真考虑。我一个结过婚的人哪有资格……"

"我不管！"夏安琪轻喊一声，猛地把郑力仁拉向自己的身体，随即用柔软的双唇堵住了他的嘴。

青莲湖面倒映的圆月被缓缓飘过来的白云遮住……

"郑力仁，严修齐主任让你去一下系办公室。"辅导员庄丽丽老师到宿舍来通知他，然后陪他一起往办公大楼走去。

走进系主任办公室，正在翻看学生档案材料的严修齐笑容可掬地站起身招呼他们坐下来，然后走过去给他们倒开水。这一刻，郑力仁忽然感到像是去津口区政府见严治平副区长那一幕的翻版。

严修齐谢绝过来伸手帮忙的庄丽丽，递过水杯说："郑力仁同学的毕业论文水平相当不错，评议组的老师们全都给了'优'，其他还有李太行、夏安琪、吴明亮等相当一批同学的论文质量都很高，说明郑力仁这个学习委员当得好，庄丽丽辅导员带班带得好嘛，哈哈。"

庄丽丽不好意思地笑笑："这可都是主任、教授们的功劳。"

郑力仁觉得既害羞又兴奋，脸都红了。

严修齐拿起一纸红头公函对郑力仁说："有关部门来函，要我们学校分配一名优秀毕业生到西北石油工业专科学校工作，我们系里领导和庄丽丽老师研究来研究去，还是认为你最合适，你觉得怎么样？"

庄丽丽老师望着郑力仁点点头。

"西北石油工业专科学校？在哪个地方？是做什么的？我去那里能做什么工作？"郑力仁不明所以，颇觉意外地问了好几个问题。

"是这样的，我们向苏联老大哥学习，今年已经开始实行第一个'五年计划'，掀起了社会主义建设的新高潮，发展国民经济，完善工业体系，重中之重就是要改变石油工业'一穷二白'的面貌，甩掉中国'贫油'落后的帽子，坚决不能被以美帝为首的西方资本主义国家用石油能源卡我们的脖子。目前，我们已经在西北多地勘探发现了石油，而西北石油工业学校就是我国在西安设立的第一所培养石油专业高级技术人才和管理人才的高等学校，国家很重视，岗位很重要，来函所提要求也很高，所以，系里研究认为，你最符合他们的条件。"

看着郑力仁还在茫然发呆的样子，严修齐继续说："力仁啊，你在汉口中学时就是我欣赏的好学生，根据你在家乡办学的能力和表现，加之你在大学这三年的学习成绩和综合水平，你一定能胜任这个工作岗位并会有所成就。听说你祖上好像和西安也有一些渊源，那你肯定会喜欢上古城西安的生活，西安可是十三朝古都哦。"

郑力仁听完默默点着头，但还是没有回过神来。

毕业分配方案敲定，一切服从分配，一切听从安排，谁都没有讨价还价的余地和权利。郑力仁是应重点单位的招调专函优选考虑确定的，其他几位好友如李太行分配在《江汉日报》社，吴明亮自然是回到湖北省公安厅，赵森留校，吴宝强分配到江西南昌刚刚成立的中南体育学院，王长河分回河南洛阳筹建中的东方红拖拉机厂，夏安琪居然有缘且如愿地回到母校汉口中学当老师，其他同学都根据国家需要分配去到天南海北。同学们意气风发，斗志昂扬，听从祖国的召唤，分赴四面八方，积极投身到伟大的社会主义建设的滚滚洪流之中。

郑力仁决定先回孟营安顿好母亲、妹妹，当然还有妻子孟玉洁，而且一定要给父亲汇报并商议如何兼顾好西安工作与家庭老小的关系。毕竟自己是郑家男丁的独根独苗，忠孝两难全，毕竟西安距离汉宜有上千里之遥，交通相当不便利，若不妥善安排，他也无法放心离家，无法安心工作。当然，他也还想在离校之前见见夏安琪，好好跟她解释解释自己家里的老老少少、里里外外只能依靠孟玉洁，同时要赶紧把还没有还的两本书拿给她。但夏安琪这两天像是失踪了似的，操场上、食堂里、图书室都见不到她，到女生宿舍去问，同宿舍还没走的女同学嘻嘻哈哈地反问："你都不晓得她在哪儿，我们哪里又会晓得呢？"

"那她可能已经离校回家去了。"郑力仁嘟哝道。

就在郑力仁要离校的那天下午，李太行、吴明亮、赵森和夏安琪突然出现在他宿舍，说是他们留在武汉的几位一定要来送他过江到汉口长途汽车站。郑力仁感动得分别与三位男同学拥抱拍背，轮到夏安琪，他红了脸愣在那儿，不知道怎么个表示法，夏安琪则两眼死死地盯着他。吴明亮、赵森见状幸灾乐祸地起哄："拥抱一个！""吻别！"李太行没有任何表示，只是站在旁边看看夏安琪，又看看郑力仁。

郑力仁故做洒脱地对这几位男生甩甩手说："还没到正式道别的时候哈，就知道瞎起哄，赶紧帮我提行李是正事。"似乎又不经意地和夏安琪深深地交换了一个眼神。

大家七手八脚地帮郑力仁拿上来校报到时的藤条箱和行李包

裹，嘻嘻哈哈地走出校门。在公共汽车上，在渡江轮船上，大家亲亲热热地有说不完的话题，叙不尽的友情，回忆学校生活，笑谈轶闻趣事，展望人生未来，并打趣地称郑力仁是往"西天取经"，还"要求"道："是不是到时候给咱们写一本《西游记》或者是《西行漫记》呀？"

郑力仁几次想要把专门拿在手里的《牛虻》和《钢铁是怎样炼成的》还给夏安琪，都被她暗中摆摆手并用眼神制止了。自此，郑力仁将这两本书珍视为夏安琪赠送的毕业留念，由武汉而西安，再由西安而北京，乃至由北京因为各种因素无奈再回到汉宜，都随身携带。但最后，《钢铁是怎样炼成的》被红卫兵小将从他在汉宜县教育革委会的宿舍中查抄走，《牛虻》因大儿子偷偷带到课堂上看，被孟营学校的"造反派"老师发现，斥为"大毒草"而没收，实际是占为己有。

由汉口到樊城的长途汽车是夜车，晚饭由夏安琪请大家在大智路的"老通城"吃三鲜豆皮，喝桂花米酒，算是五位同学的毕业聚会。

郑力仁登上长途汽车向站在检票口的同学们挥手告别的一瞬间，心中忽然涌起一阵难以名状的不舍和挥之不去的痛楚：再见了，我亲爱的同学们！我们以后还有可能再见面吗？再见了，培养我成长的武汉！我还有机会再回到这里吗？再……再见了，亲爱的夏安琪同学，恕我不能答应你的要求，因为我无法改变自己的命运，我辜负了你的真心和痴情，我只能深深地忏悔，并致以最真切的歉意！随之，两行热泪情不自禁地夺眶而出，模糊了他的双眼。

夏安琪没有向郑力仁挥手告别，她痴痴地望着他在暮色中走向汽车的背影，突然侧着身体双手捂住脸颊，情不自禁地抽泣起来。李太行一边朝郑力仁挥手，一边关切地注视着双肩抽动的夏安琪。

　　郑力仁从汉口抵达樊城之后，马不停蹄地直接赶到汉宜县城济世中药铺，已经是下午时分，看到父亲和周世泽老先生都正在微闭双目给病人把脉，周利怀赶紧迎上前接过行李，放到柜台里边，把他引到候诊位坐下来，随后端来一碗茶。

　　片刻，周老先生笑容和蔼地踱着步走过来："哟，久违了啊大秀才……哦，不，你现在可是我们汉宜的状元爷呀，有年把没来我这小铺子了，这是回来过暑假呀？"

　　郑力仁恭恭敬敬地站起来鞠个躬："周老先生您好！我已经大学毕业了，根据国家需要分配到西安工作，那里离我们汉宜很远，所以我就直接先来找我爹商量些事。"

　　"西安啊？我年轻的时候去过，所谓十三朝古都出人才，好地方！也所谓皇天后土起皇陵，好风水！应该恭喜你呀！"

　　"好是好，但我爹就我这么一个儿子，去了西安就没办法照顾家里了。"郑力仁满脸是掩饰不住的忧虑。

　　"嗯，这倒是个问题，尤其对你这个大孝子来说更是个大问题。"周世泽老先生看着给病人抓完药走过来的郑守礼说，"守礼啊，正好也该你休两天假了，你陪你家状元回家，一起好好商量商量，这都是大事。利怀，你把力仁的行李箱笼挑上，帮他们送回孟营。"

　　在回孟营的路上，郑力仁向父亲详细报告了毕业分配的情况和工作单位的性质，但更多则是谈到自己远离家庭后的担忧。

　　郑守礼对儿子说："国家刚起步有困难，需要人才，你是国家培养的人，当然要服从国家的分配。西安是个好地方，我很为你高兴，要说起来的话，你这算是回老家了，只隐隐约约记得我们老家就在西安城外，当时闹土匪，我很小就跟着你爷爷奶奶逃难到了襄阳，你两个姑姑还是在襄阳出生的呢。不久日本人打过来，你的爷爷奶奶在逃'日本难'的时候病逝，我后来就去药铺当了学徒，从倒屎倒尿扫地烧水做起。那时人小，没有家乡观念啊，根本没想到要问老家在西安的哪个位置。"

讲到儿子对家里的担忧，郑守礼也很不以为然。他告诉儿子："现在情况好多了，孟营组织了生产互助合作组，地里的农活由互助组一起配合就干完了。乡里对我们很照顾，玉儿又很能干，和你妈你妹妹的关系都很好，我和你妈都很是满意。我呢，在这济世中药铺干得还好，所以呀，家里的事你也不用太过操心，把工作干好就好。"

"但毕竟离家太远，一年都难回来一趟。"郑力仁说。

"好男儿志在四方。你现在的问题倒是……"郑守礼犹豫了一下，看着儿子，"力仁，我知道，娶玉儿真是委屈了你，当爹的一直觉得心里有愧，对不住自己的儿子，但我也无能为力，有些情况也没办法改变。不过呢，通过这三年来的观察，我觉得你妈至少是为我们郑家办了一件正确的事。如果没有玉儿，不要说你这几年去顺顺当当地读大学，就是这家里家外都不晓得会是个什么样子呢。你对人家玉儿一直是那么个态度，但玉儿从来啥都不说，任劳任怨，把家里打理得服服帖帖，把我和你妈还有淑婉都收拾得利利索索，就这样你妈有时候还要对玉儿挑三拣四，人家玉儿从不回嘴，就只是听着。"

对于爹说的这些，郑力仁每次放假回来都感觉到了，也觉得玉儿真的不容易，很有些感激她，但心里就是拐不过那个弯。

看了看沉默的儿子，郑守礼顺着思路说："力仁，解放好几年了，你二爹仍然是下落不明，肯定没有指望了。这样说起来，加上你爷爷，我们三代都是单传，在孟营又是孤家独姓，所以，我希望你和玉儿能给我们郑家来个多子多孙，家庭兴旺。你明白我说的意思吗？"

郑力仁点点头，暗暗记在心里。

孟玉洁看到几个月不见的丈夫陪着爹一起回来，高兴得什么似的，郑淑婉更是兴奋得欢蹦乱跳，跑进跑出，母亲训斥也不管用。玉儿泡好茶给父子俩端过去，赶紧下厨房去做晚饭，当然做的是丈夫最爱吃的擀面条还有摊煎饼，而面条则是郑力仁的终生至爱。

晚饭后，一家人和和美美地在门前的小院子里纳凉，聊了一会儿天，村子里已是灯光全无，万籁俱静。关上房门就寝前，看着昏黄的油灯下整理完床铺又整理衣物的孟玉洁，郑力仁好像是第一次发现自己的妻子其实很美，并不亚于孟瑶，也不输给夏安琪，甚至另有一番柔美的韵味。"玉洁，别忙了，累了一天，快上床休息吧。"

孟玉洁第一次听到丈夫叫她"玉洁"而不是直呼其名，并且是用那种从没有过的关心和温柔的语调，她那洁白的脸庞腾地红到了耳根，心儿通通地狂跳起来。她顺从地吹熄灯，钻进蚊帐。

无月的星空下，孟营很祥和。不远处的汉江在无声流淌。

第二天早上，孟玉洁居然破天荒地起晚了，郑母居然也没有过来敲门催她起床，还把早饭小米粥熬好了。父亲去街上买了几根油条。

刚吃完早饭，门外传来柔和的问询声："力仁回来了？"

声音很熟悉，大家面面相觑，赶紧迎出去，只见梅姨身着合体的旗袍，衣襟上依旧别着配套的手绢，仪态安详、表情和蔼地站在院子里，一脸慈爱盯着朝她走来的郑力仁，同时伸出双手握住他的手臂仔细打量着。孟玉洁叫了声"姑"，过去和丈夫一起把梅姨搀进堂屋里坐下。

梅姨的眼光始终没有离开郑力仁："力仁，听说你回来了，算算你应该是大学毕业了，我想了想啊，说什么也要过来看看你呀。你几次放假回来都没去见你梅姨，我天天守在门口，哪怕能看到你的背影也好啊，但我没能看到。我知道你上街都要绕开你梅姨的家。"

郑力仁窘得满脸通红，低下头来，梅姨爱怜地看着他："孩子，你莫觉得难为情，我不是怪你，我理解你的难处。你就是去见你梅姨，又能说些什么呢？梅姨我又能跟你说些什么呢？别人又会说些什么呢？你不见我是对的。我今天来，一是无论如何也要看看你，你是国家的人了，以后还能不能再见上面就难说咯。二是我一定要跟你说，你妈给你们郑家和我们孟家都做了一件大好事。你要是娶了瑶瑶，不知道要受多大的牵连呢，那你梅姨我不是在作孽吗？孩子。"又拍了拍蹲在她身边一直拉着她的孟玉洁的手，接着说，"力仁啊，你娶玉儿是你的福气呀，也算是你梅姨我积了功德。你对玉儿好，就是对瑶瑶好，就是对得起你梅姨了。"

孟玉洁抱住梅姨失声痛哭，郑力仁此刻也是泪流满面。

第十七章 新生活

按照毕业分配通知书上规定的报到时间，郑力仁在家待了半个月，安顿好家中诸事，先从樊城坐上长途汽车往北进入河南，在南阳转车抵达洛阳，再由洛阳转车，便一路向西驶向西安。

一路默默看着沿途风景地貌的变化，感受语言风气的差异，回想着妻子依恋不舍的眼神，妹妹拉着自己衣袖哭泣的场景，父亲一再对自己的殷殷嘱托和期望，当然还有母亲对自己到遥远的外地工作表达的不满和不解，特别是到家里来看望的乡政府领导得知自己不在本省本县发展，也不是到政府部门任职所表现出的失望，郑力仁真正开始感到来自家庭和社会各方面的压力。而自己作为一名男子汉，当孤身一人离开自己生长的土地，离开自己熟悉的人群，踏入完全陌生的未知环境时，竟然无法抑制地产生了一种孤独感、茫然感甚至畏惧感，这使他忽然理解了瑶瑶作为女孩，只身在外孤立无援那种无助的心境，也忽然悟出了他和孟玉洁的结合对于无依无靠的瑶瑶是多么致命性的打击。

车窗外闪过树木稀少的黄土高坡和高坡上从未见过的一眼一眼的窑洞，郑力仁知道，西安快到了。古城西安会是什么样子呢？

"西安到啦！"随着车上人的一片欢呼和骚动，假寐中的郑力仁睁开眼睛，只见道路上黄土飞扬，行人、自行车、马车还有骆驼来来往往，已经可以看到远处高大巍峨的古城墙，庄严耸立的古城楼了。这就是秦皇汉武的威严，大唐盛世的辉煌！看来我应该没有来错。郑力仁坐直身子，伸长脖子，贪婪地看着越来越近的西安古城。

汽车从古城南门驶进城去，护城河两岸杨树挺拔，垂柳轻拂。"城墙比襄阳城高大厚重，护城河可是比襄阳窄多了。"郑力仁嘀咕道。

经过辛苦劳顿的长途跋涉，浑身黄土覆盖的汽车终于在西安钟鼓楼长途汽车站抵达终点，郑力仁手提那口上大学时用的藤条箱，背着用油纸包裹住的铺盖卷走出车站，仰头看着蓝天白云下高高耸立的鼓楼，心中萌动着登临怀古的冲动。但几天都没正儿八经地好好吃饭了，填饱肚子为大，经向路人打听，他向钟鼓楼后边的回民街走去。

"天呐！这简直是美食天堂啊！"一走进回民街，郑力仁便被眼前从没见过的景象完全惊呆了，心中冒出无数的感叹号。只见街道两边的牌匾、店招、酒旗五彩缤纷，色彩艳丽，羊肉泡馍、灌汤包子、腊牛肉、烩羊杂、肉夹馍、糊辣汤、凉皮、米皮、水饺、拉面等各种特色吃食令人目不暇接，一家紧挨一家、装潢雕琢极具西北风味和民族风格的店铺门面鳞次栉比，沿街还有五花八门叫不上名的小吃摊，令人无法想象居然会有如此名目繁多的吃食。

"嘿！这可比襄阳鼓楼北街要热闹几倍，樊城汉江边的回民街更是没法跟这儿比呀。"郑力仁心里不由自主地又在作比较，一边走一边看，一边赞叹不已。最后，他转过一个小巷，凭着直觉选定了一家岐山臊子面馆。这种臊子面的特色是大碗宽汤，用蒜苗、洋葱、胡萝卜、黑木耳、肉丁、豆腐丁等众多配料做成既是饭又是菜的美食，是郑力仁从未体验过的。仅此行进入陕西的第一碗面，就使他对西安以面食为主的各种美食小吃印象深刻，终生难舍，也使他在离开西安之后无论调动到北京，还是后来再被调动回到湖北，始终都赞不绝口，念念不忘，以至于他到谁家去做客，只要有面条一碗，便觉满足。

美餐一顿，精神焕发，郑力仁乘公共汽车穿街过巷，又出了古城门，虽然绕来拐去，但很顺利就到达了位于西安南街区大雁塔附近的西北石油工业专科学校。在门卫处作了出入登记，走进挂着白底黑字校名木牌的砖砌大门，可见建校两年多的校园已初具规模，教室、食堂、学生宿舍、教工宿舍都是红砖红瓦的平房，走过铺着煤石渣跑道的简易操场，三层楼的学校办公楼与二层楼的图书馆形成一个"L"造型，环抱着一处有亭、台、花草、树木、小桥、小径的小型花园。

经人指点，郑力仁把行李箱笼放在一楼传达室，先在办公楼三楼人事科办理完一系列报到手续，又到财务科按规定支领工资、餐票之类，再去教务科领取办公用品、教学资料，最后到行政后勤科领取宿舍钥匙，各个报到环节一气呵成。办公楼传达室的小伙子刚从部队转业，很热情，主动帮忙把他所有的行李扛起来送到教工宿舍，郑力仁只好捧着一些书籍资料跟在后面。一个人独居一间宿舍，而且配备有单人床、简单的衣柜和办公桌椅，郑力仁感到很满意，觉得石油系统条件真不错。宿舍是外走廊，有家属的教工在其门口走廊上摆有煤炉、厨具。

郑力仁被分配去的基础课教研室，就在办公楼一楼朝向操场一面的位置，越过窗外的操场就能望见大雁塔。教研室的一间大办公室里加上自己，共有六位教师一起办公。王副教授和郑讲师从学校筹建之初就从西北大学师范学院调来本校，刘老师原为陕西省教育厅教育处干部，杨老师是位中年妇女，此前在西安一所中专学校做国文老师，而戴着近视眼镜的小杜则是比自己早一天从河南新乡的河南师范学院分来的女大学生。办公室一角摆有油印机、蜡纸和成捆的纸张。

大办公室里面有一间小套间，是教研室郝主任的办公室。郝主任是回族人，四十多岁，老家在陕北，根据组织安排进入延长油田开展党的工作，直到全国解放，后被西北石油管理局指派参加西北石油工业专科学校的筹备，建校后留任教研室主任，但他更愿意人家按石油工人的习惯叫他"郝师傅"。曾经是石油行业管理干部的郝主任，由于成年累月与石油工人打交道养成的习惯，行事作风带着石油人的豪迈和爽快，看到本教研室新分来的两位大学生顺利到位，而且通过面谈交流感觉甚是满意，于是高兴地宣布近日找个时间，自己掏钱请教研室全体老师到回民街，给两位学生娃娃接风洗尘。老师们闻言雀跃，鼓掌欢呼。

有聚会当然是最开心的了，才不到两天大家就齐齐约定时间。郑力仁随着教研室全体老师，乘公共汽车又回到印象深刻的回民街，掰着羊肉泡馍，啃着烤羊排，吃着酱牛肉，喝着风味独特的酸梅汤。大家情绪高涨，纷纷向两位新来的大学生介绍学校，介绍西安，介绍陕西。

通过大家七嘴八舌的介绍，郑力仁了解到，西北石油工业专科学校作为一所行业性工科管理为主的专门学校，目前并非属于纯粹的传统型全日制学校，主要是定向培养石油工业系统的专业人才和管理干部，带有行政管理培训教育的特色，而且也不像全日制学校那样有固定的寒暑假，反而在寒暑假期间有各种短期培训任务。基础课教研室的工作虽然不能说是"万金油"，但也不算很单纯，教学课程任务除了给各专业班、培训班讲授语文、哲学、时事、政治经济学之外，还主要负责编辑、刻字、油印《西北石油工业校报》，每逢重要节日和重大庆祝活动，还需要配合校宣传科策划文艺活动、编排文艺节目。郑力仁觉得基础课教研室的工作太适合自己了，很利于发挥自己的特长。

郝主任对自己领导的队伍现在兵强马壮很是高兴，看看大家吃得差不多也聊得差不多，便举杯站起来说："我们回族人是不喝酒的，我今天嘛就用这酸梅汤敬两位大学生娃娃。你们要知道，我们西北石油工业学校可是咱中国第一所专门培养石油行业高级人才的学校，在咱们学校当老师，那就是高级人才的师父，那可是不简单的哩。北京石油学院也是今年才成立的嘛，虽然它是在咱首都北京，是属于正规大学，那跟咱比也只能算是弟弟嘛。所以我就说，你们能分到我们学校来工作，说明你们很优秀，也是你们的光荣，我代表教研室衷心地欢迎你们！"大家纷纷朝郑力仁和小杜鼓掌表示祝贺和欢迎。

郝主任看着大家鼓掌完毕，豪迈地继续说道："为什么中国的第一所石油专门学校会设在咱西安呢？我这个老石油就告诉你们，因为在1905年，当时的清政府批准成立了延长石油厂，而我们中国大陆的第一口油井就是1907年在咱陕北延长县西门外钻探出油的，这可是载入中国石油工业史的哩，被称为'延一井'。我当年就根据党的安排从延安到了延长，说明我们党很早就重视石油工业了，当然现在更加重视石油工业的专门教育事业嘛。知道咱学校的辉煌历史了吧？知道我们岗位的光荣职责了吧？"大家又是一阵鼓掌叫好，气氛甚是热闹。

郑力仁虽然和大家接触时间不长，却不仅没有陌生感，还有种到家的感觉，甚至恍惚觉得西安的这种氛围自己在骨子里早已熟悉。

了解了学校的特色，郑力仁对本职工作上手很快，教学任务很容易完成，并且还喜欢帮其他的老师代课，认为这不仅是给当地有家室或临时有事的老师帮个小忙，也是更多更好地锻炼提高自己的学习机会。他在讲课中结合教学内容经常穿插中国名人典故、世界名著经典，使课堂气氛甚为活跃，深得专科学生、培训学员的追捧。《校报》的"副业"也是其兴趣所在，除了备课、上课和学校活动之外，其余时间他多是扎在办公室里看稿、编辑、刻字、插图、油印，什么都愿意干。关键是做这些工作不仅让他感觉很有成就感，而且觉得沉浸其中，是个很好的精神寄托，这让郝主任对他相当满意。

令郑力仁没有想到的是，这所理工性质的学校居然一直有一个管弦乐队，有几把二胡，几把小提琴，还有手风琴、小号、长号、黑管等乐器，当然根据每届专科学生、每次培训学员的变化而有所不同。郑力仁惊讶石油系统不仅仅只懂得勘探、钻井、炼油，而且文化人才、活跃分子不少，自己作为青年教师，又有一定的音乐特长，毫无疑问就加入了管弦乐队，成为二胡演奏的一员。此外还有集体交谊舞团、合唱团，经常利用课余时间在操场上跳集体舞，在小花园里配器练唱，校园风气非常自由活泼、多姿多彩。有人说，这就是石油工人天不怕地不怕，乐为祖国走天涯的"石油风采"。郑力仁与这些学生、尤其是来自野外作业第一线的培训学员们有一种天然的亲近感，这段经历无疑熏染和激活了他耿直、倔强的内在性格和行事作风，深受大家欢迎。这种风格也在他此后的生涯中鲜明地诠释了何谓"成也萧何败也萧何"！

转眼到了1954年春天，根据学校安排，由基础课教研室郝主任和地质实验室白主任带队，率地质勘探班的学生到汉中一带搞一次实地考察性的春游，郑力仁和实验室韩技术员带现场讲课任务随行。

一行三十人先到了汉中的留坝镇住了下来，第二天早饭后就带上干粮，开进紫柏山进行实地"探险"，此属地质人的专业习惯使然。

紫柏山位于秦岭南坡，是陕西名山之一，大山深处有一望无际的草甸，有数不胜数的形状不规则、大小不统一的坑，称之为

"天坦溶洞"，白主任和韩技术员每到一处现场，就给同学们做地质结构知识讲座。时值仲春，遍地绿草如毯，漫山野花盛开，古树茂密参天，引得见多识广的地质专业师生们也对这神奇的山川地貌、自然景观大为赞叹，留连忘返。有学生嘻嘻哈哈地评论道："可知道山下的镇为什么叫留坝了，留坝就是'留吧'，咱们干脆就留下不走算啦。"

午后从紫柏山下来，路旁一座翘檐耸立，砖雕精美，极具陕西建筑风格的山门上横刻着"汉张留侯祠"，此处便是名声显赫的张良庙。庙前一水和庙后一河成环拥之态，背靠紫柏，二水抱持，山如元宝，庙似翠玉。进得山门，但见庙堂巍然，松柏掩映，古朴典雅，幽静肃穆，大有置身世外、飘然仙境之感。郑力仁踏进这处向往已久的胜地，一边欣赏着历代文人墨客、官吏武将留下的匾额对联和摩崖碑石上歌功颂德的书法文字，一边给同学们做简要的历史知识讲座。

"同学们，张良和韩信、萧何被称为'汉初三杰'，为刘邦的天下霸业立下了汗马功劳。但张良深谙功高不得盖主的帝王之术、权高不宜恋栈的黄老之道，于是这西汉刘邦立国之日，便是张良主动'辞汉'之时。他远离俗尘，退隐到这处紫柏深山老林，潜心修行辟谷成仙之道，因而避免杀身之祸，得以善始善终，所以被后人誉为'英雄神仙''相国神仙'。民国大书法家于右任先生除了在此留有墨宝，还特别赞誉张良是'只做大事，不做大官'。而我们平常所说的'运筹帷幄之中，决胜千里之外'，就是源于刘邦对张良的高度评价。大家都知道这两句话的后面，紧接着还有一句'吾不如子房'。'子房'是张良的字，古人有一定身份者都有名、字、号之类的。"

来到一座大殿门前，郑力仁指着大门上方悬挂的"帝王之师"横匾说："张良能够成为名传千古的大智慧谋士，当然绝不是一夜成名、一蹴而就的。相信大家也都听过或者是读过一些有关张良的传说和故事，成名前最为老百姓津津乐道的是'张良献履'，成名后更有各具传奇色彩的'张良计'，几近神话，但有一点可以证实：中国读书人的人生理想是修身、齐家、治国、平天下、为帝王师，唯张良全部做到而且当之无愧。"讲到修、齐、治、平这几个字，他忽然愣起神来，想到了自己的两位贵人严修齐老师和严治平副区长。

作为陕西当地人的郝主任、白主任则不断向同学们补充讲述陕西一带流传的关于张良的各种神奇传说。

边走边看，"相国神仙"大殿外侧廊柱上的一副楹联引起了郑力仁的注意，上联"富贵不淫，有儒者气"，下联"淡泊明志，作平地神"。他痴痴地盯着，慢慢地揣摩着，想到了张良身后数百年同属旷世奇才、同在汉中建下奇功的诸葛亮，想到了诸葛亮隐居在襄阳古隆中的"诸葛庙"，想到了隆中山门青石牌坊上刻着的"淡泊明志，宁静致远"，想到了父母、妹妹，还有妻子孟玉洁，想到了绕过孟营悠悠流淌的汉江，想到父亲的来信。他想家了，忽然非常想家。

次日中午到达汉中，城中心留存并保护完好的文物古迹甚多，譬如刘邦在汉中称王时的王府所在地"古汉台"、刘邦拜韩信为大将的所在地"拜将坛"之类则是同学们最感兴趣，必须去参观了解、瞻仰登临的历史遗址，郑力仁又根据《汉书》《史记》的记载，结合文学作品的故事，给大家讲得绘声绘色，同时也顺便介绍了"明修栈道，暗度陈仓"这个历史典故的真实出处。

当地政府招待所的伙食安排得不错，中餐、晚餐分别都包括了汉中几乎所有的特色美食和小吃，比如热面皮、粉皮子、浆水面、梆梆面、菜豆腐、锅盔等，令这些学生个个大快朵颐，大呼过瘾。

晚饭后，天色尚早，韩技术员留下照看学生们，郑力仁陪着郝主任、白主任去汉江边散步，昨天在张良庙陡然升起的难以抑制的思乡情怀一直在心中挥之不去，一路上听着郝主任和白主任兴致很高地谈天说地，自己几乎一言不发。三人走到江边岸坡上，坐下来观赏江景山色，西沉的太阳正缓慢温柔地吻向上游的山顶，晚霞把汉江映照得像流动着的巨大金色链条。郑力仁呆呆地看着，百无聊赖地随手捡起身边的一个小土块向江中扔去，像是抛去一件信物。

"咦，我说小郑老师，你今天怎么忽然情绪不高了？这不像你的性格嘛，好像是有什么心事？说来听听。"郝主任关切地询问道。

郑力仁两眼紧紧盯着江面："也没什么大不了的事情，只是我在想啊，我命中注定是和汉江分不开的了，这汉江发源在我们陕西秦岭，家父跟随祖父翻越秦岭顺汉江而下，逃难到襄阳，依旧喝的是汉江水，我大学毕业分到西安工作，现在又坐在了熟悉的汉江边上。工作快一年了，连过年也没能回去，难免想念下游几百里外的家人，说不定我刚才丢进江里的泥土，明天就流经我家呢。"

"哈哈，分不开好哇！你没听我们搞地质的人都把汉江跟长江、黄河、淮河并称为江、淮、河、汉吗？你们家几辈子绕来绕去都离不开汉江，这恰恰是缘分和福分呀。"白主任乐呵呵地说。

"就是嘛，跟汉江有缘说明这是天意，是好事情嘛，不至于情绪低落吧？这些知识分子娃娃真是……叫什么来着？……叫多愁善感吧？怎么，想家了？"郝主任好像悟出什么，关心地询问。

"家父来信说我爱人就要生孩子了，这是我们的第一个孩子，我这么远又回不去。父亲在县城，母亲身体不好，妹妹还在读小学，大人小孩都没人照顾，家里还有分的地要种，母亲的意思是让我向组织申请调回……调回襄阳。"

郝主任听完郑力仁的实情一愣："这样啊？"想了一会儿说，"你是国家分配来的，工作调动不可能随意，也没那么容易，学校也需要你这样的人才。我看这样好不好，暑假期间给你调个探亲假，你回去把爱人和小孩接过来，这样至少解决了你们小家庭的团聚问题，也使你能安心工作，有什么其他困难我帮你向学校申请尽量解决，一举两得，怎么样啊？"说着亲切地拍拍郑力仁的肩膀。

　　郑力仁回握住郝主任温暖的手，内心甚为感动。

第十八章 团聚

盛夏八月，郑力仁在离开孟营一年之后得以回家探亲。

本来青年教师刚工作的第一年按规定只有不超过十天的探亲假，但考虑到要安顿家人并接家属来校，学校特批了郑力仁半个月的假期。即使这样，从西安到汉宜的孟营乡下，来回路程倒车换船紧赶慢赶也得六天，实际在家统共也待不了几天。好在行前写信告诉了父亲具体行程，所以到家时父亲已经提前一天从县城回到家中。

近中午时分到家，一进家门，只见自己三个月大的儿子躺在堂屋中间的摇篮里咿咿呀呀，父亲和母亲坐在旁边摇着芭蕉扇赶蚊子，妹妹淑婉则拿着个拨浪鼓在逗侄儿玩。郑力仁一眼看到自己的儿子长得眉清目秀、皮肤洁净，甚为欢喜满意，便喜笑颜开地赶紧放下手中行李，笨手笨脚地过去抱孩子，这小家伙从他进门听他说话到被抱到他怀里，一直都在静静地盯着他看，好像知道这个人是谁，被他一抱，居然对着他甜甜地笑了，郑力仁的心都被甜化了。

父亲站过来，一边给这爷儿俩扇扇子，一边慈爱地瞅着孙子对儿子说："正等你回来商量给我这孙子取名字呢，我呢倒是想了个名字，叫郑孝诚你看怎么样？一者是讲百善孝为先，做事诚为首，再者排到他这一辈的辈分正好是'孝'字辈。当然啦，你是做父亲的，孩子取啥名最后还是得由你来定。"

郑力仁抱着孩子一直盯住，舍不得移开眼睛，听到父亲的话，想了想："我原本考虑选用古隆中牌坊上'淡泊明志，宁静致远'中的字来取名，但爹取的这个名字更好，听爹的。"

说话间，孟玉洁拎着一筐洗好的衣服满头大汗地从外边回来，看到丈夫已经到家，幸福得脸都红了："哎呦，可莫让他撒尿撒到你身上了。"说着慌忙放下洗衣筐，洗洗手擦把脸，接过孩子去喂奶。母亲和淑婉则去忙着把衣服晾起来。

喂完奶把孩子放进摇篮，孟玉洁赶紧到厨房去洗手和面要擀面条，郑母递给淑婉一些零钱让她到合作社去打醋："记得到合作社是打醋哦，不是打酱油哈。等会儿吃凉面用的醋，是酸的，记住了吗？"

"记住了，酱油酱油醋。"淑婉接过钱，兴高采烈地跑出家门。

"到合作社去打醋？"郑力仁疑惑地问道。

父亲解释道："是这样的，现在我们都把原来分得的土地集体入股成立了农业合作社，我们属于合作社二社，大家一起合伙种地。根据合作社的规矩，玉儿过几天跟你去西安之后，家里就不能再有劳动力的分红了，只有基本口粮。刚才叫淑婉去打醋的合作社呢就是孟先生原来的百货店和杂货铺，现在充公做了孟营农业合作社的商店，说法上是户户合作，人人有份，所以大家都习惯把这个商店叫'合作社'。其实卖的很多东西还是原来封存的孟先生的存货。"

"哦？那谁在具体管理呢？售货员还是原来卖货的伙计们吗？"

"说是合作社的事社员们都有权管，有事共同决定，但还不是几个主要干部说了算？这是个有油水的地方，听说争抢得很厉害，人情关系都安排不过来，怎么可能再请回原来的伙计呢？县公安局的洪二宝以公安民警和'革命烈士'家属的身份强烈要求安排她妹妹洪翠香做合作社的出纳员，还不是就这样决定了。"

郑力仁听到父亲的情况介绍，感到很不可思议："洪翠香？就是在我办的那个速成识字班里混了几天的那个胖姑娘？每次都记不住学过的字，掰着手指头都加不准数字，还不如我们家玉洁呢，竟然能到合作社做出纳员？天呐！这样管理合作社那还不出事？"

父亲轻轻摇摇头叹口气说："那真说不准。"

午饭后，孟玉洁抱上儿子孝诚，郑力仁拎着西凤酒和一些西安特产去拜见岳父岳母和大姑，顺路到合作社再买点别的东西，同时也想看看现在这合作社到底是个什么情况。百货店还是老位置、老摆设，迎面柜台是糖果点心、文具纸张；左手柜台是衣服、鞋袜、毛巾、布料；右手柜台是暖瓶、茶壶、搪瓷用品等日用百货。郑力仁两口子正商量扯点什么布料，洪翠香恰好拿着账本从后门走进柜台："呀，这不是郑老师吗？你回来探亲啦？你这大城市的领导可要给我这合作社指导指导哟。这是给玉儿扯布料哇？我们郑老师对玉儿就是好！喂喂喂，你莫愣到那儿哈，赶快帮我老师挑块好布料。哎哎哎，还有你，给我打起精神噢，没吃晌饭呀？我要给你记上一笔……"她也不等别人回话，一直扯着嗓子对几个营业员指手画脚以显示她的权威，让郑力仁无法接话，也感到这个自己扫盲识字班曾经教过的学生，现在一口一个"我合作社"的胖女孩很肤浅，叫人很不舒服，便匆匆扯了一块布料，没再看看别的东西，带着尴尬的笑容离去。

从合作社台阶下来左转往北走，郑力仁本能地往孟家大屋门口看了一眼，突然像是遭到雷击一般怔住不动了。这扇自己打小进进出出过无数次的当街大门居然被人用砖头砌住封死了，并且和旁边的墙体一起刷上了白石灰。虽然从门楣和门框痕迹还可以看出这是宅子的大门，但更像是一条封死的墓道，一座封住的坟墓。有三四个小孩子骑着大门两旁的青石鼓形门墩，翻上蹦下地玩耍做游戏，在刷着惨白石灰高墙的映衬下，给人以很不真实的异样感。

孟玉洁顺着丈夫的眼光看过去，轻声说道："这门是洪二宝从县公安局带人过来封住的。"

郑力仁愣过神来没说话，继续往前走。路过孟家磨坊，只见破旧的木门紧闭，屋里悄无声息，他潜意识里期望看到的梅姨站在门口安详地看着他走过或者和他打招呼问候的情景并没出现。

临行之前，郑力仁还是忍不住向母亲询问了梅姨的情况，并求母亲找个时间带点西安特产，代他去看望慰问梅姨。

母亲告诉他，梅姨自从一年前专门到家里来为他送行之后就极少出门，不久便病倒卧床，只能指望她那神神叨叨的大儿子孟琪照顾她，母亲有空也会去看望他们，帮帮忙、聊聊天。"琪儿真是可怜啊！当国民党的团长没成家，当解放军的团长好不容易有部队首长关心做媒，马上就要结婚了，洪二宝带人去当着姑娘的面把他抓走押了回来。听说这四川姑娘烈性，转身就跳河自杀了。琪儿回来后就变得有些疯疯癫癫的，话也说不利索了，成天捧着姑娘的照片一会儿哭一会儿笑，一会儿咕咕叨叨。就在你回来的前几天，说是解放军的什么节，琪儿穿上干干净净的军装迈着大步从街头走到街尾，一路都在唱什么'向前向前向前''二呀么二郎山'啥的，见人都敬军礼。有些大人小孩还一路戏弄他，往他身上扔脏东西，造孽呀！"说着，抹开了眼泪。

父亲在一旁摇着头皱眉沉思。

这时只听一个很熟悉的声音从门外传来："力仁回来了？"

郑力仁立刻迎出门外，只见参军后一直没有联系的发小刘随昌拄着拐杖，笑容满面地站在场院当中。郑力仁讶异地盯着他的腿，不知所措地愣了片刻，赶紧过去要搀扶他进屋。

"哈哈，不用不用，没那么严重。"刘随昌笑着迈进房门，礼貌地和郑守礼夫妇打招呼，淑婉赶紧搬个凳子请他坐下。

"你这是……"郑力仁指着他的腿，惊讶且疑惑。

"噢，没什么！在和美国鬼子干仗时负的伤。"刘随昌告诉郑力仁，当时参军后即随部队打过长江，一路打到海南岛，刚刚停下来休整就又接到命令，立刻乘坐闷罐车几天几夜紧急赶到东北，还没搞明白是咋回事，穿着单衣就跨过鸭绿江，进入朝鲜和美国鬼子干上了。在去年的一场恶战中，很多战友都牺牲了，自己只是腿部中弹伤到胫骨，捡了一条命，回国治疗养伤住了很长时间医院，没法恢复也没法再回部队，只能复员了。随后说明来意："听说你这次回来是接玉儿姐和侄儿去西安的，想到你们这一走啥时候能回来还不晓得呢，我无论如何都要过来跟你见上一面，也算是送一送，祝你前途无量。"

郑力仁蹲在刘随昌身边扶着他的拐杖，摸着他那条负伤的腿，听着他轻松自豪的叙述，两眼潮湿，一时无语。

次日清晨，郑力仁携妻带子拜别父母，挥别乡邻，启程前往西安。依行程计划，当天上午专程去刘易昌的新家。刘易昌是两个月前结的婚，娶的是襄阳专区一位局领导的女儿，婚后很快就离开孟营中心小学，由汉宜县文教系统调到襄樊市文化局工作。作为同学好友的郑力仁在走之前理当前往祝贺并叙旧作别。

刘易昌的新房位于樊城解放桥的市文化馆一幢独立小楼的三楼，楼上住宿楼下上班，文化馆人少事不多，没有坐班要求，很是方便且轻松舒服。刘易昌早早在楼下等候，高声欢笑地把一家三口迎上楼去。新婚妻子是解放桥小学的算术老师，今天上午没有排课，特地留在家里招待客人。新房门上的大红对联和双喜剪纸，屋里的喜鹊叫春窗花和多子多福彩画，还有一些用品摆设，无不显示着新婚的喜庆美满。虽然只是一个单间宿舍，但布置得整整齐齐，收拾得一尘不染，小方桌上已经摆好了瓜子、花生、糖果，茶杯里已经泡好碧绿的清茶，无不体现出新娘的细心能干。

郑力仁参观完新房赞叹道："易昌有福气，这小日子过得很是滋润呀！这才像个家的样子嘛，令人羡慕。"

刘易昌一脸满足，幸福无比地回应道："力仁不要急着夸我们哈，你才是真正享福的命呢，嫂子有多能干我还不知道吗？跟你去西安后还不是把你给伺候得舒舒服服，把你的那个小窝收拾得不知比我们这要舒适多少倍呢，你就等着天天在夜里笑醒吧。"

抱着儿子的孟玉洁被刘易昌这夸张的说辞弄得很害羞。

郑力仁剥了一颗糖放到嘴里："哈哈！我对你们还真不是谬夸，今天是第一次见到新娘子黄老师，看到新房温馨舒适，已真切感受到你们夫妻幸福美满，我觉得用这几句古诗句帮你表达是最合适的了：'桃之夭夭，灼灼其华。之子于归，宜其室家。桃之夭夭，有蕡其实。之子于归，宜其家室。桃之夭夭，其叶蓁蓁。之子于归，宜其家人。'"

刘易昌一边和黄老师开心地鼓掌欢笑，一边说："嘿，力仁这是用上了《诗经·周南·桃夭》里的诗句呀，虽然不敢当，但还算恰当哈。"然后得意地对新娘子说，"看到我们的实力了吧？有我和力仁前后两任校长，那可真是把孟营中心小学的底子打得够牢的，考试成绩、综合评比每次都在汉宜县名列前茅，出人才呀！比你们解放桥小学强多了。"

"看把你给能的！还不是人家郑老师把底子打得好，哪有你什么事儿？"黄老师笑着调侃道。

刘易昌夫妇俩都还不大会做饭，大家就边走边聊，到不远处的劳动街清汤馆吃了一餐送别饭，午饭后即步行穿过定中街，送郑力仁一家赶到樊城火巷口对面的长途汽车站，登上了西行的班车。看着挥手渐远的刘易昌夫妇，郑力仁伤感地意识到，"桃园三结义"的好朋友一个在河南，一个在陕西，一个留在了湖北，再也不可能形影不离了，何时能有机会再聚首也都很难说了。此时的孟玉洁也呆呆地看着车窗外远去的家乡景色，猛然低头亲吻着儿子，默默流下了离别的眼泪。

郑力仁一回到学校就接到安排的任务：除正常上课安排之外，要和小杜老师一起，配合学校宣传科策划庆祝新中国成立五周年活动，同时为校报编辑一期国庆专刊，就剩下差不多一个月的时间，必须全力以赴圆满完成。好在妻儿的到来，不仅使郑力仁能安心尽享天伦之乐，而且每天再也不用操心做饭、洗衣、打扫卫生等琐事，完全解除了后顾之忧，得以全身心投入到教学工作和各项任务之中，从早到晚不是在办公室埋头起草活动方案，讨论研究节目安排，就是在联系各科室班级协调专刊稿件，或者是组织节目排演。

1954年9月20日是个值得纪念的日子，胜利闭幕的第一届全国人民代表大会第一次会议通过了新中国第一部宪法，确定了"工人阶级领导的、以工农联盟为基础的人民民主国家"的性质，确立了建设社会主义的总目标和步骤。"五四宪法"的颁布宣传，更为这所石油工业专科学校的国庆活动增添了丰富内容，注入了强大动力。

国庆节上午，蓝天丽日，万里无云，大雁塔下的学校操场上红旗招展，锣鼓喧天，唢呐声声，弦乐悠扬，欢声雷动，歌声嘹亮，全体学生、教职员工载歌载舞庆祝伟大祖国的生日，庆祝第一届全国人民代表大会第一次全体会议胜利闭幕。由学校中西合璧的管弦乐队伴奏的教职员工开场合唱《咱们工人有力量》，以及培训班学员们激情飞扬的安塞腰鼓、全日制学生形态各异的高跷巡游，特别是最后全场起立面对国旗唱响的《歌唱祖国》，使庆祝活动的高潮一浪高过一浪。孟玉洁抱着儿子，和几位学校家属一起高兴地观看着，评论着，欢笑着。小孝诚似乎也被这热闹的场面所感染，一直开心地挥舞着两只小手。

生活快乐，心情愉悦，总觉得日子过得很快。转眼，过年了。

大雪覆盖下的古城西安是最能表现中国春节传统韵味的地方。喜庆的红灯笼，游街的高跷队，高亢的锣鼓声，悠长的古秦腔，使郑力仁一家三口真正体会到了异乡过年的情趣，真正感受到了盛世大唐的遗风，真正体验到了不同习俗的精髓，真正体味到了西北文化的魅力。回民街的经典美食、街巷里的特色小摊，当然是过年不可避免要寻味享受的主题活动，而教研室的西安同事们轮番安排的年饭家宴，令人更加领略到八百里秦川天然的富足、数千年秦人传承的质朴，孟玉洁也从中学会了各种小吃的不同做法和面食花样。

正月十五的前一天刚好是星期天，郑力仁选定这一天中午回请教研室全体老师到家吃饭，一则是周末休息时间不耽误工作，二则不会影响大家第二天元宵节与家人团圆。宿舍中间一道布帘将里间睡床隔开，外间的饭桌上摆满了花生、瓜子、麻花、兰花豆还有烟卷，郑力仁陪客人们喝着茉莉花茶，吃着零食，高谈阔论。孟玉洁哄小孝诚睡熟后，寄放在同是学校家属的邻居好姐妹家里，便在外边走廊上自家的小锅小灶小案板上忙活开了，杨老师和小杜老师要帮厨，被客气地谢绝了。

在简易煤炉子锅灶上做出来的各样吃食和菜肴居然能有模有样，每上一道菜都博得大家一片喝彩，一致认为既有古襄阳的风味，也颇具老西安的特色。席间，"贤妻良母""漂亮能干"的赞誉声不断。

大家边吃边聊，郝主任透露学校已经研究决定办个校内托儿所，对教职员工的小孩实行集中日托，这样既可让大家安心工作，又利于小孩的培养，再就是挑选部分符合条件的家属当托儿所的保姆，属于学校雇请的临时工，确定的名单里面就有郑力仁的爱人孟玉洁。

郑力仁不会喝酒，赶紧把孟玉洁叫进来给大家敬酒表示感谢。孟玉洁听说学校给自己安排了工作，激动得按襄阳老家的习惯，连敬三杯。

最后端上桌的孟氏家传绝活手擀面条更令大家赞不绝口。郑力仁为第一次家宴的成功举办替老婆得意了好长时间。

爱人有事做，孩子有人管，一家人其乐融融，幸福地生活在宁静的校园里，每个月还可以有一些钱寄回家孝敬两家的父母，解决妹妹的学费。安稳的生活，平静的环境，友好的氛围，坦诚的关系，使得郑力仁几乎完全没有任何思想负担和生活负担，也使他那充沛的精力、活跃的思维、不倦的追求得以充分地释放和发挥。当时学术界开始兴起的哲学、美学讨论热潮引起了他的极大兴趣，在教课之余、工作之暇，便大量地阅读哲学、美学的书籍和文章，创造性地结合自己深厚的历史知识和古文功底，不断撰写观点新颖、风格独到的文章参与讨论。不少论文和文章在地方报刊、院校杂志、石油内部刊物乃至上海《学术月刊》这类高端学报上发表，内容涉及哲学的立场、观点、方法、实践，形象思维与抽象思维的关系，文学作品创作的世界观，关于美的本质和审美认识等，让郑力仁逐渐小有名气，时常会被西安一些高校和学术团体邀请参加学术座谈、理论研讨。这段时间，郑力仁意气风发，文思泉涌，成果不断，是一生中难得的黄金时期。

随着全国人大一届二次会议批准国务院成立石油工业部、煤炭工业部、化学工业部，原属国家石油管理总局的西北石油工业专科学校随之调整的消息也正式宣布，更名为"石油工业部西安干部学校"，成为直属国家石油工业部领导的部属学校。变更隶属关系后的石油干校，主要职能是根据全国一盘棋的统筹规划和发展远景，有计划性地培养石油工业战线的各方面干部，不再承担招收全日制专科学生的任务。

正值暑假期间，石油工业部教育司曹副司长专程来校传达了学校直属关系和教学功能调整的指示精神，并宣读了文件决定。

学校马校长在动员讲话中指出："在新中国成立之前，整个中国仅有的四个油矿都分布在我们大西北地区。新中国成立之后，在共产党和毛主席的领导下，我国的石油地质勘探事业得到了飞速发展，从西北到东北，从中原到边疆，无论是荒凉的戈壁大漠还是辽阔的平原内陆，都有我们石油工人的身影，都有我们石油队伍的足迹。随着国家社会主义建设事业的全面铺开，全国上下各个方面一切服从国家建设需要，一切服从社会发展需要，两年来，在经济战线上，公私合营社会主义改造运动轰轰烈烈；在教育战线上，有关部委也多次召开了加快培养各类干部人才的座谈会，都在抓干部培养，都在抓队伍建设。现在，我们的石油战线面临急需大批有理想、有志向、有文化、懂专业的石油干部这一人才培养问题。以国家的需要为需要，以国家的决定为决定，竭尽全力为国家解燃眉之急，正是我校作为石油专业教育单位的担当。所以，我们要及时调整方向，以全新的专业面貌和精神状态投入到石油干部的培训工作之中，以西北大学石油地质专修科的方法经验为学习榜样，学校要争创石油干部培养的模范，老师要争当石油干部培训的标兵！"

会后，部、校领导和学校的部分教师前往校门口，在鞭炮声中搞了个简短的新校名挂牌仪式。

规定议程完成，由北京陪同曹司长来西安出席挂牌仪式的石油工业部两位青年干部高飞和蔡启文特地走过来，与郑力仁打招呼攀谈。

皮肤黝黑、个子高大、理着小分头的河北人高飞坦诚地做了自我介绍后说："郑老师，在这次搞院校调整之前，你就已经在我们教育司人事处挂上号了，现在你也正式属于部里直接管辖的干部，咱们算是同事了，希望以后经常联系哦，说不定啥时候有机会就把你调到部里来，和我们在北京一起共事了呢。"

"那可是首都北京，五朝古都，我从来都没去过，可以说是虽不能至，心向往之啊。我倒是真的期望能有机会进京向你们汇报工作就心满意足了，但一起在北京共事，我怕是没有这个资格和能力呢。"

皮肤白皙、容貌端正、梳着大背头的苏北人蔡启文笑眯眯地说："郑老师过谦了，你发表的不少文章，我们干部教育处的同事们都是争相传阅呢，今天有缘得见真人，确实文如其人，才如其名啊。我说高飞呀，干脆就把郑老师调到我们处里来，是最对口的了。"

"哈哈哈哈！"几个初次见面、年龄相仿的年轻人像老朋友一样，并肩齐步，有说有笑地向学校行政办公楼走去。

第十九章 调往北京

真还别说，石油工业部的两位青年干部好像并非在随便开玩笑。

在随后差不多一年的时间里，有两次都传出要调郑力仁去北京的消息，但据说校领导都以学校的专业设置、科室调整、人事安排还在重新配套理顺过程中，后续事务繁杂，人手不够，有些既定教学任务还没有完成之类的理由暂时回绝了部里的商调。

而郑力仁则完全没当回事。说实在话，对中国历史、古典文学颇有心得的他，对西安这座城市的人文环境、古城特色、气候条件、生活习惯各方面都已经完全适应，觉得还挺适合自己的爱好和品味，特别是学校的同事关系、工作氛围、家庭小日子什么的都令自己感到自在惬意。一动不如一静，他倒不怎么特别想去北京工作。所以，无论是有人当面传话也好，还是有领导间接解释也罢，他也就姑且听之，并不在意，每天就是尽心尽力地工作，专情专意地写作，有滋有味地生活。

转眼又是一个夏天。

这一天上午，郑力仁刚给暑期干训班上完课，小杜老师就已经满面春风地等在了教室门口："郑老师，郝主任让我来请你到马校长办公室去一趟，马校长和郝主任要跟你谈话。哎，我跟你说啊，看来这次你真的要调去北京工作了，好令人羡慕啊。"

"哈哈，又在咋咋呼呼地传播小道消息，去什么北京啊，我在这儿多好哇。马校长和郝主任肯定是又要给我布置任务，莫瞎猜哈。"

小杜老师不服气地说："我才不是传播小道消息呐，消息绝对真实可靠，到了马校长那儿你就知道啦。不信？我们打赌，你赌输了可要请我们到你家，让嫂子给我们做饭吃哟。"

郑力仁看着小杜不像是逗趣瞎说的样子，便向办公楼走去。

走进马校长办公室，郝主任果然已经坐在那儿，正用当地话跟马校长聊得热火朝天，一见郑力仁进来便赶紧向他招手。

马校长站起身迎上前，握住郑力仁的手说："我说小郑老师啊，看来我这个小庙留不住你这尊真神咧，上面一而再再而三地要调你走，我们是想留嘛也留不下。人往高处走，凤凰栖高枝，这也是好事，而且我们这儿也算是给部里培养人才、输送人才，你说是吧老郝？"

郝主任两手撑着简易沙发的扶手，挺着胸说道："那是，郑老师可是我们学校尤其是我们教研室锻炼培养的人才，应该是我忍痛割爱，发扬风格给咱部里输送人才做贡献的哈。去首都北京在石油部工作，总比在我们西安、在我们学校的天地要大得多嘛，我们当然不能耽误了人家后生的前程，不是么？"

马校长拍拍郝主任的肩膀："哈哈，这就对喽！"同时示意郑力仁坐下，走到办公桌前，坐回自己的位置上，拿起一份文件说："是这样，之前部里来过两次商调函要调你去北京工作，但我们学校的情况你也知道，教师力量本来就不足，院校调整、师生调配以后，专业干部培训的师资问题更突出，学校班子和科室领导个个都忙得焦头烂额，但正常的教学科研工作还得开展，所以没法放你走。这一回是第三次发商调函过来了，而且紧跟着又专门来个电话说一定要放人，部里急需各类人才，正从各地统一招调，要求我们不要影响部里的规划部署，我们学校这是不放也得放了。这不，我是先把郝主任叫来，要先做通他的思想工作，不然他还要跟我唧唧歪歪不放你走咧。"

郝主任笑呵呵地接过马校长手中的函件，对郑力仁说："其实校长呢也不用做我啥工作，我嘛也不需要再做你的思想工作，咱啥也别说，就俩字儿，服从！服从调动，服从安排，到了北京后工作上要更上一层楼，事业上要不断追求进步，这就是我代表教研室全体同志要对你说的话。来，你拿着马校长签字同意的商调函，到人事科、后勤科、财务科去办工作调动和工资关系转移手续，在走之前把教研室的交接工作办妥就行了。有什么困难，需要帮什么忙的话尽管开口。"

要离开生活、工作三年的西安了，郑力仁多少有些不舍，不舍这里的人，这里的景，这里的文化，这里的习俗，当然还有这里的特色小吃。

利用办理调动、收拾搬家的闲隙，一家三口除了上街去买一些有特色并具有纪念意义的东西，比如给孝诚的虎头帽、虎头鞋、肚兜兜，以及带去北京用的腊染被单、被套、绣花枕套之类的家用物品之外，几乎是挨家挨户逐一吃遍诸如老刘家泡馍馆、定家小酥肉馆、贾三清真灌汤包子馆、樊家酱汁肉馆等名店美食，而肉夹馍、锅盔馍、胡辣汤、麻酱凉皮、岐山臊子面、油泼面更是无一遗漏，好像要把对西安的记忆通过各种美食留在肠胃里，刻在脑海里。

走的前两天，孟玉洁依依不舍地与邻居们和托儿所的同事们一一话别，然后为丈夫的教研室同事们准备了一桌告别家宴。

经过差不多一天一夜的火车旅程，中午时分他们顺利抵达北京前门车站。

北京，这座有着三千多年文明历史的古都，在郑力仁惊奇和景仰的目光中张开了她的怀抱。

走出前门车站，首先映入眼帘的是巍峨高耸的前门箭楼。郑力仁告诉妻子："大前门香烟盒子上面画的就是这个前门楼。"孟玉洁惊喜地打量着这座只在香烟盒上见过、现在却真实矗立眼前的雄伟建筑。

顺着前门楼西侧沿着城墙走过去，就是店铺林立、食肆比肩、热闹非凡的大栅栏街市，街道上方隔一段便横空悬挂着诸如"坚持社会主义道路 实现公私合营目标！""掀起社会主义改造运动新高潮！"的横幅，两旁店铺墙壁上也张贴着各色应时标语。孟玉洁对丈夫说："这里跟西安有点儿一样，又有点儿不一样。"

说话间，一阵喧闹的锣鼓声传来，只见一群穿着白色围裙、戴着白色厨帽的餐饮行业模样打扮的男男女女，在几位身着中山装的干部的带领下，兴高采烈地举着"正阳门饭庄职工报喜队"的红色布幅，抬着"庆祝公私合营"的大红喜报，喊着口号，敲锣打鼓往天安门方向走去，引得街上众人驻足围观，惹得一群小孩嬉笑跟跑。

正好是晌午饭当口，报喜队游行过后，各家酒楼饭铺门口又响起京腔京韵的招呼声，热情悠扬的迎客声。孝诚一路上都很乖，吃饱就睡，不吵不闹，此时在妈妈怀里，睁大眼睛好奇地东看看西瞅瞅，对这些喧闹繁华的景象、语音悠长的韵调，似乎很感兴趣，张着两只小手不停挥舞，小身子挺来挺去，煞是兴奋。

三口人走进一家面铺，叫了两碗北京有名的炸酱面，这是郑力仁一辈子都认为算得上是北京最美味的面食，但不能和西安的面食比。

吃过午饭，穿过前楼幽深的城门洞便是修整之后宽广的天安门广场，湛蓝的天空下悠然飞翔的白鸽犹如空中飘忽的精灵，鸽哨声忽远忽近，更衬托了蓝天的辽阔和午间的宁静。广场北侧，雄伟的天安门城楼巍然屹立，五星红旗高高飘扬，拎着藤条箱、背着行李的郑力仁激动地向着天安门疾步走去，抱着孝诚的孟玉洁也加快脚步跟上丈夫的步伐。

在天安门前的旗杆下放下行李，郑力仁舒口气，面朝天安门驻足凝视片刻，转身从妻子怀中接过孩子，指着天安门城楼教孝诚说"天安门，天安门"，又指着天安门中央城门上方的伟人画像让孝诚认"毛主席，毛爷爷"。孟玉洁也指着头顶上方叫孝诚往上看，"红旗，旗旗"。孝诚开心地瞪着明亮的眼睛看看天安门又抬头望望红旗，随后用小手指向天安门跟爸爸说："爷爷，爷爷。"

旁边有国营照相馆摆摊设点的工作人员热情地走上前来问："同志，是第一次来咱首都北京吧？照张相片留个纪念吧，您一家三口在天安门前这儿留个影，以后这孩子跟其他小朋友侃起来，嘿！咱打小就跟北京这儿有缘，背后的天安门是毛主席站在那儿挥手宣布中华人民共和国成立的地方。您看那神气，形象立刻高大起来了嘿，那还不把其他的孩子们唬得一愣一愣的？怎么样？机会难得，来一张呗。"

郑力仁两口子被北京人的说话风格给逗乐了。郑力仁解释道："我是调来北京工作的，刚下火车，以后随时都有机会来这儿照相。不过今天这是第一天到北京，又是第一次到天安门广场，留个影的确很有纪念意义。只是我刚到北京来报到，要过来取照片不是很方便。"

"得嘞！您这已经算是咱北京老乡咯，放心，咱们这是国营照相馆，在天安门广场这儿设点那是为全国人民服务的。各地来咱北京探亲访友的，出差开会的，都会跟天安门照相留念，所以我们专门提供照片邮寄业务。您把您的地址留下来，到时直接给您寄过去，包您满意。"

照完合影照，在照相师傅的热心指点下，一家三口在王府井大街口搭上公共汽车，根据通知上的详细指引，先到位于六铺炕五路通的石油工业部招待所，凭调令和介绍信入住安顿下来，郑力仁让妻儿先行休息，自己随即赶往距离不远的石油工业部大楼，到教育司人事处报到。

找到"教育司人事处"办公室门牌，敲门进去，高飞似乎未卜先知地在办公室等着郑力仁，一见他进来就笑呵呵地迎上前来，使劲握手摇晃着说："郑力仁同志，怎么样？一年前说的话还真的成为现实了嘛，咱们这不是有缘一起共事了吗？而且你今天的人事关系报到手续就是我这个办事员具体经办。来，请把你的调令、介绍信、人事档案转移手续交给我，坐下来把这个表给填填。"

郑力仁本来想着到人事处办完事后再专门去找高飞，没想到就是高飞帮自己办理报到手续，很是觉得顺当开心。他与高飞同办公室的其他三位同志互相自我介绍和寒暄过后，一边坐下来填表，一边和高飞说着话。高飞告诉他，具体工作和在西安一样，是分配在部直属的北京石油干部学校，不用培训，直接到岗，驾轻就熟。不过教育司已经给北京干校的老师规划了很多去高校进修学习的机会，郑力仁也在内。

"告诉你，还有个更近的同事缘分呢，"高飞神秘地冲他一乐，"干部教育处的蔡启文同志也调到干校去工作了，平调过去担任校办公室副主任。他现在的办公室就在我们人事处隔壁，这些天正在办理工作交接手续，过几天就到干校去走马上任了。"

"这好像是在说我嘛？"随着话音，头发一丝不苟、一身整洁的蔡启文走了进来，"哈哈，我说你们办公室怎么这么热闹呢，也不怕你们处长在隔壁办公室听见，原来是我们争取来的大才子郑力仁同志终于进京赴任了，好！"随之热情地握住郑力仁的手说："我和高飞跟你说啥来着？一起到北京做同事嘛，这不就走到一起了吗？而且以后我和你那更是在同一个具体单位朝夕相处的真正的同事咧，希望我们团结合作，努力工作。我代表北京石油干校对你的到来表示热烈欢迎啊！"

高飞和其他几位同事挤眉弄眼地调笑道："咱蔡副主任这个样子搞得简直就像是蔡校长嘛。"大家随之哈哈而乐。

高飞突然一拍脑袋，拉开办公桌的抽屉对郑力仁说道："噢！对了，差点儿忘了，这里有你的一封信，是河南《中原日报》社寄来的，昨天刚收到。呵呵，你这是人未至信先到啊。"

郑力仁诧异地接过来一看信封："哦？这么快来信？这是我的中学同学、好朋友，参军后转业到《中原日报》社当记者，好多年没见过面了，只靠书信联系。我离开西安之前写信告诉他我很快要到北京工作，具体单位还不知道，会先到石油部教育司人事处报到等候分配。没想到他居然这么急，把信直接寄到这儿来了。"

办妥进京报到的人事关系、工资粮油等诸多手续，拿着人事处开给北京石油干校的调配入职函，郑力仁一回到石油部招待所房间就迫不及待地打开信封。龙德安的来信只有薄薄的一张信笺纸，龙飞凤舞只写了几行字，所以他扫了一眼，就兴奋地轻喊一声："太好了！"然后高兴地对妻子说，"难怪，我就说有啥急事嘛。德安被他们报社选送到中国人民大学新闻系进修一年，这几天就要到北京来报到了，他怕我的具体单位定下来后写信去报社他一时收不到，互相联系不上就麻烦了，所以干脆直接把信寄到部里'拦截'我。"

孟玉洁听到这个消息很开心："嗨！这样我们在北京可就不孤单了，还是来北京好呀！"

到了北京还真是不孤单。

第二天上午，郑力仁去石油干校办理工作入职、岗位安排、工资关系、住房分配等事宜，孟玉洁就抱着孝诚走出招待所去看街景，只见马路对面有一队解放军正在出操，练列队，练刺杀，练格斗，练登攀，摸爬滚打，煞是好看，引得众多市民群众围观叫好，于是便也挤过去跟着看热闹。忽然，她发现前面一位正在指挥喊口令的军官似乎有些面熟，便移步过去凑近看真切些，再看真切些，果然是熟人！便情不自禁地挥手叫道："义功！是义功吗？"

那位被叫的军官疑惑地扭头往这边看了看，简单地向战士们交代了几句，就整理好军装风纪，以标准的军人姿态跑步过来，然后立正敬礼："这位大姐，请问您……哎呀！是……是……是玉儿姐？你怎么……到北京来了？哎呀！这可真没想到啊！这是侄儿吧？"说着，用手摸摸孝诚的小脸蛋。

孟玉洁兴奋之情溢于言表："还真是义功啊！只说你跟正虎他们在北京当兵，后来又听说你的本家弟弟义德参军后也到了北京，还真是巧啊，没想到我们一到北京就在这儿碰到你了。对，这是你侄儿孝诚。来，孝诚，叫叔叔。"逗着孝诚叫完后接着说道，"你力仁哥从西安调到北京来工作了，昨天刚来报到，过些天才分单位宿舍，这些天先临时住在对面的石油部招待所里。"说着指指马路对过的招待所大楼。

萧义功也高兴地一拍手："真是太好了呀！我当兵这些年，回家探亲三次都没有见到力仁哥，第一次回去说是到武汉上大学了，我结婚那年又说已经分到西安工作了，一直都没见上面，真的没想到现在竟然能在北京见面，而且还这么近。"

孟玉洁眉开眼笑地说："你每次回去探亲我都知道，听说你结婚的时候好热闹哦，娶的是我们孟营学校的老师，好像说是生了个姑娘，比我们孝诚小半岁？"

"那还真是沾了力仁哥的光，如果不是他起头办这个学校，家里哪有可能就近在这学校里给我找个当老师的爱人呢？这不，家里来信说我们家那位刚又给我生了个儿子，嘿嘿。哎，力仁哥呢？"萧义功边说边四处张望寻找。

"儿女双全好福气呀！噢，他去单位上班了，中午才回来。"

"哦，是这样。"萧义功扭头看了看还在继续列队操练的战士，对孟玉洁说："玉儿姐，这个地方就是我们部队的训练场，我会带战士们定期在这里出操训练，你带侄儿过来玩的时候基本上都会见到我。等你们的住房安顿下来就把地址告诉我，休息的时候我带义德去看望你们，好好跟力仁哥聊聊。你先代我向力仁哥问好，现在我还要带他们继续训练。"说完敬礼，跑步归队。

中午郑力仁下班回到招待所吃饭，孟玉洁兴奋地告诉他见到萧义功的事，郑力仁也是喜出望外："哎呀呀，你说说看，我们来到北京这儿不仅是不孤单，而且是很热闹啊。"

北京石油干校就在石油部招待所后面不远的一处院子里，离石油部机关也不太远。学校办公楼和教学楼是灰砖灰瓦、火柴盒式方方正正的三层建筑，学员宿舍、职工宿舍和食堂则是一水儿红砖红瓦的平房，石油部机关的一些中青年干部如高飞、蔡启文等人，也住在干校院子的职工宿舍里。

被大家亲切地称为"曹师傅"的干校后勤科干部曹兴旺耿直爽快、热心助人，是北京郊县昌平人，他拿着一串钥匙，在第二排平房的几间空房中帮郑力仁"号"中了一间宿舍，这是前厅后房的结构，房里配有木制衣柜，一架实木双人床，前厅配有一套桌椅，一家三口很是适用。左邻是为解决夫妻分居问题刚从东北调来的那香玉老师，据说是叶赫那拉氏家族的后代，丈夫在石油工业部对面的化学工业部工作；右舍是才从上海接受调动，只身来到北京的毛丽华老师，丈夫习惯了繁华热闹的十里洋场，坚决不离开大上海。

按照行李托运单上注明的日期，曹师傅向后勤科申请了干校仅有的一辆拉煤拉货的苏联嘎斯卡车，陪郑力仁一起到前门火车站领取了简单的行李，又沿路指点着郑力仁去买了锅碗瓢盆、粮油副食之类的日常用品和简单家具拉回干校，和司机一起帮着把一应物品搬进宿舍摆置妥当。

家，就在北京安顿下来了。

第二十章 老友重逢

石油部调郑力仁到北京来，主要是看中了他表现出来的干校教学经验，以及在马列主义哲学方面的研究能力和学术成果，目的就是要加强北京石油干校在政治课方面的教师力量。当然，为进一步提高这方面水平和素质，干校和中国人民大学早已商定好了干校教师的相关旁听代培计划，郑力仁进京，先进入人大"马列班"进修一年。

九月初的北京城秋高气爽，艳阳高照。正值秋季学期开学报到日，郑力仁怀揣干校介绍信，一早便搭乘公共汽车赶往地处海淀的中国人民大学，很快就办好了马列主义研究班代培一个学年的听课手续和相关证件。想到根据龙德安来信告知的赴京行程，估摸着他现在应该已经到了学校，便向学校工作人员询问新闻系的方位。几经打听，终于找到了新闻系"调干班"宿舍107房，应声开门的正是龙德安，见到老友，相当惊喜："咦？是力仁呀！你怎么到人民大学来了？我昨天才到，你今天就来了，真不愧是老朋友啊，掐算得真准！"

两位老朋友怎么也不会想到时隔七年，居然能在北京相聚重逢，喜悦之情自然是溢于言表。

郑力仁高兴地告诉龙德安，自己作为人民大学马列主义研究班的代培旁听生，今天也是来报到的，算算时间估计他应该也到校报到了，所以就直接找过来了："而且我在人民大学做旁听生的时间也是一年，和你同进出，这简直就像是专门为我们俩特意安排的似的。"

龙德安兴奋得顾不上让郑力仁在宿舍里坐坐，拉着他就往外走："嗨，你看到了吧，各奔东西这么多年，居然在北京又成了同一所大学的校友，看来我们的同学缘分是天定的。来得正好，听说学校的宣传橱窗正在搞'我们从延安走来'的校史展览，向新生介绍自1937年陕北公学到今天的中国人民大学一路走来的红色革命历史。走，我俩既然都是新生，就应该先去看一看，了解一下校史，顺便参观参观自己的校园。中午就一起感受一下学生食堂的伙食怎么样？"

此后的每一周，郑力仁都会根据安排，星期二、四、六在干校上班备课、上课，每星期的一、三、五乘公共汽车到人民大学去听课进修，中午就和龙德安一起在学校食堂就餐。除非特殊情况，龙德安每个星期天基本上都是雷打不动地在石油干校郑力仁家里过周末。

说话间就到了1956年的国庆节。这一天，干校院子里的大人、小孩差不多都成群结队出去游园，野炊，看戏，逛街，郑力仁一家三口没有出去，因为家里来客人了，来的不光是常客龙德安，还有两位稀客——穿着军装的萧义功、萧义德两兄弟，家里比平常热闹了好多。孟玉洁忙前忙后地烧水泡茶、摆瓜子糖果招呼客人，孝诚也丝毫不认生，大方地跑来跑去，一会儿叫"龙叔叔好"，一会儿叫"解放军叔叔好"，给大人们的聊天增添了不少乐趣。

龙德安和当年孟家大营包括孟瑶在内的一众青年是同一年的

兵，而且都是在汉宜县城集中随部队出发的，只不过当时除了和孟瑶认识之外，和萧义功等人没有交集。没有印象，而萧义德要年轻几岁，是后来当的兵，更不认识。这次在北京郑力仁家里见面一聊，都称得上是战友。而且龙德安毕竟当过兵，无论是做随军记者还是地方记者，都没断过和部队打交道，多有见识，所以通过军装和肩章辨别出萧义功是公安部队上尉军官，萧义德在空军服役，是少尉。

萧义功告诉大家，他现在是公安部队的连长，负责功德林战犯管理所的保卫工作，就在德胜门外离干校不远的地方，所以他们部队平时操练的场地就是附近石油部招待所对面的操场。看到郑力仁和龙德安对战犯改造好像很感兴趣，便聊了不少战犯管理所的逸闻趣事，比如杜聿明、宋希濂、邱行湘、廖耀湘，比如黄维、沈醉、文强、康泽等等这些原国民党高级将领、重臣要员各自不同的德性做派、不同的行事作风、不同的改造态度、不同的觉悟水平。"嘿，一个黄维，一个康泽，可以说是最顽固的强硬分子。"萧义功最后总结道。

龙德安一听康泽就被关押在萧义功负责安全保卫的功德林战犯管理所，更觉好奇："噢？那你没和他认老乡，说自己就是襄阳人？"

萧义功笑答："我们不是管理所里边的管教干部，是站岗放哨担任警戒任务的警卫人员，不能随便接触在押人员，即使因特殊情况有接触的机会也不能交谈，这不仅是怕影响战犯的改造，也是个纪律规定，管理所在这方面要求得很严。"

郑力仁剥了一颗水果糖喂到孝诚嘴里，说："据说康泽一直自诩为立志救国救民的革命者，也觉得自己很有才华，瞧不起其他人，既不认为自己是战犯，更不承认是特务头子。不过虽然他是黄埔三期毕业的，但实际上没有正儿八经地打过仗，也不可能会指挥打仗，蒋介石居然把他派到襄阳任绥靖区司令官，真不知道是怎么想的。"

萧义功拍着手说："哎呀，力仁哥真神啊！听管教干部说，康泽就是死不承认自己是战犯，说不应该把他关在这儿，而且谁要是说他是特务头子，他就和谁翻脸，就是这样对抗改造，很难搞的一个人。"

聊着天，就看着孟玉洁为大家准备了丰盛的午饭：擀面条、摊煎饼、熬小米粥，还有几样北方凉菜。

郑力仁拿出一瓶牛栏山二锅头，说道："今天是国庆节，也是我们几位老乡在北京难得的聚会，所以特意去买了一瓶酒。我不会喝酒，让玉洁陪你们喝几盅，都莫客气哈。"

席间，大家把话题转到萧义德身上。义德精明，人长得也精神，入伍后不久就被挑选进东北航校学习，毕业后成为空军伞兵，屡次都能出色地完成任务。但在一次执行任务中不幸头部受伤，经过医治疗养依然留下病根，不适宜再飞行跳伞，就调到北京南苑机场工作。

萧义功喝了酒就开堂弟的玩笑："哎呀，你们说说看，义德当伞兵受伤是因福得祸，住院呢又是因祸得福——一来二去，空军医院的一位护士看上他了，追得可紧嘞，出院后也没放过。这不，当俘虏了，前不久已经到人家姑娘家里相亲过关了，姑娘就是北京人，家人很认可义德，父母都点头同意了。现在义德是在幸福的热恋中咧。"

大家一听，好事啊！一起举杯为萧义德祝贺。

孟玉洁听说萧义德要娶北京的媳妇在北京成家，很是为他高兴，特地又倒了杯酒单独道贺："义德兄弟有本事，找了个北京姑娘，大姐敬你一杯，真心为你感到高兴。啥时候请我们吃你的喜糖啊？"

萧义德兴奋地红着脸站起来一饮而尽，说："一定一定。"

北京的春节的确有它独特的魅力。

郑力仁和孟玉洁觉得在北京过年特别有味道，既有留存的帝都风范，也有市井气息。打从过了小年之后，浓浓的过年气氛就迎面扑来，而且越临近除夕越有高潮逼人的气势，大到故宫、王府井、长安街，小到胡同、四合院、饺子馆，都在张灯结彩，布置得十分喜庆，各家各户团煤球、买年货成了头等大事。干校里老家在外地的教职工大多数都不在北京过年，左邻的那香玉和右舍的毛丽华也分别回东北、上海与家人欢聚。龙德安则在学校放寒假的当天就马不停蹄地坐火车赶回河南郑州《中原日报》社，与妻女团圆去了。

趁着天气好，郑力仁则在假期优哉游哉地带着妻儿瞻仰了故宫、劳动人民文化宫，参观了什刹海、颐和园，逛了王府井、大栅栏，还去天桥看了杂耍表演、京剧折子戏，一家人沐浴在冬日暖阳之中，咬着冰糖葫芦，听着京腔京韵，的确别有风味，每天都过得满足又开心。孟玉洁觉得自己特别喜欢北京。

正月初五这天，住在第一排平房的校行政科曹兴旺到后排宿舍来，请郑力仁一家去他家过破五节，孝诚开心地叫一声"曹伯伯好"，拉着他的手就往前面曹师傅家走去。曹师傅有个儿子叫曹文康，比孝诚大三岁，有个女儿叫曹文华，比孝诚小一岁，仨小孩平常在一起就很亲热，经常是你家跑到我家，我家跑到你家。见孝诚到自己家里来过年吃饭，文康和文华高兴得什么似的，见面就拉着手，熟门熟路地跑到文康的小床上去玩玩具、做游戏。孟玉洁则自告奋勇地给兴旺媳妇帮厨打下手，一边剁馅包饺子、配料拌凉菜，一边唠嗑拉家常。

曹兴旺和郑力仁先到门外的院子里放了两挂鞭和几个二踢脚。听到放鞭炮，三个孩子又一起跑出来看，既兴奋又害怕，躲在旁边捂住耳朵又蹦又叫。放完鞭炮，两位大人便进屋喝茶聊聊各自家乡的过年禁忌、拜年风俗、菜式风格，等着"小元宵"的饺子宴。

凉菜冷盘很快就摆上桌，醋碟生蒜也跟上配齐，第一锅饺子也热气腾腾地端了上来，整个看上去很有北京特色。曹兴旺用牙齿咬开二锅头的瓶盖，随口往墙角一吐，咕嘟咕嘟就倒了几盅，说："我知道玉洁弟妹能喝点，我今天就跟我媳妇一起陪弟妹喝个爽快。郑老师不大能喝，我们也就不勉强了，您随意，怎么样？"

孟玉洁红着脸笑着阻拦："曹师傅，我不能喝酒，今天无论如何都不能喝。"说着看看自己的丈夫。郑力仁也笑嘻嘻地对曹兴旺摇摇头。

"哎呀？不对吧郑老师？我们两家一向处得还很不错，您是大知识分子，也一向瞧得起我这个大老粗，今天怎么啦？是嫌我的酒不好还是怕我酒里有毒？怎么能不让弟妹喝点儿呢您说？"曹兴旺转头又对着孟玉洁说，"我说弟妹呀，您不要啥都听郑老师的，今儿个在咱北京俗称'破五节'，啥禁忌都破了，没有忌讳，喝！喝！"

孟玉洁脸更红了，俯过身去和旁边的兴旺媳妇悄悄耳语了几句，兴旺媳妇听了一愣，立刻笑眯眯地站起来阻止丈夫："兴旺，兴旺，你莫劝了。弟妹现在真的不能沾酒，她不喝不是忌讳，是喜事。"边说边往孟玉洁腹部打眼色，然后坐下来关切地悄声询问。

曹兴旺也愣了愣，似乎悟出什么来了："哈哈，哈哈，噢？是这样？是喜事就好，那弟妹就不喝了。不过郑老师，咱俩可是打从一见面就投缘，孩子们之间也投缘，今天又是两家第一次在一起过年，您虽然不怎么能喝，但无论如何也得表示表示，每次我干完，你随意，你随意，也算我借此机会给您和弟妹道喜如何？"

郑力仁也爽快地答应："好！今天这'破五节'呢又叫'赶五穷'，也就是要赶走智穷、学穷、文穷、命穷、交穷，刚才我们已经放了鞭炮'赶五穷'，现在我就舍命陪君子再喝点儿酒，大家一起'赶五穷'。"

两家人的这顿午饭吃得很开心。饭后，郑力仁抱着睡熟的孝诚与曹师傅夫妇作别，刚拐过房角，忽然远远看见自家门口小煤灶旁边平常临时搁放杂物的破凳子上坐着一个人，身旁的地上好像还摆放着行李，颇感疑惑地走近一看："德安？是你？你怎么提前回北京了？刚下火车吧？家里……"忽然发现龙德安垂头丧气，气色很差，便赶紧把孩子交给妻子，打开门，"快进屋，快进屋，还没吃饭吧？我的天呐，外面走廊多冷啊，就这么坐着？也没说让人去找找我们？"

孟玉洁把孩子放到床上盖好被子，便忙着去给龙德安做饭。郑力仁赶紧给龙德安泡杯热茶暖暖身子，拿来饼干先垫垫肚子，然后坐下来用询问的眼光看着他。

原来，龙德安寒假回到报社就发现周围的气氛有些异常，总觉得同事们在背着他议论什么跟自己有关的事，每个人看自己的眼神和表情都不对。妻子的表现也相当怪异，女儿见到他就扑上来大哭，妈妈要来哄她，她就喊："你别理我！"并哭着跟爸爸说"那个剃头的坏叔叔"之类稀奇古怪的话。当然，他很快就知道了，妻子耐不住寂寞，居然和报社大门外理发铺的一位师傅勾搭上了，时间久了，世上没有不透风的墙，搞得报社、理发铺众人皆知，连五岁的女儿竟然都发现了。

"力仁你说，我在部队、在报社好歹也是个比较有名的记者，也有培养前途，虽然她只是个报社的普通职工，但毕竟是报社干部的子女，还是高中毕业，算是有文化的人啊。我们是恋爱结婚的，说老实话，我对她和她们家一直都很好，就像个倒插门的女婿。她这么一搞，不仅对我是精神上致命的打击，而且让我无法在报社、在郑州待下去，我只有赶紧逃出来，离开那个伤心之地，永久离开。"

郑力仁听得目瞪口呆，此时只能小心翼翼地问："怎么会这样呢？是不是真的？一直听你说你这个爱人温柔懂事又善解人意，对你父母也很好，从照片上看好像也挺贤惠的样子呀？你打算怎么办呢？"

"唉！知人知面不知心呀！"龙德安深深地叹了口气，哀怨地望着郑力仁，"你说应该怎么办？我已经完全不可能面对那个女人了。我真的想不明白，爱情在性欲面前就那么脆弱吗？世界上真有海誓山盟、坚贞不渝的爱情吗？半年不到就耐不住了，就背叛了爱情婚姻家庭，那你说我们国家多少为了革命事业、为了祖国的需要，不得不长年两地分居的夫妻怎么办呢？这种女人坚决不能要，我回来之前正式请报社领导出面给我处理离婚的事，没得商量，必须离婚！"

孟玉洁正端着一大碗窝着荷包蛋的面条走进来，猛然间听到这句话，惊得差点没把饭碗掉在地上。

接下来的这个学期，郑力仁还是按部就班地一个星期三天去人民大学马列主义研究班听课，中午和龙德安在学生食堂就餐。龙德安仍旧是基本每个星期天到干校来在郑力仁家里过周末，只是人瘦了，激情减少了，很少再和力仁高谈阔论，变得有些寡言少语，甚至有时候就坐在那儿发呆，即使是五一节这天和义功、义德两兄弟又在郑力仁家里再次见面过节时，依然是常常走神，搞得这两兄弟甚为不解。

啥事都有玄机，也正因为是这样，这年春天被挑起来的一些大讨论、大辩论的敏感话题，在社会各界尤其是知识分子和学生中间闹得沸沸扬扬。但龙德安无论是在课堂上还是私底下，既没兴趣参与，也没情绪谈论，而郑力仁呢，在人民大学只是个临时代培旁听生，基本只是听老师和学生们激烈争论而不介入。他回到干校，除了完成基本的教学任务之外，就是照顾怀孕的妻子和年幼的孝诚，并在妻子的指导下，和面、擀面、摊煎饼、烙锅盔的技术大有长进，一直都没有去参加过干校的讨论活动，当然干校也从来没有通知他参加。

这天上完课之后，两人同样在食堂碰头一起吃午饭，只听旁边有几位男生在窃窃私语，一位干部子弟模样的学生说："哎，哥几个，听我们家老爷子讲，好像上周老人家写了篇东西让他们学习，叫《事情正在起变化》，感觉有点儿不大对劲呀？"另一位也悄悄地说道："我也听我们家老爷子说了，核心内容是强调要求认清阶级斗争形势，注意右派的进攻。这风向看来要变了还是咋着？"再一位往前勾着头把手朝下压压，低声提醒："总之还是小心为妙，少说少说，再看看。"

龙德安和郑力仁眼神复杂而庆幸地互相对视了一眼，埋头吃饭。

星期六下午郑力仁刚走进教研室准备办公备课，校办公室副主任蔡启文过来通知大家去大会议室开会，说有重要的学习活动，任何人都不能缺席，也不能请假，然后走到郑力仁身边："别忙乎了，走吧。"

"我也要去参加吗？"郑力仁诧异地问道。

"哎呀我的郑大教授，以前是因为学校领导考虑到你又要去人大培训学习，回来又要备课，又要讲课，还有教研课题，就没有通知你参加学习讨论。但今天不同，很重要，所有人都必须参加，不参加是立场问题。"最后这句话是蔡启文凑近来压低嗓音说出来的。

干校会议室，大家或在低声交流或是相互寒暄，校长郭开疆一脸严肃地走了进来，大家一看气氛不对，随之鸦雀无声。

"现在开会。"郭校长完全没有什么开场白，一坐下来就用浓重的河南口音直接照着报纸就念开了，"《人民日报》社论《这是为什么？》：中国国民党革命委员会中央委员、国务院秘书长助理卢郁文因为5月25日在'民革'中央小组扩大会议上讨论怎样帮助共产党整风的时候，发表了一些与别人不同的意见，就有人写了匿名信恐吓他。……在共产党的整风运动中，竟发生这样的事件，它的意义十分严重。每个人都应该想一想：这究竟是为什么？……"随着郭校长照着社论稿继续往下念，大家面面相觑，气氛越来越凝重。"在'帮助共产党整风'的名义之下，少数的右派分子正在向共产党和工人阶级的领导权挑战，甚至公然叫嚣要共产党'下台'。"念到这里，郭开疆气愤地把桌子一拍，扫视了一下会场，什么话没说，又开始接着往下念。

郑力仁惊得绷紧了神经：什么？什么人敢公然叫嚣要让共产党"下台"？这不是痴人说梦吗？在人民大学的课堂讨论甚至有些言辞激烈的争论中，也没听说过有这样的论调啊？看来还是社会上复杂得多呀，居然敢发表这样胆大妄为的言论，还敢寄匿名信恐吓高级干部，说明事情的确在发生变化，说明问题的确是比较严重。太可怕了！好在我并不赞同一些人的过激观点，好在我没有随波逐流人云亦云。但……这不会是真的吧？郑力仁听着郭校长念《人民日报》社论，陷入了沉思。

第二十一章 十三陵劳动

孟玉洁临近预产期，要抓紧把婴儿衣服都赶制完。

第一次既要照顾孕妇，还要管着孩子，既要分担操持家务，还要完成基本工作，郑力仁除了按时背着那个黄色帆布书包去人民大学听课学习，回干校完成备课讲课任务，其他时间都是全力以赴地买煤、买菜、做饭、搞卫生，忙得焦头烂额，顾前不顾后。龙德安这段时间也不便每个周日都过来叨扰吃家乡饭，借以逃避学校食堂千篇一律的伙食了。他告诉郑力仁，报社出面做工作，双方已协议离婚，并因此同意他调回湖北工作的要求，商调《江汉日报》之事也基本有了眉目，到暑假，一年的"调干"学习结束，就可以离开郑州回武汉了。

此时从社会到机关、从厂矿到学校，正掀起轰轰烈烈的大鸣、大放、大字报、大辩论的"四大"运动，但这好像跟郑力仁没什么关系。石油干校相对比较单纯，虽说也有人在院子里贴贴标语、贴贴大字报，似乎内容也无关痛痒，没有引起太大波澜。即使有什么惊天的批判、爆炸性揭发，估计郑力仁也根本没有时间去凑热闹看看上面写的是啥。而大辩论之类的活动在干校也没有完全开展，抓紧培养石油干部，配合油田大开发则是当务之急。当然，正常的政治学习、传达文件则完全必要，仍然抓得很及时，如果有谁请假或者早退，赶回家处理点儿事，大家好像也都给予理解。总之，一直到"反右"运动告一段落，这所规模不大的干校既没有一个被打成右派，也没有一个被评为右派。

孟玉洁很顺利地在地坛医院生了个女孩。

出院一回到石油干校，隔壁邻居都来道喜，送小鞋小帽的，送奶粉奶瓶的，送红糖点心的，也有送一把挂面几颗鸡蛋的，好不热闹。高飞和他苏州籍的新婚妻子小张是最先过来道喜的。曹兴旺和媳妇抬过来一架原来文康、文华用过的木制摇篮，里面还放了很多旧布扯成的尿裤子，说这对刚出生婴儿的皮肤好，也有沾福气的习俗。孝诚跟在凑热闹的文康、文华旁边，蹦着想看妈妈抱在怀里的妹妹。

"恭喜恭喜呀郑老师！"那香玉拎着一小口袋小米走进来，"咱东北那疙瘩黑土地里出产的小米可是真养人哈，还催奶。虽然说咱北京市政府专门给月母子配有小米，但那保不定是陈米呐，我这可是家里刚捎来的新米，成色杠杠滴，一定要给嫂子熬小米粥哈。"

"哎呀，太谢谢那老师了，这可是好东西啊！"郑力仁满面笑容地接过小米说道，"嗨，你还别说，这在北京给产妇专配小米还是真有科学道理的，小米具有滋阴养血的功效，可以使产妇虚弱的体质得到调养，帮助她们恢复体力，的确是好东西啊！"

"嗨！曹师傅你瞅瞅，我们郑老师讲课有一套，写文章有一套，我咋觉得他这中医养生也是一套一套的呢？哎呀全才呀！难怪大家都叫你'郑夫子'呢。"那老师故作大惊小怪地凑趣。

曹兴旺拃着两手笑应道："咱郑老师嘛，那是当然，那是当然。"

那香玉正在逗乐开心，毛丽华拿着块颜色素雅的布料和一袋

"大白兔"奶糖走了进来:"哎哟,不好意思啦郑老师,我在家里是翻过来呀翻过去,可就是找不到送给月母子的合适的东西,也就这块从上海带来的绸子布料,送给嫂子做件旗袍,再给小妹妹做件小裙子,那可真是美的哟。这袋奶糖嘛,就算是给孝诚宝贝吃吃好玩的啦。"

郑力仁一看这块丝绸料子相当名贵,感觉受之不当,赶紧说:"谢谢毛老师有心!你的心意我领了,但这块布料我们坚决不能收。要不这样,就收下这袋奶糖吧,玉洁坐月子也能吃的。"

"那可不行的,这奶糖其实就是我的零食哦,怎么可以当月子礼物送的啦?郑老师,这布料你如果不收的话,会让我很为难的。"

郑力仁似乎也觉得却之不恭,为难地挠挠头:"那……就算我买给玉洁的吧。"说着就去拉开抽屉找钱包。

毛丽华坚决地挡住说:"郑老师不好这样的啦!阿拉不要钞票,阿拉不要钞票,阿拉只要妹妹小宝宝。"说着就去逗婴儿。这女婴本来感到人来得这么多,已经在很警惕地憋着,被这么一逗弄,终于"哇"地爆发了。从房间到院里响彻着这丫头嘹亮的哭声。

"侬听到吧?侬听到吧?这小妹妹将来肯定是女高音歌唱家的啦,所以呀,阿姨一定要把你打扮得漂漂亮亮的,你说好不啦小妹妹?唔……"她说着又去亲女婴的小脸蛋。

正在这时,只见头发整齐光亮、皮鞋黝黑铮亮、打扮一丝不苟的蔡启文拎着一条风干鱼走进来,看到毛丽华,顿时眼睛放光,也顾不上道喜,就说:"哎呀丽华老师,莫羡慕人家郑老师啦,也赶紧行动生个小宝宝出来,那绝对有我们丽华老师的倾国倾城之貌呀。"

毛丽华扭过身来:"哎哟哟是蔡大主任呀,你这说得也太夸张啦,我可承受不起哟,而且听起来也很假的啦,你们说是不是?再说啦，还有咱东北大美女那老师在这儿呢，你也不怕得罪人。"
低头看到蔡启文手中的鱼："咦？这是给嫂子送的哪样鱼啦？没见过哟。"

蔡启文卖弄地把鱼举起来，学了一句上海话："侬上海人就知道黄鱼啦带鱼啦，这鱼在我们家乡叫'铜头鱼'，学名叫'鳡鱼'，也称'黄钻'，过了长江以南就没有这种鱼咯，它是专吃别的鱼长大的，所以肉味鲜美，营养丰富，送给月母子吃最合适、最养人呢。"曹兴旺两口子好奇地凑过来看，蔡启文顺手把鱼递给曹兴旺，继续殷勤地对毛丽华说，"你要喜欢想吃的话，我全包了，随叫随到，保证供应。"

毛丽华听出点儿话音，脸一红："刚刚说是给月母子吃最合适，怎么又说到我的啦？我又不是月母子，真的的。"

郑孝诚、曹文康、曹文华三个小孩好奇地跑过来问："毛阿姨，您也是月母子吗？"惹得在场的大人们哄堂大笑。

1958 年注定是轰轰烈烈的一年。元旦刚过，北京各界各县、大专院校、驻京部队、机关单位纷纷响应中央号召，分批组织干部职工前往昌平县的东沙河、蟒山、汉包山、豆角山一带，配合施工单位和民工，参加十三陵水库建设工地的义务劳动。即使到了春节，仍有一万多名义务劳动大军日夜坚守工地，在白雪飘飘中，在北风呼啸中，在劳动号子中，在激昂歌声中，度过了一个激情沸腾的革命化春节。

北京石油干校也不例外，根据石油工业部的统一安排，由十数位中青年教职员工组成了十三陵水库义务劳动小分队，郑力仁强烈要求暂停去人大听课一周，和大家一同前往十三陵。临行前，曹兴旺特地交代媳妇，在他们去工地劳动的这些天里，一定要主动帮忙照顾好孟玉洁他们。

四月上旬，干校小分队集合在"石油工业大队"劳动队旗下，跟随部机关大队人马开赴十三陵水库建设工地。尘土飞扬的大路上人声鼎沸，车鸣马嘶，满载着物资和人员的各类大卡车、拖拉机、骡马车、人力车络绎不绝，成群结队驮着粮食和柴草的马匹、骡子、毛驴、骆驼一路叮叮当当，还有很多人骑着自行车，来来回回地穿梭奔忙着。

曹兴旺的老家就在十三陵库区规划范围靠近东沙河一带已经搬迁的一个村庄。路上，他告诉大家："毛主席多次到十三陵视察，说我们昌平是个好地方，有山，景色不错，就是缺点水。有他老人家的亲自部署、重要指示，当地老百姓都坚决响应政府的号召，很配合地搬迁腾地儿，所以，这水库的建设工程就很快上马了。"说着还兴高采烈地给大家介绍沿途的风土人情。

几十公里的路程差不多跑了小半天才到达目的地。一进工地，只见整个库区工地上红旗招展，热火朝天，劳动号子此起彼伏，千军万马协力奋战的场面令人无比震撼，以各个机关单位命名的"战斗队""突击队""先锋队""英模队"等各色旗帜在不同的劳动阵地上迎风飘扬，锹、镐、锤、钎上下飞舞，篓、筐、篮、�肩背手提，独轮车、排子车往来如梭。树立在库区高坡上的"不怕流血汗，奋战一百天！""修好十三陵水库，建设北京新首都！""大干快上为'七一'献礼！"等巨幅标语醒目而鼓舞人心，高音喇叭不断播放的《社会主义好》《歌唱祖国》《团结就是力量》等歌曲响彻云霄，中央人民广播电台、北京人民广播电台的播音员现场播发的好人好事、先进事迹、劳动进度、竞赛成绩等消息更是令人振奋，获得表扬的劳动方阵不断响起欢呼声。

一个星期的义务劳动，大家吃在工地，住在工地，风雨无阻，挑灯夜战，一定要抢在雨季到来之前完成大坝合龙蓄洪的主体工程。虽然伙食标准定量五角钱一天，干粮咸菜就菜汤，人晒黑了，手起泡了，肩膀磨破了，胳膊脱皮了，但郑力仁并不感到累、不觉得苦，每天都在被人们的献身精神激励着，每天都在被大家的劳动激情感动着。

石油干校小分队的任务是配合高飞所在的部机关三分队，在指定区域清除草皮、装运土石，大家相互之间分工合作，干得很欢。蔡启文往日特别在意的细皮嫩肉也不理了，铮亮发型也不管了，整洁着装也不见了，干起活来一点儿不比别人差，而且累活重活险活抢着干，几天下来，皮肤晒黑了，人也变瘦了，居然还动不动就要和北方大汉曹兴旺叫板竞赛。引得曹兴旺不断感慨："蔡主任啊，平日里咱还真没看出来呀，您干起活来还真是个舍得出力气的实在人啊！这不，来的路上我还在嘀咕，说您和郑老师这些知识分子到这儿能干些啥呢？凑个人头算了呗。没想到你们个顶个的都是棒劳力呀，佩服！佩服！"

当然，蔡主任在卖力劳动的同时，还时时刻刻牵挂关心着毛老师，这也的确是个不争的事实。帮她扛工具，帮她系垫肩，给她递手套，给她倒开水，总是时不时提醒她悠着点，不要干得太累，免得伤了身子，或者干脆叫她过来辅助自己干点儿轻活，真可谓无微不至。

但毛丽华似乎很难为情，甚至是躲着他，尽量与其他人扎堆干活，或者温婉地拒绝说："不用，不用的啦，蔡主任谢谢您噢，我其实是很能干的哎，您不用照顾我，我还要多出点力为水库建设做贡献嘞。"

在这个时候，蔡启文往往义正辞严地说："我作为办公室的负责人、干校小分队的队长，来十三陵水库不仅仅是参加义务劳动，而且有责任关心和帮助我们干校的每一位同志，尤其是女同志。"

也往往是在这个时候，那香玉和其他两位女同事会立刻接住话茬说："蔡主任，我们现在都希望得到您同样的关心和爱护呢，哈哈哈哈。"而且故意把"爱护"俩字的音说得忒重，调拉得忒长。

十三陵水库激情而欢快的义务劳动很快就结束了。

一回到干校，兴旺媳妇赶过来，边接过曹兴旺的行李边对郑力仁笑眯眯地神秘宣告："郑老师，又要给您道喜啦，您媳妇又怀上啦！"

还没等郑力仁反应过来，曹兴旺就惊奇地看着郑力仁："哎呀郑老师，能干啊您呐！佩服！佩服！"说着还拱拱手。

郑力仁三步并成两步冲回家去，一进家门，只见孟玉洁正坐在椅子上一脸安详地奶着孩子，儿子孝诚在旁边地板上安静地玩着积木。一看丈夫回来了，孟玉洁欣喜地起身迎接，孝诚抬起头惊喜地连叫"爸爸"，跑上来抱着爸爸的腿。郑力仁放下行李，用询问的眼神看着妻子，又惊喜地扫视着她的腰身。孟玉洁红着脸，羞涩地笑着点点头。

这段时间的报纸、广播每天都在报道各地"钢铁元帅升帐""粮食产量亩产数万斤"等"赶英超美"的好消息，每天的社论都在有理有据地向人们普及、向世界论证小土炉炼出优质钢，一亩地产粮十万斤的权威论断。大街小巷、高楼大院处处贴满了"鼓足干劲、力争上游、多快好省地建设社会主义！""总路线万岁！大跃进万岁！人民公社万岁！"等口号。在各色巨幅标语振奋人心的氛围中，郑力仁匆匆忙忙地去人大听课，匆匆忙忙地去市场买菜，匆匆忙忙地去教室上课，匆匆忙忙地去食堂打饭，好像比任何人都要忙，没有一分钟的空闲。

暑假很快就到了，龙德安特地买了一堆玩具和礼物到干校来与好友话别。两位年轻人这次话别的气氛似乎很沉重，无论是聊到德安调回武汉的工作计划和女儿的抚养打算，还是谈到国家当前全民沸腾的大干局面和城乡状况，两人脸上始终布满了忧虑，语气充满了无奈，没有了往日的激情，也没有了以前的激昂。

"我在军报和地方做记者差不多十年了，自认为对抓社会新闻的敏感度和准确度还是相当自信的，但现在这些报纸的新闻报道、社论社评我都完全看不懂了。难道我来大学深造，进修新闻，反而越学习越落后了？越提高越没谱了吗？"龙德安困惑地说道。

"我在大学系统全面地学习了中国古典文学史，文史相融、古今借鉴，结合中国古代思想经典来研究马列主义哲学，应该说是最全面、最贴合中国实际的，说起来我又在人民大学马列主义研修班研修了一年，也自认为以马列主义哲学方法分析我国的社会主义发展现象不会有问题的，但我现在不要说写什么文章，就是连形成什么观点都做不到，完全彻底地糊涂了。"郑力仁更疑惑。

"唉！我现在自己的事情都搞地焦头烂额，还操心这些自己把握不住的事有什么用呢？婚姻失败对我的打击是相当沉重的，可以说是对人生信念的摧毁，是对身心意志的摧残，估计到了新的工作单位也需要一段时间平复平复。我考虑还是先把女儿送回汉宜老家，让父母帮忙抚养一阵子，看我在武汉的情形如何，再决定是否接到武汉。"

郑力仁点头称是："我现在也是这么个思想状态，想不明白就不想再去费这个脑筋了。我呢，这段时间除了自己的基本工作之外，你看这一摊子家务，照看俩孩子都够我手忙脚乱的了，而且玉洁的妊娠反应还很厉害，也顾不上去想这些了。我发现吧，这家里边没个老人、没个帮手，的确很难呀！"最后，他建议龙德安趁着年轻，要尽早考虑重新组成家庭，总陷在已经过去的事情里面对自己不利。

龙德安进修结业后，以最快的速度离开郑州回到武汉。郑力仁也在人大研修期满，全职回归干校的工作岗位。

这天晚饭后，郑力仁像往常一样拿把二胡，端着茶杯，提张小凳子，到门前院子里的花坛旁边拉二胡纳凉，过不一会儿，高飞、蔡启文、曹兴旺也都吃完饭凑过来，有一搭没一搭地聊天。

高飞感叹道："嗨！十三陵水库作为向建党节献礼的工程，多快好省地如期建设完成，也有我们大家的功劳啊。还真别说，感觉到咱们国家这一年来呀，社会主义建设真正是一日千里，咱新中国的面貌的确是日新月异呀！照这样发展下去，'赶英超美'你们说还会有什么问题吗？"

蔡启文和曹兴旺默默点着头表示赞同，郑力仁若有所思地看着高飞没有吭声。高飞忽然问道："哎，夫子，这一年怎么没看到你发表什么文章呢？我觉得奇怪呀，这么热火朝天的建设事业，这么激情澎湃的群众干劲，这么奋发向上的革命形势，正好能激发你的写作灵感，正好能发挥你笔杆子作用啊？怎么啦？江郎才尽了？"

蔡启文也说："就是嘛，应该写呀，我还想拜读你的新作呢。"

"是呀郑老师，也给咱干校争光呢。"曹兴旺也期待地说。

郑力仁喝了口茶水，诚恳地说道："其实我一直都在写文章，而且已经写好了两篇长文，但总觉得自己写的东西不太合时宜，修改来修改去，越改越感到不靠谱，就一直没敢寄出去发表。我还在纳闷，经过这一年在人大的研修学习，理论水平应该说是有一定的提高，但怎么觉得思想觉悟反而跟不上了呢？"

蔡启文接过话头："力仁，我觉得吧，你跟不上是有原因的。这一年考虑到你在人大进修学习，除了要求每个人必须到场的会议之外，干校每一次的文件学习和政治活动大多数都没有强制你去参加，你也没有主动参加过，学习讨论少了，那思想觉悟自然就会受影响嘛。"

高飞也说："力仁，科学原理、历史传统都没错，也应当去深入研究并发扬光大，但你一定要关注当前，顺应潮流，当前的形势要求我们首先要深刻领会国家的政策精神，才不会落伍。"

第二十二章 困难时期

1959 年春节，郑守礼来北京了。他是来看望差不多五年没见的儿子、儿媳、大孙子，更是来探视从未谋面的大孙女和刚出生的第二个孙子。第一次来到首都北京，来到连做梦都梦不到的皇城根儿，老人家当然很兴奋。而祖孙三代能在京城相聚过大年，其乐融融，老人家更是兴奋。

干校后勤科将第一排平房紧挨着曹兴旺家隔壁的一间空房暂借给郑力仁，让其父亲来京期间暂住。曹师傅忙前忙后地把房间收拾得干干净净，又把石油部招待所闲置的旧木床、旧桌椅搬来一套，布置妥当。

虽然孝诚离开孟营的时候还很小，对爷爷的印象并不是很深，但他一见到爷爷就黏乎上了，非要跟爷爷住到一起。文康和文华当然高兴，这下方便了，再也不用跑前跑后地互相找了，几个小孩玩到饭点也舍不得分开，逮着谁家就在谁家吃完饭后继续玩耍，直接就混成了一家人。

有好几年没有回到自己生长的地方了，郑力仁免不了要详细打听亲戚们怎样，朋友们如何，老乡们咋过，家长里短，问个不够，答个没完。

"爹，力仁不是写信说让您把妈跟淑婉一起带来北京过年吗？淑婉不是放寒假了吗？"孟玉洁很想一家人整整齐齐地在北京团圆过大年。

郑守礼解释说："淑婉倒是很想来北京，天天都在念叨你跟力仁，可想孝诚了。听说又添了侄儿、侄女，高兴得啥似的，特别想来。可你妈说路上要跑好几天她受不了，也不习惯跑这么远到一个不认识人的地方过年，怎么说都不愿意来。她不来，淑婉就只好在家里陪她妈了。"

郑力仁不解道："嗨，我妈这样把淑婉也拖住出不来了，淑婉都读中学了，也该让她多见见世面开开眼界，对她以后考大学有好处。"

"谁说不是呢？可你妈不这样想哟。"父亲叹口气说。

"噢，对了，爹，有这么件事正好想跟您商量商量。"郑力仁恭恭敬敬地向父亲讨教，"您按'孝'字辈给老大取名叫'孝诚'，我本来打算就依这个顺序给大姑娘和老二都按'孝'字辈取下去，但单位领导专门为这事派人找我谈话，说'孝'字是封建思想腐朽文化的体现，要批判。根据现在的形势，不改还不行呢。我就是等您来北京听听您的意思。"

郑守礼听了一愣，盯着儿子看了片刻，又微微低着头思索了一会儿，轻轻地摇了摇头，似乎叹了口气："我跟你说啊力仁，人的姓啊，名啊，字啊，号啊，还有辈分啥的，都是古时候的人喜欢做的事，其实我自己除了现在的名以外也有字跟号，只是后来也没什么人对我称字叫号了。我的意思呢，无论取个啥名字，其实都是给人弄的一个记号，这些个辈分嘛，也是先祖们想象着给自己子孙后代排列下来的所谓序齿规矩。你现在呢是在北京大单位工作，又是政治哲学教研组的组长，一定要以事业为重，一切要按国家的政策来，既然是不妥当，那我们就改。"

"爹，既然您同意改，我就想征求您的意见，怎么改比较好？"

"你突然提出来这么个问题，我想都没想过，容我考虑考虑，一定要符合国家的政策框框，绝不能因为给子女取名影响你的前程。"

郑力仁迟疑了一下，略显犹豫地说："爹，单位找我谈话之后我也一直在琢磨，想来想去，觉得用'晓'字取代'孝'比较好，一是跟'孝'这个字音接近，容易向子女后代解释，让他们记得住自己的辈分，二是《说文》解释'晓，明也'，《淮南子·俶真训》中有'冥冥之中，独见晓焉'，这同时也有自己明了、他人明白的意思，是个好字。您看呢？"

父亲点点头："嗯，是不错。那孩子们的名儿想过怎么定吗？"

"这个我也想过了，都统一用竖心旁取名，竖心旁本意同'心'，结合'晓'字，可谓明心见志有思想。您看啊，老大改名叫郑晓忱，和'郑孝诚'发音差不太多，叫习惯的人也不用改口改得太远。大姑娘叫郑晓悦，这个刚出生的二儿子呢，就叫郑晓恒。您觉得是否还行？"

"好！我觉得这些考虑都很周全，老大做人要热忱、忱挚；大姑娘一天到晚叽叽喳喳很开心，这个'悦'字取得好；要求老二将来做人做事能够持之以恒。很好！我看将来再有孩子的话就按这个思路取名。"

郑力仁看到父亲连声称赞的高兴态度很是欣慰，听到父亲话里话外是想要他再继续增添孙子辈的意思，也觉得很能理解父亲的期盼。

春节期间难得的好天气，刚好这天萧义功约上了即将以荣誉残废军人身份退役的萧义德，特地来干校探望郑老先生，曹师傅则让媳妇留在家里帮忙照看晓悦和产后不久的孟玉洁母子，自己则带着文康、文华陪着郑家爷孙仁和义功、义德一起浩浩荡荡去看天安门。

路上,郑力仁关心地问道:"义德,你退伍回到孟营老家去,那你北京的这位女朋友怎么办?"

萧义德端正俊俏的脸上充满幸福的微笑:"没法分开,她非要跟我回老家,我这又不是转业,是复员回乡下,没有工作,她也就没法搞调动,去了孟营照样没工作,但她不管,还是要坚持跟我回去。"

萧义功说:"义德是作为残废军人复员,没安排工作,每个月只有抚恤金,我们觉得这对姑娘很不公平,没想到姑娘的家人也支持她的决定。"

郑力仁和曹兴旺一个劲儿地感叹:"难得!难得!"

到了天安门广场,没想到给游人照相的还是那位三年前给刚到北京的郑力仁一家三口拍照的师傅。虽然他已经不记得这件事了,但听郑力仁一说,立刻热情异常地为他们拍了合影。其中那张由郑守礼、郑力仁、郑晓忱爷孙三代合影的天安门经典留影,成为郑晓忱由北京到湖北、由湖北到深圳时始终带在身边的幸福回忆和精神支柱。而那张郑家爷孙仨与义功、义德的军装合影照,居然成了后来那个特殊年代的"护身符"。

一行八人参观了天安门广场,随后便一路步行去逛王府井大街。在北京饭店旁边的街口,郑守礼掏钱给仨孩子每人买了一串冰糖葫芦,孩子们高兴得一个劲地叫:"爷爷好!好爷爷!"

曹兴旺做东,请大家在全聚德烤鸭店开开心心地过了个肥年。

突如其来的"三年困难时期",使得新中国建立以来沉浸在物质发展幸福生活之中、憧憬着社会主义建设辉煌成就的中国人民始料未及。首先是每人的粮食定量分类减少而且限制越来越严,市场里、街面上的日常生活资料也逐日出现短缺,即使拿着粮票、数着钞票,也很难买到如意的东西和足够的商品,其他主副食品和用品也开始实行票证供应了。

郑晓忱和曹文华都去了石油部子弟学校上小学，两人同班，曹文康比他们俩高两个年级。他们仨每天早上和大院其他不同年级的孩子们约着一起步行上学，下午放学一起回家，中午就在学校，每个孩子在背的书包之外拎的饭盒就是家里给准备的午饭。一开始，妈妈给晓忱准备的还是包子、花卷、煎饼或者馒头之类的主食，到后来就只能是窝头和咸菜就着学校提供的开水解决午餐，偶尔带几片黑粗面烙饼就已经不错了。曹师傅两口子都有工资拿，老家也在郊区农村，情况稍微好一点点儿，有时候家里有好一些的干粮，就硬给晓忱也准备一份。

日子一天比一天艰难，孩子们都饿瘦了，郑力仁消瘦的脸上出现了皱纹，孟玉洁瘦得两颊没有了酒窝。更要命的是，孟玉洁又怀孕了，每天吃不饱，营养跟不上，怀孕加上带孩子、操持家务的辛劳，使得她更显憔悴。好在经曹兴旺的指点，北方人当时的习惯是不吃鱼头的，干校食堂做鱼把鱼头剁掉都扔了，孟玉洁就去食堂把剁掉的鱼头捡回来处理干净，做鱼头炖豆腐、鱼头炖白菜萝卜什么的。每当这个时候，一家人围着热气腾腾的炖鱼头，啃着玉米贴饼子，感觉是最幸福的时刻。

这次的"三年困难时期"，不管把它看成"天灾"还是"人祸"，总之一年两载也没有缓下来。然而，物质匮乏，生活艰难，似乎也阻挡不了蔡启文和毛丽华对浪漫的追求，虽然大城市上海也好，鱼米之乡江浙也罢，都和全国人民一样在过苦日子，但毛丽华还是能收到丈夫寄来的有限的糖果点心，蔡启文还是能收到老家捎来的少量鱼干莲子。两人除了有时给单位同事、隔壁邻居尝尝之外，会经常来点互通有无、物物交换。不知怎么，说是两人后来把各自的定量都交换给了对方，又被什么人给抓了现行，毛丽华感觉自己无法再在干校待下去了，无论如何坚决要调回上海。好不容易调过来的专业人才出现这种状况，引发了石油部领导的震怒，一纸调令，把蔡启文调到甘肃的玉门油田。

这天晚上，高飞约郑力仁到蔡启文的宿舍里去看望安慰他。这突如其来的打击使那位一天到晚一丝不苟、整洁讲究的蔡主任完全变形了，只见他头发凌乱、衣着不整、满脸愁容地哈着腰坐在床上，看到他们俩推门进来，突然控制不住地捂住脸抽泣起来。

高飞走过去扶着他的肩膀表示安慰，郑力仁倒了一杯开水递过去。

蔡启文一手接过水杯，一手掏出手绢擦擦眼睛，可怜巴巴地望着这两个好朋友："我怎么也没想到呀，这个打击对我太大了，我们俩真的是互有好感的好朋友，又是华东老乡，却给我们定性是生活作风问题。我这一辈子都别想翻身了，一辈子的前途全毁掉了。我在老家当老师的爱人如果要是知道了，我的婚姻家庭也完了……完了。"

郑力仁帮他分析道："启文，事情既然已经发生了，想倒回去补救也补救不了，难过也解决不了问题。我觉得你这也可以说是正常调到异地去工作，这在我们四海为家的石油系统是司空见惯的事，虽然你不再是我们干校的办公室代主任了，但你的副科级别并没有降嘛，说不定算是考验考验，缓一缓又调回来了呢，甚至也不排除调去玉门油田之后反而有可能提拔得更快呢。"

蔡启文摇摇头："力仁你说得倒是轻松啊，你知道玉门那个鬼地方有多艰苦吗？不要说人迹罕至，那是连鸟都不拉屎的地方。我这是流放，甚至比流放还要惨你知道吗？"说完又抽泣起来。

高飞正色道："启文你这样说可就不对了哈！什么叫'流放'？那是我们开发的大油田，怎么能说成是流放地呢？我们有成千上万的石油工人长年都在那里艰苦奋战，难道你能说我们那些石油工人都是被流放？启文啊，不是我说你，这事怨不得任何人，是你自己不小心造成的，你平常那一举一动谁看不出来？不出事才怪。再说了，玉门油田的那么多干部职工都能在那儿工作生活，就你不能去那儿工作生活？"

蔡启文用哀怨的眼神望着高飞："兄弟啊！自己不遇到大灾小难是什么话都好说哦，我们石油系统谁不知道玉门油田有这么一段顺口溜：往前看是戈壁滩，往上看是灰黄天，往后看是鬼门关，想回家比登天还难啊。唉！现在说这些又有什么用呢？是呀高飞，你说的对，这事怨不得任何人，只能怪我自己。妈的，我活该！我认命好了吧？"

蔡启文很快就离开石油干校去了玉门油田。没过多少天，高飞提升半级，调任石油干部学校办公室主任，随后不久，干校考虑到郑力仁现在一家五口住在一间宿舍里的确很挤，况且家属又怀了孕，很快将要再添丁加口，一间房完全没法住，所以就把蔡启文走后空出的那间宿舍调给了郑力仁，正好和父亲来京期间暂住的房间相连，这样一腾调合并，郑力仁一家搬进这前排相连的两间房，就和曹兴旺家实实在在地成了隔壁邻居，一直住到郑力仁一家离开北京。

不过郑力仁和高飞两人心里老是隐隐约约地觉得有点儿别扭，总是半开玩笑地说：咱们这是一个顶了蔡启文的位子，一个顶了蔡启文的房子，怎么让人感觉有些趁人之危、趁火打劫的味道呢？

本来艰辛的日子总是令人觉得毫无乐趣，但没想到的是，三年困难期间，孟玉洁又为郑力仁生了俩儿子，且只相隔一岁半。虽然北京市政府依然按照规定给月子母配有十斤小米，但主细粮匮乏，副食品短缺，鱼肉蛋难觅，营养严重不足，接二连三的生育使孟玉洁看上去瘦骨嶙峋，身体虚弱，经常生病，郑力仁也有一种不堪重负、难以支撑的感觉，三个大一点的孩子都脸呈菜色，显得瘦筋筋的。老大晓忧很懂事，饿了也不说，有时甚至故意忘记把窝头带去学校，他要留给弟弟妹妹吃。

也可能是石油工业部的特别福利，本系统干部职工的小孩从出生直到三岁，可以为每个小孩每天订一磅牛奶。但三儿子晓慷都一岁多了，就是不喝牛奶，闻到牛奶味就闹，孟玉洁的奶水不足，又没有其他合适的食物喂养，晓慷饿得每天不停地哭啼，晚上更是哭个通宵，所以黑黑瘦瘦，把大人折磨得够呛。四儿子晓悟一出生也有一磅牛奶，加上三哥不喝省下来的，一天两磅，全部喝光，喝了就睡，睡醒又喝，睡着尿床，全然不晓，长得白胖红润，大院里的大人小孩都叫他"小苹果"，个个抢着抱，所以父母也省心省力。

郑守礼自上次离开北京才两年半的时间，居然又添了俩孙子，应该说是儿孙满堂，所以，接到儿子的信之后便毫不耽搁地及时赶来北京。

郑力仁按照给父亲在信中确定的日子赶到新落成不久的北京火车站接父亲。新火车站作为首都北京当时的"十大建筑"之一，高大巍峨，雄伟壮观，具有民族风格的建筑外形引人瞩目，车站顶部的"北京站"三个红色大字在夏日阳光的照射下熠熠生辉。

可能是因为在困难时期，偌大的车站里，候车、到达、买票、接站的人并不多，新车站大厅显得空空荡荡的。早就过了预定的到站时间，从武汉到北京的火车还没有到达的迹象，郑力仁着急地赶到询问窗口打听情况："同志，请问今天从武汉来北京的火车什么时候能到？"

窗口里面坐着的一位女同志慢吞吞懒洋洋地抬起眼，似看没看地往窗口外扫了一下，无精打采地露出一丝无可奈何的笑意："我也不知道。"

"按照列车时刻表，不是应该在一个小时前就应该到了吗？"

"嗨，列车时刻表？我劝你别看这个，现在哪有火车按列车时刻表正点到达的？连我们都不知道哪趟车哪个时间点儿到，耐心等吧您嘞。"

郑力仁不甘心地追问："那总得告诉我……"

"同志，我只能告诉你火车不会跑丢，早晚会到。现在到中午饭点儿了，去吃点儿东西耐心地慢慢儿等吧。"说着打开一只铝制饭盒，拿出一个窝头有气无力地啃了一口，两眼无神，无滋无味地咀嚼着。

郑力仁不甘心地愣愣站了一会儿，整个车站始终都没有任何广播信息，想到火车晚点，也不知道父母和妹妹他们在车上有没有吃东西，而自己也要填填肚子，车站的副食品商店关着门，便来到附近的小吃店："师傅，请给我来一个窝头、三个馒头。"

"啥？馒头？还仨馒头，您以为我这嗨儿是北京饭店呐？我自己都忘记馒头长啥样了，还馒头？"小吃店的师傅说完还夸张地咽了咽口水。

"那卖的有啥吃的？"

"就两样：窝头、洋芋，请问来哪样？"

没得选，只能有啥吃啥。

就这样又过了两个钟头，郑力仁终于看到走出出站口的父亲。

去职还乡的郑守礼已经没有了在济世中药铺坐诊把脉、开方记账的神采，此时刚下火车走过来的他穿着打了补丁的中式粗布褂子，看上去消瘦了许多，苍老了许多，似乎还有点驼背，一米七八的个子像是缩水不少，舟车劳顿更显疲惫不堪，但一见到儿子就立刻来了精神。

郑力仁接过父亲的小包裹挎在肩上，赶紧打开毛边纸包着的窝头和洋芋递过去："爹，火车晚点这么长时间，您饿坏了吧？本来想给你们买几个馒头跟点心，但都没得卖，只有这些东西，先将就将就垫垫吧。"

父亲接过来包好："你妈给我烙的粗面馍馍带在路上吃，刚才在车上已经吃过了，还有剩下的呢。走，先回家。"

郑力仁这时扭头向父亲身后和附近扫了一眼："咦？妈和淑婉又没跟您一起来吗？"

“不用看，走吧。你妈说打死都不来，说有我一个人来就行了，又说我的饭量大，我走了就能给她们娘俩省些口粮。”

“那淑婉跟您一起来北京不是更能省下些口粮吗？”

“你妈坚决不让淑婉离开她一步，一定要淑婉守在她身旁，说是怕有个啥三长两短的。唉！”郑力仁无可奈何地摇摇头。

“哎呀！我妈总是很夸张，现在我们国家是遇到了困难，的确暂时是缺吃少穿，但总会过去的嘛。”

郑守礼用异样的眼神看了看儿子，没有说话。过了一会儿对儿子说：“你还记得济世中药铺的老板周世泽周先生吗？”

“记得呀？您前年过年回去后，来信不是说因为药铺公私合营，周先生最后感觉还是不太适应，待不下去，夫妇俩就跟他侄儿周利怀回老家乡下养老去了吗？怎么样，他还好吧？”

“唉！困难时期都不方便互相联系走动，我也不晓得他们老两口现在的情况怎么样。周老先生离开药铺之后，我当时也只是暂时留用，到上个月说是要把药铺改成西医诊所，就没让我再干了。我现在是回到家里吃闲饭的人，所以你妈就更不高兴了。哦，对了，你梅姨上个月过世了。”

郑力仁如雷击一般，木然地站在公共汽车站，两眼呆滞地盯着对面的“北京站”几个字。

第二十三章 培训留学生

这一天，郭开疆校长把郑力仁叫到校长室，先是关心地询问大人小孩的情况，生活有什么困难，老家有什么情况等，然后用他那浓厚的河南话和蔼可亲地说："郑老师呀，你说说，现在整个国家上上下下个个都是恁艰难的时候，你倒好，是生一个又一个，生一个又一个，我们大家伙儿都说呀，你郑老师真是个战斗英雄，越是艰难越向前。不过你的孩儿生都生出来了，我当领导的也不能说啥，但是，你可不能因为孩儿多了就影响工作。最近大家对你可是有看法咧，有人提的意见那就像编的顺口溜：生育太密，措手不及，工作分心，肩负压力。"

"郭校长，我可没有工作分心，更没有耽误上课呀？孩子多了，压力是大，但我一节课都没有落下。"郑力仁辩解道，"孩子们闹得慌，我就到教研组办公室去备课，到图书馆查资料，还在抽空写文章。"

郭开疆打断他的话："政治学习，政治学习啊，同志！现在不仅仅是要求我们的老师只讲好课就可以了，完成上课任务不是唯一的考评条件，你不知道已经有人在提'白专道路'这个词了吗？

你可是政治哲学组的组长，要有政治敏感度呀。所以我要跟你说说你申请入党的事，咱们每个人首先要在思想上入党，行动上靠近党，要积极参加各种政治活动和会议学习，尤其是上级领导出席参加的活动要到场、要露面。请假太多，缺席太多，大家会认为你思想消极。所以，今天干校党组开会讨论新党员的时候，对你的意见分歧比较大，决定对你暂缓批准，再考察考察，希望你能正确对待组织决定，更加积极要求进步，更加严格要求自己。"

郑力仁听到暂时没有批准他成为新党员的决定，有点急："郭校长，那我很想听听，其他几位申请入党获得批准的同志比起我来，有哪些优点是值得我学习的？有哪些成绩是超过我的？我想知道对我的意见到底是什么？为什么他们能被批准，我却不行？"

"你看看，你看看，说你是夫子吧，就是迂腐。这就是你的缺点，这就是你的不成熟，知道吧？党组织考虑批准新党员是综合平衡、全面评价的，而不是只看哪一个方面存在的优点、哪一个地方取得的成绩。况且这是组织集体讨论决定的事，我虽然作为书记、校长，但我一个人也是决定不了的。我可是提醒你哈郑老师，你可不敢向组织提这个对比要求，尤其不能向其他领导和同事发这方面的牢骚，就算是组织上刻意对你进行考验，你也得无条件地接受。好了，这个话题不说了，只要你真心向党，入党的大门随时都向你敞开着嘞。"

郑力仁心里不服气，但也只能无可奈何地点点头。

郭开疆明察秋毫地盯着他看了看："嘿嘿，郑老师，我知道你还是不服气的。我现在要跟你说另外一件事，你现在在干校的小家庭算起来应该有七口人，老家还有父母跟妹妹，又听说你父亲刚刚离职没有了收入，就你那每个月全部加起来七十来块钱，能养活这一大家子人吗？有能力孝敬父母吗？所以呢，我让后勤科跟咱石油部招待所接洽接洽，让他们把一些床单、被套、枕巾、蚊帐啥的每天按规定拿过来，让你爱人抽空在家里洗，算临时工的工钱，又可以照顾家里和小孩，还能补贴补贴家里，给你也减少减少负担，你觉得怎么样？哎，我说，你可不敢再生咧。"

郑力仁这次是感激而真诚地点头致谢，他自己也的确真切地感受到孩子多带来的压力，这不仅仅是经济上的压力，还有精神上的压力。当然，从一个孝子承载着父亲对于郑家多子多福、儿孙满堂的期盼来看，自己应该说是达到了父亲的要求。

郭开疆作为校长，觉得给下属解决了一件实际而实惠的问题，也就没去注意郑力仁在想什么，喝了口茶继续自己的谈话："我呢这儿还有一件更重要的事情要和你说，根据国家的战略部署和中央领导的具体安排，北京石油学院接收了一批亚非拉国家的外国留学生，但还要对他们进行必要的中文培训。部里经过人才排查摸底，决定把你调剂到石油学院教外国留学生中文课程，目前我们学校只同意临时借调。为什么呢？你看哈，自从我国最大的油田大庆油田被发现并顺利开发之后，其他地方也不断传来发现和开发油气田的好消息，这样一来，整个石油系统的专业专职干部的培训任务就更加繁重了，石油干部的数量和质量几乎都跟不上油田开发大跃进的步伐，部领导也在不断地给我们提要求，不断地给我们压任务，我也是巧妇难为无米之炊呀。不过，我们都认为你给外国留学生教中文那是小菜一碟，信手拈来，所以呢，你在完成石油学院教学任务的同时，还是要反过来兼一兼我们干校的课程。担子不轻，但这不也是没办法的办法嘛，拜托了郑老师。"

郑力仁属于没法闲下来的一个人，喜欢工作，喜欢干事，还喜欢揽事，尤其是喜欢被人信任和重视，这也算是他的软肋。同时，他也觉得教中文本来就是他的强项，而给外国留学生教中文更是一个有益的尝试和挑战，想到这儿，他毫不犹豫地说："郭校长，没问题，我服从学校的安排，大不了多辛苦辛苦，把我原来教国文的老底子再翻出来，多熬熬夜备备课。好在我父亲这次来北京待的时间会久一些，可以帮我管管孩子看看家。只是咱们干校的讲课时间要和石油学院的课程安排错开。"

郭开疆校长激动地站起来，一手握住郑力仁的手，一手拍着郑力仁的肩，边点头边用欣赏的目光注视着他。

郑守礼此次来北京一共呆了三个月。虽然日子过得难以想象的艰难困苦，几乎天天顿顿不是玉米面窝头，就是北京人称为"棒子粥"的玉米糊糊，这顿就着咸菜，下顿再换成酱菜，难得有细米白面，更难吃上一次肉，但毕竟还有东西填肚子，而且还能给家里娘俩省点口粮。

这三个月，郑守礼帮忙照看孙子孙女、打扫卫生，给儿子和儿媳减轻了不少压力，孙子和孙女也同爷爷的感情越来越深，天天拉着爷爷的手在院子里到处跑，跟其他的小朋友一起滑滑梯、捉迷藏，周日还可以跟爷爷和爸爸、妈妈一起到公园去玩，到了晚上都要围着爷爷，听他讲完故事才肯去睡觉。而郑守礼跟周围邻居们的关系越来越热络，对北京的生活和环境越来越熟悉，也越来越喜欢儿子工作的这座北方大都市。本来还想多待些日子，多陪陪孙辈们，但老伴让女儿代笔，连续写来两封信催他回去，说是进入秋收季节之后，老家的日子慢慢好了起来，有些东西也能买到了，再则他离开家这么长时间也不是个事儿。

中秋节过后，北京天气已经很凉了，郑守礼也决定回去了。晚饭后，孟玉洁在给爹收拾行李，晓悦、晓恒和晓慷围在那儿乱哄哄地问："爷爷，爷爷，您拿这些东西是要去哪里呀？"

郑守礼慈祥地摸着他们的头笑盈盈地回答："爷爷要回家咯。"

又是一阵七嘴八舌："爷爷要回家？这里不是您的家吗？"

老大晓忱权威地告诉弟弟妹妹："爷爷是回老家，在湖北襄樊，很远，路上要走好多天呢。"

还是一阵乱："啊？老家，什么是老家？"

孟玉洁看丈夫跟爹有事情要谈，收拾完简单的行李，赶紧把孩子们叫到另外一间屋去了。

郑守礼爱惜地看着儿子："力仁，这些日子我待在这儿，也看到了你跟玉儿的不容易啊！你当儿子的不仅在工作上干得不错，在尽孝道上也让爹妈圆了郑家儿孙满堂的心愿啊！不过呢，孩子多了的确负担就重，而你天天奔波劳碌辛辛苦苦，想吃上一顿你最喜欢吃的面条都不容易，我看着真心疼。只是这北方的吃食习惯跟我们那里还真是差别很大，而且还都是粗粮粗做，虽然能吃饱不挨饿，但真是吃不惯。难怪义德、义功回老家后都说还是习惯过家乡的生活呢。"

"义德是前年建国十周年首批特赦国民党战犯之后，就从功德林战犯管理所转业回去了。他和义功现在怎么样？"郑力仁问。

"义德转业到津口区武装部当部长，现在也一样要跟大家伙儿挨饿。义功当时带回一个北京媳妇，你不晓得在孟营有多轰动呢，孟营专门办了个卫生所让他媳妇在那儿当医生。但义功大脑受伤留下的毛病，挨不得饿，一饿就犯病打他媳妇。所以我还是说哈，在这首都北京还就是不一样，天大地大，又有保障，至少饿不着人。现在单位也很看重你，又让你去大学教外国人，不是任何人都有这个机会有这个能力的。而且好男儿要志在四方，你呢，一定要以事业为重，前途为重，不要操心家里的事情，家里有点啥事儿不是还有合作社嘛，再有你每个月给我们寄的钱，我们比营子里其他人过得要好多了。"

郑力仁恭恭敬敬地答道："爹说的话我都记住了。单位给我的任务重，我得两边跑，好在我还年轻，不怕吃苦受累，我也认为多压点担子是好事。但现在的确孩子多了精力上顾不过来，您来的这段时间我们真的轻松多了，您这一走，我的工作多多少少又会受些影响。所以我想您二老干脆搬来北京和儿子一起生活，一家人团团圆圆，还方便互相照应。"

父亲微微摇了摇头："我其实跟你妈商量过，她也不知道从哪儿听说来北京死了要火化，所以坚决不答应搬来北京生活，连这次让她跟我一起来帮忙带带孙子孙女，顺便看看北京大城市，她都不敢来，唉，没办法。再一个，淑婉很快就要考大学了，到时候看她能考上哪里的大学，我们再商量看看。不过呢，无论淑婉是考上大学还是考进中专，这个妹妹你都得资助上学的费用，这样的话，你的负担就更重了。"

"爹，这个您不用操心。您回去跟淑婉说，考上大学比什么都重要，所有的费用哥哥全包。我呢，有一个打算，石油学院基础课教研室教师力量不够，本来是调我过去的，但干校现在只同意借调，我自己还是想争取正式调过去。一方面是大学的工资要高一些，更稳定一些，前途更好一些，再就是不用我现在两边兼课，辛苦奔波，而且石油学院有自己的幼儿园，还有附小、附中，福利条件要好一些，对孩子们的成长教育更有利。不过，这个问题得石油学院和干校两边协调好，慢慢争取。"

郑守礼眼睛一亮："这个打算不错，我觉得应当争取。说到孩子们的成长教育呢，我观察这几个孙子孙女哈，大有培养前途！老大晓忧稳诚、懂事、孝顺，学习成绩又好；晓悦聪明伶俐，活泼好动；晓恒看上去性格内向，比较老实；晓慷呢，眼睛大大的，很机灵的样子，就是个头瘦小，你给他取个'慷'字，大概就是希望他更健康一些的意思吧？晓悟呢还小，长得很好，性格温顺，很逗人爱，你给他取个'悟'字，我猜那意思除了跟他排行是'小五'有关以外，还有什么说法？"

"是，除了取巧'小五'这个谐音外，既有《素问·八正神明论》中'慧然独悟'这个意思，也有明朝《诚意伯刘文成公文集》中'闻而悟之'这些含义。我反省自己这些年在外求学、工作对我性格的磨练，以及我对社会的观察思考，希望这个小儿子将来能够对人生、对家庭、对事业、对前途早些醒悟和觉悟，多点领悟和感悟，少走弯路，少受波折。"

北京石油学院是新中国参照苏联的院校设置体系所创办的，跟当时的"八大学院"，比如北京政法学院、北京钢铁学院、北京地质学院、北京航空学院、北京医学院等一起，全部有规划地集中建设在同一条大街，即"学院路"上，与北京语言学院隔路相望。此后两年多的时间，郑力仁就一直兢兢业业地两头奔忙在石油干校和石油学院之间。

到北京石油学院留学的外国留学生基本都是来自于亚非拉地区的友好国家，郑力仁根据针对这些留学生的特点设计的教学方案，主要是配合基础课教研室的其他教授和老师们做基本的中文起步教学，凭着自己对中国历史、中国文化、中国文字的熟练掌握和把控，在研读借鉴文字学家王力教授的《字史》《汉语音韵学》精髓、了解参考其他学院留学生教案内容的基础上，从汉语拼音、象形文字、字体结构、一字多音及一字多义等特点入手，把外国留学生们逐渐带入神妙莫测的汉字王国之中，令这些留学生大呼过瘾，说"特别喜欢上郑老师的课""中国文字太美了，太神奇了！"其中一位长得很帅，学习很认真，曾送给郑力仁一张中文留言照片的古巴留学生，因痴迷中文而放弃了石油专业，转到对面的北京语言学院继续进修深造，后来居然成为了著名的汉学家。

有很多留学生虽然后来不再参加基础汉语课程的学习了，但仍然经常要找郑力仁交流沟通，回国度假返校时一定要给郑老师带一两样本国的特产食品、特色礼物。以至于郑晓忱他们五个孩子跟着父母从北京随迁湖北时，随身带了好多不同国家的花花绿绿、风格各异的糖纸、画片、邮票之类的东西，令当地小孩大开眼界。而晓忱、晓悦、晓恒、晓慷、晓悟印象最深的是那些古巴叔叔送的很长的糖果，如果横在嘴里，两边的腮帮子会被顶出左右两个大大的包，因此，他们几个总在一起嘻嘻哈哈地比赛作怪，看谁能最快把古巴糖横在嘴里，当然，晓悟最小，总是输。

中国的石油院校招收外国留学生还是个新生事物，也是新中国开展留学外交树立国际形象很重要的一个方面，因此，到了1964年国庆节庆祝中华人民共和国成立十五周年这个重大的节日，北京石油学院的外国留学生通过参加石油工业部举办的"我为祖国献石油"国庆联欢会，成功地展示了外国留学生的成果和风采，并引起轰动。

《我为祖国献石油》是几个月前刚诞生于大庆油田，体现"铁人"精神的一首石油战线自己的歌，石油工业部以这首歌名来命名国庆联欢会，作为国庆十五周年献礼是再贴切不过的了。北京石油学院、北京石油干部学校和石油部直属机关及其在京附属机构等参加联欢活动的单位，对此次活动都非常重视。

此时，郭开疆校长已经调到石油工业部办公厅任副主任。新调来的黄锦标校长此前听说过郑力仁的一些情况，似乎也听说这个人有些特才傲物，所以甫一到任，即请他和干校办公室主任高飞到校长办公室商议干校参加国庆联欢活动事宜，也想看看这个郑老师有啥高招。

黄校长见到两位，即开门见山地提出："《我为祖国献石油》是这次国庆联欢会的主题，所以这首歌当然无可置疑地属于部机关的大合唱，也是开场歌曲。我还听说石油学院已经上报了大合唱《我们走在大路上》，其他单位还没摸到情况，我们得抓紧时间确定下来报上去。你俩有啥想法？"

郑力仁看了一眼高飞，看高飞示意让他先说，便建议道："我知道石油学院还特地为外国留学生上报了一首小合唱《学习雷锋好榜样》，看来现在大家都在关注抢报这几年的新歌。不过，我看大多都是单纯的合唱节目，我想是不是我们干校也报一首新歌《唱支山歌给党听》，但不要搞简单的合唱，挑选一些教职员工和学员练成男女二声部合唱，不知道黄校长和高主任认为可不可以？"

高飞点点头："哎，不错呀！这样的话还可以搞出我们自己的新意。"

黄锦标眼睛一亮："嗯，好！我很同意郑老师的意见。呵呵，难怪石油部和干校的很多人都叫你'郑夫子'呢，嗯，好！有想法。那我看就由你郑夫子来负责挑人、指挥、排练。高主任啊，你们办公室要全力负责保障，一定让节目出彩，为干校争光。嗯，很好！"

郑力仁为难地说："黄校长，是这样，石油学院领导说外国留学生第一次参加我们的国庆联欢会，要求我全力以赴地训练这些外国留学生唱好《学习雷锋好榜样》，这也是个很好的国际影响。所以，我自己恐怕没有时间来负责搞我们学校的节目。"

黄校长微微皱了皱眉头说："我们干校也是这次国庆活动一个很重要的参加单位嘛，同时这也是我一调过来就遇到的第一件大事，不能有闪失。我了解过，你郑夫子有经验、有点子、有水平，希望你挤出时间把本校的节目排练好，争取一炮打响！有什么困难尽管提出来哈。"

"我的困难就是怕挤不出时间来。您看是不是让那香玉老师……"

黄锦标忽然脸色一变："郑老师，我希望你不要这样，唉！据我所知，石油学院正在给你办商调，但是，在没正式调走之前，你的人事关系还在石油干校，你还是干校的职工，干校的职工就得服从干校领导的工作安排，而不是让干校领导服从你的安排，要注意摆正自己的位置，唉。"

高飞一看气氛不对，赶紧出来打圆场，并极力向黄校长解释郑力仁这两三年来借调石油学院，两头奔波兼课，完成教研课题，家里又有实际困难，忙得不可开交的实际情况。

而郑力仁一看这位新来的黄校长不好打交道，脾气也比较急躁，就赶紧解释道："黄校长您别急，请听我把话说完嘛。不是我不愿意，而是怕我没有足够的时间来完成这个任务，给您这新来的校长脸上抹黑，辜负了您的期望。既然您这样器重我，所以为保险起见，我的意思是让那老师负责组织和日常训练，高主任和我共同来支持完成。那老师水平不用说了，内行，高主任也懂一些。您看哈，我们要改编二声部乐谱，要分声部练唱，要混声合成，还要训练台风，这就需要多人配合才行。您看呢？"高飞边听边点头，认为可以。

黄锦标的情绪还没有转过来，依然绷着脸："唔，这些是你们的事，你们去商量吧。但不能给我砸锅，哝。"说完，起身走出办公室。

虽然听了解释，也有了解决方案，但黄锦标自此对郑力仁有了成见。

第二十四章 落魄离京

石油工业部庆祝中华人民共和国成立十五周年"《我为祖国献石油》国庆联欢会"在石油部子弟学校礼堂成功举办。部机关大阵仗的开场主题歌曲大合唱《我为祖国献石油》唱出了昂扬斗志、乐观自豪；石油学院的大合唱《我们走在大路上》唱得是气势磅礴、豪迈激越；石油干校由郑力仁改编、那香玉指挥的男女二声部合唱《唱支山歌给党听》形式新颖、饱含真情；子弟学校的中小学生联合献唱的《让我们荡起双桨》纯真悦耳，充满阳光。郑晓忱也是合唱队成员之一。尤其是第一次有外国留学生参加国庆联欢演出，更是引起轰动，在郑力仁的指挥下，当这些黄皮肤、黑皮肤、白皮肤的亚非拉学生口中唱出《学习雷锋好榜样》时，赢得了全场欢呼，掌声经久不息。

联欢活动刚刚结束，郭开疆副主任便急匆匆地走过来找到郑力仁，说余秋里部长要接见参加演出的外国留学生。郑力仁赶紧向石油学院带队的王副院长汇报，并赶紧召集参加合唱的留学生到子弟学校一楼会议室集中等候，当王副院长向参演的留学生们说明余部长要亲自接见他们的消息后，现场立刻响起兴奋的议论声。

随后，郑力仁向这些留学生做了介绍：余秋里部长是被尊称为"独臂将军"的开国中将，在举世闻名的二万五千里长征中失去了左臂，但他以坚强的革命意志和斗争精神继续投身于抗日战争、解放战争的伟大事业之中，为新中国的建立立下了不朽功勋。"自从担任我们石油工业部部长之后，余部长指挥开展'石油大会战'，并提出了'有条件要上，没有条件创造条件也要上'的著名口号，发现、宣传和培养了先进典型'铁人'王进喜，为中国从根本上改变依靠'洋油'过日子的情况、为中国石油工业和国民经济发展作出了重要贡献。"

听完简要介绍，留学生们激动地鼓起掌来，掌声还没停，却突然更加热烈起来。原来，余秋里部长在几位领导的陪同下步入了会议室，只见身材魁梧的余部长特意为国庆节穿了一身崭新的银灰色中山装，满面笑容地向大家招手致意，并逐一与留学生们握手。郑力仁作为留学生的教课老师，逐一为余部长简明介绍各位留学生名字的中文叫法、来自的国家、在石油学院留学的专业以及他们各自的中文水平。每位被介绍的留学生也都用中文向余部长问候致意。

余部长和留学生们分别握完手后，特地转身与郑力仁握手，并用浓重的江西吉安口音说："谢谢你教得好，带得好，介绍得也好。"随后便向留学生们表示，自己是受周恩来总理的委托，也代表石油部特地来看望参加这次国庆联欢活动的各位留学生，感谢他们以真挚饱满的感情参与庆祝新中国成立十五周年的国庆活动。他们是中外友谊的使者，是国际友好的典范，希望他们在中国留学期间生活好，学习好，取得好成绩，不要荒废在中国留学的时光，也不要辜负各自祖国的培养和期望，同时也希望各位留学生学成回国之后，能继续不断地促进所在国家与中国之间的经济、文化、技术的交流和进步。

最后，余部长真诚地对留学生们说，中国目前刚刚摆脱三年自然灾害的困局，还处在全国上下群策群力克服困难、恢复经济的过程中，会有一些不足之处，若大家在留学期间有什么问题需要解决，尽管向学院向石油部反映，也可以直接找他这个部长。

十几分钟的接见很快就结束了，余秋里部长还要赶去国务院参加一系列国庆的重要活动。留学生们簇拥着欢送部长走出会议室，直到他登上小车挥手离去。

郭开疆主任高兴地走过来拍拍郑力仁的肩膀，称赞道："不错啊，郑老师，表现得很好！"

表现得好也不一定能为郑力仁加分。

国庆节之前，石油干校已经第二次接到石油学院的商调函了。此前的确是因为师资力量不足，没法完成干校培养各大油田干部的教学任务，近期从有关院校和单位充实了教师队伍，郭校长答应郑力仁在年底之前办手续放行，肯定能让他在下学期开学时成为石油学院的正式老师。没想到郭校长在没兑现承诺之前就调走了，黄锦标接任校长后说"新官不理旧账"，不但不放郑力仁走，甚至最后直接致函石油学院告知，下学期不再借调，彻底断了郑力仁的念想。

年底讨论新党员入党，黄锦标表示要有新的工作作风，发扬民主精神，通知所有申请入党的新党员候选人旁听讨论。会上，由组织委员高飞总体介绍四名入党申请人的情况，然后是干校党组成员对他们进行一分为二的评价，既肯定成绩也指出缺点。

轮到对郑力仁的入党情况通报时，高飞的介绍有意增加了点力度，最后特别强调："郑力仁老师近三年来根据工作安排，始终兢兢业业地两头奔忙，既要完成石油学院的课程安排，也要完成我们学校的教学计划，也正因为这样，上几次的新党员讨论都是照顾了全职在校的教职员工，把他给耽误了。现在郑力仁同志已经完成借调，全职回归学校，我建议这一次应该批准他入党。"

　　黄锦标改变了此前先由其他人发言自己再表态的做法，接
道："什么叫'给耽误了'？革命不论新老，入党不分先后，哎。
工作出成绩、有成果，那是分内的事，不能成为向党提要求的条
件，你高主任也不用带倾向性地专门加料介绍，我相信我们各位
党组成员都能把握准的。以前没有批准郑力仁同志入党，我认为
有它的道理，这一次如果不批准、也不能说就没有理由嘛，哎。
比如，有没有骄傲自大、自以为是的作风呀？有没有目无上级、
不服从领导的做派呀？有没有摆正自己的位置呀？有没有觉得老
子天下第一，离了他地球就不转了呀？"似乎不经意地瞟一瞟郑
力仁，"当然，我这是摆现象打比方，对事不对人哈，这些话并不
是针对郑力仁同志的。好，现在请其他同志表态发言。"

　　其他三位列席的新党员候选人表情各异地观察着郑力仁。

　　郑力仁的脸色是由红变白，由白变青，这是哪儿跟哪儿呀？真
是莫须有！自己兢兢业业，任劳任怨，对工作对任务从来都不推
辞，并且每次都会想办法尽量把事情做到最好。只是孩子多，事
情多，还要挤出时间写文章，实在没有空闲跟领导跟同事们拉关
系，但从来没听说有哪位同事对我有看法呀？郭校长从没说我有
这些缺点，而且很支持我的工作，怎么黄校长才来不久，就对我
有这么大的意见，这么多的看法呢？这一听就是不可能入党了，
再加上再也不可能调去石油学院的双重打击，郑力仁的自尊无法
接受，径自站起来就离开了会议室。

　　当然，拂袖而去的后果可想而知。

　　调去石油学院没希望了！入党也没希望了！原来说从各部委
的子弟中挑选了一批优秀的中小学生包括郑晓忱，欲作为交换生
赴苏联进行短期学习，但随着赫鲁晓夫下台，两国关系并没有得
到改善而彻底停止，包括所有的留学交流都停止。因此这事当然
也没希望了！

春节期间，郑力仁接到父亲的来信，不，是一个信封中有两个人的来信：一封是父亲以母亲的口吻写的，一封是父亲随附的说明信，解释另外一封长信是母亲逼着他写的，不代表他本人的意思。

父亲代写的母亲来信主要有以下这些意思：差不多十年了，为母既见不到儿子儿媳也见不到孙子们。培养了一个大学生儿子，那都是给别人培养的，简直就跟自己从来没有这个儿子一样。说起来好听，是有个儿子在京城工作，而且儿孙满堂，好像我们多有福气似的，在别人眼里我跟你爹其实就是孤老。而且听说北京吃的东西都是老家没见过的粗粮，叫人咽都咽不下去，生活过得还不如在家里，何必跑那么远去受这个罪呢？淑婉也考上大学离开家了，儿子、女儿都没有一个人在身边，家里、地里的活都没人干，老两口死了都没人管，现在营子里的人都已经在看笑话了……虽然经过父亲的代笔润色，但语气依然很重，话也说得比较难听，结语是：如果你真是个孝顺的儿子，如果你们真是郑家的根苗，就赶紧回老家来。

接到这封信，使烦闷中的郑力仁感觉更加烦闷，当然他知道调回老家不是那么简单的事，一大家子人搬回老家更是一件大事，爹不仅没有让他回去的意思，反而要求他在北京努力工作好好发展，而且，好不容易进到北京，那是说离开就随便离开的么？"况且，我们郑家在那儿只是个独姓，那算什么老家呢？"郑力仁心里嘀咕道。

春节过后不久，每个人都突然开始关心石油部所属院校、组织机构和人员要搞调整的消息，而且传得满天飞，大家议论纷纷，好像都没有什么心思工作了，一天到晚都在打听、讨论、关心是什么调整方案和自己可能的去向。郑力仁似乎很自信也很坦然，只要在北京，调到哪个单位工作都一样，照样是该做什么做什么，既不打听，也不参与。

"五一"劳动节后的一天，高飞找到还在教研室备课写教案的郑力仁，通知说黄锦标校长请他到校长办公室一趟。

"哎呀，郑老师来了？请坐请坐。"黄锦标笑容可掬地招呼道，"今天请你来呢是有个好消息要告诉你，部里的机构调整方案已经定下来了，所有培养石油干部的干校，都要与油田所在的省份和地方对接，我们北京石油干校已经决定更名为东北石油干校迁移到大庆。考虑到你一直想调到石油学院工作，我们也觉得你到大学任教的确是更能发挥你个人所长，所以呀，决定调你去西南石油学院。你觉得怎么样？唉？"说完，笑盈盈地看着郑力仁。

"西南？……西南？……"郑力仁一脸茫然地嘀咕。

"对，就是在四川省的西南石油学院，这也是我们石油部的部属高等院校。"

"不是，这个学校我知道。只是……只是……我们干校的其他同事是怎么安排的？"

"嗯，这个嘛，基本都还在北京。有的调回部机关，我也回部机关工作了；有的调到石油研究院、石油设备基地这些地方。"

"那……那也就是说，就我一个人调离北京？"

"郑老师呀，是这样，应该说呢我们对你是最重视的了，因此把最好的单位优先安排给你了。整个干校的教职员工只有你一个人调去大学当老师，这也是你一直以来的愿望嘛，唉。"

"但是……但是北京石油学院不是还在要人吗？而且我在那代了差不多三年的课，他们也认可我……"

"郑力仁同志！"黄锦标脸色一变，"机构和人员调整是部里的统一部署，具体安排是干校说了算，不是什么北京石油学院说了算，更不是你说了算，唉！我们给你做了整个干校最好的安排，我不指望你感谢我这个校长，但你也不能这样……唉，当然我不能说你不识时务，但你老是这也不满意那也不如意，总得有个组织原则吧。我说你也不要给组织提什么要求，现在给你两个选择：

要么调去西南石油学院，要么调整到东北石油干校，你自己考虑考虑吧，唉。"

郑力仁茫然无措，心绪烦乱地走出校长室，正好遇到迎面走过来的高飞递给他一封信："喏，你老家的来信。"并关切地悄声问道，"谈得怎么样？"

郑力仁把黄校长谈话的决定告诉了高飞，便径自离去。高飞看着走远的郑力仁，愣在那儿，似乎自言自语地说："怎么可能是这样？"

郑力仁心烦意乱地回到家打开信封一看，居然是别人代笔帮母亲写来的一封信。大概不识字的母亲认为父亲代写的信故意不按她的意思写，或者曲解了自己的意思，没有把话说清楚，因此就另外找人代写。这次的信从头到尾都是在责骂儿子儿媳"不孝""没人味"之类很多难听的话。虽然知道母亲比较霸道，虽然父亲一辈子都怕母亲，但做母亲的一次次来信责骂儿子，催逼返乡，使得把"孝"字看得很重的郑力仁心里无法承受，而这段时间以来一次次工作上的打击，一件件事业上的不顺心，也使得郑力仁产生了破罐子破摔的想法，于是他第一次和妻子孟玉洁"商量"家里的大事，决定"回老家"。

听到丈夫突如其来的决定，孟玉洁完全呆在那儿了。

应该说，孟玉洁的适应性是很强的，不仅对北京的饮食、气候、环境很适应，而且特别喜欢学讲北京话，认为自己全家就已经是北京人了。自己的丈夫在北京的工作得心应手，自己的孩子们都在北京成长，大姑娘晓悦也已经上小学一年级了，自己也很满意在石油部招待所做个临时工，她从来没想到过会回老家。因此，她小心翼翼地说："力仁，是咋回事儿？这都好好的，怎么忽然想到要回去呢？"

郑力仁不便对妻子说自己工作上的不如意，也不便讲新来的校长不断莫名其妙地刁难自己，只说是母亲不断来信催他们回去，而现在把两位上了岁数的老人孤零零地丢在老家，自己也的确是不放心。

"力仁，你要想好啊，不管怎么说，老家那个地方各个方面都不能跟北京这儿比，特别是要想想孩子们将来的前途呀。"

郑力仁不耐烦地吼道："不在北京咋的啦？不在北京就会死人啊？我郑力仁的孩子在哪儿都能成才！"

在黄锦标校长的"关照"下，郑力仁从北京直接调回了汉宜县，而且这个调动手续办得很快、很顺利。

该是和干校同事、街坊邻居告别的时候了。干校大院的各家各户几乎都赶来送行，有送糖果点心作为路上吃的，有送各种小礼物的，有送照片做纪念的。兴旺媳妇抱着也在痛哭的孟玉洁边哭边诉说：差不多快十年了，好舍不得你们这家人走啊，你们能不能留下来？北京多好哇，你看孩子们在一起也多好哇，你们为什么要到乡下去呢？……文康抱着送给晓忧兄妹的积木、玩具，和晓忧无语对视，眼泪一直在流，文华左手搂着晓悟弟弟哭得直抽搐，晓悦扯着文华的衣服"呜呜"哭着说："文华姐姐，我以后还能找你一起玩吗？"曹兴旺铁青着脸，和后勤科的同事帮忙往车上搬行李。

郑力仁强压着内心的痛苦与无奈，与各位送行的同事和街坊邻居致谢道别。高飞的爱人小张急匆匆地赶来，用她那绵软的苏州口音说道："郑老师，这是我跟高飞送给你们的礼物，不成敬意，你一定要收下。高飞本来说一定要来送你们的，但他一大早说有急事要赶到部里，只好我代表他来送行，请你不要介意。"

郑力仁觉得临走没能见上好朋友高飞一面，深感失落。

还是那部多年前去前门火车站帮郑力仁取行李的苏制嘎斯卡车，还是这位曹师傅亲自押车陪着去火车站。孟玉洁抱着晓悟坐在驾驶室，郑力仁、曹兴旺两个大人则和晓忧、晓悦、晓恒、晓慷几个孩子挤坐在敞篷车厢的行李中间。

到了北京车站，曹兴旺和司机陪郑力仁去托运完行李，握手要说再见了，曹兴旺忽然两眼充满了泪水，哽咽着说："力仁，郑老师，您是我曹兴旺一辈子遇到的真正瞧得起我、跟我像亲兄弟一样的大知识分子，您也是我最佩服的人！本来以为这个好邻居就这样做下去了，这个好朋友就这样交下去了，怎么一转眼就要离开了呢？这缘分……缘分咋就这么浅呢您说？"

郑力仁此刻强忍着泪水："曹师傅，我是研究马列的，我本来不信命，但我现在信了，这就是命……是命。"

孩子们的天性是乐观好动的，刚才和小朋友们告别时难过的情绪很快就被开心取代了，见到如此雄伟、高大、宽敞的火车站，看到来来往往、穿着不同、口音各异的旅客，觉得新奇又好奇，晓悦、晓恒、晓慷东瞅瞅西望望，一会儿看到了这个就叽叽喳喳说个不停，一会儿听到那个又嘻嘻哈哈乐个不停，晓忱则安安静静地坐在旁边翻着书。孟玉洁抱着已经睡熟的晓悟，和郑力仁无精打采地坐在候车室的木条椅上，连说话的力气和欲望都没有。

忽然，郑力仁看到郭开疆、高飞还有一位不认识的同志急匆匆地走进候车室，东张西望好像在找什么人，于是赶紧站起来招手打招呼。三个人见到他相视一笑，快步向郑力仁走来。

郭主任首先走上来紧紧握住郑力仁的手，凝视片刻："怎么会搞成这样了呢？不仅石油学院没调成，怎么还调出北京了呢你说？如果不是高飞一早赶到我办公室及时报告这个情况，我还不知道呢。怎么？你这招呼也不打，是真的要走吗？"

郑力仁听郭主任这么一说，心中一阵温暖，同时感激地看了高飞一眼说："郭主任，没想到您居然亲自赶来车站送我，真的让我很感动！您调到部里去了，我在干校这事儿既不便向您汇报也不宜向您反映，更不好意思跟您告别。现在什么手续都办妥了，是真的要走了。"

"郑力仁同志，我不是专门赶过来送你的。高飞同志告诉我之后，我立刻向余部长做了汇报，余部长在那次接见外国留学生时对你的表现印象不错，所以还记得，立即指示我赶过来劝阻你，有什么困难尽管说，有什么要求尽管提，就是希望你能留下来继续为我国石油事业的发展做贡献。余部长还说了，我们石油战线的人才不是多了，而是少了，而且是奇缺！我们不仅不能往外面撵人，而是要留住人，更要吸引更多的人才。所以，我特意把管人事的褚处长一起请过来了，现代版的'萧何月下追韩信'，怎么样？你的面子够大吧？"

褚处长和郑力仁握握手说："部里这次整个系统调整的面比较广，动作也比较大，具体的事项办理权都下放给了下面各个有独立人事权的单位，很多情况部里不一定清楚，也顾不过来，所以，类似您这样的问题我估计不是个案。对于您的个人情况我们都比较了解，调走肯定是对石油系统的一大损失，既然部长都发话了，我劝您就不要走了，有什么要求和想法请尽管提出来，我们肯定把事情办妥。"

郭主任也说："你不是想去北京石油学院吗？这好办，他们那儿本来就缺人，由部里出面直接调，不搞两个单位平行商调，我去跟黄锦标做工作。不行的话，还可以调到部机关，比如办公厅、教育司、外事司啊都还要人嘛。"随即靠前一步，压低声音："首都和地方特别是你那个什么县的差别还是很大的，你要考虑清楚。"

孟玉洁闻言，期待地望着丈夫。

郑力仁微微低着头沉默了一会儿，大概思考权衡了一些问题，最后坚定地说："郭主任、褚处长、高主任，谢谢你们的关心和余部长的关爱！既然所有的事情都已经弄到这个地步了，我还是决定回老家，而且老家只有两位老人，也需要人照顾，我不回去也没有办法。实在对不起了！"说着，声音有些哽咽，两眼开始泛红。

　　郭开疆盯着郑力仁又凝视片刻："那……好吧，我们尊重你的决定。祝你们一路顺风。"说完挥挥手转身离去。

　　高飞走上前来和好朋友握手，摇了几摇，似乎想要说什么，却没说出来，最后只是叹了口气："唉！你呀，讲啥自尊心嘛，真是……真是个迂夫子。"叹罢摇摇头，转身去追郭主任他们。

第二十五章 重返武汉

"呜……呜……"随着火车汽笛两声长鸣，由北京到汉口的直快列车缓缓地驶出北京车站。

同样是在黄锦标校长的直接"关照"下，干校为离京回乡的这一家大人小孩订了四张卧铺票。那时人们坐火车大多还舍不得花钱买卧铺票，所以卧铺车厢的人并不多，这不，面对面的上下两排卧铺就只有郑力仁一家人。晓悟上车喝完牛奶就在铺位上睡着了，完全不受外界的干扰；晓恒和晓慷是第一次坐火车，当然觉得很新奇，两兄弟顺着两排上中下铺位的登梯攀上翻下地比赛闹腾；晓忱略显抑郁不舍地看了一眼车窗外移动的景象，便从随身携带的几本课外书里翻出《格林童话》，安静地读了起来；晓悦则双手支在小茶桌上托着两腮，痴痴地看着车窗外越来越快往后退去的北京城，猛然心里一动："完了！我们可能再也回不到北京了！"随即，泪水夺眶而出。

多年以后，已经分散在广东、湖北的兄弟姊妹们聚首，只要是一谈到北京的话题，晓悦都会动情地说："我离开北京，印象最深的就是火车开动时我心里冒出来的这句话。"

经过差不多三十个小时的跋涉，火车于次日午后到达汉口大智门火车站。龙德安携妻子杨医生抱着一岁多的女儿到车站接车，虽然杨医生从丈夫经常聊天的话题内容中几乎了解到郑力仁的全部情况，但当她看到从出站口像梯子队一样高矮有序地走出的五个孩子，还是惊讶得睁大了双眼，咧开了嘴巴。

已经在武汉高级步兵学校当兵服役的孟玉亮也专门请假到车站来接姐姐和姐夫一家人。当他穿着军装，以军人的姿态跑步过来向姐夫、姐姐敬礼问好时，孟玉洁看到十年不见的弟弟已经是个英武的军人了，惊喜万分，愣在那看着弟弟，热泪盈眶。晓悦、晓恒、晓慷、晓悟四姐弟看到有军人来接他们，欢天喜地地乱哄哄叫着："解放军叔叔好！""解放军叔叔您好！"老大晓忱帮着妈妈纠正道："是舅舅，要叫舅舅。"龙德安夫妇看着这热闹景象，乐不可支。

一行人分乘三部人力三轮车先到江汉路汉口交通旅社，办妥入住手续，在龙德安事先预订的一个家庭小套间安顿下来，稍做整理洗漱。孟玉亮因部队请假时间有限，把买的糖果分发给外甥、外甥女还有龙德安的女儿，便告辞归队了。

龙德安随后带着他们再次分乘三轮车到鄱阳路同安里《江汉日报》社宿舍二楼自己的住处。和其他同事一样，他婚后有一间宿舍。

这是一幢回廊式木结构的老房屋，木头梁架、木头楼梯、木头楼板、木头栏杆，只有外墙和隔墙是砖砌的。晓忱和爸爸妈妈一起坐在床上，跟德安叔叔熟悉地聊着天；晓悦毕竟是女孩子，安静地坐在一张小凳子上好奇地四周打量着；晓恒和晓慷在火车上憋闷了几十个小时，而这里的房间不大没有地方坐，也没有什么玩的，便像放羊一样"咚咚咚"地在楼梯上跑上跑下，在楼板上踢来打去，杨医生感到很闹腾，不经意地皱起眉头，但又不好说什么。实在不像话了，楼下就有人叫："楼高头的在搞么斯哟？"

慌得孟玉洁赶紧跑出去把这哥俩硬扯进屋里来。杨医生也即刻跑到楼下去跟邻居们解释。

很快就到了晚饭时分，龙德安夫妇把郑力仁一家七口请到了大智路口的"老通城"，龙德安笑容满面地招呼大家入座："力仁啊，我们在汉口读书的时候就知道这家著名的老字号酒楼，但那个时候做学生没来过。今天是我们家杨医生决定在这里为你们一家接风洗尘，我呢是一起行动听指挥，哈哈！这里不仅是三鲜豆皮很有名，其他的湖北小吃也不错哟。"

郑力仁想说大学毕业的时候，几位同学送他到汉口，就是高中同学夏安琪在这"老通城"请他们吃的饭，但想了想还是没说。

这时，杨医生用标准的汉口话接过话头："我是正宗的汉口人，最晓得汉口这块哪里的东西最好吃。在'老通城'这里过早也好，请客也好，都是蛮不错的地方，而且档次也蛮高。毛主席他老人家58年都连续来了两次咧，还指示说'豆皮是湖北的风味，要保持下去'，还有刘少奇主席、周恩来总理等好多中央领导跟外国领导人都来吃过的哟，所以，我和德安说，在这里请你们北京回来的人吃饭是最合适不过的了。"

龙德安笑嘻嘻地点点头："我从郑州调回武汉，他们几位高中同学赵森、吴宝强、夏安琪啊也是在这儿给我接的风。"

"哎？他们几位怎么样？"郑力仁欣喜地问。

"赵森就在你妹妹淑婉读书的楚天大学当老师。吴宝强你知道吧？真是跟武汉有缘啊，本来是分到江西南昌，嘿！不到两年那个中南体育学院迁到武汉来了，他现在是武汉体育学院的老师。"

"哎哟，他当时可是很不想离开武汉的呢。"郑力仁乐了。

"他也这么跟我说呢。夏安琪一直在汉口中学教书。哎？那个李太行知道吧？对，他说和你都是班委成员，他是班长，我在部队时曾和他有一面之交，现在又成了《江汉日报》的同事。你还不知道吧？他居然把咱们高中的校花夏安琪追到手了，现在有一儿一女呢。"

郑力仁心里"咯噔"一下，愣了愣说："是吗？在大学时没发现什么苗头啊？那刚才在你们报社宿舍怎么没看到他？"

"嗨！他跟我现在虽然都是编辑部副主任，但人家是乘龙快婿，住在夏小姐父母的大宅子里呐，怎么可能跟我们一起挤在贫民窟里呢？"龙德安调笑道。

说话当口，什么莲藕煨汤、瓦罐鸡腿、三鲜豆皮、热干面，什么牛肉粉、凉粉、桂花米酒，各色传统菜肴、经典小吃都摆了上来。晓悦、晓恒、晓慷又是一番手忙脚乱的闹腾，东夹一筷子，西挑一筷子，晓忱当然就比较沉稳、懂事，不断用筷子压住他们的筷头，不让他们在菜碗里乱翻。孟玉洁忙着照顾晓悟，也管不住他们，杨医生露出了不耐烦的神色，借着去哄被闹哭的女儿走出去了。郑力仁看出了她的不悦，却根本不去理会这些胡闹的小家伙们，依旧事不关己般，神态自若地与龙德安一边吃一边谈笑风生。

第二天上午，郑力仁叫龙德安夫妇都去正常上班，不要再来陪同，自己兴致勃勃轻车熟路地带着全家人游览了汉口解放大道武汉中苏友好宫对面的中山公园、汉阳的古琴台、归元寺、晴川阁，一路上不断给孩子们讲这些地方的故事、传说、典故、诗词。他不要求他们都听得懂、记得住，只是要通过这种方式来向孩子们灌输知识信息。

在古琴台遗址，郑力仁给孩子们讲春秋战国时期伯牙和子期的传说，解释什么叫"知音"，为什么叫"知音"；在龟山脚下的晴川阁，讲始建于南宋绍兴年间的"禹王庙"的来历，为孩子们背诵了唐代诗人崔颢的《黄鹤楼》，说："这首诗里面的'晴川历历汉阳树'说的就是这个地方。"然后指着江对岸的远山，"喏，诗句描述的就是从长江对岸蛇山上的黄鹤楼看过来的景色。这黄鹤楼呢，是跟湖南的岳阳楼、山西的鹳雀楼、江西的滕王阁齐名的中国四大名楼之一，可惜黄鹤楼因为建这座长江大桥的需要给拆除了，你们现在看不到咯。"

他们走下晴川阁，漫步到江边，从下往上仰视着苏联老大哥援建的"万里长江第一桥"——武汉长江大桥，觉得这座公路铁路上下双层两用桥简直就像一条钢铁巨龙，霸气地横卧在宽阔的江面上，雄伟壮观，气势磅礴，让人深感震撼。江面上帆船、渔船、客轮，更多的是拖着长长货船的货轮在桥下往来穿行。生长在北方的孩子从来没有见过这么多的水，这么大的江，欢呼雀跃地指着桥比划，看着江议论，数着船算数。

听着车轮滚滚，看着大江奔流，在江边的一家小饭馆吃完午饭，他们便从汉阳龟山一侧桥头堡拾级而上。一层楼台展现一个景色，一个窗口一幅画面，在郑力仁的启发下，孩子们叽叽喳喳地"发表"着各自的感受，"争论"起不同的想法，做父亲的则是笑眯眯地看着他们，只是听着却不发话，也不评价。刚走到铁路桥这一层，"呜……"一声汽笛长鸣，只见长长的一列货车由南向北势不可挡地疾驰而来。孩子们先是吓了一跳，接着便趴在窗口数起有多少节车厢，当列车"哐当……哐当……哐当……哐当"的有节奏的声音消失之后，便乱哄哄地争了起来："是二十几节！""是三十几节！""是四十几节！"

终于爬完台阶，到了公路桥面这一层，只见一位全副武装的解放军战士在桥头堡哨位上肃穆站立，晓忱行了个少先队员礼："解放军叔叔您好！"弟弟妹妹们立刻有样学样，跑到哨兵跟前行礼："解放军叔叔您好！"哨兵目视远方，回了个标准的军礼。

一家人沿着公路桥东侧的人行道，往武昌蛇山方向步行而去，郑力仁牵着晓悟的小手，又给孩子们讲开了："毛主席的一首词里边有'一桥飞架南北，天堑变通途'这一句，说的就是这座武汉长江大桥，我们现在就是从北往南走，去武昌找你们的姑姑。"

然后指着宽阔平坦的桥面说："看到没有，火车、汽车、行人畅通无阻，这就叫'通途'。'天堑'就是指下面的长江，看这是不是个巨大的壕沟？没有桥的话只能靠船过江。"几个孩子扒住桥栏杆往下看，异口而不同声地惊叹着："哇！"

郑淑婉是楚天大学计划经济系的大二学生，学校已经放了暑假，她早已约好了一帮同学好友准备过几天出去旅游，此刻专门留在学校，等哥哥一家从北京途经武汉时先汇合见见面。一家人来到学校，根据指引，找到了女生宿舍八号楼，孩子们站在楼下的操场上扯开嗓子就叫开了："姑姑！姑姑！"二楼有两间宿舍窗子同时探出了几位女生的脑袋，其中一位乐呵呵地问："叫哪个姑姑呀？"又是一阵乱七八糟的叫声："郑淑婉姑姑！""郑淑婉姑姑！"郑淑婉从三楼的一间宿舍窗户探出身来欢快地挥挥手："听到了！我这就下来了！"

其他同学都离校回家了，淑婉让一家大小到宿舍坐一会儿休息休息，用室友的水杯给哥哥嫂子泡茶，给侄儿侄女每人一杯糖开水，孟玉洁则冲好奶粉，喂晓悟喝完睡觉，忙乱了一阵。

郑力仁问妹妹认不认识赵森老师，淑婉说对政法系不熟悉，于是决定让孟玉洁带着孩子们呆在宿舍，兄妹俩去找赵森。

在教工宿舍很快就问到了赵森的家，在筒子楼的二楼。开门的正是赵森，楼道比较暗，一时看不清来人："你们是……"

"哈哈，赵森！老同学真的是你啊？"郑力仁两手一拍，兴奋地轻喊一声。

赵森定睛一看："哎呀呀！哎呀呀！郑力仁？是郑力仁啊！你……你这是从天上掉下来的？我的天呐！快请进，快请进。"

赵森还是保持着特有的讲话风格，不断有感叹词加上各种辅助用语，当他听说自己同学的妹妹郑淑婉就是本校计划经济系大二的学生，又是一阵感叹："哎呀哎呀！你看，竟然会这么巧哇！要是在我们政法系多好哇！直接做我的学生多好哇！"

泡好茶，赵森坐下来告诉郑力仁，自己后来和同时留校的政治系女同学结婚生子，在他们进门之前，妻子刚好带着俩儿子出去逛解放路去了。华中人民大学在院系调整的时候被撤销，原有的各个专业都分别调整到了中南五省不同的院校，学校的大多数教职员工不愿离开武汉市，就由武汉的相关单位分散消化，他们夫妻俩是直接随政治系整体归并到楚天大学来的。"这样调整蛮好，这样调整蛮好，学校的位置更好了，小孩子上学也方便。"赵森的表情和语气都甚为满意。

"那严老师，严修齐老师现在在哪？"郑力仁急切地问道。

只见赵森即刻表情黯然地轻轻摇摇头："唉，这怎么说呢？这怎么说呢？严老师在'反右'的时候说是被打成了'右派'，我们都不知道到底是什么原因。后来也不知道他们把严老师弄到哪儿去了，再后来院系调整，学校被撤销就再也没有严老师的消息了，我们好多同学都在打听他的消息，我和吴明亮还利用公安局的这条线去找都没有头绪，什么说法都有，就是找不见人。你说说看，唉！"

也许是本能上出于对恩师的思念，或者潜意识里想去追寻老师的踪迹，次日，郑力仁又带着家人从汉口的武汉关码头渡江到武昌司门口，直接乘公共汽车去武汉大学。淑婉高中时一位比较要好的同班男同学郝明礼是武大图书馆系的大二在读生，也是一帮约好利用暑假同去旅游的好友之一，淑婉很熟悉地带着他们穿过武大宿舍区的拱形"山门"，沿台阶顺着依山而建的一排排宿舍往上走，在靠近学校图书馆下方的一排男生宿舍里叫出郝明礼，由他带路游览校园。

在山顶的武大图书馆建筑风格鲜明独特，暑假期间，里边读书的学生不多，更显安静。大家静悄悄地在肃穆安静的大厅里张望感受了一下就退了出来。站在馆前大平台上俯瞰美丽的校园，郑力仁指着幢幢绿瓦飞檐散落在林深茂密、花木葱茏之中的山景告诉大家:"武大的这座山最初是叫'罗家山',又叫'落袈山',现在'珞珈山'这个名字是这里第一任文学院院长闻一多先生改定的。"

郝明礼敬佩地说:"哇!您比我了解得还多啊。"

郑力仁笑着说:"我的高中老师,同时也是我的大学老师严修齐先生就是你们武大文学院的高材生,而我这位老师的老师就是闻一多先生,这就是我今天带家人特地来武大观光的目的啊。"

郝明礼惊讶道:"噢,是这样啊?闻一多先生可是我国著名的民主战士、爱国主义者呀,也是我们武大的骄傲。学校还专门为他塑了雕像呢,离这儿不远,我带你们去瞻仰瞻仰。"

"好啊,无论从我本身就是大学中文系的学生,还是闻一多先生又是我老师的老师这个角度,我都应当去拜拜这位祖师爷。"

午饭在武汉大学学生食堂解决,学校放假,就餐的学生不多。

饭后,一行九人沿着山脚下绿树掩映的林荫小道,兴致勃勃地走到珞珈山后山码头,乘上一艘摇橹木船,开始畅游东湖美景。武汉东湖是中国最大的城中天然湖泊之一,真可谓碧波万顷、烟波浩淼,湖岸曲折,港汊交错。蝉鸣声声之中,那秀丽迷人的湖光山色令游人陶醉其中。湖面游船穿梭,岸边歌曲悠扬,摇橹的船老大心情很好,一会儿吹嘘一下东湖美景,一会儿哼上一段湖北小曲,一会儿问问他们从哪里来,一会侃侃各种神话传说,还不时要和附近游船上的人打招呼,并不断警告船上几个兴奋异常的小家伙注意安全,不要乱动。淑婉和郝明礼也时不时指着周围的景点做介绍。晓悟上船后不久就在摇摇晃晃中睡着了。

游船在听涛轩码头停靠。暑假期间,游人较多,听涛轩前面的游泳池里人声鼎沸,有腾跃跳水的,有花式游泳的,更多是学生们在池水里戏水打闹或者比赛扎猛子憋气,围观的人不时叫好欢呼,或是叫喊起哄。

往北走过小桥，迎面一座翠瓦覆顶，翘角飞檐，古色古香的三层方形楼阁式建筑耸立在小岛之上，阁前苍松翠柏的掩映之中，三米多高的大理石台基上高大的汉白玉屈原塑像昂首视天，抱手徐行，似在漫步湖畔，又像是在继续吟《天问》，栩栩如生的神采气度令人肃然起敬。

郑晓忱站在屈原像下仰着头审视良久，神色中露出崇敬的表情。跟着大人绕过塑像走到阁前，歪着头打量着上方悬挂的"行吟阁"三个字，虽然他从爸爸送的课外读物中认识了"吟诗赋文"这些字词，但对这匾上的字似有不解："爸爸，这个'行吟阁'是什么意思？"

"这座阁呀，是为纪念我们国家两千多年前战国时期楚国的爱国主义诗人屈原建造的，就是前面那尊雕像塑造的人物。武汉这里就属于当时楚国的地盘，所以呀，你们姑姑读书的大学叫做楚天大学。'行吟'两个字呢，是取自于《楚辞·渔父》中'屈原既放，游于江潭，行吟泽畔'这一句，所以就取名为'行吟阁'。"

郑淑婉也好奇地问道："原来是这个意思呀？我和同学来东湖春游也没去深究'行吟阁'是啥意思。难道说屈原来过武汉？"

"有专家从《九章·哀郢》中的'去古都而就远兮，遵江夏以流亡'等诗句中考证出屈原到过武汉一带，古时所称的'江夏'就是现在的武汉及其周边地区。"郑力仁耐心地讲解着。

郝明礼佩服地点着头，悄悄跟郑淑婉翘起大拇指："哇！你哥哥真的是名不虚传，真可称得上是百科全书啊！"

排行最小的郑晓悟对此前的记忆、包括在北京的生活印象都是很模糊的，但对这次在东湖行吟阁屈原塑像前拍全家照的记忆最深。以行吟阁和屈原塑像为背景，爸爸梳着分头，穿着白色翻领短袖衬衣，像个大教授；妈妈身穿白底浅花绸布旗袍，就是上海毛丽华阿姨送的料子做的，可美啦！旁边是姑姑一身大学生打扮，而自己呢，西式吊带短裤，穿着牛皮小凉鞋，和哥哥姐姐按大小顺序排列站在前面。蓝天丽日下，夏风拂面中，是一家人幸福的表情。

所以，当晓悟十几年后也来到武汉上大学时，无论是待亲友，偕朋友，还是约女友，都肯定会到东湖游览，会到屈原塑像前留影，既是追忆，也是怀念。

第二十六章 困境

后半夜开始下起小雨，龙德安凌晨三点就赶到交通旅社送郑力仁一家去长途汽车站。刚到车站，郑力仁就听到候车室的广播喇叭在呼叫自己的名字，赶到服务台一问，原来交通旅社打来电话说房间遗留有一只奶瓶。是晓悟每天喝奶都必须要用的，便急忙乘三轮赶回去取。

早班车准点开行，出城以后路面不是很好，车开得摇摇晃晃。此时雨下得更大了，车外朦胧一片，车内潮闷湿热，旅客虽然满员，但都比较安静，多数人上车后就在闭目养神，有几位在窃窃私语。孩子们都觉得有些烦躁不舒服，孟玉洁用奶瓶给晓悟喂完牛奶后便哄着他睡觉。

郑力仁似乎神游世外地回想着昨晚的情形：武汉的同学在龙德安的召集下，依然是由夏安琪，当然还有她丈夫李太行，专门在江汉路六渡桥的四季美汤包店为自己搞了个聚会。在多年后能够有机会与龙德安、吴明礼、赵森、吴宝强和李太行夏安琪夫妇再度聚首武汉，感慨万千，气氛很是热闹。夏安琪愈显成熟之美，光彩照人，李太行是事业家庭双丰收，满足之情溢于言表，显得很是美满幸福。从夏安琪看自己的眼神和说话的腔调中，看得出她似乎内心依然还是存有不甘，尤其是她"随意"聊到工作中给学生们讲解"我本将心向明月，奈何明月照沟渠"的诗句时，那语调和例子分明是有所指的。

"唉！有缘无分，谁也无能为力呀！好在除了我俩，谁也不会知道那点儿秘密。"郑力仁在心中一声叹息。

当然，同学们对他带着一大家子人离开北京到下面县里去工作，都表示完全没法理解。李太行直言相告："力仁，用我们部队上的术语，你这个战略大转移无论对你、对孩子们、对这个家庭都是战略性错误！"龙德安说："百善'孝'为先没有错，就我本人来说，难道我留在武汉，不回到汉宜的父母身边就是不孝顺了吗？形而上学呀你！还搞哲学呢你，无论你对调回汉宜这事怎么解释，我都不以为然。"吴明亮提醒道："现在的政策是严格控制农村劳动力向城市流动，减少城镇人口，而且已经形成了越来越严格的城乡分治的户籍管理格局。你对各个朝代的户籍制度那么清楚，难道对现在这个政策不了解吗？"赵森感叹道："不理解呀！想破脑袋也不理解呀！人家都是赖在大城市不走，你怎么反而是逆历史潮流而动，反其道而行之呢？"吴宝强则建议："既然你们已经离开了北京，说什么也没用了，但你回到汉宜一定要把握好，千万别把孩子们放到农村去啊！"回想着这些好友好心的劝导，郑力仁苦笑着摇摇头。

过午，车到枣阳，停车吃饭，此刻天也放晴了，大家放风似地冲下车赶紧活动活动，放松放松，简单地吃点东西，继续上车前行。

又摇晃颠簸了几个小时，晚上七点汽车到达樊城长途汽车站，一家人直接就在车站对面的火巷口定中街国营汉襄旅社住了下来。

一夜的香甜沉睡使前一天路途上的辛苦劳顿一扫而光，早餐专门去品尝了很有特色的炸油馍筋配胡辣汤，孩子们兴奋得大快朵颐。饭后齐步走，一家人步行前往米公祠游览，一路上不断引来路人驻足观望，好奇地随行、评论这高矮有序的五个孩子和他们那一口北京腔。

米公祠在汉江北岸面江而建，遥对着襄阳古城小北门即"临汉门"，是一座富有特色的明清风格的建筑。郑力仁从龙德安那里已经听说爱好书法的初中同学王进富现在是这里的负责人，也因为这个缘由，这位同学把自己的名字改成了"王敬芾"，改名明志，以表达对宋代大书法家米芾的崇敬之情，同时也表明自己的专业爱好和从事的职业。

上午宁静的江畔之所，忽然听得大门外热闹的外地童音，又听到有人指名道姓要找自己，王敬芾走出门来定睛辨认："哈！老同学！"

把郑力仁一家人迎进大门内侧的管理所办公室，郑力仁抬头一看门口钉着"所长室"的木牌，便拱拱手逗乐道："哎呀，应该叫你'王庵主'啊，失敬！失敬！"

王敬芾往茶几上摆上平常接待用的盐煮瓜子和炒花生，接过工作人员送来的开水瓶，边泡茶边乐呵呵地回应："嗨，力仁你还别说，当这个'米家庵'的庵主还是很舒服的嘞。这米公祠呢现在是湖北省重点文物保护单位，有一些拨款，接待任务也不重，而且你知道我其他都不咋的，也就是喜欢胡写乱画这点小本事，能在这儿混着也就知足了。说句心里话，我打骨子里非常景仰'米襄阳'，所以在这儿啊，天天都能接他老人家的灵气，有利于发挥我的专长。"

"在当学生的时候你就很爱钻研书法，我是很佩服的。听德安说你现在在襄樊市已经小有名气了。"郑力仁指了指自己的几个孩子，"你看哪个是可造之才，让他拜你为师唄。"此时晓慷站在铺着粗布的书法台旁边，出神地盯着那些文房四宝，露出了向往的神态。

"嘿，老同学你谦虚了哈！你自己琴棋书画的水平教你的公子和千金是绰绰有余的呢。不过我现在只是在襄樊市本市有这个所谓的'名气'，根本不算什么哟，将来要是在襄阳专区、在整个湖北省、在全国混出名堂来才算是真本事哟。"

休息片刻，聊了聊天，王敬苘亲自带着他们开始游览，参观了拜殿、碑廊，欣赏了匾额、楹联，鉴赏真迹，辨识临摹。只觉得这处并非很大的庭院内，亭台廊树，参差有致，曲径通幽，碑石错落，银杏参天，游鱼满塘，确为引人入胜之所。

这一天下来，无论是中饭到邵家巷老面馆体味油炸肉盒子、窝子面，还是下午去造访山陕会馆的彩雕飞龙牌坊、看街景、逛商场，抑或晚餐在劳动街清汤馆品尝清汤大馄饨、刀削面，其实都是郑力仁有意识的安排，意在让孩子们尽快认识和了解父母生于兹长于兹的地方。晚上，全家又到解放桥戏院观看了襄樊市曲剧团移植演出的现代曲剧《朝阳沟》。这部产生在"大跃进"时期盛行一时的作品，是较早歌颂知识青年扎根农村广阔天地贡献青春，赞扬城市人勇于落户农村的经典剧目。而原创河南豫剧《朝阳沟》进京的首场汇报演出就是在石油部俱乐部，当时有数位中央领导和文化部官员出席，曾同场观看过此剧的郑力仁回到襄樊特意再看，其潜意识是想从中寻找主流力量的支撑，还是在追忆？

听说刘易昌两年前从襄樊市文化馆调到襄阳专区文化处任隆中管理所副所长，主持工作，那么，隆中毫无疑问是非去不可的。对郑力仁来说，既可探访十年未见的好友，又可携家人到隆中一游，实乃一举两得。更何况，名胜之地古隆中是自己百去不厌的地方，天下奇才诸葛亮是自己由衷崇拜的圣贤。

樊城公馆门渡口码头的江岸阶梯石蹬道上，刻有"民不能忘"四个苍劲古朴的大字。从这里乘渡船直接到达南岸的小北门码头，到对岸穿过临汉门，即沿着台阶再次登上城楼，俯瞰着悠悠奔流的汉江水，郑力仁情不自禁地喃喃背诵道：

> 下马襄阳郭，
> 移舟汉阴驿。
> 秋风截江起，
> 寒浪连天白。
> 本是多愁人，
> 复此风波夕。

随后指着汉江又开始给孩子们灌输知识："汉江在这襄樊二城一带的码头，兴盛时期达到三十多处，既有客运码头，也有货运码头，还有专给朝廷运送粮食的漕运码头。爸爸刚才背诵的是唐代大诗人白居易的《襄阳舟夜》，就道出了襄阳当时南船北马的繁华景象。"

往西走到夫人城头，下得城墙，再转回到襄阳古城北街，少不了要给孩子们讲讲这一带的历史典故、动人传说，还有自己当年参加革命搞学生运动的故事。说话间走到昭明台，郑力仁忽然想到了孟琨，想到了孟瑶，大脑一阵恍惚，心里针刺般地一疼，忽然不想说话了。

默默地走到十字街东街六路车候车点，等了不大一会儿，一部开往襄阳县泥嘴镇的上白下红的公交车靠路边停稳，一家人上车买票，向隆中驶去。出了襄阳城西门就是石子路，过了万山就完全是坑洼不平的土山路，而且还比较狭窄。差不多行驶四十分钟，在广德寺边上靠站停车，一家人下车步行，路过武汉大学襄阳分校的大门往前不远，忽然就好像进入到一个清凉世界，从蜿蜒前伸绿树掩映的山路看出去，隆山耸翠，绿屏叠嶂，修竹苞茂，林木葱郁，鸟鸣宛转，花香幽暗，泉水淙淙，清风习习。

郑力仁不失时机地说："爸爸给你们背诵一首北宋大文学家苏轼的诗《隆中》好不好？"并在孩子们本能乱应的"好"声中吟出：

> 诸葛来西国，
> 千年爱未衰。
> 今朝游故里，
> 蜀客不胜悲。
> 谁言襄阳野，
> 生此万乘师。
> 山中有遗貌，
> 矫矫龙之姿。
> 龙蟠山水秀，
> 龙去渊潭移。
> 空馀蜿蜒迹，
> 使我寒涕垂。

置身于大自然美丽的环境中，伴随着孩子们的欢声笑语，他们走到了隆中牌坊处。青石嵌合构筑的四柱三开间式牌楼古朴庄重，牌楼中间上方的横匾刻写着"古隆中"三个红色大字，两边圆柱上分别雕刻着"三顾频烦天下计，两朝开济老臣心"，牌坊右次间的上方刻有"淡泊明志"，左次间的上方刻有"宁静致远"。孩子们围着爸爸欢蹦乱跳地问上面写的什么字，雕的什么动物，绘的什么图案，郑力仁都一一耐心作答。看旁边有人用大口保温杯装着牛奶冰棒，卖三分钱一根，便给每人买了一根解暑，扭头发现，刘易昌此时正站在十几米远的一丛灌木旁笑嘻嘻地看着这边，便笑着挥了挥手，也给他买了根冰棒。

刘易昌这才笑盈盈慢悠悠地走上前来接过冰棒："我昨天接到

你从王敬苐那打来的电话，估计你们这个时候差不多到了，就慢慢走下来迎接你们，我站在旁边有一会儿了，哎呀，热闹！热闹！"

郑力仁指指牌坊上的字调侃道："你还记得《三国演义》会评本在评论第三十七回刘关张三顾草庐时有句话吗？'淡泊，则其人之冷可知；宁静，则其人之闲可知。'你呢现在是把这上面的八个字当成了你的座右铭，效仿孔明，隐居隆中，乐在其中，看上去像是要得道成仙的样子嘛。好差事呀，羡慕！羡慕！"然后招呼孩子们叫"刘叔叔"。

刘易昌跟孟玉洁和孩子们打完招呼，也调侃地回应："我可不能跟你力仁兄比呀，绕了一大圈，带着你跟嫂子的丰收成果从北京杀回襄阳向我们示威呀？不过还别说，你这真算是谨遵父母之命，为郑家人丁兴旺立了大功啊！"边说边带着大家经过半月溪，穿过躬耕田，走过小虹桥，但见迎面的坡地上，在苍松翠柏的围拥之中，一尊巨大的石雕神龟驮着一个石碑，上为阴刻"抱膝处"，刘易昌告诉孩子们，这就是诸葛亮在出山之前常常抱膝而坐、思考国家大事的地方。

让孟玉洁看管好追逐打闹、骑上爬下的孩子们，郑力仁随刘易昌从旁边的一处台阶走上去，到"隆中书院"转了一圈下来。

武侯祠和三顾堂是古隆中的核心景点。刘易昌带着他们走进门首写有"揭地掀天"四个大字的高大门洞，四处介绍并自豪地告诉郑力仁："你们来得真是时候哦，今年一月份董必武副主席给这里作了亲笔题词，一副是楹联'诸葛大名垂宇宙，隆中胜迹永清幽'，还有一横匾是'卧龙遗址'，你看，我们都黑底描金刻制好挂起来了。郭沫若同志去年也给隆中有题词，不过他本人没来，是题好后从北京寄过来的。"

在一间诸葛亮生平纪念馆，郑力仁面对岳飞手书的《出师表》复制条幅驻足良久，品味着飘逸挥洒的"岳体字"，喃喃地念出其中的经典句子，略显激动地转过头对刘易昌说："白乐天吟出了'前后出师遗表在，令人一览泪满襟'，我真的也很有同感。文天祥在他的《正气歌》中赞颂'或为《出师表》，鬼神泣壮烈'，更是对孔明先生在《后出师表》中言及'鞠躬尽瘁，死而后已'的悲壮情怀所感动。"

董必武副主席题写的"卧龙遗址"横匾之下，是一尊雕塑精细、栩栩如生的孔明塑像，郑力仁笑眯眯地抱起晓悟，说："来，摸摸诸葛亮先生，我们晓悟就能增长大智慧，悟出大道理咯。"郑晓悟哪敢去摸这高大而逼真的塑像，吓得哇哇大哭，无论爸爸怎么逗，就是不敢摸。

走出纪念馆，郑力仁回首仰望白底黑字的"三顾堂"牌匾，认为这三个字本身就很有故事感，很有历史意义，觉得在这儿留个影是很有纪念意义的。于是，刘易昌叫来工作人员，用"海鸥"照相机为这家人拍下了从北京回襄阳后的第一张全家福。

开心游玩是必要的，但老朋友之间的习惯还是要谈正事。刘易昌说这么多年没见面，想好好聊聊，于是决定下午陪郑力仁他们一起回樊城，并顺便回趟家，正好第二天上午要到专区文化处汇报工作。

回到定中街汉襄旅社时间尚早，郑力仁让孟玉洁先带孩子们在旅社休息，自己便和刘易昌一边聊一边向人民公园走去。

聊了故友的情形，谈了各自的近况，刘易昌问道："力仁，你这次回来是调到哪个单位？"

"汉宜县文教局。"

"啊？那不是我最早工作的单位吗？后来是把教育科和文化科几个相关科室合并，成立了文教局，搬出了县政府大院，听说给了个小楼小院独立办公。哎呀，我说力仁，我们大家看你原来可是一步一步在往上走啊，这下可好，'哧溜'从首都北京又滑回到汉宜，你这不是走了个圆圈又绕回到原点了么？唉……那给你定了什么职务没有？"

"没有。"

"我的天呐！你这是搞的哪一出嘛？那工资级别呢？"

"从我知道的调函内容看，工资还是按北京地区的工资来定级的，每月的工资数变化不是很大，只减了一点地区差。"

"北京是首都大城市，和我们这里的工资级差还是很大的，你比我们要高出不少。但我告诉你哈，没有职务，在我们这里，尤其是在汉宜县文教局会很难受的，我在那待儿过我知道，这也是我为什么千方百计要调走要离开汉宜的原因。现在的汉宜县文教局局长是朱建民你知道吗？"

郑力仁惊讶道："他现在当文教局局长了呀？知道他，但不熟悉。"

"这个朱呢，一开始就和我是教育科的同事，初中毕业，没什么本事，很会算计，也很会拉关系，这倒没啥，做人嘛各有门道，但这个人最大的问题呢是心眼很小，容不得人，是个典型的武大郎开店的角色。你这个大才子在他手下干事，嘿！麻烦咯！估计你以后没啥戏唱咯。"

郑力仁听得刘易昌的情况介绍，有些懵了，半天不知道该如何接上话茬。刘易昌看他沉默不语，又关心地问："你这么多孩子，一大家子人，怎么住？住哪里？回来给你分房子的事之前谈过没有？"

"住应该没有问题吧？我既然调回来工作，老婆孩子的户口也迁回来了，他们不可能不给我安排住房。"

刘易昌打断他的话："别迂腐了力仁！汉宜县城就那么小，县文教局也就这么个芝麻绿豆单位，哪能有条件保证给你分房子呢？而且我还告诉你哈，遇到朱建民这么个家伙，就是有房也不给你，你又能怎么地？这种事他是真能干得出来的！如果他真的不给你房子，你打算怎么办，想过没有？"看到郑力仁又是不吭气，知道他根本没有考虑过这些事情，摇摇头叹口气继续说，"原来跟我一个办公室的张燕你也熟悉，她现在是汉宜县文教局的行政股股长，我给她打个电话，看能否有点儿作用。不过我提醒你呀力仁，我非常同意武汉同学给你的一个关键意见，千万不能把孩子们的户口落到农村去，你知道现在的城乡差别和接下来的形势吗？即使分不到房，也要把户口留在县城，听到了吗？"

也许是刘易昌洞悉本地情况，总之，他的担心并非多余。

次日上午，郑力仁携家人离开樊城赶到汉宜县文教局报到。没想到一进文教局大门，第一个接待他的就是老熟人张燕，还有一位是局里的会计石小敏，她俩看到拥进天井的五个整齐排列的孩子，很是新奇。张燕热情地表示欢迎："郑老师，早都知道你要回来跟我们共事了，特地等着欢迎你呢。来，这儿，请进。"把郑力仁请进行政股办公室。

鉴于往来商调函件早已完备，人事档案也已经在早两天特别挂号寄到了这里，所以，手续办起来很顺当。会计石小敏打开郑力仁的工资关系转移表，惊讶得合不拢嘴："我的天哪！这么高的工资呀！比我们书记、县长都高哇！差不多是我的三倍了！这哪里花得完呐？"

郑力仁有点难为情地苦笑道："你知道我家里有多少口人吗？除了这群孩子，还有乡下的二老要养，又要供妹妹上大学。我在北京的时候每个月还得找单位借钱呢。"

"哪个要找单位借钱呐？"随着话音，走进一位中等个头、体态微胖、皮肤白净、留着小分头的男子，看到郑力仁愣了愣，抬手指着，"哎？是郑……郑校长，哈哈，郑校长，十几年前就听说过郑校长的鼎鼎大名和你的光辉事迹呀，那真是如雷贯耳，高山仰止啊！嗯，没想到啊，现在这是跑到我这个小庙来了？屈才，屈才呀！"

郑力仁笑容可掬地趋前握手："朱局长你好！我是郑力仁，十几年前我也是对你有所耳闻，只是没能有幸结识，现在投奔到你的麾下，也算是缘分哪，还请朱局长多多关照啊。"

"哪里哪里，好说好说，你这可是中央支援地方啊，就怕我这庙小容不下高僧大菩萨呀。"朱建民说完松开手，似笑非笑地看着石小敏说，"刚才在聊什么呢？手续都办好了吗？我看看。"说着顺手拿起郑力仁的工资关系转移表看了看，似乎一愣，脸上随即露出不易察觉的不悦神情："哦，呵呵？呵呵……"然后又翻了翻介绍信等材料，转过身来客气地问道，"郑老师，你回来后有什么要求尽管提，局里能解决的一定解决，这也是我们对待人才、对待知识分子干部的基本态度嘛。"

郑力仁笑着说："倒没什么其他要求，就是这住的问题……"

朱建民闻言皱皱眉头，扭头斜倾着身子，往门外过厅的长条椅上坐着的几个孩子扫了一眼，露出为难的神色："哎呀，郑老师啊你也看到了，我这儿不仅是个小庙，还是个破庙呢，哪有条件安排住房哦。就这么个巴掌大的地方，唉，你看看哈，办公、住家都挤在这儿。我自己的家都没法在局里安排住处，在外边将就呢。张燕跟她爱人曾志都是我们局的股级干部，带着三个孩子，才在这一楼给他们分了两间小房，巧妇难为无米之炊啊，我现在哪有房给你哦。唉！"说着摊摊手。

"一楼不是还有两间……"石小敏正要插嘴，朱建民瞪了她一眼，然后对郑力仁笑道："噢噢，一楼靠近后院倒是还有两间空房，但那是分管文教的贾副县长早都吩咐安排给他从房县引进的人才贾文善老师的，人家在大山里奉献了十几年，他那两个孩子也大了，我们不能不关心人家，不能不照顾照顾，你说是不是啊？"

张燕从文件柜里翻出一个薄薄的档案袋说："朱局长，我查了一下哈，贾文善老师这事目前还在商调阶段，大山里的学校又特别缺老师，房县那边放不放人还不知道呢？"

朱建民一脸的不高兴，扯过张燕手里的档案袋往办公桌上一丢："这不是你我操心的事哈，这是县领导的事，我们只能按计划安排来。那我问你，如果我们局再来一个插队的怎么办？"可能也觉得自己说得有些不恰当，转过身来对郑力仁解释道，"郑老师，你离开汉宜出去读书、工作有十几年了，不了解这里的情况，很多事情不是我这个局长能做得了主的。我看这样吧，你手续办好之后，暂时先回孟营把爱人和孩子们安顿下来，多休息几天再来上班。我和局里呢尽量想想办法，看能不能解决住的问题，当然，你也不要抱太大的希望哈。"

郑力仁忽然有一种彻底傻眼了的感觉。

第二十七章 落户孟营

从县城往孟营走的路上，树叶哗哗，蝉鸣声声，棉苗茁壮，阳光正好。郑力仁又看到了难忘的汉江悠悠奔流船来帆往的景象，又嗅到了熟悉的汉江沿岸平原夏日蒸腾的气息，便给孩子们讲起自己小时候无数次从这条路去县城看父亲，少年时无数次从这条路到县城上初中，青年时从这条路走出去上大学，也是从这条路接走妈妈和大哥离开孟营、离开汉宜、离开襄阳，末了，说："我给你们背首唐诗吧：'少小离家老大回，乡音无改鬓毛衰。儿童相见不相识，笑问客从何处来。'"

最后两句是晓忱和着爸爸一起背诵的。

近了，近了，终于走近了阔别十年多的孟营。他却忽然发现，从摆渡码头方向进入孟营的必经之地——西门楼已经被拆得光光的了，土寨墙也被毁平为田地，一眼看去几乎没有了任何痕迹。郑力仁甚为疑惑，随之顿感失落，感到好像是自己，不，是自己和孟瑶共同的一段历史被彻底抹掉了。"那可是我和她的第一次呀。"郑力仁怔怔地想着。

进到孟营集市街上，一路走过去整体上好像没有什么太大变化，依然是从小熟悉的样子，依旧是打小熟稔的场景，反倒是那些房屋显得有些破旧败落，只是原来的土路上面铺了些石子。今天不是赶集日，而且又是午后，街上几乎没有行人，甚是冷清。街道两旁的人家忽然听到一群操着外地口音的孩子指指点点叽叽喳喳说个不停，很多人走出家门打探或是倚在门口好奇地观看，有人认出来是郑力仁和孟玉洁，便惊奇地热情打招呼、大声询问，几个半大不小的孩子像看西洋景似的，亦步亦趋地跟着他们往前走，还有几位大人也殷勤地跑上前来说要帮他们拎东西。

往前走不多远又发现，南门楼也不见了踪影，两旁原来有水的寨河已经填土种上了庄稼，土寨墙只保留了下半截光秃不齐的坡墙形状，南门桥的石料、青砖不知道被什么人弄走盖房子去了，用土堆高垒起了一段像是堤埂似的石子路。郑力仁若有所失地往上一指，似乎在指着一座虚幻的南门楼问孟玉洁："你还记得这里的南门楼吗？这是那年我回来过年，第一次被拉过来参加排练节目，第一次认识你的地方。"

孟玉洁似有所指地答道："记得，不是瑶瑶拉你过来的吗？"

郑力仁心里一紧，顾左右而言他："这寨墙、门楼都毁完了？"

有人向他解释："是的，一圈的寨墙都推平种地了，东门楼也没有了，还留了一截寨河没填满，里边有好多水，叫'长坑'。"

说话间，迎面过来一位蓬头垢面、脏巴邋遢的五十岁左右的男人，只见他穿着一件补了很多难看的不同颜色补丁的旧军装，腰上系着一根草绳，口齿不清，嗓音沙哑地高唱"二呀么二郎山，高呀么高万丈……"迈着正步走来，看到郑力仁、孟玉洁夫妇眼睛似乎一亮，愣了一下，随即庄重地立正、举起右手："向首长敬礼！"

郑力仁和孟玉洁这时认出来是孟琪，绝没想到他居然是这么一副模样，正在犹豫是否要跟他打招呼的时候，旁边猛然冲出来几个孩子大喊"孟疯子！孟疯子！"，并向孟琪身上扔土块、丢垃圾。正在他狼狈躲闪的时候，这几个孩子拧耳朵的拧耳朵，掐脖子的掐脖子，把孟琪扯到旁边的巷道去了，接着就听见一阵"哇哇"的惨叫声。

郑力仁刚要前去询问制止，旁边又有人说："莫管他啦，天天都是这样，这帮坏孩子你管也管不住，见到这个疯子就打他，但这孟疯子还是要跑出来哟。看，前面就到你们家了，赶快回去吧。"

晓忧他们几个孩子从来没有见过这种情形，既害怕又奇怪地问道："妈妈，那个人是谁呀？好可怜呀！他们为什么要打他呀？"孟玉洁看到自己从小就熟悉和崇拜的堂哥现在居然是这么个境况，同是一个营子里的大人小孩竟然是这么对待他，可怜他父母都不在世了，弟弟妹妹也不知道在哪里，孟琪哥这些年是怎么活下来的哦！想到这里已经是泪流满面，差点儿就要哭出声来。

在一群人的簇拥下来到家门口，几个孩子一眼就认出了已经站在门口迎候的个子高高的郑守礼，兴高采烈地冲过去叫："爷爷！爷爷！""爷爷您好！"爷爷最后一次去北京的时候，晓悟刚出生不久，其实并不记得爷爷，但看到哥哥姐姐这样，也松开妈妈拉着的手，跑上去抱着爷爷的腿乱喊。爷爷弯下腰慈祥地笑着，忙不迭和蔼地应着，摸摸这个，看看那个，一副摸不够也看不够的样子。

晓忧离开孟营时才几个月大，对奶奶没什么印象，其他几个孩子则完全不认识奶奶。被冷落在一边的奶奶看到这么闹腾的场面，一声不响地站在一旁，脸上流露出少许不耐烦的神情。妈妈见状赶紧过去给孩子们介绍："孩子们，这是奶奶，都快过来，叫奶奶。"孩子们立刻满面阳光地扭过头来，但即刻感受到奶奶对他们并不亲切，甚至还好像有些不太开心，便不约而同地产生了距离感，拘谨地降下声调，规规矩矩却参差不齐地叫"奶奶""奶奶好"。奶奶最终没有应声，而是看着儿子随意招呼了声："力仁回来啦。"

"玉儿他们从北京回来了"的消息即刻就传到了孟玉洁的父母那儿，二老很快拎着一壶黄酒，提着一小竹篮擀面和二十只鸡蛋从北街赶到亲家这里。经妈妈提示，孩子们便"姥姥""姥爷"地叫开了，门前小院场围观的人一听，"哈哈"地笑成了一片，用当地话也学着叫"老了！老爷！"并乱哄哄地评论："'老爷'还不错，像古代的叫法。这'老了'是啥意思？"孟玉洁的父母也疑惑地看着闺女，经解释是北京话对孟营这里称"外婆、外爷"的叫法，围观者明白后更是乐不可支。这二老立刻摆摆手说："不好听，不好听。还是叫外婆、外爷吧。"

回来一大家子人，孟玉洁整理完行李、房间、床铺，赶紧去厨房找到水桶和扁担到旁边的井台子上摇橹挑水，外婆、外爷则帮忙打理厨房准备晚饭，奶奶已经若无其事地出门找其他的老奶奶们聊天去了。

郑力仁和父亲一起带着孩子们闹闹腾腾地去合作社买油盐酱醋、碗筷瓢盆、牙膏牙刷、毛巾杂项，路上不断有熟人打招呼问好，也不断有小孩跟上来看稀奇。突然一下子冒出来这么多操着外地口音的孩子，这在孟营街上还是第一次，难免让人像看稀奇一般。

进到孟家台子上的合作社百货店，可能平常在这样的下午时段都比较冷清、安静，所以忽然听到前面营业厅里异常热闹，洪翠香嘴里嗑着瓜子，一副漫不经心的样子从糖果点心柜旁边的一个后门走进来察看。衣帽布匹柜台处正在给人扯布的中年男营业员在自顾自地忙着，一位年轻的女营业员恭敬地叫了声："洪主任。"

洪翠香对她理也不理，认真地盯着郑力仁看了看："郑……哎呀！我说是谁呢，原来是北京的大领导哇！好多年没回来了，这次是回来探亲的吧？"边说边掀开柜台出入口的盖板走出来，撅着屁股摸摸这个孩子的头，逗逗那个孩子的脸，"哇！这孩子们一个一个的好漂亮啊！确实是大城市来的呀！要不要阿姨给你们买糖糖吃呀？"又扭头夸张地对郑守礼说："郑先生，你老做爷爷的真是好福气哦！"

郑力仁告诉她，自己已经从北京调回来了，调在县文教局。

"哟，那北京可是首都呢，那么大的城市都混不下去了？唉！这转来转去又转回来咯。看来还是在老家好混哪，还是我们这里养人噢，还要养一大群人噢。"洪翠香语调一变，阴阳怪气地边说边又返身掀开柜台出入口的盖板走进去，突然把嘴里的瓜子壳往地上一吐，颐指气使地对正从柜台上探着身子逗晓悟玩儿的女营业员吼了声："干活，干活啊！没见过小孩子的？"扭着屁股推开后门走了。

接下来的几天，领着孩子，带着礼物，依礼节去拜见岳父母，探望业已失明守寡的大姑，也特地去了趟林家大湾看望了二姑。

已经离任在家务农的老乡长萧启良、现任孟营人民公社副主任的刘金旺，以及现任公社副主任的祁有光和他在孟营三大队任妇联主任的爱人张正凤等老熟人，还有现任孟营学校校长的刘金财、五年级班主任张正龙、三年级班主任李选林、二年级班主任孟玉兰等，除了已经调走的戴勇、郭云两夫妻之外，原来学校的老同事都分别到家里来看望、叙旧。退伍回乡重操旧业、走街串巷给人理发的刘随昌也拄着拐杖、带着工具家什特意来看望发小郑力仁，还给一家老小都剃了个头。

萧义功从津口镇回来，专门约上萧义德和他在孟营卫生所的爱人白医生，一起带上糖果、饼干来看望孩子们。从离开北京一直到今天，好不容易才见到北京熟人的孩子们不晓得有多激动啊，蹦着跳着"义功叔叔！""义德叔叔！""白阿姨！"叫个不停。为了追求爱情来孟营乡下待了好几年没回北京的白医生此刻听着孩子们口中熟悉的北京乡音，触景生情，思念家人，情绪激动地抱抱这个，亲亲那个。

一家九口人，十多年前修盖的两间房屋实在是不够住，在社队干部和一些乡亲的帮助下，很快在南边自家宅基地的空地上再搭建一间出来，同时把原来的两间旧草房和厨房也统一规整了一遍，虽然宽敞了一些，但依旧是土坯草房。

南边的这位邻居一看这动静，便在他家房子北边也加建了一间可用可不用的小房，这样，两家中间只剩下三四米的窄窄通道。

孟营早几年紧随着人民公社化运动及时成立了孟营人民公社，公社各个部门的办公室、广播站、农科站、社办铁匠铺之类的都集中设在最南头的庙台子上，为了翻盖加建办公用房，最后把那棵千年白果树也锯了，倒横在地上树干直径差不多有一人高。公社庙台子下边的路对面是公社的统购猪收购转运站，因同时也按一定指标在特定时间杀猪卖肉，社员们可以在这里凭肉票买肉，也可以不用肉票买到猪头、大骨、内脏和杂碎，所以，大家直接就叫它公社食品站。

整个孟营公社共划分为八个生产大队，每个大队四至六个生产小队不等，从汉江边开始排列，原寨墙营子里边分为一、二大队，寨墙外围一直再往南、往西，包括孟岗村的岗坡上，林家大湾大山里那一带的地方，依远近分别是三至八大队。从南门楼外到公社庙台子这一长条形范围近百户人家属于三大队三小队，郑力仁父母家就在这一带。

自公社化之后，所有的土地都收归公社，实行"三级所有，队为基础"，计划核算，按工分、按人口分配粮、油、菜、柴。郑力仁的妹妹淑婉考上大学后，粮油户口等关系都已经转走；父亲从县城药铺离职回乡后算作生产队的基本人口，但不计为劳动力；母亲只被生产队勉强算为半劳动力，体力不行，又不能常年全勤出工，几乎挣不到工分，所以二老只能分得基本口粮。孟营这一带主要是沙质土壤，农作物以小麦、大麦、棉花、芝麻、花生、红薯为主，加之人多地少，每年完成粮、棉、油、生猪的统购统销任务之后，要吃五个月的国家返销粮。

这一天晚饭后，郑力仁和父母一起开了个家庭会议，商量孩子们回来后如何落户的事，孟玉洁习惯性地被婆婆指使到厨房洗碗、打扫去了，郑母认为她没有参加家庭会议的资格，也没有发言权。

儿子先向父母报告了县文教局这个单位的实际现况和具体困难，主要是住房可能无法解决甚至根本不会考虑给予解决。没有住处，孩子们如何安顿？安顿不下来，户口就不好落，而下学期的开学时间很快就要到了，晓忧、晓悦、晓恒在哪儿报名上学都是问题。

父亲心有余而力不足地说："原本周先生在县城有产业，又有药铺门面又有一处小宅子，如果他老人家还在的话，借也好、租也好，都没有问题，但这些产业现在都公私合营了，周先生和师娘听说早两年都过世了。唉！这一大帮孩子在县城里没有住的地方，还真是个难题啊。"

母亲说道："别的我不懂，我也管不了，我只是要跟你们说，这家里一个全劳动力都没有，我就是下地干活一天也才五个工分，在孟营这里都觉得抬不起头来。倒是有不少人经常找上门来找你爹号脉看病，还有把你爹请到他们家去看病的，但你爹呢一分钱不收，勉强推脱不过才收一点子鸡蛋、一竹篮面条、一筐子瓜菜啥的。除了基本口粮，其他由生产队按工分来分的东西我们老两口啥都得不到。所以玉儿既然已经回来了，无论如何也要留在农业社里下地干活挣工分。"

儿子解释道："妈，我们国家的政策是子女们的户口关系都要跟着母亲走，也就是说当妈的户口在哪儿，子女们的户口就落在哪儿，并不是跟着我这个当爸爸的走。你把玉洁留在家里了，我自己一个人倒是好办，简单，但这帮孩子怎么办？难不成把他们从北京弄回来，还要把户口落到农村？落在这孟营三大队三小队？"

父亲点点头："是啊，这是决定一大群孩子们将来命运的大事，不能贸贸然然就定下来，一定要慎重。我看……"

母亲打断父亲的话头："你莫说话，你听我说。户口落农村咋的？落在农村就不活人了？北京回来的又咋啦？从天王老子地王爷那儿回来的他也得吃饭！你倒是共产党来了之后孟营出的第一个大学生，在外头混了十几年，听说又是吃糠咽菜喝糊糊，又是啃什么窝窝头的，过得并不咋样嘛，这不还是从北京回来了吗？"

儿子有点急了："妈，这不是你要我们……"

母亲也感觉到自己的话不恰当，并且有些伤儿子，便急忙摆摆手打断道："好好好，我不扯你们那北京的事，就说我们这儿，那县城屁大的地方连个找工作挣钱的位子都没有，玉儿是斗大的字认不得几个，在县城能干啥？还不如在农业社当劳动力挣工分帮你养养家，你这五个孩子至少还能在生产队分到基本口粮，总比都挤在县城里吃你那点儿干工资要强得多。"郑母一会儿"农业社"，一会儿"生产队"的，把说习惯的旧称呼和没说习惯的新叫法混在一起，反正都是一个意思：玉儿必须留在家里干活挣工分，这群孩子在哪儿也是活命。

儿子争辩道："妈，这不是玉洁留不留在家里挣工分的问题，也不是她在城里能不能找到工作的问题，而是你二老这几个孙子将来上学受教育的问题。按照你跟爹的想法，这不都是郑家的希望吗？现在农村学校的教学水平的确不敢恭维，我还不晓得吗？你把他们丢在这里读书，还不怕把他们给毁了啊！也不怕他们将来埋怨我啊！"

母亲一撇嘴："啧啧啧，他们是不是你的后代？你是不是他们的老子？还敢埋怨？真反了他们了！再说了，你原来是不是也在这儿农村长大的？我跟你爹是不是也把你培养成个大学生了？你不也到北京去当干部了吗？这儿学校教得不行又咋的？你还当过老师当过校长呢？有你们识文断字的父子俩还怕不能教这几个孩子认俩字？"

儿子还是辩解："妈，不是你这样说的。再说玉洁这些年几乎是隔一年就生个孩子，隔一年就生个孩子，中间还流过产，身体很差，这些孩子都还小，光吃喝拉撒睡就够她呛的了。而且我也了解了，这生产队全劳力每天十个工分也值不到几个钱，玉洁这身体最多给她每天出工算七分、八分的没啥意义，反而划不来。"

"哎哟哟！就你的孩子是宝贝疙瘩？人家的孩子就不是孩子？我们这里也有生五个六个的，哪个不是泥里爬土里滚的放养？哪还有人专门管他们？噢？还七分八分值不到几个钱？不值钱那也是钱！我那时候看上她玉儿，就是看上她能干活，你以为我看上她别的？给我当媳妇那生孩子是应该的，干活也是应该的，现在倒好，光想在家里吃闲饭不干活当少奶奶？没门！"母亲说到激动处，还从凳子上站起来，两只小脚一蹦，仰着脸挺着胸对着厨房的方向有意抬高声调。

孟玉洁在厨房里听得是真真切切，婆婆的这番话令她伤心欲绝。走哪儿都缠着妈妈的晓悟正抱着妈妈的腿，仰起小脸看着妈妈，不知道为什么妈妈会站在灶台旁边忽然哭了起来。

在孙辈们的记忆中，这是奶奶和爸爸之间对话讲得最多的一次，此后包括奶奶随全家迁到城里，直到患食道癌去世，这母子俩除了简单的应答对话，很少再看到他们谈事交流。

虽然不宜和母亲发生争执，也不好拂逆母亲的决定，但忽然间落差太大，郑力仁多多少少还是有些不甘心的。因此，他还是去县城找到一些同学、熟人，想再争取一下，哪怕就是解决一间宿舍，一家人挤挤能将就将就就好。但做局长的朱建民不松口，其他人谁也没有那个权力，而别人的单位也不可能越俎代庖帮他解决住房。郑力仁自己绝没有想到，这个离开北京调回之前觉得完全不用考虑的问题，想当然地认为肯定会给解决的事情，回来后居然成了一个当然不可能给你解决的大问题。

　　眼看离开学的日期越来越近了，所有的学校都在通知学生们报名注册了。郑力仁想来想去，权衡再三，便只好放弃在县城办理户口转移登记的努力，反过来去找到公社的刘金旺、祁有光，把孟玉洁和孩子们的户口全部落到了孟营三大队三小队。

第二十八章 驻队蹲点

　　郑力仁对汉宜县文教局办公楼所在的位置早就很熟，就是当年从武汉逃避国民党抓捕躲回来之后，来县城和父亲买年货的西街闹市中间的牌楼巷。这个办公楼原本属于解放前某个码头商会，曾经是商贾云集、车来人往，影响该县经济走向之所在，在公私合营之后收归国有，随即划拨给了县政府教育科、文化科、文艺创作演出科合并组建的文教局。

　　这是一栋砖木结构、青瓦盖顶的二层楼房，从雕刻着图案的麻石门框大门迈过一道高高的青石门槛，迎面是扇"龙凤呈祥"的木雕屏风。屏风背后是条较宽的过厅，两边有四间房，一间值班收发室、一间文档室、两间是行政股办公室；再往前走，中间是一方天井，一楼回廊四周房间全部辟为宿舍。住着局里的职工和家属，中间天井空地在晚上便成了大人们闲坐聊天、孩子们游戏打闹的场所；二楼回廊四周的房间全部是局领导、各股室的办公室，正对一楼大门过厅上方的二楼位置，是一大间会议室兼图书资料室；穿过天井的后门，后面是一处背阴的高墙小院，依墙建有五间平房，是职工食堂、师傅宿舍和厨房小仓库。

从天井通往后门处的木质楼梯上去，紧靠楼梯口的一间约十平方米左右不太规则的房间就是分配给郑力仁的宿舍。通过这个房间的一扇小窗户，后院厨房师傅进进出出的一举一动尽收眼底，厨房饭菜或香或辣尽在鼻尖。郑力仁苦笑着嘀咕道："近厨阁楼先得味。"

刚到文教局上班的几天，朱建民和两位副局长正好到县里开会没到局里，郑力仁也不知道自己是哪个股室，在哪个岗位具体做什么工作，因此，白天就到文化口和教育口不同的股室转转，结识同事，交流熟悉，或者在图书资料室翻阅有关文件档案，晚饭后就拿把蒲扇到一楼找曾志、张燕夫妇还有其他同事，包括那位做面条有绝活、特爱聊天的厨房马师傅，一起坐在天井里纳凉喝茶、谈天说地。

郑力仁总爱打趣文艺宣传股的曾志股长，说他和国务院副总理陶铸的夫人同名同姓，而曾志和张燕看郑力仁每晚都要喝他们家两暖水瓶的开水，总是调侃他："郑老师你这哪是喝茶呀？简直就是牛饮。"

每当这时，郑力仁就会美美地又喝上一大口回侃道："北京那个地方缺水，干哪，我每天都要给自己这样'抗旱'，搞习惯了，所以回到我们汉江边更要喝个够哇。"

话题聊来聊去肯定会聊到宿舍。对于明明还有空房，却硬要给那个还没有来报到的人霸住空置，把郑力仁安排到原本堆放淘汰书籍的一个杂物间，大家都觉得太不公平甚至有些过分。虽然不知道郑力仁自己心里有没有后悔自己不听劝阻，携家带口从北京回汉宜的冲动之举，但没房住和不给房住的现实已经如此，老婆孩子已经成了孟营农业社的人，自己一个人则是既来之则安之，郑力仁只能对此表示无所谓。

张燕作为行政股长，则只能尽量"利用职务之便"搞点儿小便利，安排人给郑力仁的宿舍抬进来一张棕绷木架小双人床、一个斑驳的双层文件木柜、一副木质洗脸架、一只竹壳暖水瓶和两只白色搪瓷茶杯，还有一套小小的油漆斑驳的木制办公桌椅，塞进来之后几乎没有了什么空间。原来说是要派人把堆放在这里的几百册不宜上架摆放的书籍处理掉，腾地方，但郑力仁说大可不必，自己动手把这些旧书和几捆从北京带回来的图书资料分类码放到床底下即可。没想到整理之间，他居然发现这些被淘汰的图书中有不少相当有价值，爱文惜书的毛病使然，便把一些中国古今经典作品和西方名著带回孟营阅读收藏。

也因有这个便利，来到爸爸宿舍的几个孩子每次都能各取所需地翻出自己感兴趣的图书，比如课本内容和现在完全不一样的解放前竖版的中小学教材《国文》、引人入胜带插图的"大人国和小人国"——《格列佛游记》、内容神奇的《古希腊神话故事集》《安徒生童话集》《莫里哀戏剧故事集》，还有解放初期上海出版的中国童话《疯皇帝》等，都是外边书店里和图书室里看不到的书或者从没听说过的书。由于属于被文教局处理掉不要的"不当读物"，各人便随着自己所好，或带回孟营家里去看，或私藏炫耀，或在同学们之间换书阅读。

郑力仁就在这间狭小的杂物间里安然地住了十年，直到"反击右倾翻案风"那一年调离文教局。

这些年里，郑力仁只能利用没有下乡驻队蹲点、没有被派去丹江口水库工地的空闲时间，或者是回到县城办事、开会学习、领工资时偶尔在局里待几天的时间，让孩子们进城来玩玩，并事先分批排序由妈妈每次带一个或两个过来。到了晚上，孩子们只能打地铺睡觉。只要是郑力仁的老婆孩子来局里，朱局长就会慢慢踱过来问"嫂子好！"并和蔼可亲地跟孩子们打招呼，有时候还会拿给他们几粒糖果，孩子们对朱叔叔的印象可好了，到现在还记得他的音容笑貌。

五个孩子全部聚齐在爸爸单位共有两次，都是龙德安叔叔回汉宜老家来接其父母去武汉小住的时候，孩子们会被一起带到县城去与龙叔叔、杨阿姨相聚见面。到了晚上就只好借住在文教局的会议室里，男孩们勉强挤睡在由几个高低大小不规则的办公桌拼起来的"高床"上。有一次睡到半夜，熟睡中的晓悟"咚"地从这办公桌高床上摔了下来，连疼带吓，哇哇大哭。这个"夜半惊魂"的记忆在晓悟心中留下了永不磨灭的烙印。

几天后，朱建民局长从县里开完会回到局里，笑容可掬地走进郑力仁的宿舍"视察"了一番，觉得很是满意，拉着郑力仁的手亲热地说："老郑啊（这是换的第三个称呼），你是我们县第一个从中央单位直接调来的干部，又是曾经对我们汉宜县做过贡献、有一定影响的名人，我这个做局长的虽然能力有限，但也一定要尽力给你安排好哇，不然，对不起你这位大才子这么看得起我们文教局。你看到没有？在这二楼只住了你一个人，而且我特意安排你紧挨着我的局长办公室住，我呢就可以近水楼台先得月，随时随地向你请教。也不是说我对你要特别高看一眼呐，你扒拉扒拉一下我们局数数人头，其他人嘛要学历没学历要水平没水平，没这个资格，也不值得我跟他们沟通讨论什么问题。"

郑力仁即使再老实迂腐，通过回来之后这段时间的观察了解和自己的切身感受，也知道了朱建民是个什么样的人，只好打哈哈："朱局长可不能这么说，折煞人，折煞人。"

朱建民闻言，非常老道地打量一下郑力仁，继续有意无意不着边际地瞎侃："哎呀，老郑啊，屈才呀！你怎么会想到从北京回到这个小地方呢？你的才华和能力难道我们还不知道吗？下来到省里、到专区当个领导绰绰有余嘛。嗨！我跟你说呀，就算你真的下决心要回到县里来，至少也要先谈妥条件，回来担任县里的哪一级头头啊什么的，就你的资历和学历，直接拿走我这个小小的文教局局长是分分钟的事。"

郑力仁一听越来越不对劲，赶紧摆摆手说："老朱，不要拿我开玩笑好不好？我也就是家里的确有实际困难，没办法才调回来的，真还没去想那么多的弯弯绕。现在既然回来了，其实在哪儿工作都一样，做什么工作都是给社会做贡献。"

朱建民激动得一拍手："好！好好！不愧是中央大机关培养出来的干部，思想觉悟就是高！我呢正好有工作要和你研究商量，来，请到我办公室来谈谈。"说着，做了个"请"的手势。

郑力仁的宿舍门就和局长办公室的门紧挨着，朱建民请郑力仁在藤椅上坐下，给他倒了一杯花茶放在藤编茶几上，开门见山地说："老郑啊，你在我们县呢是解放后第一个成功开办扫盲识字班、成功创办学校并担任校长的名人，我那时高小毕业后在县教育科做勤务员，对你的大名那是如雷贯耳，大家都评价你是本县年轻有为的教育学专家。我这段时间也看了看你的档案，你大学毕业以后呢一直是在搞干部培训教育，而且着重在马克思主义哲学和政治专业方面，当然还发表了很多研究成果。我是说你其实脱离真正的中小学教育这条线很久了，而我们县文教局的教育口没有干部培训教育这一块，更何况这些年来全县的师资力量变化、学校设置变动都很多，你已经不熟悉也不了解了，下面很多老师也都不认识你，安排你负责这条线呢怕搞不好还毁掉了你此前的名声。所以，我考虑来考虑去，教育这一块的中学管理股、小学管理股、教学督导股好像都不大合适你，文化口也不妥，我看政研室就很适合发挥你的专长，而且横跨文化和教育两大块，地位要比其他专业股重要。主管文化、演出和政研室的董学奇副局长也同意。"

郑力仁的双眼固定瞅着茶几的某一点，一直心平气和地听，既不搭腔也不接话。打从到文教局报到之日起，朱建民几个人对他调来的态度和做法说明了一切，而这个单位的工作本来也就一目了然，安排在哪个股室岗位他都完全无所谓。

朱建民盯着只顾喝茶不发表任何意见的郑力仁看了一会儿，起身拿起暖水瓶给他续上开水，来回踱了几步顿了顿又说："还有啊老郑，你在北京这么多年应该比我还清楚，这两年多，全国城乡都在开展社会主义教育运动，前一段时间主要是针对农村的'四不清'干部搞的清工分、清账目、清仓库和清财物，现在呢不管是城镇还是乡村都全面铺开了新的社教运动，那就是清思想、清政治、清组织、清经济。我这几天就是在县委县政府开这个会，县里要求我局继续派人参加县工作队，我和贾副县长商量了一下，这个运动内容呢也正好跟政研室对口。说老实话，那个谁哈，那个……那个政研室主任胡志学也只是个基础师范短训班毕业的，我们局哪有一个是真正懂思想、懂政治、懂经济的呢？想来想去也就只有你能胜任。所以我又说要感激你呀，你这次回来得正是时候，算是帮了我的大忙，帮了局里的大忙，甚至可以说帮了汉宜县的大忙！有你给县工作队增光添彩，绝对会使我县的社教水平和社教成果在襄阳专区、在湖北省、在全国出名。"朱建民说得口沫飞溅。

就这样，郑力仁还不知道自己的办公室是哪个房间，也不知道自己有没有办公桌，就直接成为汉宜县"社教工作队"的一员，被分配在县城西二十多里地的陈岗人民公社陈坡大队驻队蹲点，与当地干部群众同吃、同住、同劳动，并在陈坡大队一小队的种姜高手陈大义家里一住就是一年，相互之间结下了深厚的情谊。除了被通知回文教局开会学习或者领工资之外，郑力仁基本上是每个星期六的下午步行到码头乘渡船过江回孟营与家人过周末，在星期天傍晚或者星期一早晨再乘渡船过江步行返回陈坡大队。

秋季开学，晓忱入读孟营学校小学五年级，晓悦接读二年级，晓恒开始上一年级。

孟营学校现在属于公社化后一大队的地盘，经过十多年的发展，在最初的基础上不断利用原教堂的房屋地基，扩建成目前拥有十几个教室的合围式学校，后侧有一扇小门是通往露天公共厕所的捷径，正大门外依旧是原来的操场，竖起了一对由当地木匠人工打造还算标准的篮球架，不过这个篮球场只有在学校运动会或者有比赛活动的时候，才在硬土场地上用石灰粉标出篮球场的边框线、中线、三分投篮线。大门内的教学区中间场地用砖头水泥砌起两座乒乓球台，院里种了几棵当地常见的柳树。学校分为小学一至五年级各两个班，初中一、二年级各一个班，有四百多名学生，在津口区除津口镇外算是规模比较大的一所学校。

晓忱入读的五（1）班，班主任就是萧义德的爱人邓丽萍老师，师范学校毕业，教学有水平，人很和蔼，对所有的学生都很负责。因其丈夫在北京当兵期间和郑力仁夫妇及孩子们的渊源，加上郑晓忱在北京读小学时成绩优秀的底子和勤奋好学、认真守纪的优点，便由其担任班上的学习委员，班长是由公社副主任刘金旺的大儿子刘汉生担任，邓老师漂亮的女儿萧华也在妈妈教的这个班担任文艺委员，孟玉兰老师的大女儿郭燕梅也是同班同学。另一位公社副主任祁有光的大儿子祁万保、校长刘金财的大女儿刘汉蓉、刘随昌的大儿子刘大军则是在隔壁的五（2）班。这几个年龄相差不到一两岁、家里大人关系比较好、彼此也很要好的同学几乎天天都是约着一起上学放学。各家住的地方基本是在一条线上，从学校由北往南沿着孟营集市的长街，郭燕梅家离学校最近，郑晓忱家最远，所以每次上学都由晓忱带着晓悦、晓恒从祁万保叫起，往下是萧志国、萧华、刘大军、刘汉蓉、刘汉生、郭燕梅，就这么一路叫过去，最后大家全部汇齐进学校。

刚开始上学时，总是有不同班级的孩子跟在郑晓忱三兄妹身边围着他们，听他们说北京话，并怪声怪调地模仿他们的北京腔，或者嘲笑他们不喊"外婆"而喊"姥姥"，就起哄叫："老了，老了！"或者嘲笑他们不喊"爹"而喊"爸爸"，就起哄叫："粑

粑，粑粑！"或者干脆直接骂"外来户，外来户"。有一次，晓恒
实在烦不过，就骂他们"混蛋"，立刻就有几个大一点的孩子围
上来推打他，并一把把他推倒在地欲进一步殴打，郑晓忱见状，
掏出一把随身携带用来削铅笔、水果的小刀冲了进去，挡在弟弟
前面，闭着眼睛向这几个围殴者疯了一般地挥舞，正在旁边的祁
万保、萧志国、刘大军也冲上去帮忙推搡并斥责他们。

这些熊孩子本来就是些无事生非、欺软怕硬的坏学生，看到
这个护弟弟的哥哥不要命地玩儿真的，而且还有人出面帮他们，
便一哄而散。

领教了这几个"外来户"是玩命的主之后，这帮孩子后来就
远远地喊叫几句便撒腿就跑。再后来，发现这兄妹几个不仅学习
成绩好，而且每次都在学校文体活动中大出风头，很多老师和同
学都喜欢他们，不好再惹。再后来，因为天天都和这几个"外来
户"低头不见抬头见的，也就渐渐习以为常了。当然再后来，这
几个"外来户"自己也拼着命地入乡随俗，至少在语言上基本与
"本地户"融为一体了，而晓悦、晓慷后来讲的方言土语甚至比
当地人还有过之而无不及。

大人小孩都没充分预计到，落户孟营后，吃饭还真成了问题。
夏粮早已统购交公，余粮业已分配到户，秋粮还没收获，爷爷奶奶
分得的粮食两个月不到就吃光了，父亲只能动用离开北京时兑换
的全国粮票在县城当时还存在的自由市场拿钱去买，或者是找粮
食仓库的同学熟人关系购买调剂粮，但都很有限，孩子们尝到的
不仅是没有饭吃，而且还是没有其他任何东西吃的滋味。母亲每
天都要起早贪黑地下地劳动，一日三餐八口人的饭食还要精打细
算，辛苦劳累无以言表。而爷爷天生不会做饭，奶奶则打从自己
的儿媳妇回来之后便成了甩手掌柜，除了吃饭回家，其他时间就
是和营子里的老奶奶们聊不完的天，吃饭的时候去叫她才回来。

老大晓忱已经懂事，想来想去，想出了一个为爸爸妈妈减少负

担、节约粮食的"高招",就是把原来当作纪念品收集的石油部食堂和石油干校食堂零零散散的饭票、菜票稍做涂改,用胡萝卜刻了一枚"郑家人民委员会"的"公章"加盖在原来的公章上,每月公平按量发给自己和弟弟妹妹们,除了爷爷奶奶和妈妈,每人每顿必须凭饭票吃饭,依票定量,没票没饭吃,当然也可以借,到下个月发饭票时扣除。晓忱、晓悦、晓恒、晓慷一直遵章守法,但最小的晓悟只觉得好玩且不懂规矩,想吃多少就吃多少,又有妈妈护着,完全拿他没办法,只好作为例外。因为"搞特殊",加之动不动就爱哭,搞得只比晓悟大一岁半的晓慷一直对他很不爽,总是找机会哄他的东西吃,或者偷偷摸摸地打他。

孟营和全国一样,也在如火如荼地继续深入地开展"四清"运动,驻队的"社教"干部依照排序在社员家里轮流吃"派饭",并按规定一天向管饭的社员付八两粮票、二角钱。驻队干部到家吃"派饭",再穷也要准备得比自家平常吃的稍微好一点,每每此时,是孟玉洁最伤脑筋的时候,说起来人人都知道这家有拿"高工资"的干部,又是从北京回来的,无论如何不能让人家瞧不起、说闲话。但竭尽所能管好了驻队干部一天饭,大人孩子就得喝好几天的稀糊糊。晓悟年龄小,是个"人来疯",特喜欢家里边有客人来,只要有人到家里,他就背着小手站在大哥晓忱贴的一张"规定"前面假装认真地看,以期引起客人的注意。

"小家伙你这么小就认得字吗?在读什么呢?"和爷爷一起坐在堂屋却没话可聊,等着吃饭的干部叔叔果然"中招"。

晓悟继续背着小手,头也不回,像个小大人似地应答:"我在读我大哥贴的布告。"

"还有布告?我看看。"干部叔叔好奇地凑过来,"噢,是'郑家人民委员会'的布告,哟呵,还盖着'公章'呢!呵呵,有意思,是《关于凭饭票吃饭的规定》,一……二……哈哈,还真是搞得有板有眼呢,太有意思了!那我问你哈,叔叔在你们家吃饭要不要凭饭票呀？"

晓悟一脸严肃地回答："叔叔您是客人，您不用交饭票，可以随便吃。"逗的这位干部叔叔哈哈大笑。由此，一传十，十传百，郑家成立"人民委员会"并在家里凭票吃饭的"奇闻"一度在孟营一带传为"佳话"，至今当地仍有人把这当作传奇故事津津乐道。

在孟营"四清"运动的后期，最轰动的事件是洪家人又在孟家台子出事了。临近年底，忽然传出在孟营不可一世的供销社副主任洪翠香因贪污现金、布票、油票，生活腐化、与人长期通奸而被逮捕判刑的消息。公判大会就在供销社门口的孟家台子上举行，得到消息的十里八村的父老乡亲们都赶来孟营街上看热闹，人山人海，络绎不绝，把整条街巷都塞得满满的，远处的人根本连宣判台都看不到。宣判结束，当场把盖有大印、打着红勾的判决布告贴在供销社的宣传栏里，洪翠香被五花大绑，由持枪的公安战士押上敞篷卡车，在一片"打倒犯罪分子洪翠香！""打倒贪污分子洪翠香！""坚决维护社会主义经济秩序！"的口号声中送去监狱。一些大人小孩追着卡车跑了很远。

洪二宝因其作为犯罪分子的直系亲属，不但不依法依规回避，反而在县公安局侦办洪翠香案件中存在利用职务之便，公开包庇、通风报信、妨碍公务等渎职行为，被开除公职，回乡劳动改造。

第二十九章 退隐乡间

"社教"运动已经基本结束了，陈岗公社和陈坡大队现在开什么会也都没有再通知郑力仁参加，县里其他单位的驻队蹲点干部有的在一个月前就已经撤回去了，但郑力仁一直没有接到单位要求撤回的通知，所以只能继续待在陈坡，每天只能无所事事地闲在借住户陈大义家里，或者帮忙种种姜，倒腾倒腾菜园子，或是端只小凳子坐在门前的小场院里翻翻报纸，然后和陈大义在场院里闲聊。

这天又是每月定时回单位领工资的时间，郑力仁一走进县城，忽然有种恍若隔世的感觉，满街满巷都贴满了红黄绿白各色纸张的标语口号，无意中又发现路牌上的"兴汉大道"被改名为"兴无大道"。"变化真大呀！'问今是何世，乃不知有汉，无论魏晋'。"郑力仁毫无来由地嘀咕出陶渊明《桃花源记》中的一句。躲过一队中学生游行的队伍和喧闹的人群，郑力仁谨慎而快步地穿过牌坊街向单位走去，刚进大门，惊讶地发现那块龙凤呈祥的木雕屏风不见了，从大门口一眼便可以穿过后门，看到后院的单位食堂，倒是显得门厅过道更宽敞了。只见一位陌生人穿着一套不合体的黄军装，挺着干瘦如虾米的身材，拱着背、伸着脖、仰着灰黄的脸，正在往大门值班室旁边的白墙上粘贴一张明黄纸，上面用毛笔抄写着《毛主席语录》："资产阶级知识分子统治我们学校的现象，再也不能继续下去了！"

张燕在行政股办公室里透过门厅的窗户看到郑力仁，便招呼一声迎了出来，似有若无地对他做了个表情，随即又满面笑容地向那位张贴《语录》的新同事喊道："来来来，我给你们介绍一下，这位是一直跟随县工作队在下面蹲点的郑力仁同志。这位就是从房县刚调到局里来的贾文善同志。"贾文善一脸假笑地走上前来握住郑力仁的手，用公鸭般的嗓音乐呵呵地说："我们都是来自五湖四海，为了一个共同的革命目标走到一起来了，我们要互相关心，互相爱护，互相帮助啊。哈哈！"

郑力仁打眼一瞧，这就是那位贾副县长特地从房县调进来，而且专门打招呼预留住房重点安置的人才，便应付一声，径自往后边走去。上得二楼，唯见一片狼藉，所有办公室和图书资料室都被砸坏，到处都是散乱的书籍、纸张，看上去一直都没有任何人理会，也无人清理，顿时心里一紧，快步冲到自己的寝室，但见宿舍门被彻底踹垮塌倒，棕绷床掀翻，洗脸架倒地，文件柜打破，暖水瓶摔碎，旧凉席扯烂，办公桌抽屉锁被撬开。紧跟在他后面的张燕赶紧解释道："城关中学的一群学生冲进来'破四旧'搞成这样的，阻止不了。但现场我们都保持着没敢动，朱局长他们回来察看现场，也没有到二楼来，只是站在楼下问了问情况。你赶紧看看你自己丢了什么要紧的东西没有？"

郑力仁仔细一检查，被撬开的抽屉里面有三元五角八分钱、二斤四两湖北省通用粮票和单位食堂的饭菜票不翼而飞。值得庆幸的是，那个补了很多补丁的破旧黄帆布挎包里还放着十几块钱，上次走的时候挂在门后挂钩上，直接压在被踹倒的门板下，没有被出出进进踩来踏去的人发现。不过，整齐码放在床铺下面的书籍，包括自己从北京带回来的资料和论文稿件都不翼而飞或者被撕碎抛撒。郑力仁只能无可奈何地摇头叹息。

听说那些没有家属、一起住在局里的同事和外地同事们，个个都在对自己宿舍实施"坚壁清野"，堵窗锁门后，躲回乡下或老家去了，连食堂都封灶停伙了，两位厨房师傅也只是不定期地过来察看察看。只有曾志、张燕夫妇一家、贾文善一家及另外两家人一直坚守在这栋寂静但并不安宁的楼房里，县文教局现在基本上是无人正常上班了。

好在郑力仁长年在乡下驻队，没人问也无人管，有些同事只闻其名但和他并不熟悉，现在更没有人安排他新的工作和新的"蹲点"，去不去单位本来都无所谓，除了拿工资的时候进县城回局里一趟，而且都是当天去当天回，所以很长的时间他基本就在孟营家里心安理得地"隐居修行"。主要工作就是带着孩子们搞体力劳动，忙乎房前屋后那两小块菜地，把它们分成若干小块来种蒜苗、大葱、韭菜、辣椒、豇豆、扁豆、洋姜及其他各种应季蔬菜，真正是精耕细作，精心呵护，各类品种在不同季节均能获得丰收。特别是扁豆秧顺着旁边的树往上长，能爬多高那扁豆就结多高，而且结得很多，所以，有时候得让三个大点的儿子爬上树去摘，一摘就是一大筐，回家一焖就是一大盆，虽然没有什么荤腥，但几个孩子却像狼崽子一样乱抢狂塞，大快朵颐。

和其他地方一样，孟营学校也差不多有一年多时间没有开学，因而在劳动之余，郑力仁就教孩子们认生字、读课本，解答孩子们稀奇古怪的问题，给每个孩子指定不同的读物。晓悟也有模有样地跟着哥哥姐姐认字、看书，在上小学之前就认识了一些简单的字，还囫囵吞枣地"读"了一些儿童读物、小人书。晚饭后若天气晴好，郑力仁还会和父亲在门前小院场给孩子们讲故事，什么天文地理、神话传说、三皇五帝、奸相忠臣、成语典故、二十四孝、帝王将相、才子佳人，想到什么讲什么。

转眼又到春节前，郑力仁带着孟玉洁回文教局去领工资，夫妻俩打算顺便在县城买些年货，晓悟当然是妈妈走到哪都要跟到哪，所以也一起来了。在石小敏那领好工资，郑力仁依然是习惯性地先到张燕家里去坐坐，喝茶聊一聊。虽然说在那次'破四旧'之后，宿舍一直没人管，自己也没有再来住过，什么时候能回来住还不知道，但孟玉洁坚持要上楼去打扫清理一下，让晓悟自己在楼下院子里和小哥哥小妹妹一起玩儿。

贾文善的小儿子贾小山正闷在家里，听到有小孩子的声音，便兴冲冲地从家里跑出来，看到和自己年龄相仿的晓悟和隔壁家的曾燕生哥哥、曾燕丽妹妹在天井里玩耍，便也凑过来要加入他们做游戏，于是几个小朋友便楼上楼下地跑来跑去捉迷藏、"抓坏蛋"。

曾志给郑力仁沏了一杯他爱喝的花茶后陪着坐下来，低声神秘地说："老郑你知道吧？我们单位现在不叫文教局了，改称文教管理组。"

"文教管理组？这么奇怪的名字？"郑力仁甚感莫名其妙，喃喃重复着这个文字拗口、组合不顺的名称。

曾志一乐："呵呵，这有啥奇怪的嘛，还有更奇怪的呢！那个从房县大山里刚调来才几个月的贾文善，你知道是什么官吗？猜不到吧，文教管理组副组长！排在黄学奇后面，按照原来的叫法就应该是贾副局长。贾县长调朱建民在县里任职，目前是黄学奇副组长主持全面工作。"

郑力仁觉得完全不可思议，叫道："哎呀？这也太好玩了吧？"

"哈哈！真的是太好玩了！"随着一声公鸭嗓，贾文善，不，贾副组长捧着大茶杯，晃着瘦高个，迈着罗圈腿，走着八字步，突然进来了，"曾股长，郑老师，我家小山和你们家的孩子真是能玩到一起呀，说明有缘分哪。我站在那儿看了一会他们几个小家伙'抓坏蛋'的游戏，真的是太好玩了！"少顷，他突然得意地宣布："我说，咱们干什么都要紧跟革命形势呀！我刚刚去派出所把我家孩子在户口本上的名字都改了，大姑娘叫贾红丽，大儿子叫贾红军，二儿子小山叫贾红兵。"

曾志和郑力仁被贾文善冷不丁走进来插话，搞得非常尴尬。

没成想新的改组任命还没有几个月，因为有人揭发黄学奇几年前曾在全县教育大会上宣讲"黑修养"而被撤职，取而代之主持全面工作的贾文善副组长更是假组织之名，责令黄学奇改名叫"黄斗奇"，调到大门口的值班室接受人民群众的监督改造。从此，文教局里一位一贯吊儿郎当、善烹乌鸡养生的武汉人吴锦章，便一天到晚进出大门都要一本正经地用武汉话叫他"黄肚脐"。

贾文善全面主持文教局的日常工作，但很多同事并不认识他，只知道他原来是房县山区一所学校的初中化学老师；更多的同事则不认可他，只知道他是某个县领导硬塞进文教局来坐"直升飞机"的货色，所以大家根本不把贾文善放在眼里，不买他的账。而贾文善此刻面对眼花缭乱的不同派系也无所适从，毫无底气。一时间，文教局更加没人上班了，各人皆去忙革命事业了。反正这里已经无人在岗，机关再次瘫痪，于是郑力仁便和曾志、张燕夫妇告了个别："我还是做我的逍遥派去喽！"便飘然而去，再度"隐居"孟营。

麦收之后，口粮到户，暂无饥馑之虞，且得饱腹欢欣。

仲夏时节的这天午后，下了一场不大不小的雨。雨后天霁，空气清新，大人外出串门，小孩户外游戏。临近傍晚，红霞满天，光焰万丈，看到这种天象，孟玉洁就教着郑晓悟学说当地谚语："早上放霞，等水烧茶；晚上放霞，干死蛤蟆。"郑力仁习惯性地在自家菜地里忙乎完之后，回到屋里，看父亲正在读陈寿的《三国志》，便顺便和父亲聊起作为正史的《三国志》和作为小说的《三国演义》两者之间的区别，评说着陈寿视"魏"作正统与罗贯中赞"蜀"为正统的不同立场与优劣，在看待历史人物的立场上，父子俩都不约而同地认可曹操乃是真正有雄才大略的一代枭雄。

父子二人正热闹地互相拽文"掉书袋"，拄着拐杖的刘随昌带着家伙来给他们家里人剃头，并带来一个惊人的消息：孟琨回来了！是作为"漏网地主"被五花大绑从武汉押解回来的。随行被押解回来的还有他在武汉再婚的广东客家籍妻子和一儿一女。

父子俩当场被这难以置信的消息惊得目瞪口呆。

郑力仁把孟琨回到孟营的这些情况及时告诉了母亲，想就母亲的方便，先去打探打探确切消息，并找机会代表他们去看望看望孟琨。但一直被孟尚义夫妇尊称为"郑先生娘子"、且始终被梅姨视为知己的郑母现在根本顾不上关注人家的儿子是怎么回事，她正以"一级战备"状态全身心地投入密切跟踪和掌控扭转女儿淑婉婚姻大局的战斗中，毫不理会丈夫和儿子的劝阻，以高昂的革命斗志，颠着一双小脚，不怕舟车劳顿，无惧跋山涉水，只身奔赴大洪山农场。

自去年"停课闹革命"之后，郑淑婉作为系团总支委员和班级团支部书记，根据武汉的情况响应学校号召，与团组织的其他同学一起留守学校，协助做一些同学的思想工作和应急善后。在主要任务完成后，郑淑婉便把从没出过远门的母亲接来武汉以尽孝心，一方面是因为同学们都离校后，宿舍有空床位方便住宿，另一方面，自己也有空闲时间陪母亲体验体验大城市的生活。郑母在武汉大约待了一个月，从头到尾几乎都由同样留守在武大的郝明礼相陪，武汉三镇、长江大桥、东湖磨山、归元禅寺等，能游玩的地方都走到了，能品尝的小吃都吃遍了，老人家不知道多高兴多满意。直到全面结束留守任务，三人才一同返回汉宜。

各自在家等待学校复课通知差不多有大半年的时间，郝明礼也多次专程或"顺便路过"来看望郑淑婉。作为哥嫂的郑力仁、孟玉洁对妹妹的这位男朋友印象很好，在武汉游东湖时彼此混熟了的孩子们跟他别提多亲热了。郑守礼和老伴看法一致，对这位相貌端正、有才华、懂礼数的"未来女婿"当然是相当满意，况且，男方家就在离孟营只有十多里地的另外一个公社，都知根知底。然而，等到今年麦收农忙过后，俩人都接到自己学校的通知，回校领取毕业证书分配工作。当郑母得知两个人不同的结果之后，情况便直转急下。

原来，武大图书馆系毕业的郝明礼被直接分配到北京图书馆工作，而楚天大学这一届毕业生则被要求在省革委会指定的几个农场先行劳动锻炼。郑淑婉和其中一部分同学就来到了大洪山农场，被明确告知一年后进行省内第二次分配。如此，便意味着结婚后二人必须两地分居，而关键的问题是，郝明礼如愿以偿地分到了北京且专业对口，除非是郑淑婉将来争取调到北京，他绝不可能调回湖北。这是郑母完全不能接受的局面，她希望自己的儿女都在自己身边生活，况且，她就是不喜欢北京。所以，利用淑婉去大洪山农场之前回家休整的半个月时间，她一直在做女儿的动员工作：趁还没结婚，赶紧断掉，一了百了。

郑淑婉当然不愿意，郝明礼也绝不放手，两人不断鸿雁传书，感情继续升华，大有一发不可收拾之势。郑母眼看所做的思想工作根本没有效果，而丈夫和儿子都采取消极的不支持自己的态度，便最后使出了她的绝招：拿着偷偷保留下来的郝明礼来信的信封，又故技重施，去找别人帮忙写了一封口气强硬、话语难听、用词激烈的信，寄给此前非常满意的这个"未来女婿"，一方面提醒他不要把自己这个知书达理的郝明礼变成了"好不明理"，一方面威胁他，如果不放手，就写信给他的单位领导。信一寄出，便马不停蹄"百里走单骑"，火速赶到大洪山农场。

大洪山农场是20世纪50年代"大跃进"时期开辟的一处大型综合性国营农场，属于湖北省农垦局管理，山峦连绵，红岗硬土，缺少机械，缺水少菜，郑淑婉他们这批大学生被特别列编为农场下辖林场"青春无悔战斗连"，安置在特意腾出的条件最好的两排土坯茅草工棚里。"青春无悔战斗连"的战士们每天听农场高音喇叭的号声起床、吃早饭、上山植树、休息、吃午饭，下午继续挥镐扬锨、植树造林、收工吃饭、回宿舍。每逢星期一、三、五晚上和下雨、下雪天，就分班、分排在宿舍里组织政治学习、写大字报、出黑板报，进行批评与自我批评。

郑母成竹在胸，神情安然地跟女儿和她的女同学们同住在土坯茅草大通间宿舍里，白天姑娘们上山劳动，郑母就留在宿舍看门，洗洗母女俩的衣服，晒晒被子，有时还帮忙把宿舍打扫一遍，后来觉得反正闲着也是闲着，居然想到利用她们的劳动工具，在门前院坝里慢慢"开垦"几小块菜地，种了些青菜、茄子、辣椒之类。这简直就是热衷于在食堂吃饭之外"开小灶"但苦于缺少蔬菜的女生们的福音，因而女生们一致决定授予郑母"焕发青春的特殊列兵"的光荣称呼。

当然，郑母不是来争当什么"特殊列兵"的，她老人家乃是肩负特殊重大使命的。短兵相接的战斗总是在每天晚饭后展开，苦口婆心、晓以大义、声泪俱下、软硬兼施，似乎都没有什么进展，但郑母满怀任凭风浪起，稳坐钓鱼台的大智慧，冷眼向洋看世界，热风吹雨洒江天，看你顽固到几时，不获全胜不收兵。

直到郑淑婉在写出几封信都无任何回音的很长时间不正常的静默之后，终于收到了郝明礼最后也是最长的一封回信，一读之下，大哭着冲进山坡的树林里，没有出工也没回来吃饭。其他女同学都很着急，但郑母则神态自若地处于一切尽在掌握的淡定之中。

天黑了，郑淑婉满脸憔悴，两眼红肿地回到宿舍，可怜巴巴地说了一句："妈，无所谓，这是命！你说叫女儿咋样就咋样吧。"

"可怜天下父母心，哪有爹妈不疼儿。"郑母习惯性地先来一句谚语之后，拿出了早已谋划好的预案，"其实我早都给你谋好了一个人，只是后来看郝明礼这个小伙子实在不错，也就放下了。这个人你小时候都认识他，就是你爹那个药铺老板的侄儿周利怀的儿子周正全，人家现在大大小小也算是一个区民政所的小头头了。"

与此同时，"复课闹革命"的消息令郑晓忱、萧华、萧志国、刘汉生、祁万保这部分同学欣喜异常，奔走相告——终于可以回学校读书了！而真正异口同声，合十齐呼"阿弥陀佛"的则是孟营所有的大人们：一年多了，这些不大不小的孩子们闹腾得简直无法无天，每天不是"冲啊，杀呀"互相打得头破血流、鸡飞狗跳，就是成群结队匍匐到瓜田果林里偷瓜摘桃，偷鸡摸狗，而长辈大人们除了要不断应付人家上门告状、争吵、道歉或者追打孩子之外，结果依然是家长们无暇管束，社会上没人能管，唯有上学交由老师集体管教，别无他法。

郑晓忱和班长刘汉生约齐了班委会成员，到萧华家里找邓老师讨主意，邓丽萍老师几天前随校长和部分老师一起参加完公社的"复课闹革命"动员大会后，正忙乎着学校复课的事，可以说是千头万绪，焦头烂额。不要说整修课桌板凳，粉刷墙壁黑板，寻找失联老师，组织学生报名等诸事，仅仅课本教材就听说旧的已经不能用、不准用，但新的没人编、没纸印，何时能下发，谁也不知道，估计只能在春节后正式开学。所以，邓老师建议他们先找一部分同学到学校帮忙打扫、整理教室。动员同学们建立读书班或者学习小组温习功课。把有特长的同学组织起来排练文艺节目，给贫下中农送演出，再把学校大门两边围墙上的黑板报和宣传栏即刻办起来。

闷了一年多，说干就干。郑晓忱他们立刻行动起来，以最快的速度联系上原五（2）班的刘汉蓉、郭燕梅、萧志强、刘大军等人，大家再分头联系其他班级的班干部，各处动员同学们到学校参加义务劳动，同时推广建立自学小组并开展自学活动，以便为正式开学上课打基础。没想到大家在联系原来的同学统计名字的时候，很多同学除了自己的姓氏没变之外，名字却都一水儿改成了"卫东""捍东""跟彪""红卫""红兵""拥军""爱民""学工""学农"等，还有叫"串联"的。

才不到几天的时间，学校大门两边围墙上的宣传栏和黑板报就有声有色地办起来了，内容丰富、形式多样、图文并茂、版面活泼，很是吸人眼球。此处又正好是孟营和津口镇之间往来的必经之路，立刻引来了不少社员和路人的驻足观看、阅读评判。宣传栏里的《人民日报》《湖北日报》《襄阳报》随时更换，其他油印资料、手写文章也及时更新。而红、白、绿、蓝、黄各色粉笔则把右边的一大块黑板布置得赏心悦目，描画得绚烂热闹，赢得了众多观赏者的阵阵赞叹。还没正式复课开学，但孟营学校师生们的情绪已然异常高涨。

搞文艺节目排练和演出是萧华最醉心投入的事了，这本来也是文艺委员的本职义务，更是漂亮女孩的本能爱好。但她绝不满足于小打小闹，而是大搞扩张发展，既发掘本班同学的文艺潜能，也寻找其他班级的文艺人才。如此一来，把包括郑晓悦在内的低年级的学生也发展进来了，同时又把郑晓忱也捆绑在自己的"战车"上，天天约在一起安排节目、商讨细节、指导排练，而且还要郑晓忱同时担任角色和指挥演出。总之，她觉得有郑晓忱在，就有自信心，就有安全感。

作为学校"复课闹革命"的一部分，孟营学校的文艺小分队搞得有声有色，紧邻学校的三个大队只要是举行什么批斗大会、社员大会或是公社召开三级干部大会，都会请他们在会前演一些湖北道情、襄阳花鼓、快板书、三句半之类的小节目"暖场"，或者在会议结束时来个合唱，使得会议气氛很热烈，开会效果很理想。令人印象深刻的是郑晓忱穿着明显偏大的父亲穿旧的皮鞋，站在台前领唱并指挥的《农友歌》：

领：霹雳一声哪震乾坤哪（合：震乾坤哪）

领：打倒土豪和劣绅哪（合：打倒土豪和劣绅）

领：往日穷人矮三分哪（合：矮三分哪）

合：如今是顶天立地的人哪……

当这些学生娃儿们化着彩妆、敲着锣鼓、拿着简单的乐器，意气风发喜笑颜开地从孟营街上走过的时候，大人们都会笑盈盈地倚门目送，有读过几句书的人则感叹道：看到了吧？十几年前孟营街上的"气场"跟活力又回来了！这些娃儿们里面又要出几个人物咯！

孟营学校"复课闹革命"巧夺先声，名气在外，在社会上引起了强烈反响。公社革委会领导专程到学校检查指导工作，当看到学校的宣传栏、黑板报的内容和水平后，大为赞赏，提出要借鉴学校"复课闹革命"的宣传经验并推广到社会上去，当场决定：把孟家台子上供销社的临街外墙利用起来，开辟大型宣传栏，这样可以利用老百姓赶集的时间起到宣传作用和造势效果。作为政治任务，大家当然闻风而动。不知是心照不宣还是专门这样设计的，宣传栏不是一整块，而是分成了左右两块，好像有意无意地把被洪大宝封死的门框保留住不去触动。水泥抹底的露天宣传栏四周刻着两道一粗一细的立体边条，四角是菱形图案。

宣传栏的布置在老师的指导下，由郑晓忱他们几位同学分工合作，首先在左右宣传栏上方描下黑体大字："狠斗私心一闪念，灵魂深处闹革命"。"狠斗私心一闪念"一栏是下方是几幅横扫一切牛鬼蛇神的漫画和革命大批判文章，"灵魂深处闹革命"一栏的下方是一幅仿画的雷锋头像，抄录了毛主席"向雷锋同志学习"和周总理"向雷锋同志学习憎爱分明的阶级立场，言行一致的革命精神，公而忘私的共产主义风格，奋不顾身的无产阶级斗志"的题词，还有雷锋名言："对待同志要像春天般的温暖，对待工作要像夏天一样火热，对待个人主义要像秋风扫落叶一样，对待敌人要像严冬一样残酷无情。"同时配上几篇时事宣传和"好人好事"的表扬文稿，均附有花边和配图。一群看热闹围观的乡亲们在旁边不断指指点点地评论着。

第三十章 复课

春节过后，孟营学校开始报名复课，郑晓忱顺理成章升读初一，郑晓悦和郑晓恒一个读四年级，一个上了三年级。由于前一年"停课闹革命"，有几个老师已经联系不上了，根据师资力量和学生数量的配比，决定一年级只办一个班，入学名额有限。晓慷听说二年级的名额比较宽松，便随着一帮此前在孟营学校读过一年级，虽然比他大两三岁，但天天厮混打闹不分彼此的孩子们一起跑到学校去报读二年级。负责报名的老师看他个子小，不给他报名，他知道这位老师是新来的，就骗他说："我出生的时候没东西吃，缺乏营养，所以个子才长得小，但我跟他们都在这里读过一年级的，不信你问我这些同学。"

这几个"同学"拼命认真地点头证明说"是"。

这位老师看晓慷一双大眼睛明亮有神，而且表达能力比较强，就半信半疑地让他读了一篇课文，再写几个字看看。这对以前在家里已经跟爸爸和哥哥姐姐学认了不少字的他来说简直是太简单了，尤其他写的那笔字可以说在同龄人中无人能比，负责报名注册的老师便确信无疑并对他颇为赏识。因为有这么个插曲，郑晓慷后来总是假装谦虚地跟人忽悠："我命苦，连小学一年级都没读过。"他其实是从二年级起读，但是因为"复课闹革命"后春季巩固一个学期，重新调整新学年从秋季开始，他便读了三个学期、也就是一年半的二年级，也不算吃亏。

　　还有一大批适龄孩子怎么办？公社革委会经过研究，决定要求各大队有条件的生产队搞个类似幼儿园加学前班加一年级的混合"创新"，名称就叫"耕读小学"，老师由各生产队自己决定选拔，按规定计工分，上课的场地、课本以及如何上课自行决定。其实这个搞法就是冠以"小学"之名，给那些孩子没学上的家长以身心解脱和心理安慰，让那些一天到晚无所事事调皮捣蛋的孩子有个可以集中寄托的场所，有人管束。

　　这个星期天上午，一帮小则五岁、大则七八岁的孩子们在寨河中间正拔节生长的麦田里冲锋陷阵，寨墙上的"守城部队"以密集的土疙瘩"炮火"压制来势凶猛的"攻城部队"，"攻城部队"则一边用土块猛烈还击，一边高呼"一不怕苦，二不怕死，排除万难，去争取胜利"的口号，冒着"枪林弹雨"往寨墙上攀爬。有人摔下来了，立刻就有人蹲下来搭人梯把同伴往上面顶。正在同时指挥着"守城"和"攻城"两支部队的"总司令"却是在这群孩子们中年龄偏小的郑晓悟，此刻他像往常一样，挺胸凸肚，手持硬纸盒做的"望远镜"，和"参谋长"萧志兵、"勤务兵"温其林一起，站在一个制高点上运筹帷幄、发号施令。只听得有两个大人赶过来大喊了一阵，立刻率领"部队"中的部分"战士"，灰头土脸、蓬头垢面地一窝蜂冲到三小队仓库。有两位正在搅和石灰水搞粉刷的社员见到郑晓悟，乐呵呵地喊道："郑司令带着大部队过来啦？"

　　刚被选拔为三小队"耕读小学"老师的孟玉娥就是郑晓悟的"勤务兵"温其林的妈妈，此时正手拿红皮笔记本要求他们先排好队，然后按顺序登记报名，明天就要开始集中上课了。

跟哥哥姐姐一样要当学生上学咯！郑晓悟心里不知道有多高兴，在孟老师那儿报完名后，立即飞奔回家向爸爸妈妈报喜。

爸爸一听老师是孟玉娥，就问刚刚放工回家准备做午饭的妈妈："哎？这个孟玉娥是不是孟玉兰的妹妹？不是说她连小学都没毕业吗？怎么会叫她当老师呢？嘿，真是太滑稽了！这不是误人子弟吗？"

妈妈也是一乐："啥？玉娥能当老师？哎哟，她跟她姐姐玉兰可不同，跟我一样都是不爱读书的人，一听老师讲课就一脑瓜子面浆，小学还没毕业，打死都不读书了，要回家干活挣工分。不过玉娥人长得还不错，又泼辣能干，人家找了个拿工资的上门女婿，对她可好呢。"

爸爸说："孟玉兰嫁给郭云的哥哥也不错嘛。不过生产队选孟玉娥，其实是找了个能管得住孩子们的保姆，不让这些孩子再到处乱跑，放羊撒欢搞捣乱了。要说她能教孩子们读书识字，那可真是胡扯。"

妈妈交代晓悟："这个孟老师你还要叫她小姨呢，如果她教的东西跟爸爸说的不一样，你千万不要说出去，反正就按爸爸教你的记在脑子里，不听她的就行了，记住了吗？"

晓悟点头说："记住了。"

三小队的耕读小学就设在离公社庙台子不远处的仓库旁边的一间农具房里，腾出农具的这间"教室"里用木板简单粗糙地钉了几排长桌长凳，黑板是找了一块刨光木板刷上黑漆，粉刷了白石灰的墙壁上由生产队会计萧义长，也就是"参谋长"萧志兵的爸爸书写的毛主席语录"没有贫农便没有革命，没有一个人民的军队，便没有人民的一切"，以及当时流行的口号"读毛主席的书，听毛主席的话，照毛主席的指示办事，做毛主席的好战士"。全班同学共有十几位，郑晓悟、萧志兵、温其林和萧义功的大女儿萧玲属于年龄偏小的几个，其实就是跟着这些大一点的孩子一起混着玩，类似于不分班的农村幼儿园。

上第一课，是孟老师教大家学认、学写"毛主席万岁"。郑晓悟当然是既会认也会写，所以，当他看到孟老师把"万岁"的"岁"字写成了爸爸单位"发工资"的"发"字，就知道肯定不对，不过想起了妈妈一再叮嘱交代的话，便不言语，依然认真地跟随老师同学一起读、写。不过，他坚持和其他同学写得不一样，他自己写的是"岁"。类似这种写错字、读别字、念白字的情况后来也时有发生。因为耕读小学不属于教育计划内的学校设置，因此没有资格分配课本，也没有什么正式上课和考试。孟玉娥便教同学们认、写教室墙上写的字，比如"没有贫农便没有革命"这段毛主席语录，却教成了"没有贫农'更'没有革命""没有一个人民的军队'更'没有人民的一切"。

不过对于这些小朋友的"教育"方法，更多的时候并不是认字、写字，而是教唱歌、做游戏，或者到公社庙台子前面的沙滩地里学习解放军叔叔搞行军"拉练"。其实就是集中带着玩耍，别出事儿。

在耕读小学混了一年多后，郑晓悟正式上了一年级，并成为班长。这天午后，生产队仓库前面的麦场上白暄暄明晃晃地晒着一大片棉花地里刚摘下来的棉花，郑晓悟的大哥郑晓忱和萧志兵的大哥萧志国几个大同学不知道为什么提前放学，跑到仓库这儿来玩，正听到这群耕读小学的小屁孩们在跟着孟玉娥老师学唱《战斗进行曲》：

……

我挎上了手榴弹，
要消灭那蒋匪帮，
我刺刀拔出了鞘，
刀刃闪闪亮！

……
别看他武器好，
正义在我方！
我撂倒一个，俘虏一个，
缴获它几支美国枪！
我撂倒一个，俘虏一个，
缴获它几支美国枪！嘿！

　　他们正雄壮万分地唱着，趴在窗户上好奇偷听的这几位初一学生已经笑成了一堆，郑晓忱和萧志国更是笑得蹲在地上捂着肚子，几乎喘不过气来，郑晓忱上气不接下气地模仿，"我刺刀拔出'肖'啊"，萧志国一边"哎呀，哎呀"地叫，一边断断续续学唱"刀'刀'闪闪亮"。原来他们不仅是在笑孟玉娥荒腔跑调，更是在笑她的错别字。就这样，郑晓悟在耕读小学混了两年多。

　　终于可以到孟营学校正式上学了。"当……当……当……"伴随学校铜钟敲出的洪亮的上课预备钟声，郑晓悟随同哥哥姐姐一道迎着秋日朝阳，沐浴徐徐晨风，欢快地向孟营学校走去。

　　孟营街上全部是背着书包蹦蹦跳跳第一天赶去开学的学生，沿路不断有同学加入到上学的队伍中来，互相打打闹闹，你推我搡表示着亲热，还有不少家长站在门前，望着远去的孩子，还在大声地叮嘱着什么……这真是一道靓丽的风景线，一道奔涌的欢乐潮。

　　新学年的第一天，也是郑晓悟到当地正规学校上学的第一天，他对一切都感到好奇，一切都感到亲切！街道两边的大标语、大字报今天看着都特别顺眼，校园内外的大哥哥、大姐姐初次见面也甚觉亲切，学校大门左侧宣传栏里《全世界人民团结起来，打败美国侵略者及其一切走狗》的毛主席"5·20庄严声明"让人精神倍增，右侧黑板报上"我国自行设计、制造的第一颗人造地球卫星'东方红一号'发射成功"的特大喜讯令人倍感自豪。郑晓悟也挤到人群中去欣赏那气势磅礴的宣传画报、气氛热烈的彩笔配图，听到有些大哥哥大姐姐们指指点点，用敬佩的口吻提到大哥郑晓忱的名字，很是觉得骄傲。

郑晓悟被分在二（1）班，班主任正好是和爸爸一起创设孟营小学的孟玉兰老师，教学经验丰富，上课认真负责，此时她正和蔼可亲地站在教室门口迎接自己的学生，让学生找到报名册上各自的名字，并在自己名字后面签名。这是因为所有初次进孟营学校的新生都是各个耕读小学把名单上报到各大队，再由各大队汇总到学校直接入读，所以，孟老师其实是用这个办法顺便摸摸底，首先通过观察这些学生查找自己名字的认字速度和签名留痕，来了解他们识字水平和书写能力。

郑晓悟根据黑板上画出的座位表找到了自己的位置，看到左边位置上已经坐着一位斯斯文文的男同学，便抬眼看了看黑板上标明的位置和姓名，热情地和他打招呼："哎，你好呀！你是叫广明？"

这位同学斜抬起眼冷漠地扫他一眼，回了两个字："扯淡！"

郑晓悟一愣：这人怎么这样？再仔细看看黑板，"广"和"明"好像多了几划，但不认识，便又问道："哇！是搞错了。那你叫什么名字？"

这位同学依旧冷漠地看着某处，冷冷地蹦出俩字："邝萌。"

郑晓悟恍然大悟，心里暗暗嘀咕："哦，邝萌，记住这两个字了。不过怎么看上去感觉像个女娃儿的名字呢？"

"当！当！当！……当！当！当！"第一节课正式开始，孟玉兰老师首先点名，要求叫到谁的名字时，该同学要起立答到，以便大家相互认识。突然，孟老师盯着签名表迟疑了片刻，似乎很惊讶地问："哎？这……这个……我们班上有日本人吗？"又假装很疑惑而认真地扫视全班："有吗？哪位是叫'三共耳关冒'？是哪位？"

无人回答，同学们都面面相觑，四周扫视寻找。孟老师把签名表举起来，指着某一处，半晌，一个怯怯的男生回应："我叫洪联昌。"

"哦？你是叫洪联昌呀？"孟老师再作惊讶状，"来来来，你上来在黑板上把你的名字写下来给我看看。"

洪联昌红着脸低着头扭扭捏捏走到讲台上。当他在黑板上用粉笔写出他的名字时，下边的同学们已经笑翻了天，再加上他本身个矮、粗壮、脖短，字写得要么伸胳膊踢腿的，要么缺胳膊断腿的，完全不像中国字，所以，调皮的同学就给他取了个"日本鬼子"的花名。

虽然同学们之间学习成绩差距比较大，也有这个年龄段的孩子互相取花名、叫外号的情况，但整个班风比较正，几乎没有调皮捣蛋，更没有打架斗殴的现象，真正做到了"一切革命队伍的人都要互相关心，互相爱护，互相帮助"。邝萌虽然相对比较冷漠，跟大家有一定的距离感，但慢慢熟悉之后也会和大家交流学习上的事，有时候还很幽默。作为邻座的同学，郑晓悟后来知道了邝萌就是孟琨的儿子，随母亲的姓，但听爷爷和爸爸说过两家的渊源，所以和他的关系最好，两人最开始的共同爱好，就是用邝萌带来的光板乒乓球拍在下课后一起"占台"打乒乓球。

二年级的课程有语文、算术、音乐、体育四门课。音乐和体育没有专门的老师，体育课是随便哪个科的老师兼一兼，带着学生列队、跑步、投篮球、打乒乓球，活动活动就好。因为两张水泥板的乒乓球台在大门内的院子里，稍微动静大一点，声音响一些，就可能影响其他教室上课，于是，有老师出来一吼便打不成了。音乐课则是哪位老师会什么歌的，或者高年级学生有唱歌特长的，本班同学谁会唱的，随时机动安排教唱。而二（1）班最大的福利是，每星期有两个下午孟老师会在放学前的一节课给同学们念故事书或者小说，比如《雷锋的故事》《半夜鸡叫》《鸡毛信》等文学作品，这个时间是同学们最期待、最开心，也是最放松、最享受的时间。有时，孟老师还会让班上阅读能力比较强的同学，比如班长刘汉强、副班长祁万国、学习委员郑晓悟、文艺委员萧文英四位组长，当然还有邝萌，站起来轮流念上一两段。

开学不久的一天下午，文艺委员萧文英和孟老师商量最后一节课由郑晓悟教同学们唱支歌，郑晓悟立刻就想到很小时就在北京听熟了，而且特好听、特爱听的《我们是共产主义接班人》。不会唱歌的孟老师一听这歌名不错，哼出的旋律也很好听，立刻同意。

我们是共产主义接班人，

继承革命先辈的光荣传统，

爱祖国，爱人民，

鲜艳的红领巾飘扬在前胸。

……

我们是共产主义接班人，

沿着革命先辈的光荣路程，

爱祖国，爱人民，

少先队员是我们骄傲的名称。

……

郑晓悟正在充满激情地教着，同学们正在忘我地大声唱着，突然，那位"武斗"结束后摇身一变，成为"贫宣队"代表的洪二宝出现在教室门口，大喝一声："停！"随即扯住郑晓悟的衣服就往外拉。郑晓悟不明所以，扳着讲台本能地抗拒着，教室里顿时鸦雀无声。孟玉兰愕然，叫道："洪代表，你这是干什么？"洪二宝不予理睬，继续粗暴地拉扯。孟玉兰怒不可遏："洪二宝！你放手！"

洪二宝这才不情愿地放开手，吹胡子瞪眼地说："我这是在抓现行反革命，你不要阻拦，否则，你就是同案犯。"

"什么现行反革命？这么小的小孩，他做什么了？"

"刚才他教大家唱的是什么？是反革命歌曲！如果不是有老师马上向我报告，我还不知道呢。你放任他毒害革命下一代，也要追究责任。走，跟我去老实坦白。"说完他又来强拉，郑晓悟惊恐地看着孟老师。

孟玉兰虽然还是一头雾水，但知道是为刚才教唱的歌，觉得这是可以说清楚的事，便柔声对郑晓悟说："没事，老师陪你一起去。"

见洪二宝对郑晓悟连扯带拉，孟玉兰不放心地跟了上来。二楼老师们的办公室里，只有一位初一（2）班的班主任吴励疆坐在自己的办公桌前，摇晃着二郎腿，幸灾乐祸、似笑非笑地看着郑晓悟被扯进来。洪二宝把孩子往前一推："站好！说！你为什么要教同学们唱反革命歌曲？"

郑晓悟胆战心惊、嗫嗫嚅嚅地说："那……那不是反革命歌曲，我们在……在北京的时候哥哥姐姐们都唱过，还有听到电影里边也在唱。"

这时，吴励疆阴阳怪气地接话道："哼！北京，在北京待过就了不起吗？还不是全家人都滚回来了吗？我调来之前久闻郑家兄弟姐妹的大名啊，在这儿一手遮天啊，好像离了他们这几个人，孟营学校就办不成了？地球就不转了？听说你那个父亲就是这个学校的创办人？现在跑回来，在县文教局也不过就是个一般干部嘛。"

孟玉兰忍不住了："吴老师，你这说的都是哪儿跟哪儿呀？我们孟营学校从来没有你这么个说法。人家这几个孩子从不闹事，守规矩，学习好，而且他这么小的孩子，刚入校还不到一个月，怎么就惹到你们啦？"

洪二宝把桌子一拍："最高指示'要斗私批修'，孟玉兰老师，你不要因为他是你的学生就护着，你要站稳阶级立场！你问他，那个……那个……"翻了翻白眼，扭头求助地看着吴励疆。

吴励疆显得很权威地问："这个小同学，我问你，歌词里是不是唱到'鲜艳的红领巾'？提到了'少先队员'？"看到郑晓悟点头说"是"，他便得意地把身体往椅背上一靠，习惯性地嘴巴一撇，故作优雅地双手一摊，示意洪二宝来说。

洪二宝又把桌子一拍："'红领巾'是什么？是修正主义的标志！我们现在戴的是红袖章、红臂章！'少先队'是什么？是反革命组织！我们现在是毛主席的红卫兵、红小兵！你公然在课堂里教唱反革命歌曲，不是现行反革命是什么？老实交代，是谁指使你的？"

吴励疆慢条斯理地指点道："你就问是不是他爹教他这样做的。"

孟玉兰非常气愤："是我和班上的文艺委员今天下午才临时决定安排郑晓悟同学教唱歌的。当然，我也不知道这个歌词是什么，但你听这个歌名《我们是共产主义接班人》，这不是红色革命歌曲吗？"

洪二宝说："孟老师你先不要辩解，你作为老师的问题，我们'贫宣队'到时候再讨论决定。现在我让这个小崽子好好坦白交代。"

这时只听下课铃声响起，下课嘈杂的嗡嗡声。放学奔跑的脚步声轰然而起，又渐渐消失。大家都僵持着不说话。由于很长时间没有去上厕所，郑晓悟开始感觉憋不住了，颤抖的双手本能地想去提裤脚，热乎乎的尿却慢慢顺着裤腿流了下来，最后完全控制不住。两条裤腿全部尿湿，布鞋里都是尿，顷刻间楼板上浸出好大一摊。孟玉兰一看，吓得大喊："郑晓悟你怎么啦？"郑晓悟"哇"地大哭起来。

怡然自得地靠在椅背上的吴励疆冷眼一瞧，像没事人一样站起身来，无可无不可地走出办公室下楼去了。

洪二宝有点尴尬，但却故作镇静道："这是反革命分子惯用的伎俩，不能被这个苦肉计迷惑，还是要追究，还是要追究，咹。"

孟玉兰怒不可遏："洪二宝，你们是王八蛋！你们不是人！简直没有人性，他还是这么小的孩子！"

几位下课上楼来的老师看到这种情形，厌恶地看着洪二宝："怎么能干出这样的事来呢？这太不像话了吧？"

孟玉兰觉得不好交差，赶紧把郑晓悟带到自己家里，让他脱了裤子焐在被单里。郭燕梅一脸愤怒地骂着："不是人！不要脸的流氓无赖！"

把尿湿的裤子烤干，又哄着还在哽咽的晓悟吃完饭，孟玉兰怕家里大人担心，赶紧把孩子护送回家，并简单说了说事情的原委。孟玉洁搂着孩子直流眼泪，哥哥姐姐都怒骂洪二宝"不得好死"，嘲骂吴励疆："难怪他们初一（2）班的学生都叫他'无理讲'呢。"

郑母站在旁边说："我看这也没得啥不得了的，老师管管学生，你们就要骂人家？"然后指着自己儿媳妇说："老话说得好哇，娇养无益儿，棒打出孝子，你呀，哼！还'乖乖宝宝'地抱着他哭，哄他。他尿憋着了不会跟老师说吗？还敢直接就尿到裤子上？胆子太大了吧？应该往死里打，让他长记性。"

第三十一章 吃饭问题

郑力仁自诩为"逍遥派"，一直在下乡蹲点、回家"隐居"，又下乡蹲点、又回家"隐居"地这么来回折腾着，始终远离红尘，避谈时事，既不参加任何组织，也不掺和任何事情，同时也感觉到整个环境并不适宜四处走动访亲探亲，以免给别人也给自己找麻烦，所以也就一直没有机会去襄樊市内走走或者到襄阳古城逛逛，算起来差不多有三四年没有和刘易昌见面了。近期接到刘易昌的来信，说他又被襄阳地区文化处从古隆中管理所调去筹备钟鼓楼文物管理所，新单位地址就在鼓楼百货商店，不，现在叫"襄阳人民商场"的后面，邀请他有空到钟鼓楼来个故地重游，老友重逢。

这天正好遇上国庆节假期，郑力仁便决定带着孟玉洁和孩子们一起进城去逛逛，给孩子们讲讲昭明台的故事，顺便看看老同学、叙叙旧。不消说，晓忱、晓悦、晓恒、晓慷、晓悟几个就像自由放飞的小鸟，跟着爸爸妈妈快乐出游。妈妈抱上了刚刚一岁的妹妹晓愉。

一家八口过了渡口，一路浩浩荡荡步行到襄阳城，顺南街往前接近十字街口时，郑力仁习惯性地抬头向钟鼓楼方向望去，视线所及之处，突然感到不同寻常的异样——晴朗的天空湛蓝如洗，天际线毫无遮挡，一片空旷，心里顿时一紧：昭明台呢？昭明台怎么有些不对劲？紧赶几步穿过十字街：啊？不对呀！原来的城楼虽然已经被日本鬼子轰塌，但曾经依然伫立在城中心的昭明台鼓楼墙基怎么也不见了呢？怎么坍塌得像小秃山一样堆着的都是瓦砾废墟呢？是的，没错！垮塌的破砖碎瓦把断壁残垣都掩埋得看不到了，钟鼓楼的门洞都堵住了，完全阻断了北街通往十字街的道路，人们只有翻越这座废墟往来通行。见此情形，郑力仁心中像锥刺一样的疼痛，大脑如锤击一般恍惚。他定定神，牵着晓悟的手，护着孟玉洁母女，小心翼翼地指挥孩子们择路而行。

钟鼓楼的废墟旁边有几间明清建筑样式的小房子，就是钟鼓楼文物管理所筹备处，刘易昌把他们迎进办公室，一进门，郑力仁就急不可耐地问："这这这……昭明台是怎么回事？"

刘易昌给他们倒了茶水，拿出几粒水果糖给孩子们，走到门口虚掩上门，才不慌不忙地靠近郑力仁坐了下来，压低声音说："唉！调我来做钟鼓楼文物管理所筹备处的代理主任，说是要在这个基础上计划将来建古襄阳博物馆。那你说说看，这么一座有价值的钟鼓楼，这么个襄阳古城标志性的建筑都彻底毁了，什么文物都没有了，什么资料也找不到了，这几年连钟鼓楼的砖头瓦块都要撬掉挖走了，你让我来筹备什么？连原本保存还算完好的城墙楼基都没有了，还筹备什么？所以我颇感心酸，写信让你来故地重游，也是让你切身感受感受啊。"

郑力仁颇有同感地摇摇头："那你们的筹备工作都做些啥呢？"

刘易昌自嘲道："嘿，废墟看守，垃圾保管。但我们每天派人守着这些破砖烂瓦，也还是守不住哇，半夜三更就有人偷去盖房子、垒院墙，我们也不可能24小时盯着呀。好不容易逮着了，他说他这是'破四旧'，这个筹备工作不好做呀，我还是得想办法早点调走为妙哦。"

郑力仁的确是没想到，这里曾经是他解放前和其他进步学生闹革命的藏身地，现在居然在日本人炮火毁坏之后情况更加不堪。他当然希望挽救，希望改观，又问道："那你总得打算怎么进行筹备吧？"

刘易昌失去了他固有的机智和乐观，两手一摊："四个字再加四个字：一筹莫展！一筹莫展！"

午饭是刘易昌请大家在单位食堂吃的馒头、稀饭，配辣椒炒大头菜和韭菜炒鸡蛋、煮咸鸭蛋，后两样菜是有客人时才会加的菜。

饭后刘易昌一扫颓废之态，又情绪高涨地说："走，我带你们去参观毛泽东思想指引下的社会主义建设伟大成果，见识见识什么叫战天斗地的英雄气概，体会体会什么是'一不怕苦，二不怕死'的革命精神。"

一行人步行穿过北街的两道青石牌坊，拾级登上小北门，沿着残缺破损的城墙，顺着高低不平的墙基，往汉江下游东行约一公里，即是焦枝铁路的咽喉要道、"三线建设"的重点工程——襄樊一桥的施工警戒线。从警戒线外的高处看过去，施工场面甚为震撼：汉江两岸千军万马，人声鼎沸，红旗招展，战歌嘹亮，卡车奔驰，尘土飞扬。万人施工大军中有解放军、有工人、有民兵、有市民志愿者，哨声一吹，肩挑背扛，一路小跑，你来我往，口号震天，斗志昂扬。正式动工才一个月，三个桥墩就已经露出了江面，江中间还可以看见桥基施工的一个巨大的砂岛，上面有很多工人正在作业。

郑晓忱他们何曾见过如此沸腾的建设场面，欣喜地注视着，狂喜地跳跃着，对着汉江两岸旋转吊装的大吊车、来往奔忙的大卡车、江中穿梭不停的砂石船，叽叽喳喳议论个不停，还热烈地说这绝对是他们同学都没见过的场面，回去后要跟他们好好吹吹牛。

刘易昌满面春风地对郑力仁说："看到没有？'为有牺牲多壮志，敢教日月换新天。'正如毛主席他老人家说的那样，'我们不但善于破坏一个旧世界，我们还将善于建设一个新世界'。据说这座桥完全是利用武汉长江大桥的剩余材料建的，也是借鉴武汉长江大桥的建造经验自行设计的图纸，更加体现了我们多快好省地建设社会主义的总路线啊！"

郑力仁看着战天斗地的施工场面和浩荡东流的悠悠汉水，感慨万千，甚为赞同地点头称是。

进入初冬，生产队按惯例给各家各户分配食用棉籽油。这种用棉花籽榨出的食用油，色暗粘稠，味道浓烈呛人，吃后还会上火发燥，现在可能已经没有人食用了。但在那个年代，这种出油率高的棉籽油确实在很大程度上解决了老百姓肚子里没有油水的问题，至少可以用它炸炸粗面饼子、煎煎糠麸粑粑之类的食物，粗粮"细"做，改善生活。棉籽油和口粮一样是人人必有的基本食物，不按各家所挣工分多少，只按每家的人头数量来分，所以，人口比较多的郑家分到的棉籽油就理所当然的相对要多一些。孟玉洁在老大晓忱和女儿晓悦的帮助下，用了两个大土陶瓮装着，连挑带抬地弄回家来，一家人正在堂屋里围着两大瓮棉籽油兴奋地讨论晚上炸麦麸子面的油馍筋吃，忽然只听门外路边有人大骂："他妈的！滚出孟营，滚回你们北京去！弄一大窝来占我们便宜，要我们养？不要脸！滚，滚回北京去！"

孟玉洁一瞬间脸色就变得煞白，一屁股坐在凳子上，几个孩子也即刻鸦雀无声。晓悦在奶奶的示意下悄悄到门口往外一看，是洪翠香正冲着自己的家门口，跳着脚翻来覆去大骂不止，便过来小声对正在流泪的妈妈说："是翠香嬢嬢在骂我们家。"

洪翠香也是在武斗结束之后，突然随造反的二哥洪二宝一起回到孟营的，带着和丈夫离婚后留给她的儿子李更生住在三小队的父母家中，居然还又成了该生产队的妇女队长。而她是否属于刑满释放，或者是如何服刑不满就离开监狱的，一直也没有什么人来过问过，调查过。

老大郑晓忱听这个女人在门外骂个不停，气得咬牙切齿，跳起来就要往门外冲。孟玉洁一把拉住他，低声哭着说："孩子，不要去，你们谁都不能给我出去，让人家骂，让人家骂个够。唉，我们也想'滚'回北京啊，但我们'滚'不回去了呀。"

郑母闻言，嘴一撇，手一甩，不屑地走进她自己房间里去了。

听到外面的骂声停了，看热闹的人也渐渐散了，孟玉洁整理整理情绪，挑上一大家人换下来的两大筐脏衣服到汉江边去洗，晓悟懂事地陪着妈妈一起，到了渡口码头上游的一处洗衣聚集地，看到妈妈跟其他人又在有说有笑了，便放心地坐在坡岸的一块石头上看着江水发呆。西下的夕阳映照着清澈奔流的江水，金光闪烁，好似一条灿烂流动的彩带，下游宽阔的江湾处倒映着对岸连绵起伏的群山，犹如一幅巨大的山水画卷，江水无声悠悠而去，恰如画报上的桂林山水。但郑晓悟心里却恨恨地想：哼！这么漂亮的地方怎么会有这些鬼人，我长大了绝不留在这里，一定要离开这个鬼地方，不能再让爸爸妈妈在这个鬼地方受气！

正在立志定规划，忽然看到从渡口那边走过来一个熟悉的身影，还是穿着那身肘部和袖口、裤子膝部和臀部都补着补丁的灰色干部服，背着那个从人民大学听课时就在使用直到现在，四角破烂、到处都打上了补丁的黄帆布书包。他心里一动，赶快站起来跑步迎上去，叫声："爸爸！"然后拉着爸爸的手气愤地述说下午发生的事情。爸爸"嗯嗯"地听着，皱着眉头，什么都没说。

孟玉洁看着丈夫忽然回来了，加快了洗衣服的节奏，旁边有几位洗衣服的妇女都跟郑力仁打着招呼，又跟孟玉洁开玩笑。

郑力仁把洗好的两筐衣服挑上，一路和孟玉洁说着话。晓悟嘴里含着爸爸给的水果糖，跑跑跳跳地跟在后边。

原来，郑力仁今天突然回来是要办一件大事。县文教局已经分设为教育局、文化局两个独立的部门，为占领和巩固无产阶级文艺阵地，大力宣传毛泽东思想，同时也体现文艺为工农兵服务的精神，成立了汉宜县毛泽东思想文艺工作团，简称"汉宜县文工团"，要招收一批十二三、十四五岁，有一定文艺特长又有培养前途的孩子。分管文工团并负责招录工作的就是原文教局文艺宣传股股长、现在的文化局副局长曾志。郑力仁听到消息后，即找到曾志表达了想让老大晓忱进县文工团的想法，曾志对郑家人都比较熟悉，也认为晓忱完全符合进文工团的条件，便立刻决定给一个招调指标，马上就办手续报到上班。

郑晓忱一听自己不再仅仅是在孟营学校的文艺演出小分队课余玩玩，而是去县里的专业文艺团体正式上班工作，并且还可以拿工资，帮助爸爸妈妈减轻家里的负担，尤其是从北京到孟营这几年的巨大落差也使他深刻感受到，离开农村总是好的，心里自然是无比高兴。而小小年纪的郑晓悟知道大哥要离开孟营到县城去工作，羡慕、景仰、高兴的同时，忽然想到，大哥上班挣钱拿工资，就有钱帮助爸爸给妈妈买新衣服了，这样，就不会像今年过年那样，妈妈因为没有钱买过年的新衣服回外婆家走亲戚，又躲在厨房里哭了。这是郑晓悟记忆中妈妈第二次在厨房的灶台旁边哭。

被招调参加工作，首先要转移粮油户口，特别是把农村户口变为城镇商品粮户口相当严格，而若当年口粮已经分配到手，必须把到年终之前这段时间的计划口粮如数退还给生产队，凭退还口粮证明才能到公社、区有关部门办理粮油关系迁出手续。因此，郑力仁回到家后找母亲商量，说要按规定把家里已经分得的晓忱的口粮称出 30 斤退还给生产队时，郑母非常不高兴："这屋里一窝的孩子吃饭像狼一样，这点儿粮食根本都不够他们塞牙缝，还往外拿，还退回去？"

"妈，你以为我愿意无缘无故地往外拿呀，这不是国家的规定嘛？到年底还有一个多月，已经分给晓忱的口粮算算还有 30 斤要退给人家生产队嘛，不然晓忱就转不了粮油关系，人家单位就不能按计划指标发给他粮票，吃饭都成问题。"郑力仁解释道。

郑母说："不就是才有一个来月嘛，反正在哪儿也都是这点粮食。要不这样，先不要他们单位给晓忱发粮票，有工资就行了，就用你北京带回来的全国粮票顶到年底，到元旦不就能领到单位的粮票了吗？"

郑力仁哭笑不得："妈，不是这样的，也没这么简单。口粮不退，粮油关系就转不成，就不接受你报到上班，这就不但是没有粮票、饭票给你，连工资也没有。再一个，晓忱这个工作还是靠了一定关系的，很多人都在争，你不赶紧把手续办好去上班，说不定就黄了。"

郑母张了张嘴，可能又没有其他什么理由，于是便一脸的不悦，嘴里嘟嘟囔囔地咕叨着什么，很不情愿地从腰上掏出一串钥匙，打开她独自居住的房门，随后听到她用钥匙打开孟尚义、梅姨夫妇当年送的一具大黄杨木粮食卧柜，接着又听到她在呵斥跟进去想帮忙的郑守礼："出去，出去，出去，这儿不要你乱插手哈，烦人！"

郑守礼灰头土脸地退出老伴的房间。只听房间里窸窸窣窣了一阵子，郑母一手拿着一杆秤，一手拎着一个装有粮食的布口袋出来，公事公办地当着大家的面用秤称起来，对儿子说："喏，这里是一袋麦子，就是你说的这个数，秤杆还高高的，看清楚了哈。"说完，把这袋粮食随手往地上一丢，转身气呼呼地进了自己的房间，把房门关上，大概躺回床上生闷气去了。

就这样，郑晓忱初中没有毕业就参加工作，踏入了社会。

在孟营这个小平原，每个冬末入春之后都意味着青黄不接。在夏粮麦收之前有好几个月，这里的各家各户都得凭各自的粮本到公社粮食仓库排队购买返销粮。这种返销粮基本上都是战备陈粮，甚至还有虫眼或者霉味，并夹杂有少许土粒儿、石粒儿。而且在数量上，只要不是全劳动力的人，都和未成年人是一样的，每月额定的口粮标准大概是21市斤，加上这种返销粮出面率和出米率都低，油性、香味和营养都大打折扣，不耐饥，所以填不饱肚皮。

一些有条件的家庭每年会养一头达标的"统购猪"，卖给国家完成统购任务，此外再自养一头，无论大小均在年前宰杀应付过年。但即使如此，春节过完之后的肉类也还是所剩无几，没有其他副食，难得尝到荤腥，顿顿都是"瓜菜代"，缺油少盐还吃不饱是郑晓悟少时最深刻的记忆。

本来家里孩子多，平常都是缺粮少食的，到了春节之后的几个月更是极其难熬的时光，但奉行"百善孝为先"的郑力仁和做媳妇的孟玉洁，家庭义务和亲戚责任都必须义不容辞地承担起来。

郑淑婉最终遵从母亲之命嫁给了周正全，夫妇二人都有自己的工作，但在不同的地方上班。为了不影响工作，只好把一岁多的大儿子周启明送到孟营外婆家寄养，和众多的表哥表姐们一起生活，每个月给几块钱的生活费和一些粮票，不过这都握在郑母手里，要给外孙另外买油条和油炸欢喜坨吃，不然伙食太差营养不够。周正全和郑淑婉每次来看儿子，都会礼数周全地带几包糖果点心慰问辛劳的嫂子，当然也全部都由郑母收藏在粮食柜里保管起来。对此，孟玉洁毫无怨言，不就是多煮点饭，多洗件衣，多做双鞋子，多缝件衣服嘛。就这样，她下地干活回家，一天做三顿饭之后，每天晚上几乎都在纺棉花、粘鞋样、纳鞋底、缝衣服，到了临近年关，还要给一家老小赶制过年衣物，更是天天半夜三更还在赶活，甚至更晚。外甥小启明的新衣新鞋必须优先。

大人小孩每天都吃不饱始终是个大问题。早饭是稀汤寡水的二米稀饭或者大麦仁儿稀饭；中午和晚上，不是只见红薯不见面粉的红薯块面糊糊，就是面粉搓成小面粒儿、稀汤寡水的腊菜面籽汤，顿顿都是就着辣椒炒大头菜或者豆豉炒辣椒。只有爸爸或者大哥回家时才会吃上白菜煮面条。所以，晓悟和两岁大的妹妹晓愉总是跟妈妈叫饿，每当此时，郑母就会一边喂外孙吃着点心或者油条，一边冲着儿媳妇骂这两个不懂事的孩子："灌了一大碗面籽汤还塞不满你们的肚子？哪儿就饿死你们了？哼！有了一顿胀，没得翻眼望。再叫饿，给我往死里打！"

每当郑晓悟领着小伙伴们跑进公社粮食仓库和棉花收购站"打仗"做游戏时，看到在这些单位工作的人一到饭点就去食堂打来白花花的米饭、白暄暄的馒头，有时还有肥肉炒白菜、辣椒炒肉丝，香气四溢，羡慕得眼睛几乎都要滴出血来了。在强压辘辘饥肠的同时，他一再下定决心：一定要离开这个鬼地方，一定要再次吃上"商品粮"。

这一段时间，各地又掀起了吃"忆苦饭"的热潮，每家每户的老老少少必须要参加"忆苦思甜大会"，往往还会有孟营学校组织学生由郑晓悦领唱的表演唱《不忘阶级苦》，但参加大会的男女老少急不可耐地等着赶紧吃上"忆苦饭"。因规定无论大人小孩只能吃一碗，不能用盆、钵、锅之类来装，所以，每个人手里拿的都是自己家里最大的碗，等到主持人"下令""吃忆苦饭，现在开始"，话音未落，大家早都瞄好了一桶一桶用各种野菜煮好的厚实粘稠的疙瘩汤，一拥而上，把碗盛到往外溢为止，随后一哄而散，各自端回家去汇总，再加热放点油盐，就着炒辣椒，美美吃上一顿过年之后最好的饭食。据说有的家庭端回去的"忆苦饭"，居然可以解决两天的伙食。

郑力仁由于被县革委会贾主任"钦点"长年参加县工作组，这么多年来，搞完了"社教"蹲点又去驻队"三同时"，搞完了

"斗、批、改"又要完成支援丹江口大坝建设调研，近期又被安排一头扎进山沟里搞"库区移民"，路程更远些，只能两个星期或者三个星期回来一趟，孩子们无法再按规律去渡口码头接爸爸了。但库区工作队有鱼分，有一次背回的大鱼竟有一米多长，眼馋得汉水边上见多识广的孟营人跟着看稀奇。有鱼吃是一家人最开心满足的时候，爸爸会简单地用白水加点盐煮上一大锅，让孩子们尽情吃。孩子们当然毫不客气地狼吞虎咽，恰如风卷残云。郑母面对这种场面，总会一边喂外孙小启明吃鱼，一边斜着眼睛扫视这群毫无吃相的孙子们，用谚语评论道："好的撑个死，歹的死不吃，个个像是饿牢里拉出来的，简直就是饿鬼投胎。"

第三十二章 宣传队

秋季新学期开始，孟营学校的老师队伍也发生了变化，邓丽萍老师调到津口镇中，孟玉兰老师调到津口镇小，都和各自的丈夫、女儿团圆了，刘金财校长和新来的梅其万校长对调，同时也调进了好几位新老师，新来的麻振民老师成为郑晓悟所在三（1）班的班主任。在这批新来的老师中，覃伯韬最为引人注目，他成为郑家姐弟四人和邝萌、萧志兵、周广志等众多同学后来终生念念不忘的好老师，也是令孟营学校组建的毛泽东思想宣传队名声大噪、闻名全县的有功之臣。

覃伯韬在 20 世纪 60 年代初毕业于武汉大学襄阳分校，被分配到汉宜县的城关中学教书。解放前他们家里曾有一间榨油小作坊和几亩地，在评"成分"的时候被定为小工商业者兼地主。最近县文教管理组为补充乡镇奇缺的教师队伍，便把他调到了孟营学校，任郑晓悦所在的初一（1）班的语文老师、班主任，同时兼四年级以上各班的音乐老师。覃老师讲课充分体现了他深厚的底蕴和精彩的风格，和学生们的关系也特别融洽，而且多才多艺、才华横溢，尤其琴艺不凡，一曲二胡独奏曲《赛马》拉起来令人如醉如痴，热血沸腾。只要下午最后一节课是覃老师的课，就算放学的铃声响起，班上的同学都纹丝不动，笑眯眯地盯着覃老师，静默片刻，便齐声高呼："《赛马》！《赛马》！"每当这个时候，覃老师就笑呵呵地跑上楼去取来二胡，拉上一曲给学生们"过瘾"。每当此时，隔壁初一（2）班的语文老师、班主任吴励疆就会不屑一顾地骂一句："呸！他妈的臭资本家就会搞这一套。"

"新官上任三把火"，梅校长根据当前的形势和其他学校的先进经验，决定成立"孟营学校毛泽东思想文艺宣传队"，由于本校是小学、初中混办，就没有像其他学校那样分别称为"红小兵宣传队"或者是"红卫兵宣传队"。学校授权覃伯韬老师全权负责宣传队的组建落实和节目编排，并要求采取业余型正规化管理形式，须有创作演出队和乐队，除星期六以外，每天下午放学后和寒暑假都要尽量排练节目，多为贫下中农演出，大力宣传毛泽东思想，大力弘扬社会主义正气，所需乐器、歌本、化妆油彩在学校条件允许的情况下尽量满足。

覃老师属于精力充沛、雷厉风行之人，很快通过摸底、了解和考察面试，把宣传队名单定了下来，郑晓悦、郑晓恒、郑晓慷、郑晓悟这四姐弟全部入选，还有萧文英、刘汉华、邝萌、萧志兵、周广志等。比晓悟低一年级的队员中女生最多，除了萧玲之外，就是公社棉花收购站会计的女儿潘芸、公社粮食仓库主任的女儿罗萍萍、供销社主任的女儿万佳蓉这三个"吃商品粮"的漂亮小女生。由于学校原文艺队队长郑晓忱进入县文工团，萧华和郭燕梅等一些同学升读津口高中，萧志国、祁万保、刘汉生、刘大军等几位则通过各种渠道招工的招工，当兵的当兵，因此，郑晓悦便顺理成章地被覃老师确定为宣传队队长。

自此，孟营学校每天放学后的校园里都是台词声声，锣鼓阵阵，歌声飘飘，乐声袅袅，郑晓悦的女声独唱和郑晓恒的男声独唱是宣传队的保留节目，女同学们的舞蹈和表演唱则是一道靓丽的风景线；郑晓慷拉板胡，是乐队队长，把几位拉二胡、吹笛子、敲梆子和锣、鼓、钹、铃的乐队同学管理得顺顺当当；郑晓悟和邝萌从一开始就是唯一一对说"对口词"的固定组合，台词和台风基本是郑喊"东风吹，战鼓擂"，从左边一个弓箭步跳到右边，右拳回握平胸呈战斗状。邝喊"祖国大地尽朝晖"，从右边一个弓箭步跳到左边，左手指向蓝天呈仰望状。郑喊"消灭一切帝修反"，再从右边一个弓箭步跳回左边，愤怒而蔑视地手指地下。邝喊"革命意志不可摧"，再从左边一个弓箭步跳回右边，高举右拳做宣誓状。每个对口词左右对跳的舞台动作几乎一模一样，台词虽略有变化，但风格完全一致。

郑、邝二人又和萧志兵、周广志组成了"三句半"固定组合，诸如：

> 郑：　世界风云多变幻。
>
> 邝：　《最高指示》做指南。
>
> 萧：　美帝苏修害了怕。
>
> 周：　完蛋！
>
> 郑：　珍宝岛上忙逃窜。
>
> 邝：　越南战场更麻烦。
>
> 萧：　中国人民齐声吼。
>
> 周：　滚蛋！

郑晓悟常常会利用周末、假期的空闲，根据覃老师的节目安排，约邝萌、萧志兵、周广志到家里来对"对口词"，练"三句半"。周广志看到郑晓悟家里整整齐齐挂着一排差不多上十条的毛巾，得知居然除了擦脚布之外每人都有一条自己的洗脸毛巾，觉得完全不可思议，回去跟自己的奶奶描述炫耀。周奶奶说：谁那么吃饱了撑的？给每个人买一条洗脸毛巾？那不是有毛病吗？

又说：你这孩子不要在这儿编瞎话骗奶奶哈，如果你想要一条自己的洗脸毛巾，奶奶给你买就是了。几十年后郑晓悟从深圳带了一帮朋友回襄阳游玩，已经成为襄阳富豪的周广志在当地最顶级的酒楼接待，席间笑谈故友，忆及往事，依然对此事感慨万千，恍如昨日，历历在目。

在物质生活上，郑晓悟每天刻骨铭心的感觉始终就是一个字：饿。全家人每时每刻都希望摆脱掉的也是一个字：穷。但无论怎样穷困潦倒而被人家瞧不起，郑力仁仍然严格要求全家人早晚刷牙，讲究卫生。每天早晨，在厨房前面靠路边的猪圈旁，总是站着一溜孩子齐刷刷地刷牙，成为孟营街上一道奇特的风景，很多路过的人站在路边好奇围观，品头论足。有从鹿门山林场下来赶集的几位知青点评："这肯定是一家'外来户'。"一位扛着锄头，目不斜视、昂然而过的本地人不屑地说："是的，还是一家独姓的'外来户'呢，格外得很。"

说话间又要到国庆节了，这是个星期六下午，和往常一样只上两节课就放学回家，没想到，一直很少回家的大哥今天居然也和爸爸一起回来了，众姐弟别提有多高兴了。

爸爸照例要给爷爷带回一叠他最爱看的报纸——《参考消息》，并和爷爷聊聊外面发生的事情、自己的工作情况，他每月领了工资回家，除了给爷爷奶奶一点儿零花钱之外，还会给爷爷写一份很详细的上个月的"财务报告"。但今天孩子们却看到爸爸、大哥都面色凝重而神秘地在和爷爷小声地说着一件什么特别重大的机密，只见爷爷听着听着就难以置信地睁大了眼睛，随后不断痛苦地摇着头。

孩子们不知道到底发生了什么天大的事件，只听到爸爸最后是叹了口气，很沉痛地低声吟了几句：

> 周公恐惧流言日，
> 王莽谦恭未篡时。
> 向使当初身便死，
> 一生真伪复谁知。

　　于是随后不久，大队的高音喇叭每天一早转播县广播站的开始曲依然是雄壮的《东方红》乐曲，但每天晚上结束曲《大海航行靠舵手》则被《国际歌》所取代，一些语录歌也慢慢地没再继续播放，每天中午播放的更多是优美抒情的歌曲，比如《北京颂歌》《毛主席走遍祖国大地》《毛主席的恩情比山高比水长》《井冈山上太阳红》《老房东查铺》《山丹丹开花红艳艳》等。这些耳濡目染的歌曲，有些成了孟营学校宣传队的保留曲目。尤其是郑晓悦的女声独唱《山丹丹开花红艳艳》，竟然在没有扩音器的乡村舞台上也是唱得余音缭绕，回肠荡气，掌声四起，到哪个大队去演出，社员们都要高喊："《山丹丹开花红艳艳》！"

　　社会局势似乎也在缓慢扭转，生活环境好像也在逐渐宽松。比如在精神生活上，除了这些年颠来倒去看厌了的几部"样板戏"之外，县文化局电影巡回放映队到孟营突然换了新片子：《战洪图》《青松岭》、重新拍摄的彩色故事片《南征北战》，竟然更有颂扬经济建设英雄的《钢铁巨人》《创业》《火红的年代》。尤其是《渡江侦察记》和《闪闪的红星》，简直让这些小青年们百看不厌，郑晓悟跟着二哥、三哥他们这些大孩子追着到各大队的露天放映场反复看，台词对白都背下来了，有时候为了等其他地方放映完之后才送过来的电影胶片，几乎要等一个通宵，甚至因为时间紧急，上一场放完即取的胶片要在现场倒一盘放一盘。但大家都情绪高昂，保持着极大耐心。

　　学校当然是紧跟形势闻风而动，开始布置新的黑板报和宣传栏。

　　这一个学期的黑板报和宣传栏的设计、排版、插图、板书等任务主要是由郑晓慷负责，因为他的书法水平当时在全校学生当中可以说是无人可及，尤其是那一手毛笔字更是小有名气，过年的时候，孟营街上居然有很多人家的门上都贴着他帮人写的"七亿人民七亿兵，万里江山万里营""四海翻腾云水怒，五洲震荡风雷激""金猴奋起千钧棒，玉宇澄清万里埃"这些春联，特别是隶书和魏碑体写得好。

　　这天下午放学后，学校安排郑晓慷布置一期新的黑板报。数学成绩很好、钢笔字写得也不错的刘向军协助搞一部分文字板书，郑晓悟、邝萌、周广志三人做辅助工作。大个子的周广志把黑板擦干净后，郑晓慷和刘向军从《报头报花插图汇编》中商量选好了一幅报头画，二人踩在长条凳上准备开始。周广志在递粉笔，郑晓悟和邝萌分别骑坐在条凳两头帮忙压稳扶好。邝萌突然悄悄对郑晓悟说："喂，喂，你看那个吴老师边打篮球边恶狠狠地看着我们，好像很不高兴。"

　　郑晓悟转头一看，只见旁边的篮球场上只有吴励疆一个人在靠近黑板报这边的篮球架上练投篮，但铁青着脸，一面投球，一面不时以仇恨而不屑的目光盯向郑晓慷，忽然，吴励疆面带怒容，一个快速的跨步上篮，但篮球并未投向篮板，而是疾如子弹般地飞向郑晓慷。郑晓悟和邝萌不约而同惊叫一声，本能地跳起身躲闪。凳子一晃，篮球重重地打在郑晓慷屁股上，条凳一歪，郑晓慷和刘学军同时"啊"地跌倒在地，半天起不来。吴励疆假惺惺地跑过来："哎呀，不好意思，老师手滑了。没事吧？"但没搀扶，斜着眼昂着脸居高临下地说道，"不会吧，这么矮的凳子摔下来就起不来了？好好好，那我来帮你画吧。"

　　说着便自己扶正条凳踩了上去，以比较熟练的笔法把报头字用拱弧形连体艺术字写满黑板上方，再以不同的粉笔色加上了一些线条装饰和投影效果，随后又在黑板左侧画了一支笔头带血的钢笔，扎向形若骷髅、额头贴着十字膏药的坏人头像。完毕，在条凳上转过身来拍拍手上的粉笔灰，得意地向围观的同学讲："怎么样？都过来看看，看看你们吴老师的水平怎么样？比某人要强得多吧？我们孟营学校不会说离了某人就不行了吧！好好学习学习吧。"说完，跳下条凳，抓起篮球，傲然离去。郑晓慷委屈地揉着腿和屁股，其他同学都愕然呆立。

　　但无论如何，事情似乎正在向好的方面发展，其实每个人也都模模糊糊感觉到社会上的风气和风向稍有不同，人们好像敢讲一些话了，于是总能听到一些人在不断地传播着各种小道消息，又看他们在神神秘秘鬼鬼祟祟地交换各种内容的手抄本，什么《梅花党》《一双绣花鞋》《叶飞三下江南》《一具绿色的尸体》等。与此同时，孟营也慢慢地、悄悄地、由秘密而半公开地相互打听、偷偷交换阅读什么《野火春风斗古城》《青春之歌》《林海雪原》《苦菜花》《三家巷》《红岩》《战斗的青春》《烈火金刚》之类的"禁书"，当然还有苏联小说《钢铁是怎样炼成的》《牛虻》《未被开垦的处女地》等，甚至有些老师也在"不耻下问"地找自己的学生打听借阅。不过这些书大都被撕扯得没头没尾，中间很多页都烂到从中断开，甚至缺页，必须要很有耐心地一页一页对齐了看。这些书很受欢迎，无论什么人都在挖空心思地找，如饥似渴地读，然而大家都在互相排队等着，时间有限，必须夜以继日赶紧读完，有借有还才能取得继续交换阅读的信任。

　　自己手中拥有一本或者是能找别人借到一本旧书名著，好像忽然之间成了一种时髦，一种身份，一种能耐，甚至有人不惜找借口抢夺。

　　这天下午，郑守礼搬着一把椅子坐在门前的小场院里，捧读儿子拿回家来的《红楼梦》（合编本），而且按照小时候读私塾时养成的习惯，每次都会读出声来，往往吸引一些人好奇围观、免费"听书"。说来也巧，这天下午公社的赵特派员由孟营学校的"贫宣队"代表洪二宝点头哈腰地陪同着，正从郑家门前路过，看到有几个人站在场院边上听郑先生"说书"，便好奇地凑近一看，嗬，正是自己想找的《红楼梦》，便定定神，正经八百地抿抿头发："咳！这个，郑先生，你老看的这本书可是黄书哇，是禁书，是毒草，按政策规定必须要没收。"

郑守礼一惊："这可是中国四大名著之一，怎么是黄书是毒草呢？"

"是不是大毒草不是你说了算的，必须没收。看到你年纪大的份上，就不追究你在公开场合放毒的责任了。"赵特派员说完摆头示意。

洪二宝从旁边俯下身，猛地把《红楼梦》从郑守礼的手中抢了过来，二人扬长而去。

郑守礼右手捏着被撕坏的半页书，气得脸都黄了。

郑力仁回到家后听父亲把情况一说，表现出了少有的愤怒情绪，二话没说立刻赶到庙台子上，在公社革委会找到这位赵特派员："伟大领袖毛主席教导我们说'《红楼梦》不仅要当作小说看，而且要当作历史看。它写的是很细致、很精细的社会历史'。毛主席他老人家还向全党领导干部建议'读三遍不够，至少要读五遍以上'。你居然敢当着广大贫下中农的面说《红楼梦》是大毒草，这是公然反对毛主席，就是现行反革命，所以，必须立刻退还你抢夺人民群众的革命读物，否则我要向上级领导反映你的反革命行为。"

听到动静，即刻从自己办公室走过来的公社革委会主任祁有光说："小赵，我知道你在到处打听想借《红楼梦》，那你也没必要去抢啊？你可以跟我说嘛，我找力仁同志借给你看不就行了吗？赶紧的，拿出来还给人家。真不像话！"

赵特派员这时没有了往日的神气，低声下气地对郑力仁说：

"只怪我平时不注意学习，革命觉悟太低，受洪二宝的教唆，就一时头脑发热犯了严重错误，我检讨，我道歉。但那本书真的没法还给你了，我真的以为这是大毒草，就和洪二宝找了个地方把它给烧了。"

"把这么厚一本《红楼梦》给烧了？在哪儿烧的？带我去看看。"郑力仁坚决不信，要去看个究竟。

"真的烧了，我不骗你。是这样，我们转身就找了个背风的田埂，蹲在那儿点火烧掉了，当时还说要给资产阶级的大毒草挫骨扬灰，埋葬帝修反，所以我们烧完后还把那书灰到处撒，再用土埋上。你就是去了也啥都看不到的。"赵特派员心虚地耍赖道。

祁有光知道这个家伙在耍赖说谎，肯定不会把书再拿出来还给郑力仁，觉得双方在这个地方这么顶着也不是办法，于是扯扯郑力仁的衣袖劝道："算了力仁，如果是真的烧掉了，他的确也没法还，要么就让小赵照价赔偿，要么我代表公社去向郑老先生赔礼道歉？"

郑力仁轻蔑地盯了赵特派员一眼："呸！下作！"转身愤然离去。这是他一生中极少极少在公共场合对外人失态的一次。

第三十三章 命案

　　1973 年的 3 月下旬仍有丝丝寒风，但汉江两岸已是按捺不住的春意渐浓，柳树上的柳絮迎风飞舞，榆树上的榆钱挂满枝头，桃树上的桃花鲜艳盛开，杏树上的花蕊绽苞吐珠，熬过酷寒的人们更能激发出对美好生活的希望和对光明未来的期盼，更能感知到春日中新时光的开启和新生命的萌动。孟营学校以年级为单位在清明节前组织学生春游，郑晓悟所在的四年级两个班由麻振民、李选林两位班主任老师共同领队，前往襄阳虎头山烈士陵园扫墓。

　　分批乘坐摇橹木船摆渡过江后整齐列队，郑晓悟高举红旗在前面引路向虎头山进发。路边，一垅一垅金黄色的油菜花散发着清香，但好像并不茂盛。远处，大片大片过完冬的麦苗正在拔节生长，也似乎并不苗壮。麻老师和李老师在路上给同学们讲到伟大领袖毛主席为什么会指示"知识青年到农村去，接受贫下中农再教育，很有必要"，因为城里的学生"四体不勤，五谷不分"，总是搞出麦苗和韭菜不分的笑话。老师的话惹得同学们满怀对城市学生的蔑视而自豪地大笑，并跟随老师即兴讲解的农历二十四节气，情绪高昂地背诵：立春、雨水、惊蛰、春分、清明、谷雨；

立夏、小满、芒种、夏至、小暑、大暑;立秋、处暑、白露、秋分、寒露、霜降;立冬、小雪、大雪、冬至、小寒、大寒。

到虎头山北麓山脚下小桥边的亭子旁再次重整队伍,只见各校来扫墓的学生几乎遍布虎头山,苍松翠柏中,登山石阶上,山顶烈士塔四周,山下林荫道两旁,到处可见时隐时现的红旗在阳光下招展,不时会有列队召集的喊声在山谷里回响。两位班主任提议来个登山比赛,看谁最先到达山顶的烈士塔。话音未落,队伍一哄而散,大家一窝蜂争先恐后地往山上冲去。郑晓悟把红旗卷起来扛着,和几位班委成员陪着麻老师和李老师踏上登山的青石台阶,登山道两旁的茂密松柏之中是不计其数的烈士坟茔墓碑,有的是记名碑,有的是无名碑,有的是集体碑。在半山腰的亭子间坐下稍作休息,回首北望,襄城、樊城尽收眼底,美丽的汉江从双城中间穿流而过,浩荡东去,襄樊一桥横跨南北,一列火车长鸣汽笛奔驰而过,远处偶尔传来几声汽车喇叭声。

抵达山顶,胜利会师,随着两个班体育委员的口令指挥,同学们面对烈士塔的正面迅速列队完毕。四(1)班班长刘汉生和四(2)班班长刘向军展开鲜艳的红旗,分别拉住四角,面向全体同学肃立于烈士塔的基座下。郑晓悟侧对红旗,仰望高耸蓝天的烈士塔举起右拳领读:"成千成万的先烈,为着人民的利益,在我们的前头英勇地牺牲了,让我们高举起他们的旗帜,踏着他们的血迹前进吧!"同学们激情跟诵。

班主任麻老师要求,每位同学一周内必须以"烈士塔扫墓"为题写一篇作文,也可以自拟题目。郑晓悟刚刚背熟了毛主席词《沁园春·雪》,便结合一些读过的课外书,东拼西凑,东抄西仿地写了一篇《踏着先烈的血迹前进》:千里冰封,万里雪飘刚刚过去,我们就迎来了万紫千红的春天。四(1)班全体同学在麻老师的带领下,高举着革命红旗,高唱着革命歌曲,雄赳赳气昂昂地前往虎头山烈士陵园扫墓,一路之上,垂柳舞金丝轻拂大地,

桃花绽锦绣映红长天，春天里来百花艳，战地黄花分外香。站在
虎头山顶，只见虎头山上红旗飘扬，琵琶山上歌声嘹亮，襄江两
岸万众欢腾，汉水扬波奔向东方。江山如此多娇，引无数英雄竞
折腰。正在这时，一个美好的景象映入了我的眼帘……

麻振民一向很欣赏郑晓悟这个学生，毫无例外地又在向全班
宣读他的"范文"，郑晓悟也理所当然感觉良好地听着，不过……
好像不对！麻老师把这句话念成了：一个美好的景象映入了我的
眼"吊"。而且麻老师念到这儿还特别停了下来做"评语"："映
入了我的'眼吊'，同学们哪，你们看这个词用得多好哇！'眼
吊'，好！好！我想问同学们，这个词你们想得到吗？你们会用
吗？"麻老师不评则已，这么白字一评，郑晓悟的脸涨得通红，
背上的汗都出来了，恨不得钻到桌子下面去。

郑晓悟本身是班干部，又是红小兵的年级中队长，明明知道邝
萌是地主分子的狗崽子，既不能担任班、组长，也不可能加入红小
兵、红卫兵等革命组织，但依然和他形影不离，一起比写字、比
背书、比作文、比考分，俩人放学后经常留在学校里打乒乓球，
天色暗下来才各自回家。

麦收"双抢"已经结束，但学校放的麦假还没有完，俩人便
技痒起来，约着去学校打乒乓球，到后才发现学校没人，大门紧
锁。二人抓耳挠腮地围着校园转了两圈，忽然发现二（2）班后墙
一扇窗户的下半截木栅条断了两根，便不约而同相视一笑。邝萌
身材稍矮小，郑晓悟连扛带顶地把他推进窗户。邝萌进去把学校
后门的门闩拉开，郑晓悟溜进去后再警惕地闩好门，二人即刻彻
底放飞了自我，亮开嗓子大叫，甩开膀子大干，推挡抽杀，左攻
右旋，眼疾手快，步伐灵活，顿入忘我境界，任我自由翱翔。

忽听一阵开锁之声，学校大门应声而开，俩人扭头一看，顿
时呆若木鸡。"贫宣队"代表洪二宝陪着提前返校的吴励疆老师

过来帮他开门，进门见到手握乒乓球拍的郑晓悟和邝萌，也愣住了。洪二宝疑惑而警惕地扫了一圈校园，没人。又扭头看了看他刚打开铁锁的学校大门，大喝一声："你们俩是怎么进来的？"

于是，洪二宝像抓小鸡一样把二人"请"上二楼办公室，在吴老师冷静淡定的目光注视下，这俩小家伙如实供述了"犯罪事实"。

孟营学校罕有地为此召开了全校师生大会。此前，在洪、吴二人向刘金财校长紧急汇报了地主狗崽子腐蚀拉拢红小兵，毁坏学校财产进入校园大肆进行破坏的"阶级斗争新动向"后，二（2）班的班主任张正龙老师已经证实教室的窗户栅条是很早之前本班的几位捣蛋鬼弄断的，但洪二宝仍然不依不饶，上纲上线地要求召开全校批斗大会。刘校长经过考虑权衡，认为不能召开"批斗"大会，但可以召开"检讨"大会，让这两个犯了错误的低年级同学当着全校师生的面作出深刻检查，教育大家引以为戒，而且只能在校园内关上大门，解决"人民内部矛盾"。

几百名初中、小学的学生搬出各自教室的条凳，整整齐齐地坐满了校园。洪二宝义愤填膺的主持大会，并作了以"批判"定调的开场白，教师代表吴励疆温文尔雅、慢条斯理地剖析了阶级斗争随时随地存在苗头，阶级敌人无时无刻不在破坏，号召全体师生要以阶级仇、民族恨来认识和批判今天大会揭露出来的阶级斗争新动向。"受害人"二（2）班的班主任张正龙老师在委婉地批评擅入校园无组织无纪律的行为之后，也如实向全体师生解释了教室窗户栅条早已断掉的事实。二（1）班的班主任孟玉兰没有参加大会，刘金财校长说另有会议也不在现场。

在邝萌胆战心惊痛哭流涕地"深刻检讨"之后，郑晓悟上场了。哇！居然有这么多老师还有高年级同学坐得这么整齐听自己发言，感觉很激动，还有一点小小的自豪，他朝东而立，面向全校师生，迎着早晨的太阳，大声朗诵："检讨书。伟大领袖毛主席教导我们说：世界上没有无缘无故的爱，也没有无缘无故的恨……"清脆的嗓音甫一开声，只听笑声顿起，场面哗然，尤其是大姐、二哥、三哥班上的同学更是笑得一塌糊涂。郑晓悟还误以为自己的检讨书写得不错，文采很棒！下来之后才知道，自己不认识"缘"，把它念成了"绿"。

不久之后，"贫下中农管理学校"的口号虽然仍在宣传，但没有再派代表进驻学校了，洪二宝则回到了他和父母分家后另外盖房落户的四队，居然又变身成了四队的生产队长。恰逢原设在孟家祠堂的公社卫生所要扩建为卫生院，便把旁边孟琪一直居住的破烂不堪的孟家磨坊划了进来，公社考虑到孟琨现在三大队四小队，而且孟家族人在那也相对比较集中，就把孟琪从二大队迁了过去。洪二宝根据大队的安置要求，就在紧挨着"五类分子"何占业家的山墙处，贴墙给他斜搭了一间茅草房。

孟琪现在的邻居何占业瘦小、木讷，因解放前被国民党抓壮丁当了一年多的"国军"，成为地、富、反、坏、右"五类分子"之一的"坏分子"，属于被贫下中农监督改造的一家人。何占业有两个女儿，大女儿何秀秀到了谈婚论嫁的年龄，虽然长相不错，但因为"成分"不好，一直都没有人敢上门提亲。小女儿何真真几年前在孟营学校读完小学之后就辍学回家务农，全家人一天到晚都沉默寡言，埋头干活。

进入夏天，衣服当然是越穿越少。队里的女社员们忽然发现，何占业的小女儿何真真的腰身越看越不对劲，走路的样子也不像个十几岁的小姑娘，看上去这不像是发胖，而是……天呐！这鬼丫头不会是怀孕了吧？！是哪个短命的缺德鬼作的孽？各种猜测与传言顿时沸沸扬扬，立刻引起了队长洪二宝的高度警惕，随即认定罪犯就是新邻居孟琪，并以最快的速度紧急召开了四小队"反革命强奸犯斗争大会"。

何占业被动员代表小女儿何真真在大会上发言，缩手缩脚结结巴巴地证实和揭发了孟琪的"滔天罪行"：狗地主孟琪狼子野心，一直怀念旧社会荒淫无耻腐败透顶的生活，一直贼心不死想要给社会主义制度抹黑，说自己摊的煎饼"又香又焦，一咬油一飙"，用来引诱年幼天真的何真真，阴谋得逞后多次糟蹋了何真真并致其怀孕。

而被批斗的孟琪呢，此时还以为就是平常的揪斗示众，一会儿傻呵呵地看着台下的社员群众，一会儿笑嘻嘻地看着邻居何占业发言，还不断点头，最后被洪二宝动员的人打了个半死。但曾为军人并在川藏线修过公路的孟琪不知用的什么"秘方"，居然半个月就治好伤，拄着拐杖出现了。对此，当地有很多神奇的传说与推测。

洪二宝在会后当机立断，怀揣大队革委会的介绍信，亲自带着何真真去到汉宜县医院做了堕胎手术。但几乎所有的人都绝不相信这"何真真事件"是孟琪所为，大家都说那句"又香又焦，一咬油一飙"其实就是洪二宝的口头语，而且呆呆傻傻的孟琪一口气也说不出这么个顺口溜出来。此后有好几年，只要孟营人和哪个男的开玩笑说"又香又焦，一咬油一飙"，其实就是在心照不宣地暗示对方：你少装！我知道你在打人家女孩的主意。而且还搞得一帮小屁孩们上学、放学、做游戏时也会蹦蹦跳跳地欢唱"又香又焦，一咬油一飙"，流传甚广，风靡一时。

没想到"何真真事件"刚过去才半年时间，接下来的春节还没过完，洪二宝就摊上大事了，摊上了人命关天的大事。

春节前，为响应"抓革命，促生产，促工作，促战备"的指示精神和"农业学大寨"的伟大号召，孟营公社再次利用冬春农闲季节大搞农田水利基本建设，组织各大队的男女青年修水渠，何秀秀也是其中一员，并又巧遇去年在修渠筑坝工地上认识的八大队青年陈武。陈武长得浓眉大眼，相貌端正，为人随和，笛子吹得很棒，虽不识简谱，但任何曲子"过耳不忘"，而如经常在广播中听到的《扬鞭催马运粮忙》《牧民新歌》这些笛子独奏曲，更是吹得出神入化，在工地的夜空中显得分外悠扬、激昂，使劳累了一天的工友们很是享受，也令一些女青年煞是倾慕。但悄悄一打听：家庭成分不好，是富农，只好敬而远之。据说汉宜县文工团也曾慕名寻访欲招调，同样因为成分不好，只能忍痛割爱。

何秀秀对陈武的印象很好，却不敢对他抱有任何想法，每当碰到陈武向她投来的热情似火的目光，就压抑不住地心跳，控制不住地遐想，然而她什么都不能表示。但没想到的是，今年又见面了，而且还混编在一个连，陈武总是有心无心地和她搞劳动组合，慢慢地就关系热络了，慢慢地就无话不谈了，慢慢地就感情加深了，最后就开始晚上约会了。

当陈武向何秀秀正式提出确定关系时，她紧张得语无伦次，断然加以拒绝。陈武大为不解："为什么？到底为什么嘛？"

"我……我不配，我真的……不配。"

陈武说："你有什么配不上我的？你爹是坏分子，那我家还是富农分子呢，我们都是被人家看不起的人，谁都不要说什么配不配。秀秀，我自打去年第一眼看到你就喜欢得不行，真的秀秀，答应我。"

何秀秀着急地解释道："不是这，是……。"

陈武一把搂过何秀秀柔软的腰肢，用嘴紧紧地堵上了她的唇……

洪二宝似乎听到了什么风声，带着两三个人气势汹汹地赶到工地来找何秀秀，并故意当众显示他俩之间的关系不一般，搞得何秀秀又羞又恼又气愤。陈武见状似乎明白了点什么，但想了想，还是上前阻止洪二宝的胡闹："这位同志，现在正是干活时间，我跟何秀秀是劳动组合，请不要影响我们干活，大家在搞劳动竞赛呢。"

洪二宝和那几个人立刻把陈武围住："你他妈什么劳动组合，你们他妈是想搞家庭组合吧？还劳动竞赛，你们他妈的是在工地上搞'皮绊'竞赛吧？老子告诉你，没门！老子还要警告你，你他妈给我离她远点儿，不然老子打断你富农狗崽子的狗腿！"

陈武毫无惧色地说："你是她什么人？你凭什么限制我们交往？"

四个人随之开始推打陈武："老子就凭这个！老子就凭这个！"陈武也毫不示弱地反击，其他工友路见不平，立刻手持工具围了上来，洪二宝这几个家伙一看情况不妙，骂骂咧咧地溜走了。

陈武最后知道了洪二宝对何秀秀和她妹妹何真真做的事，经过无比痛苦而激烈的思想斗争后，还是决定尽快与何秀秀定亲结婚，约定正月十五元宵节这天到何家正式上门提亲并订婚。

正月初七是"人日"，一大早起来，陈武在家里忽然感到心情烦躁，走出走进，想来想去实在是忍耐不住，便在中午时分赶到何家来拜年提亲。何秀秀见心上人急不可耐地提前来了，激动得脸都羞红了。何占业两口子已经听秀秀跟他们详细说过情况经过，又见小伙子一表人才，谈吐诚恳，真不知道有多高兴，手忙脚乱地赶紧把过年的腊肉、灌肠、缠蹄、干鱼、腌鸡啥的都搬出来做给"女婿"吃。

何占业本来在孟营就没什么亲戚，定"成分"之后更是连拜年都没人上门，自己平常也就喝点津口酒厂生产的两三毛钱一斤的散装红薯干酒，今天则特地拿出来一块多钱一瓶的瓶装襄樊大曲和襄江红，罕有豪迈地对陈武说："咱爷儿俩今天要喝个痛快。"

吃喝之间，聊了他怎么在河坡地里干活被抓了壮丁，怎么在"国军"待不下去，揣着两块银元偷带一杆枪溜号了，怎么用那杆枪和山里的土匪换了五块大洋，怎么用其中的三块大洋娶了老婆，怎么被打成了坏分子等，何占业一会儿笑一会儿哭，一会儿情绪激动一会儿唉声叹气，估计把一辈子的话都说完了。最后他神神秘秘进屋摸出四块银元："我一辈子穷死也要留下这四个'袁大头'给秀秀和真真做嫁妆，每人两块。"

这两个人的酒量都比较大，边吃边聊一直喝到晚上，喝了三瓶白酒。商定好"五一"结婚，陈武起身回家，何秀秀说送一送。

洪二宝早已"侦查"到了实情，便带着几个平常在一起混的狐朋狗友，拿着麻袋、绳索、扁担埋伏在庙台子前面的沙坡地里，这里是陈武回家的必经之地。说话间，只见这对情侣手拉手，亲亲热热聊着天走过来了，洪二宝妒火中烧，一个手势，几个人像恶狼一样扑上去，不由分说把二人摁倒在地，先用脏布塞住嘴巴，再五花大绑套上麻袋推着就走。

营子里的狗叫得很凶，但人们以为是那些坏孩子又趁着天黑四处乱窜，用"炸狗弹"炸土狗炖狗肉吃呢，天又冷，没人出来瞄一眼。

洪二宝他们把何秀秀先扔进四小队仓库里关起来，然后把陈武押到供销社后院围墙外面的那棵歪脖老柳树上吊了起来，被扯掉麻袋的陈武一看是洪二宝，便愤怒地扭动着身子，暴怒地蹬踢着双腿。

手持一条带着铁链铁钩扁担的洪二宝扬着脖子："老子警告过你个富农狗崽子离何秀秀远点，你狗日的居然还找上门来了。"说着一扁担打过去，"你给老子保证再不跟何秀秀来往，老子就放你下来饶你一条狗命，滚得越远越好，不然的话，你狗日的活不过今天。"接着又一扁担打过去："同意的话你就给老子点头，说！"再一扁担挥去。

嘴巴被塞住的陈武脖子梗着，腿疯狂乱踢，憋着的喉咙里发出"呜呜"的愤怒之声，发红的双眼露出仇恨的目光。洪二宝看他依然不服，疯了一样挥动扁担朝陈武头上、脸上、身上、腿上乱抽乱打，另一个人也用一条光板扁担帮忙暴打。过了一会儿，陈武脑袋耷拉下来了，喉咙里也没声了，腿也不踢了，洪二宝说：

"他妈的，老子也打累了，走，兄弟们先去喝酒暖和暖和，把他先吊在这儿清醒清醒。呸！"

第二天初八，节后第一次早集，有几个抄近路赶早集的人惊恐地发现这棵歪脖子柳树上吊着的陈武嘴巴被塞住，衣不蔽体，脑袋肿大，身体僵直，整个人已呈青紫色，地下的积雪被一摊污血浸染成暗红色，人已死去多时。这一恐怖的消息顷刻间传遍了十里八乡，人们从四面八方蜂拥赶往现场，四周的麦田、菜地都被踩踏光了。很快，三大队和孟营公社的领导，还有津口区武装部长萧义德都分别赶到，指示保护现场，劝说群众离开，但没有一个人离去，反而还有更多的人往这里汇集，越聚越多，人潮汹涌，群情激愤，大家强烈要求了解真相，惩办凶手。

上午九点多钟，接警的县公安局干警驾着两辆三轮摩托车极速赶到现场，很快根据群众反映的线索，解救了还被麻袋蒙头捆绑在四小队仓库里的何秀秀，并随即当场在仓库旁边的油坊里抓获了酩酊大醉、仍在昏睡的洪二宝等四人。

由于本事件性质恶劣，情节严重，手段残忍，影响极坏，不杀不足以平民愤，洪二宝被依法执行死刑，其他三人也均被不同程度地判刑。当地老百姓一直在传说洪大宝、洪二宝兄弟俩和供销社后院墙外的这棵歪脖子柳树有仇。

第三十四章 命运的选择

又是一个新学年的开始，学校的黑板报上用五种颜色的粉笔写上了艺术体的"五不怕精神"，即"不怕杀头，不怕坐牢，不怕罢官，不怕开除党籍，不怕老婆离婚"。这个"反潮流"宣传令一些不爱学习的学生很兴奋。可能觉得是想要培养孩子们正常的人性判断，郑力仁时常对孩子们不加评论地讲述孔夫子的故事、言论，当然讲的都是些正面的东西。当听到孩子们说起"反潮流"时，便会说道："父为子隐，子为父隐，直在其中矣。"并仅从字面文义来解释这个《论语·子路》中的孔子曰。郑守礼则会在一旁帮腔注解，同时也很配合地从做爷爷的角度给孙子们讲"二十四孝"的所有故事，也是只讲不评论。

根据教育革命新的发展形势需要，学校在操场北侧新修建的三间大教室的东侧山墙上，开辟了一个新的"学习园地"，专用于讽刺漫画以及正面英雄人物画像的张贴。吴励疆主动提出要求担任这片"学习园地"的主编，但同样为了保证质量和水平，依然实事求是地选定了郑晓慷、郑晓悟、刘向军、邝萌、周广志、萧志兵这几个人作为抄写大字报、画人物像和制作漫画的主力。

最初依照流行的"技法"，是在原图画、照片上等距画上方格，再根据需要放大数倍、数十倍的比例对格描上去，但比例越大，误差越大，尤其是伟人像和正面人物像如果出现"不太像"的情况，容易引发议论，而在伟人头像上密密麻麻地画方格似乎多有不当。覃伯韬老师就为爱徒们出了个"高招"：用透明玻璃板压住原图，以小号毛笔细心照画下来，然后立稳，用手电筒照射如放幻灯片一般照在白纸上，描下投影即可，很逼真。

吴励疆也学到了这一招，有一次他自告奋勇地动手画"丧家之犬孔老二"，画出来之后贴到专栏里，颇为自得。很多老师和学生一看，这个孔老二看上去很面熟……咦？完全是覃伯韬老师的像嘛。原来吴励疆故意用他不知从哪儿弄到的覃伯韬的照片，对着照片描画成了"丧家之犬"，并且还无所谓地解释道："孔仲尼、覃伯韬，不相伯仲嘛。"

覃伯韬对于作为同事的吴励疆无端侮辱人的不齿行为嗤之以鼻，未予理睬。于是，同学们中间就开始用电影《列宁在1918》里面的台词"我们不理睬他！人民委员——斯大林"来赞扬覃老师的气度。

覃伯韬近期正专心致志地翻看新出版的"国务院文化组文艺创作领导小组"编的《战地新歌》（第三集），琢磨着学校宣传队秋季开学作出新尝试。覃老师把湖南花鼓戏《园丁之歌》改编成了襄阳花鼓戏，算是第一次搞个有剧情的大节目，试着一排练，居然就立刻获得了师生们的热烈反响，效果很不错。但吴励疆等部分老师说这是与批判"师道尊严"的革命潮流相对抗。不过，城里的电影院还在放这部中央新闻电影制片厂录制的片子，真是伤脑筋。

覃伯韬属于敬业而有思想的人，他在组织学校宣传队为贫下中农演出和参加孟营公社各校文艺汇演成功的基础上，想到了一个宣传毛泽东思想的新点子：经向公社领导请示并得到批准，每个星期在公社广播站的广播室里搞现场直播演出。这个广播室只有十来平方米，平常只作为广播操作员定时开关机、转播上级广播电台（站）的节目，以及公社领导在这里搞广播讲话、发通知之用，难以挤下更多的人，但覃老师在对宣传队进行多次模拟演练后，决定节目只搞听觉性的独唱、合唱、表演唱、朗诵、相声、对口词、三句半、乐器独奏和合奏，不搞视觉性舞蹈之类的形体动作节目。每次直播前，乐队先在广播室靠墙坐定，所有演员静候室外，每个节目的表演者依序进入广播室，演完之后退出，井然有序，场场成功，在当时要求户户通有线广播、队队架高音喇叭的孟营公社真是家喻户晓。这种模式应该说是开创了"现场直播"的先河。

每次开播时，郑晓悟都会根据覃老师的手势准时报幕："孟营学校毛泽东思想宣传队广播演出——现在开始！第一个节目……"而"现在开始"这四个字则由郑晓悟和第一个节目的候场演员、乐队成员共同激情饱满地对着扩音器说出。一时间，郑晓悟"字正腔圆"的报幕声成了孟营学校宣传队广播演出的标志。有时在上学、放学的路上，有认识郑晓悟的大人看到他，也会拿腔捏调地模仿他报幕来逗他："孟营学校毛泽东思想宣传队广播演出——现在开始——"

贫穷的生活和简单的快乐并不矛盾，有时也能重叠共存，哪怕是被人为安排出来的快乐。只不过普遍的贫穷生活是没有人可以独立改变的，但简单的快乐却可以自己去寻找，去感受，去珍惜，去冲淡贫穷的无奈和痛苦。贫穷的人生同样可以有追求，有理想，有作为，活出尊严来，活出滋味来。郑力仁的几个孩子可以说都做到了这一点。

但孩子们毕竟一个个都慢慢长大了，多多少少都有些面子观。当年从北京回来时，在两间旧茅草房基础上加建翻新的三间茅屋越来越显得破旧、阴暗和狭小，而且漏雨漏得很厉害，外面大雨屋里小雨，外面停雨屋里继续下雨，整个房间充满了潮霉的味道，和别人家的住房条件没法比。比如那天晚上家里刚开始吃晚饭，不知道为什么潘芸会陪着她在棉花收购站做会计的妈妈突然到访，说是听说从北京回来的郑家小孩个个聪明绝顶，成绩优异，要带着女儿来当面拜访请教，学习学习。一进到郑家，只见昏暗的油灯下，一家八九个人正就着一盘辣椒"呼噜呼噜"地喝着红薯干面糊糊，连坐的地方都没有，郑家大小对突然造访的这两位客人手足无措，非常尴尬。郑晓悟永远记得潘芸和她妈妈见到这种场景时惊骇的表情和后来离开时无以言表的神态。

大儿子出去上班工作，多少减轻了一些压力，国家经济形势似乎已经开始出现好转。郑力仁决定盖新房。

被县里安排搞库区移民工作还能撞上"实惠"。库区的群众在移民离开故土之前会砍伐自家宅基地的大树卖钱，但因大山深处运输困难卖不出好价钱，所以郑力仁得以直接找他们采购用来做梁、柱、橼、板等的上等木料，树龄长，材质好，价格优，然后再想办法请人运回孟营。从石灰厂买的石灰块也已经备好，随后再到大队的砖瓦窑场出钱烧制一定数量的砖瓦，又请有经验的社员帮忙打制土坯砖，包一日三餐和烟酒茶水。接着动用积攒下来的全国粮票，找各方面关系买了两百斤稻谷和一百五十斤小麦，打成米，磨成面。基本物料备得差不多，还没有动工建房呢，已经借了刘易昌八十元钱、张燕三十元钱，龙德安闻讯直接资助了三十元钱。但真正要开始动工盖房子，还需要请监工、木匠、泥瓦工、小工，要买油盐酱醋、烟酒茶菜，而且至少还要再买半整片猪肉什么的，已经是捉襟见肘，预算不够了。最后只好找妹妹、妹夫商量借一百元钱，妹夫周正全当然是非常痛快地资助哥哥建房。

夏末初秋，老天厚道，晴空持续，天高气爽。郑力仁和大儿子都请假回到家里，已经从武汉高级步兵学校当兵转业到津口酒厂的孟玉亮专门请假，和爱人每天都义无反顾地过来帮姐姐、姐夫干活打理，全家老少齐上阵，隔壁邻居都帮忙。白天，工地上大家都忙碌施工；晚上，家人们露天夜宿看场。经过半个月的连续奋战，一座正面青砖到顶、三面坯砖土墙的三开间大瓦房，外带一间重修的小厨房顺利竣工。郑守礼一辈子都没想到自家会有这么宽敞、这么漂亮的瓦房，情绪亢奋，思如泉涌，根据去北京参观故宫太和殿的记忆，在孟营当时流行的建筑款式，即大门上方伸出的"门簪子"下的白石灰板上，端端正正地写下"光明正大"四个楷体字，又在堂屋左右两侧宽厚的横木梁上写下"一九七四九月兴建 农历甲寅 八月竣工"八个隶书繁体字，皆为老派的从右往左念的格式。然后，还兴致勃勃地披上大孙子晓忱的军大衣作"道具"，让晓忱用借回来的相机在新落成的"郑宅"门前拍照留念。

恰在当时，孟营人民好几年都风传家家通电线户户点电灯的期盼终于变成了现实。一、二、三大队率先拉进了民用照明电线，但人们为省电省钱，绝大部分家庭都只在堂屋和厨房里各装一盏15瓦甚至10瓦的白炽灯，但仍然比油灯要亮堂，坐在敞亮许多的堂屋里待客、聊天、做作业，不知道多惬意。虽然供电并不正常，时常断电或者拉闸限电，但对于日出而作、日落而息，没有熬夜习惯的老百姓来讲已经很方便了。

新房建成后不久的一个星期六上午，郑力仁陪着一位女军人从摆渡码头方向走来。女军人看上去四十岁出头，个头高挑，但他们俩好像是刻意绕开了孟家台子，绕开了孟家祠堂，绕开了孟家磨坊，总之绕开了孟营街，从营子另一边的小路上绕向郑力仁的家。但在那个极少有外人光临孟营的年份，还是引起了人们的注意，只见这位女军人的神情异常哀伤，一言不发地随着郑力仁机械地往前走去。有人从注视、分辨、回忆中惊异地反应过来，有几个年纪大些的人悄悄地议论："好像是孟大善人的闺女哦？""是啊，当兵走了二十几年了吧？年龄也不小了，看上去是有些像。""是她，是孟瑶。"

是的，这位女军人就是孟瑶，现在是安徽某地部队医院的药剂室主任，当年从南京培训结束后就和医院的那位王政委结了婚，育有两个女儿，这两年通过和二哥孟琨通信，获得了郑力仁的单位地址，再次联系上了。近期传出了以整顿经济领域为中心开展全面整顿工作和裁军的消息，部队医院也在做地方转业指标的方案，因此夫妻俩商量转业到襄阳。此次孟瑶单独专程回来找郑力仁和其他同学、朋友帮忙，寻找转业调动的门路。而在此前与二哥孟琨和郑力仁的通信中以及刚才回来路上的交谈中，孟瑶已经反反复复地熟知了父母和家庭的所有不幸。回到故乡孟营，多少感慨涌上心头，多少往事历历在目，她多么想看看生于斯长于斯，给自己的童年、少女时期带来多少幸福欢乐与甜蜜回忆的"家"，但却又不敢真实地面对无家也无门、物非人不再的现实，她怕触景生情，怕悲从中来，怕会完全抑制不住自己的感情。

到了郑家，她看到坐在堂屋里的郑守礼夫妇，叫了一声"伯、婶"，蹲下来拉着郑母的手便失声痛哭。郑母一惊，得知是孟瑶之后也难掩悲伤，用颤抖的手抚摸着孟瑶的脊背哭道："哎哟，是我的瑶瑶啊！可怜的瑶瑶！"郑守礼跟着叹气流泪，郑力仁含泪静立。听到消息急急忙忙从地里赶回来的孟玉洁，放下锄头就陪着自己的堂妹哭了起来。

稍作休整，郑力仁夫妻陪同孟瑶一同前往其父母的坟头拜祭，孟玉洁一路上挽住孟瑶的手，一直陪着悲伤落泪。公社庙台子前的路口，孟琨夫妻已经和哥哥孟琪等在那了。孟瑶远远看到，大喊一声："大哥！二哥！"飞奔过去抱着哥哥们再一次大哭起来，几十年不见的三兄妹就在这样一个场合见面了。孟琪这次没有傻笑，却是伸着脖子仰着脸盯着孟瑶哭："妹妹？瑶瑶，呜呜呜……妹妹……"孟琨挺立着高大的身躯，流着泪，咬着牙，看着天，轻抚着妹妹的肩膀，一言不发。第一次见面的二嫂邝亚英走过去，拉着小姑子的手跟着垂泪。

到达沙滩坟地，孟琨默默指了指长满荒草、没有墓碑、并排相连的两个不大的土坟包，孟瑶大喊一声："爹、妈，瑶瑶来看你们了！"随即双膝跪下，膝行到坟前，给父母各磕了三个头，边磕头边捶地边哭诉："女儿瑶瑶不孝哇，不是我来晚了，是瑶瑶根本就不应该离开你们呀！你们的女儿不懂事，为什么要去当兵离开这个家呀？我这是为什么呀？瑶瑶任性一走，爹妈也没有了，家也没有了，什么都没有了呀！对不起！对不起！对不起呀……呜呜呜呜……"

秋风萧瑟之中，飘荡着孟瑶伤心欲绝的哭诉……

郑力仁陪着孟琨送孟瑶到襄樊乘车回部队，自己返回汉宜县城，刚到大门口就被值班室的黄斗奇叫住："哎哎哎！老郑、老郑，赶紧的，赶紧的，刚才你的一位北京石油干校的老同事，说是姓高的同志来找你呢，听说你不在，就急急忙忙地走了。"

郑力仁一听，急了："哎呀！真是的。走多久了？往哪去了？"

"刚走了十来分钟，说是去码头坐船要赶去潜江。"

郑力仁没等听完回答，转身急匆匆地连走带跑地往班船码头赶去，奔到码头的河堤台阶上还没有看到人，就一边往下疾走一边喊道："高飞！高飞！"

候船的趸船上立刻冲出来一个高高个子黑黑脸庞的人，正是高飞，只是显得更黑瘦了一些。郑力仁激动地张开双手迎了上去，两兄弟的手紧紧地握在了一起，四目久久对视，半天说不出话来。

两人在旁边的石头护坡上面对汉江坐下，相互谈谈这些年各自的情况。原来，中苏"珍宝岛事件"之后，根据当时中央首长的"第一号命令"，在京的中央大批党政机关、各部委、大专院校被紧急疏散到外地，比如中央民族学院就被疏散到湖北潜江。石油工业部的一部分干部和家属，包括高飞夫妻在内则被疏散下放到了潜江油田五七干校，女儿和儿子只好送回到河北老家代养。随着这一年多来大力整顿国民经济，经济形势全面好转，重视人才，重视建设，被疏散的单位和人员均被批准全部回京返岗，部里对他们这一批人是在考虑留守潜江油田、径调潜江石油学院还是全体返京的问题上徘徊了许久才定下最后方案。这次高飞就是代表疏散在潜江石油五七干校的干部家属回部里联系返京事务后赶回潜江，特地在襄樊站下车到汉宜找郑力仁。

郑力仁惊讶地说："你们来了潜江这么多年我都不知道啊？"

高飞解释道："一方面是只知道你回到这个县里，不晓得具体单位、地址，怕联系不上。再一个呢这些年的形势大家都知道，还真不方便互相联系，大家都小心翼翼，尽量别惹事，你说是吧？"

郑力仁点点头："是呀，这几年整个社会生活都不正常啊。哎呀高飞，你从北京到潜江，坐焦枝线直接就到了，难得你还这么有心专程来看我，那就留两天，我陪你走走，襄阳还是有些古迹可以看看的。"

高飞爽朗一笑："我的确是专程来找你的，却不是来观光游玩的，是有一件和你们全家有关的大事。你还记得黄锦标这个人吗？"

"黄校长？记得呀？他现在怎么样？"郑力仁疑惑地问。

"嘿嘿，他可是个了不得的人物，通过迫害老干部、打击老同事，爬到了部级革委会常委的高位，同时为了表明他的无限忠诚，还把自己的名字'黄锦标'改为'黄敬彪'。现在已经被撤职审查了。"

"嗨！这个人啊见谁都想整，他有今天这个结局并不奇怪。"

"所以啊，你的事就跟他有关。我这次回部里办理回京的事，专门就你们家是否也符合回京政策找到了郭开疆主任。他明确讲，你们家完全符合返京的条件，只需要写一份书面材料给部里，说明你当时是被黄敬彪打击迫害，被迫离京就可以了。力仁，这可是个大好机会呢。"

郑力仁惊喜地听到这个鼓舞人心的消息，同时也为高飞一直把自己的事情挂在心上，专程为此奔波忙碌甚觉感动，他盯着江面思考了片刻："实事求是地讲哈，我当时离开北京是有他的原因，但在很大程度上也有我自己主动要求回来的原因，这也是当时你和郭主任、褚处长赶到北京站给我做工作，而我坚持要走的一个重要因素。我回到汉宜县之后的确是一切都不顺，处境很不好，家庭更困难，孩子们几乎都被耽误了，我爱人也一直希望有机会能回北京，这是个客观情况。但你说让我在这个时候为了回北京写这个材料，似乎有趁人之危、落井下石的嫌疑，确非君子所为啊。"

此时，预备开船的汽笛响起，候客趸船上的喇叭通知未登船的旅客赶快检票上船。高飞拍了拍郑力仁的膝盖，站起身来："哈哈！江山易改，秉性难移呀！郑夫子迂腐依旧啊！好吧，我专程赶来，就是要把这个信息告诉你，你自己再认真考虑考虑吧，希望你好好把握。"说完，和郑力仁紧紧握了握手，登船而去。

郑力仁心情复杂地一直目送高飞挥手远去，直到连船都看不到了，还依依不舍地站在江岸护坡上远眺，唯见汉江义无反顾地奔流向远方。

第三十五章 文艺汇演

　　重视知识分子，发展国民经济，全面整顿提高，成为一段时间以来的社会生活主调，郑力仁终于结束了十年来县工作组"专职组员"的身份，结束了在库区的移民安置工作，回到教育局代理主持政研室工作；原政研室主任胡志学升任县教育局革委会副主任，对黄斗奇也撤销了处分，恢复原名、官复原职，并主持单位工作；贾文善则调到县新华书店任书记、主任；朱建民依然以县革委会副主任兼县教育局革委会主任的身份到单位来指导了几次，并和蔼可亲地对郑力仁大加勉励，言语之间是自己作为主管教育和理论宣传的县领导，真正重视知识、重视文化、重视人才、力排众议，终于把他推到政研室负责人这个位置上来的。

　　此后一年半，是郑力仁完整待在机关时间最长的一段，也是他离开北京之后搞文字工作最多的时段，根据需要和安排，相继完成了多本文集汇编任务，当然汇编文集的主编是朱建民，副主编是黄学奇、胡志学，没有郑力仁的名字。其实郑力仁特别怕在这些文集上留下自己的名字。但没想到郑力仁回到教育局机关，二儿子晓恒反而读不成书了。

到了夏季毕业升学季，郑晓恒初中毕业欲升读津口中学。这是当时津口区唯一的高中学校，今年采取的是升学考试、择优选拔的同时由贫下中农代表推荐"双轨制"，晓恒人看上去比较老实，平常表现也很受贫下中农代表的欢迎，按照他的学习成绩则更加没有问题。然而，事情的发展虽然不能说"人算不如天算"，但要说出乎意料之外、令人始料不及的确是恰如其分的，居然还成了"政治事件"，这是任谁都绝对不可能想象出来的结果，也是任谁都绝对不可能出手相救的结局。

升学语文考试要做一篇作文《争当"反潮流"的革命闯将》，这对于平时学习成绩很好，语文成绩更好，而且还经常为学校大批判专栏写稿的郑晓恒来说是手到擒来、轻松挥就的事，第一个交卷，只需等着津口中学的入学通知了。然而……然而，吴励疆老师在判卷中发现，作文在引用毛主席语录"千万不要忘记阶级斗争"时居然漏写了"不"字，这是严重的政治事件！吴老师义愤填膺地在考卷的每一页上打上大大的红×，判了个"0"分，并立刻向梅校长作了紧急汇报。

消息很快就传到了津口中学招生组。李学文校长十几年前在津口区政府做教育干事时就对郑力仁敬佩有加，对他孩子的情况也早有耳闻，其大女儿郑晓悦在津口中学的优秀表现已经得到明证，使李校长对郑晓恒也早已有心要录为本校学生。听到这个不可思议的意外，便赶紧给郑力仁打了个电话，并以最快的速度赶来孟营学校复查考卷。但是，考卷关键之处已经被吴励疆做了记号，无法有所作为，大家束手无策。

郑力仁原本有瓜田李下之忌，根据工作安排，从来都不参与教育上的任何事，也从不过问自己孩子升学的事。这当然也是对孩子们的信心所在，但这个意外直接导致二儿子晓恒居然高中都上不了，这是他完全不能接受的。所以，他接到李校长的电话后匆匆赶回，并在离开孟营小学之后第一次踏入了孟营学校的大门，想和李校长、梅校长和吴老师等有关人员商量个妥善的解决办法。但经手改卷的吴励疆稳稳地坐在一旁摇着二郎腿冷静旁观，不发表任何意见，其他人也都不敢表态。

最后的结局，当然完全没有悬念，郑晓恒只得回家务农挣工分去了，这一人生道路重要关口的致命打击对他来讲可想而知。无能为力的父亲悲观、失落了很长时间，但他依然要求已经到农村水利工地上炸石头、拉石料的晓恒不能放松学习。他相信，知识总会有用的。

好在到了下一年，三儿子晓慷在初中毕业考试中毫无悬念地以孟营学校全校第一的成绩升入津口中学，并接替姐姐郑晓悦担任津口中学文艺宣传队队长，随即在校内、校外都掀起了阵阵"旋风"，令李学文校长对郑家的孩子更是另眼相看。加之郑晓慷爱交朋友、特讲义气的名声在外，连镇上的一些社会青年都仰慕他的大名，以能够结识他为荣。

郑晓慷初中毕业离开了孟营学校，郑晓悟便成为覃伯韬老师所教的初一（1）班的学生、学习委员，也顺理成章接替三哥成了孟营学校宣传队的队长，同时负责与刘向军、邝萌、周广志四人组成了板报编辑小组。此时学校的黑板报、宣传栏、学习园地，包括为公社协办的孟家台子供销合作社门前大墙上的宣传栏，已经少了些谩骂性、侮辱性、暴力性的漫画和文字，主要是"以'三项指示为纲'""反修防修、安定团结、把国民经济搞上去""整顿国民经济"这些方面的内容。

生活似乎如意了一些，物质似乎也丰富了许多，社员们几乎都在自留地里种上了麦冬，晒干之后可以卖到两块五毛钱一斤，这对那些完全没有其他收入来源的家庭来说是个不小的创收门路。孟营集市上已经没有戴着红袖章"执勤"的基干民兵看人下菜般地没收人家鸡蛋、砸坏人家菜筐、折断人家秤杆，到处鸡飞狗跳、哭天喊地的情形了。社会上穿花衬衫、花裙子、紧身裤的女孩子慢慢多了起来，烫头发的也有了。更有一些男孩子尽力去追随城里那些男孩子的搞法，套着海魂衫、染绿白汗衫、吹个"菊花头"、穿上"吊七寸"的绑腿裤到处摆谱炫耀。郑晓悟和几个爱出风头的男孩，也在力所能及的范围内追求和模仿时髦，被大哥晓忱回家看到后，严厉批评他不准学坏，不准穿那些"奇装异服"。

女生当然更不用说，宣传队的女孩子们，尤其是以潘芸、罗萍萍、万佳蓉、萧玲为代表，打扮越来越花枝招展，特别引人注目。每当学校放学后宣传队留下排练节目，这群女同学像一群喜鹊般叽叽喳喳地在水泥乒乓球台那里压腿、劈叉、下腰时，这道风景线总是非常影响正在协助覃老师组织大家搞排练的郑晓悟。而每当她们一边"练功"，一边面带桃花地偷偷议论心目中的"白马王子"，比如电影芭蕾舞《白毛女》中的大春，尤其是提到《闪闪的红星》里饰演潘冬子的男孩祝新运时，郑晓悟心里就非常不舒服，甚至有了酸溜溜的感觉。

覃伯韬老师其实早就想着通过增加乐器品种来加强孟营学校宣传队的乐队力量，听了郑晓悟想学小提琴的愿望后，在去襄阳北街采买乐器和器乐材料时选购了一把小提琴，同时还专门买了一本《小提琴演奏法》的初级版本，回校后即指定郑晓悟保管和练习小提琴，鼓励他说："老师没有拉过小提琴，也没法教你拉小提琴，虽然这小提琴的二、三弦可能和二胡有相通之处，但是弓法、把位、换弦还有演奏姿势都是它独有的，只能靠你对照这本《小提琴演奏法》自己去摸索。不过，我一直认为，别人是拨一拨，动一动，你呢，是拨一转，动千转，所以，我相信你是能够把小提琴学会的，并能成为我们宣传队的又一大亮点。"

郑晓悟如愿以偿，如获至宝，深感老师信任，不负老师期望，在正常学习和排练节目之余，一有空闲就对照《演奏法》"纸上谈兵"、按图索骥，刻苦练习小提琴，回到家里则抱着那台大哥刚买回家的"汉江"牌小型收音机，拼命在各频道搜寻有小提琴声的乐曲、歌曲，如饥似渴地聆听，细心揣摩想象，几乎到了走火入魔的地步。在一个周日午后，偶然调到一个类似于交响乐的音乐，主要以小提琴演奏为主，旋律优美、哀怨、深情，在郑晓悟幼小的心中居然产生了极其强烈的共鸣，听得泪流满面，不能自抑。一直投入地听到节目结束时的介绍，才知道是小提琴协奏曲《梁山伯与祝英台》。真没想到世界上还有这么直击人心、触动魂魄的音乐，这首曲子因此成为郑晓悟终生最爱、听了无数遍的乐曲。

小提琴作为"弦乐皇后"，升级提高很难。不过，虽然没有老师指点，没有师傅指导，但一年多来郑晓悟还算进步不小，不仅可以为节目伴奏，而且很快就开始为乐队定音起调，起到了"首席乐器"的作用。

不知道是公社在部分学校的初中班之间进行了学生调整，还是一些外校学生自愿申请转学，这个学期初一年级的两个班插进来了八九个男生和五六个女生，而且学习成绩都还可以。特别是一位叫赵艳华的女生，个子高挑，皮肤白嫩，声音婉转，性情平和，她那面若桃花的两腮总像是化妆抹了腮红，惹得男生们总是偷偷地观察、研究、争论了好久。还是郑晓悟利用宣传队长的"职务之便"，假装不经意地问了和赵艳华同来插班并一同新晋宣传队的何沁之后，才知道她那是天生的粉红脸色，从小到大都这样。赵艳华当然成了孟营学校宣传队的生力军。

可能真的是孟营学校宣传队的名声在外，此时又从六大队沙洲小学申请转学来了两位四年级学生，一个叫赵运喜，会吹笙，一个叫汪家乐，会吹唢呐。他俩的父亲乃是方圆几十里赫赫有名的吹鼓手，哪家有红白喜事必请这两位师傅到场，红喜就吹个欢天喜地，人欢马叫，吉庆满堂；白喜则你吹得如泣如诉，催人泪下，肝肠寸断。赵运喜和汪家乐皆属祖传绝技，家传绝活，他俩从来不晓得乐理讲什么，不知道简谱是何物，但其吹奏技法、运气技巧简直堪称行业一绝，而其跟曲吹奏、随机应变的能力更是令人拍案叫绝，并且自带乐器，不用学校购置。他们的加入，令孟营学校宣传队乐队焕发出了新的活力。

汉宜县要在元旦期间举办首届全县中小学文艺汇演，津口区决定先行组织全区除津口高中之外的各校宣传队汇演选拔赛。

国庆节前夕，孟营学校宣传队一行二十多人由覃伯韬老师带队，并安排一位做饭师傅随行，大家拉着三架板车自带的粮油、蔬菜、柴草、乐器、服装道具、铺盖行李，沿着汉江大堤一路欢歌笑语往津口镇进发。经公社革委会祁有光主任事先联系其妻弟，即部队转业到区供销社任主任的张正虎，统一安排入住在区供销社后院空出的三间宿舍里，女同学一间，男同学和覃老师以及做饭师傅住另外两间，虽然都是打地铺，但大家对第一次在一起过集体生活特有新鲜感，别提有多兴奋了。

把铺盖卷拿进房间，还没有帮大家卸下粮油、蔬菜和柴草，郑晓悟、周广志和温其林就被邝萌拉上，偷偷溜出后门，往河堤上跑。原来邝萌在来的路上就发现，大堤两旁的柳树上长了很多很肥美的柳树菇，居然没人采摘，提议抽空赶紧去采回来让师傅炒给大家吃，改善伙食。郑晓悟也没想太多，就跟着一起跑了出来。邝萌很有经验地指挥大家跑到河堤转弯一个僻静处的柳林里，一眼看去，好多柳树的主干上方和枝杈处都长了好多好大的菇！邝萌、周广志、温其林二话不说，脱下外套，手脚并用，熟练灵活地爬上树去，掰掉柳树菇就往下扔，郑晓悟在树下负责收捡汇集在几件外套里，很快就包起了三大包。

回程路上，四个人还在兴致勃勃地议论着肯定会受到覃老师的表扬，会得到同学们的赞扬。快到住处，只见覃老师一脸铁青，满脸怒气地站在院子后门口，见到他们四个，冲上来一把扯住郑晓悟就气急败坏地往院子里拉，宣传队的全体同学都已经整整齐齐地等候在那儿。覃伯韬把郑晓悟朝同学们前面一推，用颤抖的手指着他，又指指各抱着一包柳树菇的其他三个人："你，还有你们，干什么去了？说！"

郑晓悟第一次被覃老师这样对待，而且是在全体宣传队同学的面前，尤其是在这些漂亮的女生面前，顿时感到威信扫地，觉得特丢脸，涨红着脸，低着头，不说话。邝萌、周广志和温其林也不敢吭声。

覃老师开始训话，其实是讲给郑晓悟听的："有人可能觉得自己无人可及，无所不能哈？还差得远得很呐！在孟营这个屁大的地方出个名就觉得自己了不起吗？山外有山，天外还有天呢。井底的蛤蟆，没见过世面。我已经交待过大家，今天晚上就要参加选拔演出，时间很紧哪同学们，要开会布置任务、交代细节，居然连人影儿都找不到了！下午彩排时区文化站的老师会来挑选决定晚上出演的节目，即使你的节目能选上，能不能选拔参加县里汇演？有资格参加全县汇演，能不能得奖？"

训斥警告完毕，覃老师干脆利索地按节目、分人头交代完重点，"处罚"周广志、温其林去帮厨，又和郑晓悟、赵艳华以及乐队队长邝萌进一步研究了后台引导指挥、前台监督救场、乐队配合等细节。

午饭时有冬瓜汤、炒豇豆、烩白菜，关键是那几大盆青椒炒柳树菇厚实美味，清香诱人，吃到嘴里有一种在吃肉品荤的感觉，很多人都没吃过，大快朵颐之时不忘大加赞叹。邝萌难得地显露出些许的得意和骄傲，给同学们介绍说："我爸爸说这个柳树菇有很高的营养价值，含有十几种人体所需的氨基酸，还有丰富的维生素B。我出去打麻雀、抓黄鳝、逮青蛙的时候就顺便采不少，我们家里经常吃。"

男女同学一起鼓掌赞扬感谢。覃老师边高兴地品尝边说道：

"邝萌同学给我们带来了大自然馈赠的美味，也给我们普及了食物营养学的知识，应当表扬。但表扬归表扬，批评归批评，组织纪律性我们还是要强调的，在集体活动和特殊任务时期尤其要特别强调。"

下午彩排，区文化站的老师和覃老师商议：各校背靠背上报的具体节目虽然并不知道，但对口词、三句半这几年流行的表演形式肯定每个学校都会有，而且形式单调、动作单一、内容雷同，没有竞争力，自编相声《挑着粪桶学大寨》，估计在表演方式上一枝独秀，其他学校没有，但包袱不多，笑料不足，比较闷，也不合适。最后确定的四个节目是男女腰鼓表演唱《八月桂花遍地开》、舞蹈《春苗出土迎朝阳》、男声独唱《满怀深情望北京》、唢呐与笙合奏《沿着社会主义大道奔前方》。

《满怀深情望北京》这首电影《创业》的插曲本来是女声独唱，但覃老师另辟蹊径调了个调，改由郑晓悟男声独唱：

> 晴天一顶星星亮，
> 荒原一片篝火红。
> 石油工人心向党，
> 满怀深情望北京。
>
> ……

一方面因为旋律很优美，一方面因为自己的父亲曾是石油系统的一员，尤其因为自己小时候对北京朦胧的记忆和现在长大后对北京更深的向往，各种因素杂糅在一起，郑晓悟今晚表现得特别动感情，把这首《满怀深情望北京》唱出了激情，唱出了豪情，也唱出了柔情，更唱出了深情。曲终退场，覃老师迎上来紧紧抱住郑晓悟的双肩，显得很是激动。

电影《青松岭》中的插曲《沿着社会主义大道奔前方》，广播里经常听到由其曲子改编的笛子独奏，但覃伯韬再次发挥创意予以必要改动，由汪家乐和赵运喜的唢呐、笙合奏，高亢、激昂、曲调欢快、节奏鲜明、非常具有张力和表现力的吹奏给了大家独特的听觉享受。

为了能在年底全县汇演中取得更好的成绩，公社和学校都对宣传队予以关照，所有的下地种田、秋播、摘棉花、刨红薯等学农活动全部不必参加。一切为了宣传出成绩，一切为了汇演得名次，多排练、多锻炼、多提高，同时重视实战，有目的性地安排在各大队进行巡演，校与校之间宣传队搞交流演出，期待即将参加全县文艺汇演的热望像同学们心中的一盆火，大家摩拳擦掌、信心百倍。巡回交流演出期间也是最轻松快乐的时刻，同学们的演出水平在不断提高，同学之间的感情也与日俱增，隐隐约约能听到男同学谁谁谁和女同学谁谁谁关系不错，相互之间怎样怎样的传言，注意观察，越看好像越是那么个意思。作为宣传队长的郑晓悟在某一天忽然发现潘芸没有来参加排练，甚为奇怪，一问，原来她的父母已经解决了两地分居问题，母亲调到襄阳城某单位工作，和桥梁局的丈夫团聚了，潘芸及时办妥转学手续，很快就离开了孟营。为此，郑晓悟像掉了魂似的，伤心失落了好长时间。

交流演出巡回到赵艳华和何沁所在的大队，下午排练完休息，赵艳华约郑晓悟、邝萌、周广志、萧志兵到她家去玩。这是一处围有院墙的三间青砖青瓦宽敞的房子，母亲在生产队下地出工，父亲在县城上班，赵艳华是独生女，进去一瞧，家庭条件相当不错。赵艳华拿出好多糖果饼干说请大家帮她吃，正在开心谈笑之间，赵妈妈放工回来了，这四个男孩顿觉拘束起来。看上去并不太像农村人的赵妈妈愉快地跟自己女儿的同学打招呼，说非常高兴欢迎他们来家里和女儿一起玩，并诚恳邀请他们在家里吃晚饭，说完就进厨房叮叮咣咣开始准备晚饭了。赵艳华也诚心诚意地说她跑去和覃老师请假，绝不会影响今晚的演出。但这四个小男孩特别不好意思在人家女孩子家里吃饭，紧张得连招呼都不打，站起来就往门外冲。赵艳华只好跑进厨房找妈妈求助，等她们母女俩追出来的时候，四个小家伙已经慌慌张张跑出好远了，萧志兵慌里慌张地还差一点一脚踩进小路旁边的水沟里。

邝萌这段时间也不像原来那么腼腆拘谨、沉默寡言了，显得活跃而自信，并私下告诉了郑晓悟一个好消息，说他爸爸今年回了几趟武汉找到原单位，要求全家人按政策规定迁回武汉，原单位已经同意，估计很快他也要走了。郑晓悟为自己的好朋友能彻底改变命运感到由衷高兴和祝福，送给他一本写下真挚感情留言的笔记本，同时也为自己的爸爸因为各种因素的羁绊，决定不回北京感到无奈和悲哀。

转眼进入十二月份，天气似乎异常寒冷。未知何故，已成为学校副校长的吴励疆一上任就勒令停止花鼓戏《园丁之歌》的排练，此后就再也没有了全县文艺汇演的任何消息。

第三十六章 龙年的变化

1976 年，按中国农历为丙辰龙年，闰八月，长达 384 天。

从上一年的十一月开始，人们都明显感觉到进入了一个异常寒冷的冬季，有经验的老辈人说，天呈异象，气候反常，龙年怕是个灾年。

龙年春节也比较早，是在一月份。一过了新历元旦，人们就在开始忙乎着杀鸡、宰猪、晾鱼干、腌腊肉、办年货、做新衣，孟营学校的学生们也都准备着期末考试。八号这天恰恰又是腊八节，家家户户在晚上都按照传统习俗吃腊八粥。有心的人突然发现家里的有线广播和大队的高音喇叭全部静默无声，猜测可能是转播出了故障。

第二天一大早，天才蒙蒙亮，有人还躺在温暖的被窝里赖床，蓦然听到家里的有线广播哀乐低徊，所有的人都吓了一跳，屏声静气，仔细倾听，一个低沉哀痛的声音宣布："中共中央、人大常委会、国务院讣告：中国人民伟大的无产阶级革命家、杰出的共产主义战士周恩来同志于 1976 年 1 月 8 日上午 9 时 57 分在北京逝世，享年 78 岁……"什么？敬爱的周总理？敬爱的周总理怎么可能逝世？人们都难以相信自己的耳朵，七手八脚地起床打开门，想出去找人证实，冬季清晨的严寒空气中弥漫的全是哀乐，充满的都是哀痛，传达的尽是哀伤，所有的人都像傻了一般，见面只会直愣愣地瞪着对方说："怎么可能？怎么可能？"有的人无法抑制伤痛，痛哭失声。

手脚忙乱，心在狂跳，匆匆赶到学校，只见覃伯韬等几位老师已经在左臂上系上了黑布条，悲痛得无以言表，正在把原来贴在宣传栏里的旧报纸扯掉，神色庄重地贴上 1976 年 1 月 9 日的《人民日报》和《湖北日报》，郑晓悟立刻跑上前去帮忙。头版上周总理的遗像、讣告、文稿皆通栏套黑，覃老师双眼噙着泪花指着报纸右上角的《毛主席语录》"全心全意为人民服务"说："这句话、这几个字就是周总理的一生写照，就是他老人家的悼词啊。"说着，蹲在地上失声痛哭。

全校各班第一次在上课前没有音乐委员起头唱歌，第一次在上课时没有班长喊"起立"，第一次教室里没有传出同学们琅琅的读书声，第一次课堂上没有老师们慷慨激昂的讲课声，甚至不知道该讲什么，校园里愁雾笼罩，教室里气氛低沉，连最调皮捣蛋的学生都不再乱说乱动。

孟营的这个春节大概算是有史以来最沉闷的春节，人们自发地不演戏、不看戏。大家似乎本能地有些紧张，除了每天非常关注地听广播之外，孟家台子和学校宣传栏前总是围着很多人在读报、议论。相互间拜年走亲戚的声音都降了八度，少数忍不住划拳闹酒的激情也降了八度，绝大部分老百姓的家门口都没有贴对联、门画，还有有少数人家甚至在自家门口贴上了白纸黑字的挽联，门框上方挂着黑布白花深切悼念人民的好总理，完全按照家中逝去亲人的模式在表达自己的哀思。

始料不及！一切都始料不及！人们的生活方式好像突然被打乱了，社会的生活节奏也好像突然有点失控了，很多人不知道该怎么办，有些在观察思考的人甚至莫名其妙地感到对生活的无措和绝望。当然，有些人和事似乎也遇到了合适的机会和气候而故态复萌。

可不是嘛，大年还在过，汤圆还没吃，孟营集市上又开始出现戴红袖箍的民兵在抢夺、砸烂赶集人菜篮子的场景，社员自留地里又出现了扛着铁锹、镢头的积极分子在挖坏、刨烂各家各户麦冬、生姜的情形，他们决心"割资本主义尾巴""刨修正主义根苗""破资产阶级法权"。但经历了多年动乱的苦难，又尝到了初露希望的甜头的孟营老百姓们不再忍受，绝不忍让，集市上扯篮夺筐、相互对打的场景不断上演，自留地持锹对峙、挥锄拼命的场面不断出现，声援的老百姓越来越多，强硬的"执法者"往往落荒而逃，加之都是本队本社的熟人，受到损失的群众会堵在这些人的家里讨说法、要赔偿、索回自家东西，天天闹得不可开交，鸡飞狗跳。

从这春季学期开始，吴励疆开始全面主持孟营学校的工作。梅校长离开了孟营学校，说是调去林家大山筹建孟营高中去了。覃伯韬已经心灰意冷，完全没有心思抓宣传队搞文艺排演了，同时也觉得时机、氛围和形势都不适宜。当然，吴校长每天要抓的主要工作是批判"白专道路"的教育思想，宁要社会主义的草，不要资本主义的苗，孟营学校绝不能培养'两耳不闻窗外事，一心只读圣贤书'的尖子学生，他更没有对文艺宣传提任何要求，下任何任务。宣传队停止活动了。

过完年去上班，朱建民主任少有地回到单位，他保持着笑容可掬、和蔼可亲的一贯风格到各个股、室走了一圈，最后来到政研室，看到正在皱着眉头读报的郑力仁："哈哈！老郑啊，新年好哇！我这走了一圈呀，就数你是最认真工作的。怎么样？家里都还好吧？"

郑力仁赶紧站起来："朱主任新年好！一切都好，谢谢关心。"

朱建民从旁边拖过来一把椅子坐下，推心置腹地对郑力仁说："老郑啊，我们用人从来都没有用错啊，你经手编撰的几册文集送到地区和省里，那是大获好评啊，县里的贾主任作为文集丛书的总编还领了不少奖状呐。老郑辛苦了哈。不过，革命形势在变啊，在不断往好的方面转变，而且越来越好，是大好，不是小好！目前革命的中心任务已经转移到反击右倾翻案风、防止资本主义复辟这方面来了，我们每个人都必须要继续保持旺盛的革命斗志。我今天来就是想听听你对当前形势和未来发展的高见哦。"

郑力仁一直在观察朱建民讲话的表情和语调，沉吟了一下："作为政研室的代理负责人呢，我也一直是在密切关注形势的发展和走向。但说句实话，我还没摸出个头绪，无法妄加评论。辜负厚望啊。"

朱建民盯着郑力仁，审视片刻，露齿一笑："理解，理解。不仅我理解，县革委会的贾主任也理解。你说的这些呢我们都估计到了，所以呀，我今天受贾主任的委托，专门要和你谈另一件涉及你本人工作安排的事。前面我也说了，鉴于革命形势重心的转变，县里的工作部署也要紧跟形势进行调整，贾主任经过慎重考虑，提议把你调到县卫生防疫站，负责抓农村社队的结扎、上环节育推动工作，这是个新政策，新挑战，也是县里对你的重视和重用。所以特地让我来征求你的个人意见。"

话音未落，郑力仁立刻急不可耐地回应："不用征求我任何意见，一切听从安排，做什么都可以，不要说是去防疫站，就是去兽医站我都没有任何意见，我真的衷心感谢领导们对我的关心，让我得以解脱。"

朱建民还在进一步作解释："贾主任还有一个很充分的理由，就是你父亲郑老先生是我县的名中医，所以对你这个调动安排也算是对口。"

郑力仁打断他的话头："不用任何理由，我觉得这个工作对我而言真的非常对口。朱主任不必做工作了，现在就办调动手续吧！"

郑力仁如释重负，以最快的速度办妥手续调到县防疫站上班。这是在县城边缘紧靠城郊大队的一处平房小院落，周围全是农田，整个单位的编制人员本来就少，而且几乎都不认识他，专业防疫人员又几乎天天下乡，每天能在单位见到的人也就五六位。而防疫站对郑力仁其实没有安排任何具体工作，也没有什么人和他打招呼、交流、谈话，住房宽敞，伙食小灶，安静、安闲又安逸，正适宜读书、思考加散步。偶尔会到县卫生革委会和县医院开会、取材料、送材料，一来二去，和卫生系统及医院的同志们混得很熟悉，如此，又得到了一个"实惠"：这不，孟玉洁又要生孩子了，但她现在属于高龄产妇，不能到孟营卫生所、津口卫生院这些地方，还是到县医院安全稳妥些。和有关方面一说就通，产房、床位、医生、护士、生产护理、伙食调理安排得妥妥当当。

这一天，郑晓悟约着邝萌、萧志兵、罗萍萍、万佳蓉、萧玲到公社棉花收购站去看望第一批响应"计划生育"号召报名结扎的覃老师，这是郑晓悟自潘芸转学走后第一次进来。棉花收购站里的棉花早已调往国库，此时还没到今年的棉花收购季节，宽大的仓库全部空出来分隔为男女两边作为男同志结扎、女同志上环的操作间和休息室。

收购站大门两边八字形分开的墙上，红底黄字"团结、紧张、严肃、活泼"八个大字上贴满了结扎、上环的节育常识介绍和宣传画，门口站着穿白大褂的医生在接待前来做节育手术的男男女女和陪同前来的家人，但一看大多数都是机关、学校的公职人员。进入大门，到了棉花仓库门口，三位女同学站在外边，郑晓悟和邝萌、萧志兵进去见到覃老师，并告诉他罗萍萍、万佳蓉、萧玲也过来看望老师，不便进来。覃伯韬已经做完手术，气色很好，现在要按规定在这里卧床不动休息两天，伙食安排得非常好，还有费用补贴。覃老师兴致很高地和学生聊着。

探视完覃老师，刚走出收购站大门，郑晓悟迎面就见到爸爸、大姐、二哥拉着一辆板车，上面躺着头上包裹头巾的妈妈，旁边是一个裹着小被子的婴儿。原来妈妈产后刚从县医院出院回来，街上很多人在和爸爸妈妈高声问候，或者跑上来看刚出生不久的婴儿。罗萍萍说："哇！郑晓悟，你们家有兄弟姐妹七个了？这么多孩子呀？"

郑晓悟没顾上回答她，撇下他们，兴高采烈地跑上去看这么小的一个漂亮小孩。妈妈说："是妹妹，快叫妹妹。"

郑力仁给这个最小的女儿取名叫"晓憬"。前几年在孟营出生的女儿取的名字叫"晓愉"，大概是在最彷徨苦闷的时候暗示自己要心情愉快，这个女儿的名字当然是寓意着憧憬希望的未来，并坚信一定会有光明的未来值得我们憧憬。

虽然大儿子晓忱参加工作领工资了，大女儿晓悦和二儿子晓恒也回到生产队干活挣工分了，但郑力仁憧憬的好日子并没有来临。生活上的压力依然没有怎么减轻，特别是生了晓憬，又增加了一张吃饭的嘴，孟玉洁年龄大了没有奶水，每个月的奶粉和婴儿配套的食物、用品就是一笔额外的花销；妹妹淑婉的大儿子启明已经长大回城里读书去了，才两岁的二儿子启发又送过来寄养在家里，毫无疑问更增加了一些负担。

但郑母似乎不理这些，对女儿女婿和外孙的责任心，促使她总在催儿媳妇赶紧给启明和启发做新衣新鞋。孟玉洁一身虚弱、一脸憔悴，人生第一次似乎有点儿抱怨地说："妈，你没看我白天都忙成这样了吗？晚上还要起来给晓憬喂奶。启明、启发的衣服不是让晓悦借人家的缝纫机正在做吗？鞋子我会熬夜赶的，你莫总是催，我心里有数。"

郑母蓦然发现儿媳妇胆敢不对她低眉顺眼，口气居然有所抱怨，勃然大怒："嘿哟哟哟！敢顶嘴了？以为你孩子现在长大了，翅膀硬了是吧？不怕我了是吧？我告诉你，不要念了一辈子佛，临老还吃碗狗肉。敢跟我顶嘴？我立马让你们都滚！滚出我姑娘的房子！"

正在堂屋里忙着踩缝纫机给启明、启发两兄弟赶制新衣服的晓悦忍无可忍："奶奶，你不要太不像话了哈，你欺负我妈欺负了一辈子，现在还要这样欺负她？我妈都病成这样了，还在跟我一起忙着给你两个外孙做衣服做鞋子，我妈哪天晚上睡过一个囫囵觉？你看不见吗？还有，这房子咋就变成是你姑娘的了呢？这是我爸爸也是你儿子的房子，你凭什么让我们滚？你姑娘说好是支援一百块钱，大不了我们还给她。"

郑母气得双手一挥，小脚一蹦："哎哟，听听，听听，还说是为我外孙子做鞋熬夜呢，那是为她自己的孩子，生这么多，简直就是一窝蛆，累死她活该。好，这是你爸爸的房子，行！那等你爸爸过年回来你让他还我姑娘钱，还不了都给我滚！哼！就他现在这个样子，还得起吗？"

郑晓悦怒不可遏，口无遮拦："你个臭老太婆，你才是蛆呢！我爸爸不是你生的吗？难道是你捡来的？我爸爸妈妈还有我们现在这个样子不都是你害的吗？你太没有良心了，你这样对待我妈，简直不是人！"

郑母不听则已，一听就蹦到门外院场上挥着双手指天骂地，向街坊邻居大喊："郑力仁你听听啊！你这个不孝的儿子，你还大学生呢，养了这么个没家教的姑娘，姑娘家家的不要脸，敢骂自己的奶奶呀，不得好死啊！将来嫁不出去没人要的货啊！"也有邻居过来劝解。

可能的确是太难了，郑力仁突发奇想，干脆把晓憬送人，送给条件好一点的人家，免得窝在一起受罪。通过熟人打听获知，襄阳地委有一对未能生养的夫妻想领养一个女儿，于是回家和父母、爱人商议。

这次反而是孟玉洁率先发表了意见："自己生的孩子怎么能送人呢？不就是多一口吃的多一件穿的吗？这么多孩子都养活过来了，也不在乎多这么一个呀？大不了我多吃点苦多受点罪。"

正在喂启发吃饼干的郑母头也不抬，面无表情地发表了自己的看法："生太多了就是个负担，天天看到这一窝子娃都张着嘴要吃的，粮食不够吃，大人也跟着挨饿，现在又多出来一个丫头片子，确实是个累赘。趁着她还小不记事，送个好人家也好，她享福，我们也轻松。"

在一旁听说要把妹妹送人的郑晓悦听奶奶这么说，很是气愤，流着眼泪说："丫头片子怎么啦？丫头片子她也是我妹妹，我们能活她就能活，怎么就成累赘了？我们帮别人养孩子都从来没有说过一个'不'字，自家的孩子怎么反而成累赘了？我坚决不同意把我妹妹送人。"

郑母暴怒地从凳子上站起来，一双小脚一蹦："你反了你啦！大人说话有你姑娘家家插嘴的份吗？没家教的东西！这丫头片子就是累赘，就是不能留下来！"又指着小启发叫道："什么是叫'别人家的孩子'？这是别人家的孩子吗？连这房子都是我女儿女婿的呢！你滚！你们都滚！这是我姑娘的房子，你们谁都不能在这儿住，滚！"

不知为什么，做丈夫的郑守礼没敢发言，做儿子的郑力仁则皱紧眉头，忧伤地叹了口气。

郑晓悦陪着父母，抱着四五个月大的晓憬踏入了地委宿舍楼，这对中年夫妻态度冷漠，连水都没有倒。男主人公事公办开门见山地说："我知道你们家人口多，孩子多，养不起，所以，我们就一个条件：这孩子我们收养之后，你们不能再来认亲戚，不能和我们家和这孩子有任何往来。如果不能答应的话，你们现在就把孩子抱回去。"

女主人在旁边夸张地应和道："啧啧啧，七八个孩子，十几口人，那要是到我们家来串门还得了？我的妈呀！水都招待不起呀。"

郑晓悦怒火中烧，一把从妈妈怀里抱过妹妹晓憬，鄙夷地对这对中年夫妻说："我们不会喝你们家的臭水，我妹妹更不会！把我妹妹送到你们家算是倒了八辈子霉！"说完就头也不回地冲出房门。晓憬被惊吓得哇哇地哭了起来。受到羞辱的郑力仁脸色也非常难看，一言不发，拉起孟玉洁就走了出去。

日子总是要过的，时间永远像悠悠的汉水一般向前流淌着。

> 大快人心事，
>
> 揪出"四人帮"。
>
> 政治流氓，文痞，
>
> 狗头军师张。
>
> 还有精生白骨，
>
> 自比则天武后，
>
> 铁帚扫而光。
>
> ……

这首郭沫若的《水调歌头·粉碎"四人帮"》，由常香玉用豫剧风格的曲调瞬间唱响在大江南北、城市乡村、街头巷尾、学校家庭，那扬眉吐气的激昂曲风和激越唱腔，唱出了中国人积压在心中的豪情、豪气和豪迈。而郭兰英一曲如泣如诉、如颂如歌的《绣金匾》，每次都会深深地触动中国人民心里那块最柔软的部分，忆及一年之中痛失三伟人，总是悲戚不断，泪水难干。与此相应，广播喇叭和收音机中又新推出了歌唱家李光羲那令人荡气回肠的《祝酒歌》：

> 美酒飘香啊歌声飞，

朋友啊请你干一杯。

胜利的十月永难忘，

杯中洒满幸福泪。

来来来来来来来来，

十月里响春雷。

八亿神州举金杯，

舒心的酒啊浓又美，

千杯万盏也不醉。

……

　　歌声中的欢欣鼓舞，歌声中的美好期许，无不令人激情澎湃，热血沸腾。欢呼吧朋友！举杯吧亲人！北京传来喜讯，这是洞察民心向背！城乡万众欢腾，这是拥护决策英明！在举国欢庆的锣鼓鞭炮声中，在群众自发的秧歌唢呐声中，在难以抑制的含泪祝贺声中，在响彻四方的欢歌笑语声中，人们心中的枷锁在慢慢地松脱，人们由衷的笑颜在渐渐地展开，人们深藏的激情在悄悄地迸发，人们希望的萌芽在静静地苏醒。

　　孟营人本来没有过新历年的习惯，但从元旦开始还没到农历春节呢，酒，连续脱销！烟，连续脱销！鞭炮，连续脱销！前所未有！前所未有！孟营供销社紧急调配进货，但是哪儿都一样，全面脱销！一直到春节之前，人们要买的主要年货还是酒、酒、酒，烟、烟、烟，鞭炮、鞭炮、鞭炮。营子里的人找孟玉洁父母抢订的黄酒数量是以前过年的好几倍，实在忙不过来，孟玉洁只好抽空回娘家和弟媳妇一起加班加点帮忙，连孟玉亮在津口区酒厂也没办法搞到更多的酒，太紧俏了。

　　晓愉这些天一直在教还不会说话的妹妹晓憬唱过年儿歌：二十三，过小年；二十四，写大字；二十五，扫尘土；二十六，煮大肉；二十七，敬神祇；二十八，把面发；二十九，蒸糕头；

三十晚上圆溜溜。

大年三十团年饭，一家十一口人热热闹闹"圆溜溜"地团圆挤坐在一桌，和和美美开开心心地吃喝。菜还是那几样菜，酒还是那散装酒，但个个好像都毫无来由地舒心放松，愉悦快乐。酒量不行的爷爷和爸爸把脸都喝红了，妈妈酒量大自不必说，没想到晓悦和晓慷姐弟俩居然喝到谁也不服谁，划拳斗酒，不分胜负。妈妈看到喝酒有了"接班人"，开心极了，连奶奶也情绪很好地对爷爷和爸爸感慨道："听那鞭炮声，好多年没这么热闹过了，简直就跟刚解放那年一个样啊。"

孟营人过年待客原本讲究的是至少八大盘子或者九大碗，但今年过年除了老辈人还照这个规矩做以外，一些年轻人居然突发奇想，请客吃饭突出"四"字，以"四"为主题来搞名堂。整出来一个席面是四大盆三菜一汤，表明是三男一女，酒席名就叫"除四害"，或者是五大盆四菜一汤，叫做"四舍五入"。如果吆喝亲戚朋友到自己家吃年饭的话，直接就说："来我家'除四害'。"或者是说："走，到我家搞'四舍五入'去。"划拳喊"四"原来都叫"四季发财""四季美"这样的吉祥话，今年喊"四"的时候都叫"除四害呀！""四人帮啊！"菜式丰盛、量足，拳令简单、时尚，颇受欢迎，很快就流行开来。

第三十七章 学业挫折

夏季来临，郑晓慷也从津口高中毕业了，毫无疑问是回到孟营三大队三小队务农。小队会计萧义长刚好要被选去顶替王大根做三大队的会计股长，便极力推荐由郑晓慷作为自己的后任，接替三小队会计职务。这无论出于公心还是能力考量都是公正的，加之郑晓慷是正牌高中毕业生，而且性格灵活，讲义气，人缘好，所以没有遇到太多阻力就走马上任了，他怀着感激之情，谦虚谨慎地向前辈萧义长学习算账、记账，兢兢业业地定时完成当期分账、做账，对小队队长洪联合和妇女队长孟玉秀的工作非常配合，与社员群众之间的关系都很融洽，很快就得到大家的极度认可，走到哪里都有人快乐地跟他打招呼，开开玩笑聊聊天。

秋季大丰收，粮满仓，柴满堆，心满意，人满足。郑晓慷正和队长、妇女队长在自家堂屋里喝茶商量工作，忽然听到外边有人在说："哎哟！是不一样啊，当了会计，这柴禾堆一下都大了很多嘛。"

郑晓慷出来一看，是洪翠香站在路边正打量他们家场院里的柴禾堆呢，便笑眯眯地招呼道："是翠香嬢嬢啊，进屋里来坐坐吧。"

洪翠香嘴巴一撇:"我可不敢到人家干部屋里去坐,我只是想过来看看啊,这小会计当了没有几天,这柴禾堆怎么就变大了呢?嗯?"

郑晓慷一看来者不善,便稳稳地往前走了两步说:"翠香嬢嬢,你说的对,这柴禾堆比起前几年是大了不少,不过呢,这跟我做不做会计一点关系都没有。我们家既不靠当民兵队长谋色害命,也不靠当小队长谋色害命,更不靠当供销社主任贪污盗窃,我是个大老爷们,也没有姿色向谁投怀送抱。我们家现在是两个人工作挣工资,四个劳动力挣工分,我们去鹿门山砍柴,连我小弟弟晓悟都跟着去,就这我还觉得脸红丢人呢。没有人家能干,没有人家柴禾堆大,还应该更大些才对。"

队长洪联合走出来手指着洪翠香说:"你又在找事,你不到处找事会死啊?洪家的脸都被你们给丢尽了,还不感到羞耻。走走走,给我走远点儿,别影响我们谈工作。真是不晓得哪是屁股哪是脸了!"

洪翠香没想到讨了个没趣,灰溜溜地扭着屁股走远了。围观的社员打趣道:"哎呀呀!你看我们小会计这口才,能降妖除魔呀。"

郑晓悟这一年也初中毕业了,但却没能如愿入读津口高中。今年不计学习成绩和考试成绩,完全由贫下中农推荐入学,一同毕业比较要好的刘汉强、刘向军、祁万国、周广志、萧志兵、刘汉华、赵艳华等同学都被推荐上了津口高中,吃商品粮的罗萍萍、万佳蓉更不用说,直接升读。郑晓悟只能和其他一些学习成绩不太好、平常并不怎么来往的同学被推荐去了林家大山上的孟营高中。而邝萌一家并没能够返回武汉,且其因为是地主狗崽子成分不好,则完全没有上高中的资格。虽然这是最后一届搞贫下中农推荐读高中,但时也命也,撞上就撞上了吧。

受电影《决裂》中江西共产主义劳动大学的启发和鼓舞,梅其万校长两年前受命来到这紧连林家大山的小山包上，筹建了这所孟营高中。这座小山包其实是周围几个村庄的坟山，虽因施工需要搞了平坟、迁坟，但到郑晓悟他们已经是第二届学生了，还能看到学校周围分散的坟包、暴露的坟洞、裸露腐朽的棺材板。只是这里的学生已经司空见惯，见怪不怪，有些胆子大的学生甚至会找根木棍好奇地去捅捅坟洞里边有啥。

师资力量当然不够，老师只好跟着学生"水涨船高"。吴励疆、覃伯韬等四位老师由孟营学校调来孟营高中，吴励疆任副校长，兼高一（1）班也就是郑晓悟现在所在班的班主任，教语文；覃伯韬任高一（2）班的班主任，教语文；另外两位跟上来的老师依然教数学。郑晓悟内心对吴励疆还是有所忌惮，好在自己连小组长都不是，不用经常直接面对打交道，只要人坐在教室规规矩矩就行了，反而轻松。所以，平日里还是喜欢和覃老师交往，其他学生也特别喜欢跟覃老师往来。问题是，高中的语文、数学、物理、化学、政治、英语均是各个初中抽上来的老师，教学方法、水平和初中基本没有区别，英语老师的26个字母都读不准。地理、历史没有专门的老师，随意安排的讲课老师以前没教过，只能照本宣科，有时念课本都念不通顺，还不如自学。

学校没有围墙，上下山的道路都是山地土路，学校的院子、教室、宿舍和老师办公室地面也是山地土路。学校没有篮球场，没有乒乓球台，因为篮球控制不住就会滚下山，乒乓球稍微有风就会吹下山，而且天天都在上山下山，上坡下坡，也不需要上体育课跑操了。学校的厨房在一个小石坡的下面，下雨、下雪都是依山势露天排队，缩手缩脚顶风冒雨打饭菜，雨雪直接往饭钵里灌还无所谓，关键是稍不小心一脚滑倒一餐饭就没有了，所以经常有些同学哭着把还没有沾上泥土的饭菜小心翼翼地拨回饭钵里，将就着吃下去。

整个学校只有一座露天厕所，还要走一段斜坡土路，排队拥挤还很不方便。好在高一（1）班的教室位置得天独厚，独占先机，在学校最顶头靠边的位置，旁边是个小崖壁，很隐蔽。所以，教室紧挨在一起的高一年级两个班的男生一下课，直接就习惯性地顺脚拐到山墙边的小崖壁处肆意方便，有时候方便完了，还围站在那里神态自若地谈笑风生、看山观景，被吴励疆老师发现后大骂："一群刮不知耻之徒！"

从小就对老师念错别字有心理阴影的郑晓悟听到教高中语文的吴老师居然还不知"恬不知耻"为何物，就忍不住跟同学讥讽道："他应该优雅地指责我们说'尔等真乃刮不知耳止也'。"这句话传到了吴励疆耳朵里，据说是暴跳如雷，当然就更没有郑晓悟的好日子过了。

而有一次覃伯韬老师有事找郑晓悟，也寻到该山墙处，立马被熏得掩口捏鼻，当即给在场的学生上了一课："《孔子家语·六本》曰：'与善人居，如入芝兰之室，久而不闻其香，即与之化矣；与不善人居，如入鲍鱼之肆，久而不闻其臭，亦与之化矣'。"同学们听完讲解皆是哈哈而乐，也深感有理。随后，这种不文明的行为就渐次减少了。

还没到期末考试，高二年级的同学们忽然都莫名其妙地骚动起来，精神状态像打了鸡血般地亢奋无比，每天都兴奋异常，有一种无形的动力使上课学习的气氛大变，勤奋刻苦的努力大增，晚自习的教室里灯光通明，座无虚席，老师们不管讲得好不好，也都自觉加班加点地拼命为同学们讲，讲，讲。原来，是中央领导人伟大英明的决策，关闭了十一年之久的高考大门打开了，这给所有无论学习好或不好的学生都打开了一扇希望之门，至少有机会可以争取吃商品粮而"跳出农门"。

整个孟营都沸腾了！符合高中毕业或者同等学力条件的都满怀希望地报了名，大部分家庭都不约而同地给孩子们换上了大瓦数的灯泡，每晚的灯光之下都是查资料、背公式、做习题的莘莘学子，每天孟营街上来来往往的都是抱着书本、捧着资料、交流复习的热血青年，每个人的脸上都洋溢着希望，每个人的心中都充满了渴望，整个氛围都是读书！复习！连社员群众也似乎被这个强大的学习气氛熏染得斯文了起来。一切保证复习！一切为了高考！这就是所有考生家长的态度。为实现"四化"而读书！为中华崛起而学习！这是我们伟大祖国的号召。

因"特殊原因"没能读上高中的郑晓恒完全没有报考资格，但郑晓悦、郑晓慷当然信心满满地报名应考，和孟向阳、萧东风、刘学农等先后几届的津口高中同学一起集中做题复习，互相交换复习资料，遇到难题一同到学校去请教曾教过自己的老师，这段时间刻苦努力的收获远远超过了高中两年所学得的知识。考场就设在津口高中，高考前两天，这帮意气风发、对祖国的光明未来充满无限憧憬的年轻人又住回到学校的集体宿舍里，他们是为了再过上学生生活而重新体味一把。

高考成绩下来，晓悦过了中专录取分数线，晓慷更是孟营唯一过了大专录取分数线的考生，喜悦与期待并存。但一个个比他们分数都低的人都陆续收到了中专录取通知书，个个打起背包，兴高采烈、意气风发地在人们敬佩、崇拜、羡慕的目光中分赴不同的学校，这姐弟俩却没能得到任何消息。随着最后一名被录取的考生离开，孟营重新归于平静。这姐弟俩彻底傻了，先是赶到津口区招生办去查询，工作人员闪烁其词地说："你们俩的高考成绩我们都知道，但为什么没有被录取的情况我们不是特别了解，得去设在县教革委的县招生办去问，他们可都是你们父亲原来单位的人哦，比在我们这儿问要清楚得多。"

晓悦和晓慷旋即匆匆赶往县城，刚进县教育革委会的大门就碰到张燕阿姨，得知这姐弟俩的来意，她赶紧把他俩护进她的办公室，悄声同情地说道："孩子们别去问啦，没用的。还不是因为你们爸爸的事，上面早都打招呼下来了，郑力仁的小孩，分数考得再高都不能录取。"

晓悦听罢，忍着泪水转身冲向门外，一直跑到汉江边上，坐在河坡堤上伤心地放声大哭起来。晓慷紧跟着姐姐追了过来，站在堤岸上，悲愤地咬紧牙关，握紧双拳，怒视着寒风中的汉江水无情东流。

郑晓悟在孟营高中半年混日子的无趣之中，在大姐、三哥高考过线却明令不被录取的打击之中，捱到了下个学期开学。孟营高中传来喜讯，江夏师范学院数学系有几位工农兵学员要到学校来毕业实习，代数学课。这对苦于没人胜任高中数学教学的学校领导和没法学习高中数学课程的全体学生，无疑都是天大的好消息。关键还在于，刚刚恢复的首届高考，整个孟营已有多名大哥哥大姐姐如愿以偿地"跳跃农门"，榜样的力量是无穷的，"要掌握真知识""要学到真东西"，哪怕只能考上技校也要"吃商品粮"，成为所有学生共同的心声。

终于盼来了！江夏师范学院数学系来了两男一女三位实习生，给高一（1）班代数学课的是一位二十六七岁的男老师，矮矮壮壮的身材，白净略宽的脸庞，梳着大背头，态度非常自信，讲课神采飞扬，但几堂课下来，谁也不知道他在讲什么，同学们都自省是我们自己的基础太差，底子太薄，不是老师讲不好，而是自己听不懂。但有一次，这位老师在讲解几何题时，把"横截面"说成了"横载面"，而且感觉良好、颠来倒去地向同学们讲解这个横"载"面是个什么东西。这一下，把郑晓悟刚刚点燃起来想要提高数学成绩的希望完全浇灭，好不容易树立起攻克数学难关的信心彻底坍塌，加上姐姐和三哥的高考遭遇，再也无心向学。

这个星期天，刘大军、刘向军的父亲刘随昌到郑家来给这家人理发，郑晓忧也正好从县城回来在家里，向随昌叔叔问了问同学刘大军在部队的情况，就情绪很是激动地说起父亲不明不白被人弄去县招待所住学习班，以及晓悦、晓慷高考成绩过线就是不被录取的不平事。

刘随昌推心置腹地说："大侄子呀，你爸爸呢太聪明，很有知识文化，又是我们孟营的第一个大学生，我作为发小一直都很敬佩他。但老话说得好哇，出头的椽子先烂，你总是跟人家格格不入，吃亏的肯定是你啦。不是还有说法吗，'物以类聚，人以群分'，你能跟什么人在一起待，最好就跟这类人待在一起，也没搞清楚别人接不接受你，就非要挤到别的人群里，当然要被人家当成异类排挤咯。这其实是人之常情，在哪儿都一样。我跟你爸爸打小感情都很好，但我自己学习不行，所以我从来不会挤到你爸爸跟其他同学的学习堆里、演戏堆里。解放后我参军到部队，不管是打国民党还是打美国佬，我在打仗的战友们堆里就如鱼得水，最后负伤残废了也值。这些个道理其实一点儿都不难懂。"

郑晓悟也在家里等着剃头，觉得刘叔叔说的话特别对自己的思路，很有同感，便倒了一杯茶捧过去听他继续讲。刘随昌接过茶水一口喝干，在磨刀布上刮了刮剃刀，边给郑守礼刮胡子边继续说："还有话呢，不晓得我当说不当说。要论这文化水平我没有资格说，但论感情呢我还是要说说，人人都晓得的一个道理是：人往高处走，水往低处流。你都大学毕业走出去了，走到首都北京，爬得那么高了你还要往下面瞄，还要扭头往回看，你说你都待了十几年的这个汉宜县、这个孟家大营，有啥再回头舍不得的呢？用我们部队上的话来讲就是重新回到了出发地。嗨，你就是再有啥值得怀念的，也是过去了的事、小时候的事嘛。唉，不说你爸爸了，就说个在全国都有点名气的人物，谭德梁你应该知道吧？"

郑晓忧答道："赫赫有名的军旅大作家呀，他怎么啦？"

"是的，就是这个作家，写过英雄黄继光的部队大作家。我

第三十八章 备考

半年前，郑晓慷激情满怀，信心百倍，加满油、铆足劲儿参加高考，却无情地遭受了远超中专分数线却不被录取的打击。但他不屈服、不服气，一定要继续参加高考。社队的干部虽然都很同情他，但也都劝他不要再考了，何必弄些无用功。当生产队会计也挺实惠，像他这样有文化又机灵的人保不定很快就能到公社、区里做干部。但郑晓慷绝不放弃自己的理想，坚持复习报考，虽然每次复习到年前曾经考过的题目，尤其是看到那些自己答对的习题，总会引起他心中的伤痛和愤怒，但他必须要尽量排除掉这些杂念和干扰，继续努力。而郑晓悦作为女孩子，内心遭受打击的承受力相对要弱一些，她只要想到好不容易考过分数线硬是不给录取，就心颤不已。她安不下心，静不下神来，所以决定放弃参加高考，协助妈妈把家里打理好，全力以赴支持弟弟实现愿望。

功夫不负有心人，老天善待用功者。高考成绩出来，录取分数线公布，郑晓慷又考出了不俗的成绩，然而接下来的问题更加令人受煎熬，会不会又是不被录取？会不会再一次白考？郑晓慷和家人每天都提心吊胆地算日子，无奈而被动地等待着，痛苦而心悻地傻等着，每一次得知别的考生收到了录取通知书，心中的失望与失落就增加一分。半年前没有考过的孟向阳、萧东风、刘学农分别被录取在湖北省公安学校、湖北省汽车机械学校、武汉外国语学校，还有其他几个比自己分数低的考生也分别被录取了，一批一批的人都走完了，但就是没有自己的消息，又是没有自己的消息！已经到了最后时刻，还是没有自己被录取的消息！郑晓慷已经完全彻底地绝望了。

粗面锅盔馍、辣椒炒大头菜、冬瓜汤都摆在桌上好一会了，郑晓慷没有出来吃饭。恼人的正午酷热特别令人烦躁，烦人的知了聒噪更添心中苦恼，沉闷中，门外突然传来萧义长急迫的声音："贺喜！贺喜！贺喜！晓慷，晓慷快出来接喜报！玉儿姐恭喜了！"

郑晓慷闻声冲出房门，只见萧义长已经喜笑颜开地进得门来，手里握住一个牛皮信封。今天萧义长在大队部值班，中午收到邮递员送来的报纸、邮件，一看到县招生办寄来的录取通知书，二话不说，顶着大太阳就跑过来了。郑晓慷双手颤抖着撕开县招生办的信封，是的！是一张盖有红色大印的录取通知书！被汉宜县师范学校录取在中文专业，虽然并不是很理想，但毕竟……毕竟被录取了，毕竟没有再次白考。妈妈哭了，姐姐哭了，郑晓慷一头扎回房间，扑倒在床上委屈地哭了。待在家里无所事事的郑晓悟冷眼看着这些，知道这已经是很不容易的结果了。

原来，经过一年多来的拨乱反正，加之郑力仁仅仅因为受命编辑文集在"学习班"被内查外调一年半，但没查出任何问题，却又不下任何结论，明眼人都知道这是无端泄愤、借故羞辱，而且还要加害其无辜的孩子，是用看不见的手在借刀杀人，实在是有些过分了。群众的舆论出来了，很多人为此打抱不平，议论纷纷。此时已经传出中央精神，各地清查"四人帮"的余毒不能无期限地搞下去，全国的工作重心必须尽快转移到经济建设上面来。这些人怕到时会下不了台，于是匆匆敲定将郑晓慷"调配录取"

到最后的、也是本县唯一的一所计划招生学校，即县师范学校，随之无任何结论地"解散"了这个设在县招待所角落里、后来一直是郑力仁一个人的学习班。

郑力仁明白问题的症结所在，也清楚背后的操纵人和实施者是谁，他认为再去追究自己有没有结论，有什么样的结论，其实很无聊。他最操心的是自己的三儿子今年会不会又被"他们"不录取，所以当自己一获得自由身，就直接从学习班赶到自己的原单位找县招生办。

听到大门值班人员和郑力仁打招呼的声音，张燕深知来意，立刻从办公室迎了出来，无须客套，无须问候，直接打手势往临时设在二楼会议室兼图书室的县招生办领。黄学奇和胡志学也听到了楼下天井的对话声，已在二楼各自的主任办公室和副主任办公室门口迎候，见面之后握握手便请到会议室，有几位工作人员正在将档案资料打包成捆，准备存档，结束招生工作，听说进来的就是郑力仁，都停下了手中的活，好奇而冷漠地打量着这位啥事没有、却住了一年半学习班的传奇人物。

大家分头坐下，郑力仁一句话也不说，只是用询问的眼光盯住主管招生的胡志学。黄学奇笑着说："老郑，还是我来说吧，别的话呢都别谈了，我们直奔主题吧。首先你放心，你家老四的问题已经解决了，虽然拖延了一些，不是很理想，但毕竟是解决了对吧？在我们县自己的师范学校读读也方便嘛，以后毕业分配呀，工作呀，也好关照对吧？"

郑力仁无奈地苦笑道："嘿嘿，关照？是会关照。"

黄学奇没接话头，而是指着几位工作人员说："郑老师的三儿子郑晓慷的录取通知书发出去没有啊？"

几位争先恐后地答道："寄出了，寄出了，前几天就寄出了，这位考生现在应该已经收到了。全部录取工作都已经完成了。"

黄学奇点点头："那好，辛苦了，你们继续收拾吧。老胡，你先忙你的去吧。来，老郑请到我办公室坐坐，正好有紧急事情要找你呢。"

黄学奇的办公室就是朱建民原来的办公室，基本是原封不动。黄学奇给郑力仁沏了一杯他爱喝的茉莉花茶，坐下来说道："我绝不会问你这一年半怎么样，你也不要跟我谈你这一年半怎么样，我是经历过的人，啥都别说了。我们已经损失了最宝贵的时光，有些东西谁也改变不了，现在就是要把'四人帮'耽误的时间夺回来。经我们上报请示，县里已经批准把你调回来。别别别，你别打断我的话，我知道你不想回来，但先听我说完。建设'四化'需要人才，但人才是需要培养的，我们却极端缺乏培养人才的老师。经评估，县里想把高考实验的重点学校放到江湾中学，而不是城关中学和其他学校。江湾中学虽然偏远一点，但当年把武汉大学、华中师范学院等一些学校的高材生都变相下放在这个学校的校办企业，沉淀了一批人才，县里已经下文让他们全部返回教学岗位，决定最大限度地发挥他们的聪明才智，强抓教学质量，开创我县高考新局面，实现零的突破。你就是到江湾中学牵头负责政治教研室，核心任务就是负责教毕业班政治课，提高政治高考分数。别提什么条件，那里什么条件都没有，但是有给你充分施展才能的空间。"

看到郑力仁心动的神色，黄学奇趁热打铁地说："调动手续我们已经全部给你办妥了，时间很紧，不讨论，不商量，赶紧回家准备，然后直接到校进入角色。老郑，一切尽在不言中，拜托了！"

郑力仁急急忙忙赶回孟营，家人欣喜万分。刚好覃伯韬听说自己的弟子收到录取通知书，特来看望祝贺，同时还在为郑晓悦放弃高考而感到遗憾，巧遇郑力仁重获自由回到家中，并得知他调往江湾中学，便提醒道："我后来才知道，郑晓悟这个学期开学没几天就没去学校了，他那个班主任根本不过问，这样会毁了这个孩子的。晓悟是我教的初中学生，我很了解他，如果辍学就太可惜。不过在孟营高中读书等于没读，是不是干脆让他跟你去江湾中学，说不定就挽救了一个人才呢。"

郑力仁得知自己认为最聪明的小儿子居然辍学在家半年无所事事，整天跟着一群不读书的孩子到水泥厂、铁路边捡废铜烂铁卖钱混日子，感到痛心疾首，决定听从覃老师的建议，把他带去江湾中学严加督促。

郑力仁提前到江湾中学报到、安顿并打理好诸事杂项，又参加完学校的开学动员会、教学工作会和政治教研室会议之后，已经到了学生的开学报到时间，旋即回到孟营带上晓悟，到江湾中学开始了新的生活。

从汉宜县城开往外地的长途公共汽车中途过路站就在江湾中学门口，跨出车门，时下刚刚开始流行的电子音乐便从校园里悠扬飘出，一首新歌《洁白的羽毛寄深情》在朱逢博的激情歌唱中荡漾着友爱与欢畅：

> 亚洲的健儿聚北京，
> 洁白的羽毛寄深情。
> 莺歌啊燕舞迎宾客，
> 老友新朋喜相逢。
> ……

新老同学背着背包，扛着行李，拎着装有脸盆、口杯、饭钵、暖水瓶等杂物的网兜赶到江湾中学来报到，个个喜笑颜开、意气风发，青春气息迎面扑来，欢声笑语汇聚校园。

学校大门两边的围墙上分别用白石灰刷写着"为中华之崛起而读书！""为'四化'之实现而学习！"的硕大标语，进入校门，一条铺满石子的主道由南向北把校园匀称地分隔为左右两边，左侧是一个足球场，右侧是三个并行排列的篮球场，再往里边就是红砖灰瓦外走廊的平房，主道左右第一排和第二排均为教室，两排教室之间皆各有三个水泥乒乓球台，第三排平房是行政办公室和老师办公室，在第四排处再隔一道大门，挂着校办企业的厂名，门内即是厂房车间、工人宿舍，门外左右两排则是学生食堂、教工食堂和各类库房，紧贴校园东西两侧院墙的是学生宿舍和教工宿舍。虽然整个校园都是红砖灰瓦的平房，但郑晓悟却是第一次进到如此规模、如此正规的校园来读书和生活，感到很是欣喜和振奋，尤其是看到这里同学们的精神面貌、老师们的举止风范，深深感到这里是适合学生好好读书的地方，是能够真正学习知识的地方。

也正如黄学奇主任所说，这里没有什么条件可提，教育起步，百废待兴。虽然只有高中两个年级，但校舍少，学生多，已经没有住房可以安排了，学校只好在紧靠大门右手边的校卫生室里，用一排药柜隔出了一个七八平方米的空间，算是作为郑力仁老师的"宿舍"，而且朝向大马路的那扇木框玻璃窗还关不严。虽然单独从另一扇门出入，但仅只一人高的隔柜隔不开与整个卫生室的亲密关系，各种药水气味弥漫其间不说，老师或者学生来看病、取药，柜子两边犹如促膝谈心，不过父子俩却满意地发现此处有一个绝妙的好处，没有蚊子，不用挂蚊帐，当然也没法挂蚊帐。其实，郑力仁一起床就去上班，一门心思地备课、讲课、答疑、搞教研；郑晓悟一睁眼就到教室，全力以赴地背诵、听课、做题、晚自习，父子俩每天都很晚才回到这里，挤在一床睡个觉而已。

只是家里人口多、条件差，经济压力依然很大，郑力仁为了省钱，只有在教工食堂做臊子面或者粉蒸肉时才会偶尔去打一份，但一周绝不超过两次，其余的每餐饭都是自己用煤炉子做：两分钱一斤的胡萝卜或者大白菜煮八分钱一块的豆腐，再把两毛钱一斤的挂面每顿下半斤，用清水煮一小锅即可，这就是父子俩的一顿饭，几乎天天如此，顿顿如此。郑晓悟深知家里的困难和爸爸的艰辛，更知道自己长这么大第一次有这么好的学习条件和学习机会，的确很不容易，比哥哥姐姐幸运，所以，住在什么地方，吃些什么东西，不仅绝无怨言，而且从不发表意见，也从来不提任何要求。有时候郑力仁看到郑晓悟学习比较辛苦，又是在长身体的时候，便会"慷慨"地向儿子炫耀："你这两天学习有些累，看到没有？今天我们煮两块豆腐，再多滴两滴香油给你补一补。"

每当这时，郑晓悟就痛彻心扉地体悟到，只有刻苦努力、咬牙拼命地考上大学，才能对得起父母的辛勤操劳，才能不辜负父母的养育之恩，将来自己能吃上什么、喝上什么、住上什么，不能也不应该靠父母二老，只能靠自己！所以，每天除了睡觉、一日三餐、晚饭后在校园里或者学校对面的汉江堤岸上走一走放松放松之外，就是学习，学习，学习！

有一天晚饭后在校园散步，郑晓悟突然想去校办工厂看看，迈进厂门，车间均已熄灯下班，忽听得一间宿舍里传出悠扬的小提琴声，而且是根据歌曲《毛主席的光辉把炉台照亮》改编的小提琴独奏曲《金色的炉台》，寻声而去，只见一位身穿蓝色工装，面目清秀，年约二十五六岁的师傅在非常投入地演奏，水平远在自己之上。于是在门外驻足欣赏。一曲拉完，师傅友好地问道："你是哪个班上的学生？喜欢听小提琴曲？"

郑晓悟礼貌地答道："师傅您好！我是郑力仁老师的儿子，在高二（1）班。饭后散步走进来看看，听到小提琴声就被吸引过来了。"

师傅笑眯眯地走过来："哦，你是新调来的郑老师的公子啊，来来来，进来吧。看样子你喜欢小提琴，会拉吗？"

郑晓悟不好意思地说："自学的，会拉一点点儿，但拉得不好。"

"没关系，玩儿嘛。来，拉一曲给我听听。"师傅说着便把自己的提琴递到郑晓悟手里。

郑晓悟羞涩片刻，试了试音，就把小提琴曲《千年的铁树开了花》前几句曲子拉了一下。师傅说："嗯，你持弓、运弓、指法、换把都不太规范，所以导致你的基本功不是很好，看来我还可以教教你。这样吧，你晚饭后有空的话可以过来训练半个小时，我帮你规整规整，一来你可以放松放松，换换脑筋，二来我也可以有个共同爱好的交流对象。"

这位姓贵的师傅原本是"文革"期间江湾中学的毕业生，毕业前还是该校的文艺宣传队队长，高中毕业后留在校办小工厂做车工，但一直没放弃拉小提琴的爱好。恢复高考后，参加了77年底和78年夏季两次高考都不理想，加之已经结婚生子，年龄偏大，便彻底放弃了。

高考恢复之后，各地各校都在全心抓教学质量，全力破高考数量，江湾中学的宣传队解散了，文艺活动也没人搞没人管了，原来的很多乐器、道具就放在小库房里无人再过问，小库房的钥匙就由贵师傅掌管。所以，贵师傅就又找出一把小提琴给郑晓悟专用，而且可以拿回校卫生室自己的"宿舍"自行保管，约定每周三次到贵师傅宿舍接受点拨，合奏娱乐，有时候还给来凑热闹唱歌的男女师傅伴奏。

到高考之前，郑晓悟拉小提琴的水平大有长进。

第三十九章 文科尖子

值得欣慰的是，作为临时插班生的郑晓悟后来居上，年前期末考试的语文、政治、历史、地理四门功课的考试成绩在全年级五个毕业班中名列第一，也是全县各中学高中毕业班里分数最高的，旗开得胜，他信心倍增。同校高二（2）班一位女生的数学、物理、化学考试成绩也在全县独占鳌头。但是，在这所学风浓厚的正规学校熏陶了半年的郑晓悟，已经对自己有了非常深刻的认识，那就是最后高考不过关，不要说这次期末考试本校全年级第一、全县第一，就是全襄阳地区第一名也是白搭，所以，在离开孟营五个月后第一次回家过年，仍然随身带上应考复习资料，抽空就看。听说落实政策的孟琨已经在三个月前携全家迁回武汉，郑晓悟在为好朋友邝萌祝福的同时，更坚定了改变自己命运的决心。所以，还没等到元宵节吃汤圆，就义无反顾地跟随父亲提前返校了。

江湾中学教学成果异军突起，引起了县领导的切实关注。开学伊始，高二毕业班就突然新来了十位新同学，据说都是县革委会大院的子弟，且都是城关中学的在校生，郑晓悟所在的高二（1）

插班进来了三位女生。按照班主任钟嘉礼老师要把学习成绩相对比较好、高考有希望的学生安排靠前排座位的原则，虽然并不知道这三位女生的学习成绩，但作为学校接受的特别任务，为了更好地履行关照和帮助的职责，便把郑晓悟几个原在第一排中间位置同学的座位调给她们，郑晓悟调到第二排。

这三位女生刚来时谁也不搭理，不和班上的任何人交往，上课下课、出入行止都是三个人结伴而动，但安安静静，课堂纪律也好，倒不影响他人听课、看书、做题、自习，所以，郑晓悟完全没有感觉到班上来了几个新同学并调换座位有什么不妥，自己埋首苦读为上。

为了发挥各个同学的科目特长，尽量做到扬长避短，集中优势力量迎接即将到来的高考，学校将高二（1）（4）（5）三个班列为"文科班"，（2）（3）两个班划为"理科班"。不仅如此，这个学期已经不再是按部就班地正常上课，而是各科主要进行重点线讲解，突击性复习，每门课的老师都越来越像能掐会算的"大师"，每次上课之始便是猜题、估分、排名次。开始是每两个星期轮番摸底测试一次，到后来则是每个星期都进行摸底测试，几乎每天都会有老师拿出不知道在哪儿"侦查"收集到的考题来摸底。而郑晓悟每次摸底测试的成绩都非常稳定。

这天下午天阴而闷热，好像要下雨，第二节上课铃响，只见惯常一身整洁、皮鞋锃亮的地理老师杨观达怒气冲冲地快步走进教室，把手中的讲义、资料"啪"地往讲台上用力一摔："郑晓悟，站起来！"

郑晓悟被杨老师突如其来的一声大喝吓了一跳，条件反射般地从座位上站了起来，余光看到一些同学幸灾乐祸的表情。

杨观达老师敲着讲台说："还没有高考呢，还没有拿到大学录取通知书呢，你郑晓悟就骄傲自满了？就狂妄自大了？就可以躺在过去的成绩簿上睡大觉了？这次的摸底测验你知道你考了多少分吗？87分！才87分，你不感到丢脸吗？你不觉得羞愧吗？还认为自己了不起吗？"

郑晓悟站在座位上低着头，满脸通红，脑袋"嗡嗡"地发蒙："怎么可能才考了87分呢？这么差？"但一声都不敢吭。

杨观达老师发泄一通，杀鸡给猴看之后，又把黑板刷往讲台上一敲："哼！去，到我办公室把全班这次的地理试卷全部改完。"

郑晓悟羞惭地走出教室，听到教室后几排那些学习成绩不好、高考没希望、天天故意制造噪音捣乱的同学在拍课桌"庆贺"。

到了史地教研室，一团和气、心宽体胖、不修边幅的历史老师赵体学笑嘻嘻地说："郑晓悟，这次没考好吧？杨观达这家伙罚你来改卷啦？没事，别紧张，继续努力。"

郑晓悟不好意思地"嗯"了一声，看到杨老师只改了自己的卷子，摆在一大叠考卷的最上面，一看，果真是87分，便不忍目睹地把它拿开丢到一边，开始判其他同学的试卷。改了十几份，突然灵机一动，想看看自己到底错在哪儿，拿过来一核，原来是少算了10分。他兴奋地跳起来对赵老师喊了一声："杨老师算少了我10分，我是97分！"说着就冲出办公室，跑到教室门口兴冲冲地喊了声："报告！"

杨观达老师板着脸："不老老实实地在那改卷，跑回来干什么？"

"杨老师，我核了下分，您给我算少了10分，不是87分，是97分！"郑晓悟自豪而大声地报告，其实也是说给全班同学听的。

正在黑板上板书的杨老师把粉笔往讲台上一扔："算少了你的又怎么样？97分就得意了？就了不起了？滚！改卷去。"

郑晓悟开心地答道："是。"转身欢快地跑回史地教研室。就在他转身的一瞬间，瞥见新来的三个女生都向他投过来友善、开心的笑容，尤其是那位叫李丽的笑容和眼神，居然令他蓦然感到心中像受到电击一般。

郑晓悟知道这些老师都对自己抱有很大的期望，是在用不同的方式激励自己，鞭策自己，并随时会将自己的学习情况通报给父亲。对此，郑晓悟唯有决心用最后的高考过线成绩来报答所有的恩师。

为了调剂学生们的在校生活，尤其让高二毕业班的同学松弛紧张的脑力，放松紧绷的神经，学校会定期请放映队在足球场放一场露天电影，这个时候，郑力仁一定督促儿子放下一切去看电影，说这样可以让大脑的一部分区域休息休息，同时刺激大脑的另一部分区域活跃起来，有利于记忆力的提高和精神状态的平衡。

郑晓悟深深地记得第一次看的香港电影是港产喜剧片《巴士奇遇结良缘》，讲的是一位年轻的公共汽车售票员见义勇为、诚实为人，努力改变自身命运，终于抱得美人归的轻松搞笑励志电影。这是郑晓悟第一次通过银幕看到香港的街景市容，第一次看到还有双层巴士，第一次看到香港底层人士穿着紧身花衬衫、喇叭裤的时髦服装，最主要是看到被资本家压榨的售票员阿义只能利用站点倒班的几分钟时间，匆忙端上满满的一碗白米饭，就着几块方正的红烧肉狼吞虎咽的情景，当即羡慕得口水都流了出来。几年后，郑晓悟被招聘到深圳工作，第一件事就是找这种红烧肉吃，原来这叫"叉烧肉"。

有一天晚饭后，郑晓悟被爸爸神秘地叫到学校的小会议室，里面已经坐满了人，主要都是学校教工子弟，木柜里平常锁着的学校唯一的一台14英寸黑白电视机正在播放新闻报道，大家都在低声交谈，似乎在期待着另一个特别的节目。八点过后，随着嘈杂的谈话声安静下来，一部日本电影《望乡》开始播放，据说这是邓副主席访问日本后引进的影片，反映的是日本妓女被卖到南洋一带的悲惨遭遇和苦难经历，今天是在电视上首次播放。郑晓悟第一次看到电影里有不少刺激而露骨的"人体写真"，尤其有一段是全裸镜头，虽然都只是妓女们的背影或者侧影，却具有极大的视觉冲击力，给人以石破天惊的心灵震撼。所以在高考结束之后，郑晓悟又专门跑到樊城解放桥电影院"追"了一场，发现那些渴望再次看到的画面都被剪掉了，甚觉遗憾。

自从那次被地理老师杨观达"臭骂"了一顿之后，插班进来坐在前排的李丽、黄爱珍、赵秀梅三位女同学，不时就会扭头向郑晓悟提问题、问答案，相互之间的关系慢慢就熟络起来，有时课间休息的时候还会聊聊天，说说笑话，但总被后面几排的同学起哄捣乱。

一天晚饭后，郑晓悟又习惯性地在宿舍窗前拉小提琴放松大脑。拉完一曲《草原上升起不落的太阳》，刚开始拉王洛宾的《在那遥远的地方》，突然就听到窗外有女生在跟唱，接着就冒出三个人头哈哈而乐，原来是李丽"三人帮"饭后沿着校园围墙外边的小路散步，途经窗外，听到这首社会上重又流行开来的歌曲，就率性地跟唱起来。

后来，她们就会来约郑晓悟一起在晚自习前出去散步，同时讨论讨论高考复习大纲，互相背一背习题，对一对标准答案。慢慢地，就是李丽一个人来叫郑晓悟，或者是没有人来约，郑晓悟就自己出去散步，李丽也会随后跟上来。有几次，两人走到学校对面的汉江河堤上转一圈，欣赏落日，听听风声，看看静静奔流的汉江水，甚是惬意。李丽属于那种明丽、端庄、大方、爽朗的女孩，和她在一起无论是结伴聊天或者是安静相对，都有一种非常舒服而没有压力的感觉。用她的政治老师，也就是郑晓悟的爸爸的话来说："李丽是个很大气的姑娘。"

四月中旬，郑晓悟在《襄阳报》上看到一则江汉艺术专科学校的招生简章，将在襄阳地区招收各类器乐专业的学生。这个属于提前招录，与普通高校的全国统一高考不冲突，同时考虑到自己的乐理知识还可以，就心血来潮地想要报考试试。贵师傅的意思是反正两边都不耽误，就当是玩嘛，可以去试试。而父亲则认为，我们不是音乐世家，没有那个基础底蕴，考音乐专业不具备条件，关键是不希望自己的儿子搞艺术类专业，没有什么出路，不过如果他非要去试试玩玩，当作休息休息也不反对。

按照招生简章的指引报名，很快就收到了准考通知。考试那天是个星期天，李丽硬要陪郑晓悟坐车一起去，她觉得很好玩，想跟着去看看。

考场就在襄阳城西门外的襄阳歌舞团大院内，进得大门，简直就是艺术的世界，弦乐声声，管乐阵阵，此处旋律轻扬，那边曲调高亢，每个人都在为各自专业的考试做热身练习。到了小提琴考试区，几位正在拉琴的一看就是专业艺术团体的演奏员，尤其看到那位曾经见过的地区歌舞团乐队首席，郑晓悟就知道自己完全没戏，但他对这种仙乐飘飘处处闻的环境特有感觉，不想走，还是贵师傅那句话，"不就是玩嘛"。

器乐演奏考试均为单独进行，郑晓悟面对一位精干瘦小的主考老师，拉了一曲自选的《千年的铁树开了花》，发挥得不好。主考老师翻出一支指定考试的练习曲，很复杂的五线谱，郑晓悟蒙了。老师很有修养，进行下一个环节，考节奏感，先在梆子上敲出一套复合节奏，郑晓悟听得出来是把二分音符、四分音符、八分音符、十六分音符、切分音、符点音之类打乱组合而成，但由于没有受过这方面的专业训练，自己模仿的简直就是"铁匠敲木鱼——胡锤乱打"，敲的过程中自己都想笑。

走出考场，站在门口的李丽关切地问："怎么样？"

郑晓悟自嘲道："哈，我这水平连门儿都没有。走，转一圈看看。"

走到民族器乐考试区，忽然听到一阵熟悉的唢呐、笙合奏《沿着社会主义大道奔前方》，他似有所感，在该考区门外站了片刻。

一曲终了，出来两人，果不其然，正是汪家乐、赵运喜。两位见到郑晓悟也甚为惊喜，一问，是来参加小提琴专业考试的。

郑晓悟坦然地告诉他们："我这个自学西洋乐器的水平是绝对没戏的。我准备和我同学在这里转一转见识见识就回学校去了。"

汪家乐说："我们考的是他们艺专的附中，器乐吹奏已经考过关了，马上就直接到另外一个笔试考场考乐理。说是很简单，但我们俩根本不懂乐理，碰到你真是太好了，请师哥帮我们替考一下。"

看到郑晓悟为难的表情，个头较高的赵运喜说："下个考场的老师没见过我俩，你和我准考证上面的照片有点像，你就拿我的准考证进考场，到时候跟家乐坐一起通个气，就是测试一下，没有那么严。"

就这样，郑晓悟居然鬼使神差地留了下来，顺水推舟地顺便帮他们两位替考了乐理笔试，而且这两位还顺利地被录取到江汉音乐专科学校附中，最后又继续入读该校本科。

高考日期越来越近，命运之神步步紧逼，老师们没有了平常的笑容，戒掉了日常的玩笑，脸色铁青，两眼发红。大战在即，不容儿戏，老师们几乎个个都是六亲不认、不加掩饰地对学生公开实施区别对待，对大部分完全没有希望的同学撒手不管、顺其自然，对待小部分尚可争取同学是积极帮扶、希图爆冷，对待个别"目标"同学则强力施压，要求志在必得、不容失手。各科老师也不再是摸底测验，而是每周进行一次全景式的模拟高考实战演习，强度不断加大。

郑晓悟知道必须要完全收心了。即将来临的高考不亚于生死考验，不亚于命运审判，没人给你妥协的空间，没人给你容错的机会，所有希望均须依靠自己，一切寄托于一考而中，绝不能留有复读的后手，更不能相信自己高考失败后的心理承受力。必须主观上做到目不斜视、心无旁骛，必须客观上做到全力以赴、全情投入。李丽对自己的好感、友爱和情谊，心中当然有所感悟，同时自己与李丽的交往、沟通和相处也是从没有过的欢愉、鼓舞和舒心，但郑晓悟有一点非常明白，自己考不上大学，一切皆为虚幻，而若自己考上了大学，又会发生什么变化也很难说，这些都是未知数。不过，此生有幸第一次与异性同学产生好友感情，虽然只有短短的三个月，也足以成为终生享受的资本。

李丽、黄爱珍、赵秀梅等寄读同学的学籍在城关中学，均于高考前一个月撤回本校，以便提前办理高考报名手续和本考区的统计工作。这样一来，郑晓悟反而觉得心中彻底静了下来，毫无杂念地全身心复习应考才是难能可贵的。但教室的环境在这个关键时候反而闹腾得更不像话了，被老师"视为无物"的大多数同学的心理受到伤害，破罐破摔，无论是白天的自习课还是晚自习，只要没有老师在场，教室后几排的同学就像在跳非洲土著舞，敲陕北安塞腰鼓，片刻不宁。老师听到喧闹声赶来教室，他们立刻偃旗息鼓装作端坐，一本正经地看书；老师前脚出门，即刻故伎重施，而且还会跑到前面来挑衅找事，总之就是让你们这几个高考有希望的"目标"学生没那么好过。

有好几次，后排的同学跑到前面来找郑晓悟问习题，郑晓悟觉得这也是个很好的提问、答题的机会，就很认真地回答和解释，但他们却一再假装问："为什么？""为什么？"并故意用错的答案来怼郑晓悟，意在让他没法安心复习。郑晓悟明白他们的意图，不再理睬，埋头看自己的书，他们就狂敲他的书桌有节奏地喊："为什么？""为什么？""为什么？"当然是想刺激他发火打上一架。郑晓悟没时间上当。学校没有其他地方和环境可以看书学习，班上也要求遵守在教室自习的纪律，所以，郑晓悟练就了在异常嘈杂和捣乱的环境中不受干扰，完全进入内心自我境界学习的本事。当然，他还更好地利用了午饭后同学们午休，教室里几乎没有人这个安静学习的大好机会。

这天午饭后，骄阳似火，天气酷热，老师同学都在睡午觉，知了在寂无人声的校园里鼓噪，郑晓悟用信封装了一点炒豌豆，到教室去潜心复习。正心情舒畅地神游书本习题之间，好像听到教室外有自行车的声音，接着几个女生在教室门口发出了"哇"地怪叫。抬头一看，是李丽、黄爱珍、赵秀梅在伸着头做鬼脸。郑晓悟心里一阵激动和温暖。

原来，这"三人帮"利用高考之前还只有几天的空隙，相约一起特地从县城骑自行车过来看望郑晓悟。教室没人，几个女孩便坐在各自原来的座位上和郑晓悟开心聊着，互相加油打气，同时描绘着高考后的美好前景。李丽那双有神的丹凤眼一直脉脉含情地盯着郑晓悟，始终都没有离开过，黄爱珍和赵秀梅还是那么旁若无人地爱说爱笑爱闹。见有同学已经来到教室，她们觉得不太方便也不好意思了，说还要赶回学校，起身要走。郑晓悟把她们送出教室，只见三位美丽的姑娘翩然飞身上车，喊声"再见！"三辆自行车响着清脆的铃声，载着青春的身影飞驰而去。

她们在炎炎夏日正午骑车十多公里专程前来看望，令郑晓悟心中无限甜蜜，感动了好长好长时间。至今每每想起，依然感念不已。

此时的校园里到处都贴满了不同高校、中专的招生简章和专业介绍，每到下课和放学，这些招生简章前面都挤满了同学和老师，有紧紧盯着思考的，有做笔记记录的，有相互间进行比较讨论的，也有老师提出建议极力推荐的。郑晓悟一看到招生简章上那一所所高等院校庄严的校门、闪光的校名、多彩的校园，就顿感心驰神往，在暗暗评估自己最有把握考到的分数的基础上，很快选定了心仪的学校和专业。

父亲从家庭的经济境况考虑，建议只选报国家负担全部费用的师范院校，郑晓悟没发表异议，但心里不愿意，便自作主张在最后正式填写的报考志愿表上所填的顺序为：1.北京政法学院法律系；2.楚天大学法律系；3.华中师范学院历史系。他没有再填写可以继续选择的大专、中专学校，也没有再征求父亲的意见，直接递交给了班主任。录取通知书邮寄地址留的是大哥郑晓忱现在的单位汉宜县新华书店。因为已经和大哥联系好，高考一结束就过去县城打暑期工挣钱。

无论是尊重儿子的语文老师，还是为了不扰乱儿子的系统复习，郑力仁从没有给郑晓悟另外讲过他擅长的语文知识，但在每天晚饭后往往会背诵一些郑晓悟念都念不大顺畅的古文，诸如《郑伯克段于鄢》《曹刿论战》《邹忌讽齐王纳谏》《李斯谏逐客书》等文，尤其爱背诵诸葛亮的前后《出师表》，以这种信息输入的方式使郑晓悟在被动接受信息中增加古文知识，当然也会特别提醒他在课堂上已经给同学们强调的一些政治题考点，比如"实践是检验真理的唯一标准"绝不可忽视。

高考前夕的荣誉鼓劲和精神激励是很有必要的，学校团委及时在应考的前两周批准毕业班十几位同学加入共青团，并在校长会议室面对团旗举行了一场简短而热烈的宣誓仪式，郑晓悟也是其中光荣的一员。

进入考场如同战场，成败与否在此一役。语文、数学、地理、历史、政治五门课的三天全国统一高考，可以说是考生们所积蓄全部能量的总爆发，也可以说是同学们对承受沉重压力的大反弹。面对考卷，奋笔疾书，与其说是心血的倾注，不如说是情绪的发泄。五个半天，如同木偶一样进考场、考试、交卷、出考场，进考场、考试、交卷、出考场，似乎耗掉了所有的精力，抽空了所有的元气，郑晓悟感觉自己恰如幽灵，完全不记得自己是如何飘进考场，再如何飘出考场，最后一场考完，便头也不回地直接飘出了学校。

郑晓悟凭直觉相信，除了数学考得很差之外，其他几门发挥正常，基本能达到摸底测验和模拟高考的成绩，也基本符合班主任钟嘉礼老师平日经常对自己高考总成绩的估分，超过大学录取分数线应该不会有太大问题。但他不愿意像很多同学那样考完之后找人讨论试题、核对答案，认为对已经过去的事再去回顾探讨毫无意义，反而徒增烦恼。因此，最后一门考试交卷后，他收拾行李，头也不回地即刻登上校门口的公共汽车，直接赶往县城，到大哥郑晓忱所在单位打零工去了。

第四十章 迈向未来

郑晓忱在一年多前已经从汉宜县文工团调到了汉宜县新华书店。

虽然说艺术饭是青春饭，到了一定年龄就得另谋职业，但郑晓忱本身并非是唱戏演角，而是在创作组，这些年来参与了把革命样板戏《红灯记》《沙家浜》《杜鹃山》等剧目移植为豫剧的再创作，近几年又参与了把传统戏曲《朝阳沟》、"杨家将"中的《杨排风》，还有将现代歌舞剧《红嫂》改编为《红云岗》等一些恢复传统的再创作。同时，县文工团的宣传栏、油印小报也是由其主办，其才华和为人深得文工团的"台柱子"主演兼报幕员张莺莺的倾慕，通过请求郑晓忱帮忙写革命大批判稿子、学《毛选》心得体会，甚至入团申请书之类的，两人慢慢加深了感情，随后便谈起了恋爱。初恋的郑晓忱对张莺莺很珍惜、很痴情。

随着了解的进一步加深，张莺莺有一次特意问起郑晓忱的父亲为什么能读得起大学，是不是家庭成分不好。当郑晓忱告诉她自己的父亲是解放后的大学生，她才放下心来。不过，当她得知郑晓忱的家也在农村，兄弟姐妹众多，他又是老大时，着实有些接受不了。不久之后，张莺莺表情为难地告诉郑晓忱，父母已经做主把她介绍给了她老家当地大队革委会主任的儿子、现役军人。郑晓忱听后，一方面痛苦得无以复加，一方面害怕得胆战心惊，自己再不退出，就是破坏军婚。刚巧文工团正在搞新陈代谢，调出一批老演员，于是趁机坚决要求调离。

这一调就调到县新华书店，又碰到了"老熟人"贾文善。其在清理"三种人"时被撤职查办，因检举揭发县革委会贾主任和朱建民还有参与编辑文集的郑力仁等人有功，被提前结束审查，重回书店做了门市部营业员，但由于其自身所拥有的人脉关系、交际水平和表现能力，很快又升任为门市部主任。现任新华书店书记的朱新华本意是打算安排郑晓忱在门市部工作，但贾文善坚决不同意、不接收，建议郑晓忱去发行部。朱书记考虑到这么个细皮嫩肉、斯斯文文的书呆子，顶风冒雨骑车下乡到各区各乡镇搞发行，估计难以开展工作，此时恰好开工建设一幢四层的新华书店大楼，于是便安排郑晓忱去抓基建、管工地。而建筑工地上又需要小工，因此从汉宜县师范学校放暑假的郑晓慷、刚高考完的郑晓悟也就理所当然地到大哥管的工地上去打零工了。

贾文善这时又反过来亮着公鸭嗓子嘻皮涎脸地讨好郑晓忱，请求给他在城关中学高考结束的二儿子贾红兵也安排个零工。郑晓忱和父亲一样，不太爱去计较、纠缠一些乱七八糟的事情，同时也不想把关系搞僵，也就顺水推舟把他和书店其他同事们想做零工的小孩都给安排了。

利用暑假做零工，一天一块二毛钱，加班另算，这在当时是难得的肥缺，托关系都不一定能有机会。孟营消息灵通的人士就来找郑晓忱求情，给自家孩子找点儿事做，于是刚从津口高中毕业，同样参加完高考的刘向军、萧志兵又和郑晓慷、郑晓悟聚到一起打零工了。

小时候在县教育革委会天井里一起玩过"抓坏蛋"的贾红兵

现在已经长成一个浓眉大眼、个头瘦高的帅气小伙子，但他作为县城长大的孩子很傲气，瞧不起这几个孟营乡下的"土包子"，同时又因为是城关中学的高中毕业生，当然也瞧不上其他学校的学生，因此言行举止颐指气使，颇有乃父贾文善之风范，尤其是他到处宣扬和炫耀他自估的高考成绩，上大学志在必得时。贾文善总对儿子欣赏赞许有加，搞得门市部白白胖胖的潘阿姨和她漂亮的双胞胎女儿在对贾红兵大加青睐的同时，竟然也毫无来由地对郑晓慷、郑晓悟、刘向军、萧志兵几个人一天到晚投以鄙视的眼神，附以嘲弄的语言。本来这双胞胎姐妹被贾红兵糊弄得五迷三道，跟郑晓悟一毛钱关系都没有，他只想埋头干活、加班，为上大学挣多点钱就行，只是贾红兵每天不好好干活，总在言语之间踩别人而抬高自己，自吹自擂太过，于是在利用一次一起用手推车到江边拉气焊用的高压氧气瓶时，郑晓悟假装无意间跟他聊到高考题，心里便有数了。

郑晓悟没想到的是，李丽高考完之后居然骑车跑到孟营去找他，而且颇受妈妈、姐姐和两个妹妹的欢迎，还坦然地住下来帮助干家务，等候郑晓悟回家时见面。直到郑力仁忙完学校事务放假回到家中，才告诉她晓悟在县新华书店打零工，她才又急急忙忙赶回县城。

李丽跑到县新华书店基建工地找郑晓悟时是晚饭之后，这天晚上郑晓悟正好没有安排加班，而旁边的县电影院正好在热映王心刚、王晓棠主演的《野火春风斗古城》，一直没舍得去看，便和大哥、三哥打了声招呼，花了两毛四分钱买了两张票，请李丽看了这场心仪已久的电影。这部曾被禁演多年的电影从剧情到演员演技的确相当精彩，难怪听新华书店的人说连追了三场都还想再看。王晓棠不仅因为漂亮高雅吸引观众，其一人分饰"金环""银环"性格迥异的姐妹俩，演技水平尤令人赞叹。郑晓悟被剧情深深打动，沉浸其中，这时李丽悄悄靠过来，把郑晓悟的手握住了。

这是郑晓悟第一次和女孩子靠得这么近，更是第一次被女孩子深情地紧紧握住自己的手，激动得心都快要跳出来了。

此后一段时间，李丽隔三岔五便会骑车跑来县新华书店找郑晓悟，或者是和三兄弟在一起聊聊天，或者是两人到江边抑或公园手拉手散步，或者是一起去县电影院看场电影抑或县文工团演的戏。但李丽从来也没问过郑晓悟考得怎么样、报考的什么志愿。而郑晓悟深知，在没有收到大学录取通知书之前，一切都是未知数，也从不和她谈这方面的话题。总之，两个人每次见面都特别快乐，特别舒心，相互都是欣然以对，坦诚交谈，并在分手时都期盼很快再见。

郑晓忱虽然为了躲避和忘却初恋的伤痛而调到新华书店，但县城的地方也就这么小，文化系统的单位更集中，县新华书店和县文工团相隔距离不过五六百米，中间只隔着一座电影院和县文化局大楼，县文工团的人若要出来上街，必须经过新华书店生活区大门口的这条路。因此，和张莺莺碰面的概率还是比较大的。

这天晚饭后，三兄弟商量着准备去电影院观看正在上映的《黑三角》，刚出大门没走几步，郑晓悟忽然看到对面步履轻盈、娉娉婷婷走过来的张莺莺，便赶紧悄悄地叫着："大哥，你看，是张莺莺。"

郑晓忱抬眼一看，扭头往回走似乎不合适也来不及了，便灵机一动，面朝马路牙子蹲下来假装在地上写着什么东西。

身材高挑、容貌姣好、秀发飘飘，上穿碎花短袖衫、下着粉色百褶裙的张莺莺粉面含笑，秀目顾盼地扫了一眼这两位似乎认识的弟弟，笑盈盈地往路边扫一眼，停下来喊了声："郑晓忱你在干嘛呢？"

郑晓忱应声扭头假装刚看到她，面红耳赤地站了起来："哎呦，这个……是张莺莺啊？好久没见了。我……我刚才忽然想到新华书店工地上有个数据不对，刚要蹲下来再算算。"

张莺莺明察秋毫地大方一笑，说："不会是故意躲我吧？怎么，是带两个弟弟出去走走？"

郑晓悟抢答："我们和大哥正想去看电影呢。"

"那好吧，你们先到电影院去等等吧，把你们的大哥借给我一会儿好不好？"张莺莺笑眯眯地说着，就走近郑晓忱。

郑晓慷、郑晓悟兄弟俩走到电影院的售票窗口，回头看到张莺莺一直在和大哥讲着什么，好像还拿出手绢在擦眼泪或者是擦汗，但大哥只是微微低着头在听，始终都没有张嘴说话。

郑晓慷经常在周末从师范学校到大哥这里来玩，情况知道得比较多，所以他在售票窗买了三张电影票，转身出来悄悄对郑晓悟说："喂喂，晓悟快去看看，里面这个卖票的家伙就是张莺莺现在的男朋友，他当兵复员以后，被他当大队书记的爹活动到电影院这儿卖票来了。"

郑晓悟一听，好奇心顿起，排到队伍后边去，轮到他时，趴在售票窗口就往里瞧，也不说话。这位男售票员礼貌地问："同学，买几张？"

郑晓悟狠狠瞪了这人几眼，没搭腔，退出来就跟三哥说："哇！好恶心哦，长的又黑又瘦，好像个子也不高，比我们大哥差远了。"

过了一会儿，大哥过来了，郑晓悟打抱不平地说："大哥，我看到那个卖票的家伙了，张莺莺怎么找了这么差的一个家伙？"

郑晓忱呵斥道："别胡说！走，进去看电影。"

但郑晓悟却明显地感觉到，大哥一直对张莺莺很痴情、很在乎，但人家张莺莺的态度虽然看上去并非完全无所谓，但也不是特别在意，一副很洒脱的样子。况且，现在人家的"军婚"男朋友已经贴身紧盯上来怕她跑了，两人绝对是有缘无份了。不过好在近一段时间，孟瑶阿姨的大女儿王皖倒是总过来找大哥，好像有那么点儿意思。

通过郑力仁和其他一些老同学的牵线搭桥，多方帮忙，孟瑶全家人终于在一年前顺利如愿地调回了襄阳，丈夫王世杰担任汉宜县医院的党总支书记，孟瑶本人调到离家池不远的汉江制药厂，大女儿王皖被招工在襄阳鼓楼商场做营业员，小女儿王徽还是高中在读学生。由于两家的世交关系，加之王皖来到襄阳既没有同学也没有朋友，就把郑晓忱当作自己的大哥哥看待，后来就经常从襄阳来汉宜县城以看望父亲之名到新华书店找郑晓忱，一来二去，这位长相颇似朝鲜电影里的女演员而且性格温婉的姑娘，对郑晓忱越来越有好感，来往愈加频密。而且王皖对郑晓忱的几个弟弟也很好，每次来都会买一些水煎包或者是煎饺，郑晓忱再到食堂打些稀饭和小菜，大家在一起无拘无束地吃饭、谈笑。

郑力仁似乎也有意想促成大儿子与王皖之间的这段姻缘。

但有一天，郑力仁来到书店和大儿子感叹道："二三十年不见，孟瑶这个人变化真的很大呀，已经完全不是原来那个单纯、有眼光的孟瑶了，变得很市侩，很俗气。本来我去找王世杰聊你跟王皖的事，他不仅不反对还乐见其成，却没想到反而是孟瑶不愿意。虽然她的话说得很婉转，但话里话外表达的意思是，他们家里的条件现在很好，已经属于社会上正在宣传的'万元户'这个行列了，而我们家人口太多，条件太差，负担太重，特别是还在农村，你又排行老大，以后总得要关照后面这么多的弟弟妹妹，他们家就是再有钱也倒贴不起。你看看她这话说的多难听啊。唉呀！这也难怪，连那个萧华跟你青梅竹马那么有感情，萧义德都不愿意。等闲变却故人心，却道故人心易变啊。"说着吟了一句清代诗人纳兰性德《木兰花·拟古决绝词柬友》中的两句词。

郑晓忱紧皱眉头，一句话都没说，内心似乎很痛苦。

再后来，王皖就慢慢来得少了，最后再也没来了。就这样，郑晓忱的第二次爱情的萌芽还没有拱出土，就彻底夭折了。

　　郑力仁再一次来到大儿子这里时，春风满面，喜形于色。原来，全国高校统一录取分数线下达，小儿子郑晓悟不负众望，高考分数超过了大学本科最低录取分数线，是汉宜县文科成绩中唯一过本科录取线的考生。不出所料，理科高考成绩全县唯一过本科线的也是江湾中学高二（2）班的那位女生。郑晓悟虽然觉得总分数比自估分少了十多分，但从理论上说，上大学应该不会有太大问题，内心的兴奋之情当然溢于言表。不过，想到大姐、三哥两次高考的遭遇，想到父亲多年来的境遇，便没有声张，对一起打零工的好朋友刘向军、萧志兵都守口如瓶，只字未提，因为只有收到大学的录取通知书，才算是进了保险箱。

　　有了成绩出线的激励，郑晓悟在白天正常上班之外，只要晚上有加班和计件活都不放过，扛水泥、搬砖石、抬钢筋、运材料、和石灰、拎灰桶，还被建筑公司"六化建"的师傅抽调上脚手架去做外墙水刷石，掌控电动打磨机做营业厅地面水磨石这些技术活。总之，只要能为上大学多挣钱，什么都干！遇李丽再来书店看他，也只能是聊聊天，说说话，没时间再出去散步、逛公园或者看电影，按时赶去加班干活。

　　刘向军和萧志兵后来很沮丧地告诉郑晓悟，他俩的高考成绩连中专录取线都没有过，听说他们在津口中学的这个班都考得不理想。而贾红兵这些日子也突然变得沉默寡言，情绪低落了很多，既不用言语挑衅他人，也不用眼神鄙视别人，规规矩矩地上班，老老实实地干活，潘阿姨再也不会有事没事都过来关爱他了，那对双胞胎姐妹似乎也疏远他了。郑晓悟觉得这母女三人弯拐得太急，前后反差太大，做得太明显了，反过来挺同情贾红兵，因此更不去提自己的高考成绩，以免刺激别人。

　　这天下午还没到下班的时间，郑晓悟正在配合"六化建"的师傅做水磨石工艺，把书店营业大厅正中央的"飞鹿"图案用黄铜板条摆好图样，在掺入红、黄、绿、蓝和咖啡色颜料的水泥中拌上白色大理石子，然后再按图样把不同颜色的水泥倒进指定部位，待完全干透之后，一边浇水，一边用电动打磨机磨出彩色的水磨石地板。

正全情投入地工作着，突然，大哥郑晓忱表现出少有的激动，在工地出入口招手叫道："晓悟，别干了，赶紧出来一下！"

郑晓悟心里一动，已经意识到可能是什么事，只觉得心中的一块石头落了地，平静地站起身，走到出入口的水管前面洗手洗脸。只见朱新华书记手里拿着一个信封，高兴地嚷道："哈哈！郑家的小五不得了啊，闷声不响地搞了个汉宜县的状元啊！可喜可贺！来来来，小五快过来，打开给我们看看是什么专业？"围观的贾文善、潘阿姨和其他几位书店的男女职工都笑容满面地注视着郑晓悟。

郑晓悟双手接过黄色牛皮纸的"录取专用"挂号信封，右下角印着"湖北省高等学校招生委员会"，便湿着手把它递给大哥，请他打开。

郑晓忱小心翼翼地用随身携带的指甲剪刀裁开信封，里面是一张录取通知书、一张《新生入学注意事项》、一张待填的表格，看了看录取通知书的内容，骄傲地告诉大家："是楚天大学法律系！"

大家叫了声"哇！好！"其中一位跟郑晓忱一起调到书店的原县文工团的专业武生演员哥哥跟郑晓悟说："哎呀呀呀，你这将来可是要掌握生杀予夺的大权呐。不得了，不得了哇！"

这天晚上，郑晓忱和郑晓慷正在宿舍里跟郑晓悟交代去大学报到要准备些什么东西，有哪些注意事项，并聊着对武汉的一些记忆，忽听有人敲门。开门一看，居然是从未来访过的潘阿姨和她的双胞胎女儿，疑惑的郑晓忱赶紧把她们让进屋来。

白白胖胖的潘阿姨容光焕发，进门就道贺："恭喜呀！恭喜呀！老早就知道你们几兄弟都不是等闲之辈，我看人从来都不会看走眼啊，我这两个丫头也一天到晚总是跟我说晓忱大哥的弟弟一看就是人中龙，所以今天逼着我一定要带她们过来向小五哥取经。哈哈。"双胞胎姐妹好像还挺害羞的样子，扭捏地盯着郑晓悟笑。

郑晓忱笑着说："他只不过是瞎猫逮了个死老鼠——撞上了而已，哪有什么经可取嘛？你们来之前我们正在教育他呢。"

潘阿姨一本正经地辩解道："那可不能这么说，人家小五现在可是正牌大学生呢，当然有经可取，指导这两个正在读初二的丫头绰绰有余。所以我想啊，让他们之间建立个通信联系，她们经常写信给小五请教请教，小五呢也经常给她们来信指点指点，放假回来再当面给她们点拨点拨，保不定比她们老师教的还管用呢，也保不定她们俩有谁就追随小五，考上了楚天大学法律系呢。"

郑晓悟满心厌恶，一声不吭。郑晓忱代答："还没去报到，具体的通信地址啊邮箱啊都还不知道，到时候我收到之后就告诉你。"

母女俩得到承诺，欢天喜地告辞而去。这双胞胎姐妹转身离开时，还一起友好而天真烂漫地向郑晓悟摆摆手，郑晓悟没有任何表示。

送出这母女三人，关上门，三兄弟不约而同地撇嘴吐舌头做起鬼脸。郑晓悟说："大哥，你千万不能把我的通信地址给她们哈，太烦人了。"

"我才不会给她们呢，不这样打发，她们会在这里纠缠不休的。"郑晓忱肯定地保证道。

过了几天，李丽再次来到县新华书店，通报自己被录取到一所外省的铁路工业学校。当得知郑晓悟如愿考上了楚天大学法律系时，她比自己被录取还要高兴。第二天，她再次骑车匆匆赶来，送给郑晓悟一块"海鸥"牌手表。上大学能戴上一块手表当然是值